Chinua Achebe

# *Der Pfeil Gottes*

Roman

Aus dem nigerianischen Englisch
von M. von Schweinitz

Mit einem Nachwort
von Thomas Brückner

W0316801

List Taschenbuch

Besuchen Sie uns im Internet:
www.list-taschenbuch.de

*Umwelthinweis:*
Dieses Buch wurde auf chlor- und säurefreiem Papier gedruckt.

List Verlag
List ist ein Verlag des Verlagshauses Ullstein Heyne List GmbH & Co. KG.
1. Auflage November 2003
© Peter Hammer Verlag GmbH, Wuppertal 1994
© Chinua Achebe 1964
Titel der englischen Originalausgabe: *Arrow of God* (William Heinemann Ltd., London 1964)
Die Übersetzung von M. von Schweinitz folgt der 2., vom Autor durchgesehenen Auflage. Sie wurde von Gudrun Honke für die vorliegende Ausgabe des Peter Hammer Verlags vollständig überarbeitet.
Umschlagkonzept: HildenDesign, München – Stefan Hilden
Umschlaggestaltung: Hauptmann und Kampa Werbeagentur, München – Zürich
Titelabbildung: © by Edition BEL VEDERE
Druck und Bindearbeiten: Clausen & Bosse, Leck
Printed in Germany
ISBN 3-548-60388-2

*Dem Andenken meines Vaters*
*ISAIAH OKAFOR ACHEBE*

# Vorwort zur zweiten Auflage

Wann immer mich jemand danach gefragt hat, welcher meiner Romane mir denn der liebste sei, bin ich jedesmal einer direkten Antwort aus dem Wege gegangen. Ich war der festen Überzeugung, daß diese Frage genauso gehässig ist, als bitte man einen Mann, seine Kinder nach dem Grad seiner Liebe zu ihnen aufzulisten. Ein Familienvater, der diesen Namen verdient, wird, wenn er es dennoch muß, von der jeweils besonderen Eigenschaft erzählen, die jedes Kind für ihn liebenswert macht.

Was *Der Pfeil Gottes* angeht, so mag diese besondere Eigenschaft darin bestehen, daß es der Roman ist, mit dem man mich am wahrscheinlichsten dabei ertappen wird, daß ich ihn selbst noch einmal lese. Dabei sind mir bestimmte strukturelle Schwächen aufgefallen, und ich nutze die Gelegenheit dieser Neuausgabe, sie zu beseitigen.

*Der Pfeil Gottes* hat sowohl glühende Verehrer als auch erbitterte Gegner gefunden. Letzteren braucht man nichts mehr entgegenzuhalten. Ersteren gegenüber kann ich nur meine Hoffnung zum Ausdruck bringen, daß die Änderungen, die ich vorgenommen habe, ihre Zustimmung finden mögen. Doch liegt es wohl in der Natur der Dinge, daß manche an ihrer Vorliebe für das Original festhalten und diese Änderungen als unnötig oder gar ungerechtfertigt ansehen werden. Vielleicht sind Änderungen auch nur selten nötig und gerechtfertigt, und doch ändern wir immer wieder. Zumindest aber sollten wir bereit sein, uns vor jenen zu verneigen, die wie Felsen in der Brandung stehen: vor den geistigen Nachfahren jenes wunderbaren Menschen, Ezeulu, in der Hoffnung, daß sie uns vergeben. Möglicherweise hätte Ezeulu, wenn ihm sein Schicksal erspart geblieben wäre, die Überzeugung gewonnen, daß sein persönliches Geschick völlig seiner historischen Bestimmung als Opfer entsprach, und hätte seinen Untergang dem Abfall seines Volkes von ihm geweiht – und damit zu einem Akt geistiger Läuterung erhoben. Und er hätte ihm gern verziehen.

*Chinua Achebe*

# KAPITEL 1

Es wurde zum dritten Mal Abend, seit Ezeulu begonnen hatte, nach den Anzeichen des Neumondes Ausschau zu halten. Heute mußten sie zu sehen sein, das wußte er; doch er war schon immer drei Tage vor der Zeit auf seinem Posten, denn er durfte das Ereignis auf keinen Fall versäumen. In dieser Jahreszeit war die Aufgabe nicht allzu schwierig, er brauchte den Himmel nicht so eindringlich abzusuchen wie zur Regenzeit, in der sich der Neumond manchmal tagelang hinter den Wolken verbarg, schon halb gerundet war, wenn er endlich zum Vorschein kam und während dieses Versteckspiels den Oberpriester Ezeulu zwang, jeden Abend in seiner Tür auf ihn zu warten.

Sein *obi* war anders gebaut als die Häuser der übrigen Leute. Es hatte an der Vorderseite die übliche lange Schwelle, aber rechts neben dem Eingang war noch eine zweite, kürzere. Die Dachsparren über diesem zweiten Eingang waren so weit zurückgeschnitten, daß Ezeulu, wenn er auf dem Boden saß, den Teil des Himmels beobachten konnte, in dem der Mond seine Tür hatte. Es dunkelte, und der Priester blinzelte, um seine Augen freizuhalten von dem Wasser, das sich durch das scharfe Spähen darin sammelte.

Ezeulu dachte nicht gern daran, daß sein Augenlicht nicht mehr so gut war wie früher; eines Tages müßte er sich auf fremde Hilfe verlassen, wie es sein Großvater getan hatte, als die Kraft seiner Augen versagte. Der hatte freilich ein so hohes Alter erreicht, daß er seine Blindheit als Ehrenzeichen trug. Wenn Ezeulu ebenso lange lebte, nähme auch er ein solches Schicksal hin. Jetzt aber taugte er noch so viel wie ein junger Mann – oder sogar mehr, weil die jungen

Männer nicht mehr so waren wie früher. Ezeulu spielte gern ein Spiel mit ihnen, dessen er nicht müde wurde: Wenn sie ihm die Hand reichten, spannte er die Armmuskeln und legte seine ganze Kraft in den Händedruck, und da sie darauf nicht gefaßt waren, zuckten sie jedesmal heftig vor Schmerz zusammen und wichen zurück.

Der Mond, den Ezeulu an diesem Abend sah, war dünn wie ein Waisenkind, das von einer grausamen Pflegemutter widerwillig ernährt wird. Er sah schärfer hin, um sicher zu sein, daß ihn nicht ein Federwölkchen betrog. Gleichzeitig griff er etwas beklommen nach seiner *ogene.* Es war bei jedem Neumond dasselbe; jetzt war er ein alter Mann, aber noch immer umgab ihn die Furcht vor dem Neumond, die er als Kind empfunden hatte. Freilich, seit er Oberpriester des Ulu wurde, wich diese Furcht häufig der Freude über sein hohes Amt – aber gestorben war sie nie. Sie lag nun, von jener Freude überwältigt, auf dem Boden.

Er schlug seine *ogene* GOME GOME GOME GOME ... und sogleich trugen Kinderstimmen die Nachricht überall hin. *Onwa atuo! ... onwa atuo ... onwa atuo!* ... Er legte den Schlegel zurück in den eisernen Gong und lehnte ihn an die Wand.

Die Kinder in Ezeulus Hof stimmten in den Gruß an den Neumond ein. Obiagelis schrille Stimme übertönte die andern wie eine kleine *ogene* die Trommeln und Flöten. Auch die Stimme seines jüngsten Sohnes Nwafo hörte der Oberpriester heraus. Die Frauen standen im Freien und sprachen miteinander.

»Mond«, sagte die älteste Frau, »möge dein Gesicht mir Glück bringen, wenn es meines bescheint.«

»Wo ist er?« fragte Ogoye, die jüngere Frau. »Ich sehe ihn nicht – oder bin ich blind?«

»Siehst du ihn nicht – dort über der Krone des Ukwabaums? Nein, nicht da – folge meinem Finger.«

»Oho – jetzt sehe ich ihn. Mond, möge dein Gesicht mir Glück bringen, wenn es meines bescheint. Aber wie hängt er da? Mir gefällt seine Stellung nicht.«

»Warum?« fragte Matefi.

»Ich glaube, er steht schief – wie ein böser Mond.«

»Nein«, erwiderte Matefi. »Ein böser Mond gibt uns keine Gelegenheit zu zweifeln. Wie damals, als Okuata starb und die Beine des Mondes nach oben in die Luft standen.«

»Kann der Mond Menschen töten?« fragte Obiageli. Sie zerrte am Rock ihrer Mutter.

»Was habe ich diesem Kind getan? Willst du mir die Kleider vom Leibe reißen, bis ich nackt bin?«

»Ich fragte: Kann der Mond Menschen töten?«

»Kleine Mädchen tötet er«, antwortete Nwafo.

»Dich hab' ich nicht gefragt, du Ameisenhaufennase.«

»Du wirst bald weinen, *Usa bulu Okpili.*«

»Der Mond tötet kleine Jungen – der Mond tötet Ameisenhaufennasen – der Mond tötet kleine Jungen ...«

Obiageli machte aus allem ein kleines Lied.

Ezeulu ging in seine Scheune und nahm eine Yamsknolle von einem Bambusregal, das eigens für die zwölf heiligen Yamsknollen aufgestellt worden war. Acht waren noch übrig. Obwohl er wußte, daß es noch acht sein mußten, zählte er sie sorgfältig. Drei hatte er schon gegessen, die vierte hielt er in der Hand. Die übrigen zählte er nochmals und ging zurück zu seinem *obi*, nachdem er die Scheunentür gewissenhaft hinter sich geschlossen hatte.

Sein Holzfeuer schwelte. Er griff nach ein paar Scheiten Brennholz, das in der Ecke gestapelt war, baute sie sorgfältig in das Feuer ein und legte die Yam wie ein Opfer obenauf.

Während sie röstete, dachte er über die kommenden Ereignisse nach. Es war Oye. Morgen würde Afo sein, und am Tag darauf Nkwo, der Tag des großen Markts. Das Fest der Kürbisblätter folgte demnach auf den dritten dann folgenden Nkwo. Morgen mußte er seine Helfer holen lassen und ihnen befehlen, diesen Tag in den sechs Dörfern von Umuaro zu verkünden.

Wann immer Ezeulu seine ungeheure Macht über das Jahr und die Ernten und somit auch über die Menschen zu Bewußtsein kam, fragte er sich, ob sie denn real sei, diese Macht ... Freilich, er verkündete den Tag für das Fest der Kürbisblätter und das Fest des Neuen Yam; aber auswählen konnte er den Tag nicht. Er war nur ein

Wächter. Seine Macht war nicht größer als die Macht eines kleinen Jungen über die Ziege, die er sein eigen nannte. Solange sie lebte, war sie sein; er konnte ihr Futter suchen und sie hüten. Aber wenn sie geschlachtet werden sollte, erfuhr er, wem sie wirklich gehörte. Nein! Der Oberpriester des Ulu war mehr, mußte mehr sein! Weigerte er sich, den Tag zu nennen, dann gab es kein Fest, kein Pflanzen und kein Reifen. Aber ... konnte er sich weigern? Noch nie hatte sich ein Oberpriester geweigert. Also war es unmöglich. Er durfte es nicht wagen.

Nun regte sich Zorn in ihm, als habe ein Feind die eben gedachten Worte gesprochen.

»Laß das Wort ›wagen‹ weg!« antwortete er diesem Feind. »Ja, ich sage, laß es weg! Kein Mann in ganz Umuaro darf sich erheben und erklären, ich wagte etwas nicht. Die Frau, die den Mann zur Welt bringt, der das behauptet, ist noch nicht geboren.«

Diese Zurechtweisung brachte ihm jedoch nur eine kurze Befriedigung. Tief in seinem Innern fuhr er damit fort, beharrlich die Art seiner Macht genauer zu ergründen. Was war das für eine Macht, von der jeder wußte, daß sie nie angewendet würde? Dann sagte man doch besser gleich, es gäbe sie nicht oder sie sei nicht stärker als die Kraft im Hintern des hochmütigen Hundes, der mit seinem kleinen Furz einen feurigen Ofen auszublasen versuchte ... Ezeulu drehte die Yamsknolle mit seinem Stock um.

Jetzt kam sein jüngster Sohn Nwafo in das *obi*, rief ihn beim Namen und grüßte ihn; dann setzte er sich auf seinen Lieblingsplatz, die Lehmbank am anderen Ende des Raums, dicht neben der kürzeren Schwelle. Obwohl er noch ein Kind war, schien ihn die Gottheit bereits zu ihrem künftigen Oberpriester bestimmt zu haben. Ehe er noch gelernt hatte, mehr als ein paar Worte zu sprechen, hatte ihn das Ritual des Gottes mächtig angezogen. Fast konnte man meinen, er wisse schon mehr davon als sogar Ezeulus Ältester. Trotzdem wäre nie jemand so vorschnell gewesen, offen zu sagen, Ulu werde dieses oder jenes tun; wenn einmal die Zeit kam, in der Ezeulu nicht mehr da war, dann wählte Ulu vielleicht gerade den scheinbar am wenigsten geeigneten Sohn des Priesters zu dessen Nachfolger. So etwas war auch schon früher vorgekommen.

Ezeulu schenkte dem Yam die größte Aufmerksamkeit, er drehte ihn jedesmal mit seinem Stock um, wenn die dem Feuer zugekehrte Seite gar genug war. Sein ältester Sohn Edogo trat ein; er kam aus seinem Haus.

»Ezeulu!« sagte er grüßend.

»E-e-i!«

Edogo ging durch den Raum in den Innenhof zu seiner Schwester Akueke, die zur Zeit dort wohnte.

»Geh und ruf mir Edogo her«, sagte Ezeulu zu Nwafo.

Die beiden kamen zurück und setzten sich auf die Lehmbank, Ezeulu drehte die Yamsknolle nochmals um, ehe er sprach.

»Habe ich dir gesagt, daß du eine Gottheit schnitzen sollst?«

Edogo antwortete nicht. Ezeulu blickte zu ihm hinüber, konnte ihn aber nicht deutlich sehen, weil der andere Teil des *obi* im Dunkeln lag. Edogo aber sah das Gesicht seines Vaters vom Feuer beleuchtet, auf dem er den geweihten Yam röstete.

»Ist Edogo nicht da?«

»Hier bin ich.«

»Ich fragte dich, was ich dir über das Schnitzen von Götterbildern gesagt habe. Vielleicht hast du meine erste Frage nicht gehört. Vielleicht hatte ich Wasser im Mund, als ich zu dir sprach?«

»Du hast mir gesagt, ich soll keine schnitzen.«

»Habe ich dir das gesagt? So? Was ist das dann für eine Geschichte, die ich höre – daß du einen *alusi* für einen Mann in Umuago geschnitzt hast?«

»Wer hat dir das erzählt?«

»Wer mir das erzählt hat? Ich will wissen, ob es wahr ist oder nicht – und nicht, wer mir das erzählt hat.«

»Ich möchte wissen, wer dir das erzählt hat, weil ich glaube, daß er den Unterschied zwischen dem Gesicht eines Gottes und dem Gesicht einer Maske nicht kennt.«

»Ich verstehe. Du kannst gehen, mein Sohn. Und wenn du willst, kannst du alle Götter in Umuaro schnitzen. Hörst du aber, daß ich jemals wieder nach dir frage, dann nimm meinen Namen und gib ihn einem Hund!«

»Ich habe für den Mann in Umuago eine Maske geschnitzt.«

»Nicht ich bin es, zu dem du sprichst. Ich bin fertig mit dir.«

Nwafo versuchte vergeblich, den Sinn dieser Worte zu verstehen. Wenn die Wut des Vaters abgekühlt war, würde er ihn fragen. Seine Schwester Obiageli kam aus dem Innenhof herein, grüßte Ezeulu und ging zu der Lehmbank, um sich niederzusetzen.

»Hast du das Bitterblatt schon fertig?« fragte Nwafo.

»Weißt du nicht selbst, wie man das Bitterblatt fertigmacht? Oder hast du dir die Finger abgebrochen?«

»Ruhe, ihr beiden!« Ezeulu rollte mit dem Stock die Knolle aus dem Feuer, befühlte sie rasch mit Daumen und Zeigefinger und war zufrieden. Er nahm ein zweischneidiges Messer vom Dachsparren und fing an, vom gerösteten Yam die schwarze Kruste abzuschaben. Als er fertig war, klebte schwarzer Ruß an seinen Fingern und Handflächen. Er schlug ein paarmal die Hände aneinander, um sie zu reinigen. Seine hölzerne Schale stand in greifbarer Nähe, er schnitt den Yam hinein und wartete, daß er abkühlte.

Als er zu essen anfing, begann Obiageli leise vor sich hinzusingen. Sie hätte allmählich wissen müssen, daß der Vater niemals auch nur das kleinste Stück von dem Yam abgab, den er ohne Palmöl bei jedem Neumond verzehrte. Aber sie hörte nicht auf, darauf zu hoffen.

Er aß schweigend. Er hatte sich vom Feuer weggesetzt und lehnte jetzt seinen Rücken gegen die Wand, während er hinausschaute. Wie immer bei solchen Gelegenheiten schweifte sein Geist in die Ferne. Ab und zu trank er einen Schluck Wasser aus einer Kalebasse, die ihm Nwafo gebracht hatte. Als er das letzte Stück Yam aß, lief Obiageli zurück in das Haus ihrer Mutter. Nwafo räumte die hölzerne Schale und die Kalebasse weg und steckte das Messer wieder zwischen zwei Sparren.

Ezeulu erhob sich von seinem Ziegenfell und ging langsam zum Hausaltar, der sich auf einem flachen Brett hinter der niedrigen mittleren Wand am Eingang befand. Sein *ikenga* mit den zwei starken Hörnern, das etwa so groß wie ein männlicher Unterarm war, stand zwischen dem gesichtslosen, von Opferblut geschwärzten *okposi* der Vorfahren und seinem eigenen kurzen *ofo*-Stab. Einer der *okposi* gehörte Nwafo. Er war für ihn wegen der Krämpfe geschnitzt worden, die ihn früher nachts häufig heimgesucht hatten. Man hatte ihm geraten, ihn »Namensvetter« zu nennen. Tatsächlich waren die Krämpfe seither nicht wiedergekommen.

Ezeulu zog seinen *ofo*-Stab zwischen den andern hervor und setzte sich vor den Altar, nicht rittlings nach Art der Männer, sondern die Beine zu beiden Seiten des Altars lang ausgestreckt wie eine Frau. Er hielt ein Ende des kurzen Stabs in der rechten Hand und schlug mit dem andern Ende auf den Boden, um seinem Gebet Nachdruck zu verleihen:

»Ulu, ich danke dir, daß du mich diesen Neumond sehen läßt. Laß mich ihn wieder und wieder erblicken! Laß dieses Haus gesund bleiben und gedeihen. Da dies der Mond der Aussaat ist – laß die sechs Dörfer erfolgreich säen. Laß uns den Gefahren auf dem Acker entgehen, dem Biß der Schlange und dem Stich des Skorpions, des Mächtigen im Hochland. Laß uns nicht unser Schienbein mit Machete oder Hacke aufschneiden. Laß unsere Frauen männliche Kinder tragen. Laß nur Gutes begegnen dem Angesicht eines jeden unserer Männer und einer jeden unserer Frauen. Laß Gutes herabkommen auf das Land des Volks am Fluß und auf das Land des Volks im Wald.«

Er legte den *ofo* zurück zwischen den *ikenga* und die *okposi*, wischte sich mit dem Handrücken den Mund ab und setzte sich wieder auf seinen Platz. Jedesmal, wenn er für Umuaro betete, stieg ihm ein bitterer Nachgeschmack in den Mund. Großer Zwist war über die sechs Dörfer gekommen, und seine Feinde hatten versucht, die Schuld daran auf sein Haupt zu laden. Und warum? Nur, weil er vor dem weißen Mann die Wahrheit gesprochen hatte. Aber wie konnte ein Mann, der Ulus heiligen Stab trug, wissentlich eine Lüge aussprechen? Mußte er die Geschichte nicht so berichten, wie er sie von seinem Vater gehört hatte? Sogar Wintabota, der weiße Mann, verstand ihn, obwohl er aus einem Land kam, das niemand kannte. Er hatte Ezeulu den einzigen Zeugen der Wahrheit genannt. Es ärgerte seine Feinde, daß der weiße Mann, dessen Vater oder Mutter niemand kannte, gekommen war, um ihnen die Wahrheit zu sagen, die sie wohl kannten, aber nicht hören wollten. Das war ein Vorzeichen für den Weltuntergang.

Die Stimmen der vom Fluß heraufkommenden Frauen unterbrachen Ezeulus Gedanken. Er konnte niemanden sehen, es war draußen zu dunkel. Der Neumond war wieder verschwunden, kaum daß er sich gezeigt hatte. Aber die Nacht trug Spuren seines Besuchs. Die Dunkelheit war nicht mehr so undurchdringlich wie vorher, sondern offen und luftig wie ein Wald, in dem das Unterholz gerodet ist. Als die Frauen, eine nach der andern, grüßend »Ezeulu« riefen, sah er undeutlich ihre Gestalten, während er jeden Gruß erwiderte. Sie ließen das *obi* rechts liegen und gingen durch den einzigen anderen Eingang, ein hohes, geschnitztes Tor, in den Innenhof.

»Sind das nicht dieselben, die ich zum Fluß hinabgehen sah, als die Sonne unterging?«

»Ja«, entgegnete Nwafo. »Sie sind zum Nwangene gegangen.«

»So.« Ezeulu hatte im Augenblick vergessen, daß Ota, der nähere Fluß, nicht mehr aufgesucht wurde, nachdem das Orakel gestern verkündet hatte, der riesige Felsblock, der nahe der Quelle auf zwei andern Felsblöcken lag, werde bald herabfallen und brauche ein menschliches Polster, um sein Haupt darauf zu betten. Ehe der *alusi*, dem der Fluß gehörte und dessen Namen er trug, versöhnt war, durfte sich ihm niemand nähern.

Dennoch, dachte Ezeulu, würde er derjenigen, die ihm heute ein verspätetes Abendessen brachte, die Meinung sagen. Da die Frauen wußten, daß sie zum Nwangene gehen sollten, mußten sie eher aufbrechen. Er war es müde, seine Abendmahlzeit erst zu bekommen, wenn andere Männer die ihre verzehrt und schon wieder vergessen hatten.

Obikas laute, sehr männliche Stimme klang immer vernehmbarer durch die Nachtluft, je mehr er sich dem Hause näherte. Selbst sein Pfeifen trug weiter als die Stimmen anderer Männer. Abwechselnd sang und pfiff er.

»Obika kommt zurück«, sagte Nwafo.

»Der Nachtvogel ist beizeiten heimgekehrt heute«, bemerkte Ezeulu im selben Augenblick.

»Eines Tages wird er den Erulu wiedersehen«, sagte Nwafo. Er dachte an die Erscheinung, die Obika einmal in der Nacht erblickt hatte. Nwafo hatte die Geschichte so oft gehört, daß er sich einbildete, dabeigewesen zu sein.

»Diesmal wird es aber Idemili sein – oder auch Ogwugwu«, sagte Ezeulu lächelnd.

Vor etwa drei Jahren war Obika eines Abends in das *obi* gestürzt und hatte sich zitternd vor Angst seinem Vater zu Füßen geworfen. Es war eine dunkle Nacht, der Regen hing schon am Himmel, der Donner grollte mit tiefer, nasser Stimme, und ein Blitz folgte auf den andern.

»Was ist los, mein Sohn?« hatte Ezeulu wieder und wieder gefragt, aber Obika zitterte nur und schwieg.

»Was ist los, Obika?« fragte seine Mutter Matefi, die in das *obi* gelaufen kam und nun noch mehr zitterte als ihr Sohn.

»Ruhe!« sagte Ezeulu. »Was hast du gesehen, Obika?« Als sich Obika ein wenig erholt hatte, begann er seinem Vater zu berichten, was er im Licht eines Blitzes beim Ugilibaum zwischen den Dörfern Umuachala und Umunneora gesehen hatte. Kaum hatte er den Ort beschrieben, da wußte Ezeulu auch schon, worum es sich handelte.

»Was geschah, als du ... *Es* sahst?«

»Ich wußte, *Es* war ein Geist. Der Kopf schwoll mir an.«

»Wandte er sich nicht zum *Busch-der-kleine-Vögel-tötet*, der dort zur Linken steht?«

Ezeulus Sicherheit ließ Obika wieder Mut schöpfen. Er nickte – und Ezeulu nickte zweimal. Jetzt drängten sich auch die andern Frauen um die Tür.

»Wie sah er aus?«

»Größer als jeder Mensch, den ich kenne!« Obika schluckte heftig. »Seine Haut war hell ... wie ... wie ...«

»War er gekleidet wie ein Armer oder wie ein Mann, der großen Reichtum besitzt?«

»Er war wie ein Reicher gekleidet. Er hatte eine Adlerfeder an seiner roten Kappe.«

Wieder schlugen Obikas Zähne aufeinander.

»Nimm dich zusammen. Du bist keine Frau. Hatte er einen Elefantenzahn bei sich?«

»Ja. Er trug einen großen Stoßzahn auf der Schulter.«

Inzwischen hatte es angefangen zu regnen, zuerst in großen Tropfen, die wie Kiesel auf das Schilf fielen.

»Du brauchst dich nicht zu fürchten, mein Sohn. Du hast Erulu den Herrlichen gesehen, der denen, die seine Gunst erlangen, Reichtum schenkt. Die Menschen sehen ihn manchmal an jener Stelle bei einem Wetter wie heute. Vielleicht kam er von einem Besuch bei Idemili oder anderen Göttern zurück. Erulu tut nur denen etwas zuleide, die vor seinem Altar falsch schwören.« Das Loblied auf den Gott des Reichtums riß Ezeulu selbst fort. Er sprach so, daß man meinen konnte, er sei ein Priester des Erulu und nicht der Oberpriester des Ulu, der doch über allen Gottheiten stand. »Erlangt ein Mann Erulus Gunst, so strömt ihm der Reichtum ins Haus wie ein breiter Fluß. Seine Yams werden so groß wie Menschenkinder, seine Ziegen gebären Drillinge, und seine Hennen brüten neun Küken aus.«

Matefis Tochter Ojiugo brachte eine Schale *Fufu* und eine Schale Suppe. Sie begrüßte den Vater und stellte beides vor ihn hin. Dann wandte sie sich zu Nwafo und sagte: »Geh zum Haus deiner Mutter. Sie ist fertig mit dem Kochen.«

»Laß den Jungen in Ruhe«, sagte Ezeulu, der wußte, daß Matefi und ihre Töchter ihm seine Vorliebe für den Sohn seiner jüngeren Frau übelnahmen. »Geh und ruf deine Mutter zu mir.« Er aß noch nicht, und Ojiugo wußte, daß es Ärger gäbe. Sie ging zurück zum Haus ihrer Mutter und holte sie.

»Ich weiß nicht, wie oft ich in diesem Haus gesagt habe, daß ich mein Abendmahl nicht erst essen will, wenn sich jeder andere Mann in Umuaro schlafen legt«, beschwerte er sich, als Matefi eintrat. »Aber du willst nicht hören. Bei dir hat alles, was ich sage, so wenig Wirkung wie der Furz eines Hundes beim Feuerlöschen!«

»Ich bin den langen Weg hinab zum Nwangene gelaufen, um Wasser zu holen, und ich …«

»Meinetwegen kannst du zum Nkisa laufen. Aber ich sage dir, ich werde dich von deinem Wahn heilen, wenn du mir noch einmal um diese Zeit mein Abendessen bringst …«

Als Ojiugo kam, um die Schalen abzuholen, war Nwafo dabei, den Rest der Suppe aufzuessen. Wütend wartete sie, bis er fertig war. Sie erzählte es ihrer Mutter. Das geschah nicht zum ersten oder zweiten oder dritten Mal – nein, jeden Tag!

»Schiltst du den Geier, wenn er über dem Aas hockt?« erwiderte Matefi. »Was soll ein Junge tun, wenn seine Mutter die Suppe mit Johannisbrot statt mit Fisch kocht – was meinst du? Sie spart ihr Geld, um sich Armreifen aus Elfenbein zu kaufen. Aber was sie auch tut, Ezeulu wird nie etwas Schlechtes darin sehen! Wenn ich das täte, so wüßte er recht gut, was er mir zu sagen hätte!«

Ojiugo blickte zu Ogoyes Haus hin, das durch die ganze Länge des Hofes von ihrem eigenen getrennt war. Alles, was sie sehen konnte, war der gelbliche Schimmer der Palmöllampe zwischen den niedrigen Sparren und der Schwelle. Es war noch ein drittes Haus da, das mit den beiden anderen einen Halbkreis bildete. Es hatte Okuata, Ezeulus erster Frau, gehört, die vor vielen Jahren gestorben war. Ojiugo hatte sie kaum gekannt, sie erinnerte sich nur daran, daß Okuata jedem Kind, das zu ihr kam, wenn sie Suppe kochte, ein wenig Fisch und ein paar Stücke Johannisbrot gab. Sie war die Mutter von Adeze, Edogo und Akueke. Nach ihrem Tod bewohnten ihre Kinder das Haus, bis die Mädchen heirateten. Dann lebte Edogo allein dort, aber vor zwei Jahren hatte auch er geheiratet und sich neben dem Hof des Vaters ein eigenes kleines Gehöft gebaut. Jetzt wohnte Akueke wieder in Okuatas Haus, weil sie ihren Mann verlassen hatte. Man sagte, der Mann habe sie mißhandelt. Aber Ojiugos Mutter meinte, daß Akueke lüge und eigensinnig und stolz sei. »Wenn eine Frau heiratet, sollte sie vergessen, wie groß ihres Vaters Hof ist«, pflegte sie zu sagen, »denn sie trägt nicht ihres Vaters *obi* zu ihrem Gatten.«

Gerade als Ojiugo und ihre Mutter anfangen wollten zu essen, kam Obika singend und pfeifend nach Hause.

»Hol mir seine Schale«, sagte Matefi. »Er kommt heute zeitig.«

Obika bückte sich unter den niedrigen Sparren und betrat den Raum mit den Händen zuerst. Er begrüßte seine Mutter und sagte ohne jede Herzlichkeit: »*Nno.*« Dann ließ er sich schwer auf die Lehmbank fallen. Ojiugo hatte seine Suppenschale aus gebranntem Ton gebracht und nahm nun sein *Fufu* von dem Bambusbord. Matefi blies in die Schale, um sie von Staub und Asche zu säubern, und füllte mit der Schöpfkelle Suppe auf. Ojiugo stellte sie dem Bruder hin und ging hinaus, um in der Kalebasse Wasser zu bringen.

Nach dem ersten Schluck hielt Obika die Schale schräg gegen das Licht und betrachtete sie prüfend.

»Wie nennst du das? Suppe? Oder Cocoyam-Brei?«

Die Frauen beachteten ihn nicht, sondern setzten ihre unterbrochene Mahlzeit fort. Es war ihnen klar, daß Obika wieder zuviel Palmwein getrunken hatte.

Obika war einer der hübschesten Männer in Umuaro und dem ganzen Umkreis. Sein Gesicht war fein geschnitten, und die Nase stand *gem*, wie der Ton eines Gongs. Seine Haut war terrakottafarben wie die Haut seines Vaters. Die Leute sagten von ihm – wie immer, wenn sie etwas sehr Wohlgeratenes sahen –, er sei hier unter dem Igbovolk ein Fremder und müsse sein früheres Leben unter den Leuten am Fluß zugebracht haben, welche von den Igbos ›Olu‹ genannt wurden.

Leider hatte Obika zwei große Fehler. Er trank Palmwein im Übermaß und neigte häufig zum Jähzorn. Und da er stark war wie ein Fels, kamen seine Gegner dabei fast regelmäßig zu Schaden. Sein Vater, der ihn seinem stillen, nachdenklichen Halbbruder Edogo vorzog, sagte oft zu ihm: »Es ist lobenswert, tapfer und furchtlos zu sein, mein Sohn; manchmal ist es aber besser, wenn man ein Feigling ist. Wir stehen oft im wohlerhaltenen Hof eines Feiglings und zeigen auf die Ruinen, in denen früher ein tapferer Mann gewohnt hat. Der Mann, der sich nie im Leben unterworfen hat, wird bald unter der Leichenmatte liegen.«

Dennoch wollte Ezeulu lieber einen ungestümen Sohn haben, der in seiner Hast Geräte zerbrach, als eine langsame und vorsichtige Schnecke.

Vor kurzem war Obika nahe daran gewesen, einen Mord zu begehen. Seine Halbschwester Akueke kam häufig nach Hause und berichtete, daß ihr Mann sie geschlagen habe. Eines Morgens erschien sie wieder, und diesmal mit verschwollenem Gesicht. Ohne das Ende ihrer Erzählung abzuwarten, machte sich Obika auf nach Umuogwugwu, dem Dorf seines Schwagers. Unterwegs holte er seinen Freund Ofoedu ab, der bei einer Prügelei niemals fehlte. Während sie sich Umuogwugwu näherten, erklärte Obika dem Freund, daß er nicht helfen dürfe, Akuekes Gatten zu verprügeln.

»Wozu hast du mich dann geholt?« fragte Ofoedu enttäuscht. »Etwa, um deine Tasche zu tragen?«

»Vielleicht gibt es Arbeit für dich«, erwiderte Obika. »Wenn die Leute von Umuogwugwu das sind, wofür ich sie halte, dann werden sie in Scharen herauskommen, um ihrem Bruder beizustehen.«

Niemand in Ezeulus Haushalt wußte, wohin Obika gegangen war, bis er kurz vor Mittag mit Ofoedu heimkehrte. Auf ihren Köpfen trugen sie Akuekes Gatten, halbtot, auf ein Brett gebunden. Sie setzten ihn unter dem Ukwabaum ab und verboten allen, ihn anzurühren. Die Frauen und die Nachbarn machten Obika Vorhaltungen und zeigten auf die reifen Früchte am Baum, die so groß wie Wassertöpfe waren.

»Ja«, entgegnete Obika. »Ich habe ihn absichtlich dorthin gelegt, damit ihn die Früchte zermalmen – dieses Tier!«

Schließlich veranlaßte die allgemeine Erregung Ezeulu, der in den nahegelegenen Busch gegangen war, nach Hause zu eilen. Als er sah, was sich abspielte, fing er laut an zu klagen, Obika werde Verderben über sein Haus bringen. Dann befahl er ihm, seinen Schwager unverzüglich freizulassen.

Drei Märkte lang konnte sich Ibe kaum vom Bett erheben. Dann erschienen eines Abends seine Verwandten, um von Ezeulu Genugtuung zu fordern. Die meisten hatten auf ihrem Acker gearbeitet, als Obika kam, um Ibe zu bestrafen. Drei Märkte und länger hatten sie geduldig gewartet, ob nicht jemand käme und ihnen eine Erklärung dafür gäbe, daß ihr Verwandter geschlagen und weggeschleppt worden war.

»Was ist das für eine Geschichte über Ibe, die wir gehört haben?« fragten sie.

Ezeulu versuchte, sie zu besänftigen, ohne zuzugeben, daß sein Sohn ein schweres Unrecht begangen hatte. Er rief seine Tochter Akueke herbei, die ihnen Rede und Antwort stehen sollte.

»Ihr hättet sie sehen sollen an jenem Tag, als sie heimkam! Wenn es in eurem Dorf Brauch ist, Frauen auf diese Art zu heiraten, dann sage ich euch: Meine Tochter ist für eine solche Ehe nicht geschaffen!«

Die Männer mußten zugeben, daß Ibe seinen Arm zu weit ausgestreckt hatte, und somit konnte niemand Obika einen Vorwurf machen, weil er für seine Schwester eingetreten war.

»Warum beten wir zu Ulu und zu unsern Vorfahren, daß sie uns an Zahl zunehmen lassen, wenn nicht wegen solcher Dinge?« fragte ihr Anführer. »Niemand kann Zahlen essen. Aber wenn wir zahlreich sind, wird niemand wagen, uns Verdruß zu bereiten, und unsere Töchter können im Haushalt ihres Gatten den Kopf hochtragen. Deshalb tadeln wir Obika nicht sehr. Spreche ich richtig so?«

Seine Gefährten antworteten: »Ja.« Und er fuhr fort:

»Wir können nicht sagen, dein Sohn hat Unrecht daran getan, für seine Schwester zu kämpfen. Jedoch wir verstehen nicht, warum ein Mann mit einem Penis zwischen den Beinen von Haus und Dorf fortgeschleppt wird. Das ist, als sagte man: ›Ihr seid nichts, und alle eure Verwandten können nichts dagegen tun.‹ Und das verstehen wir nicht. Wir sind nicht mit Weisheit hergekommen, sondern mit Torheit, weil ein Mann nicht mit weisen Reden zu seinem Schwager gehen soll. Wir möchten lieber, daß ihr uns erklärt: ›Ihr habt unrecht. Die Sache ist nämlich so und so.‹ Dann geben wir uns zufrieden und gehen heim. Wenn uns später jemand sagt: ›Euer Verwandter ist geschlagen und verschleppt worden‹, dann wissen wir, was wir zu antworten haben. Großer Schwager – ich grüße dich!«

Ezeulu setzte seine ganze Beredsamkeit ein, um die Verwandten seines Schwiegersohns zu besänftigen. Sie gingen glücklicher heim, als sie gekommen waren. Aber sie würden Ibe kaum drängen, dem Oberpriester Palmwein zu bringen und um die Rückkehr seiner Frau zu bitten. Es sah aus, als müßte sie noch lange im Haus ihres Vaters leben …

Als Obika sein Mahl beendet hatte, gesellte er sich in Ezeulus Haus zu den andern. Wie gewöhnlich sprach Edogo für sie alle. Nicht nur Obika war anwesend, sondern auch Oduche und Nwafo.

»Morgen ist Afo«, sagte Edogo. »Wir möchten dich fragen, welche Arbeit du für uns hast.«

Ezeulu dachte eine Weile nach, als sei er nicht auf diese Frage vorbereitet gewesen. Dann fragte er Obika, was an seinem neuen Haus noch zu tun sei.

»Nur die Scheune der Frauen ist noch nicht fertig«, antwortete Obika. »Aber das kann warten. Bis zur Ernte gibt es keinen Cocoyam, den man darin unterbringen muß.«

»Nichts wird warten«, entgegnete Ezeulu. »Eine neue Frau soll nicht in ein unfertiges Heim kommen. Ich weiß, die Jugend von heute bekümmert das nicht. Aber solange wir Alten da sind, werden wir nicht aufhören, ihr den rechten Weg zu weisen. Edogo, statt morgen für mich zu arbeiten, läßt du deine Brüder und die Frauen die Scheune aufbauen. Wenn Obika kein Schamgefühl hat – wir haben es!«

»Vater, ich möchte ein Wort dazu sagen.« Es war Oduche, der sprach.

»Gut, ich höre.«

Oduche räusperte sich, als fürchte er sich, zu sprechen.

»Vielleicht ist es ihnen verboten, ihren Brüdern beim Scheunenbau zu helfen«, spottete Obika mit schwerer Zunge.

»Du sprichst immer wie ein Dummkopf«, erwiderte Edogo heftig. »Hat Oduche nicht hart an deinem Haus gearbeitet? So hart wie du selbst – ja, ich möchte sagen: härter?!«

»Oduche soll sprechen«, sagte Ezeulu, »und nicht ihr beiden, wie eifersüchtige Frauen!«

»Ich gehöre zu denen, die auserwählt sind, morgen nach Okperi zu gehen und das Gepäck unseres neuen Lehrers abzuholen.«

»Oduche!«

»Vater!«

»Höre mich an, was ich dir jetzt zu sagen habe: Geht ein Händeschütteln weiter als bis zum Ellenbogen, dann wissen wir, es hat sich in etwas anderes verwandelt. Ich selbst war es, der dich zu diesen Leuten gesandt hat – aus Freundschaft für den weißen Mann Wintabota. Er bat mich, ihm eins meiner Kinder zu senden, das die Gepflogenheiten seines Volkes lernen sollte, und ich stimmte zu und schickte dich hin. Aber ich habe dich nicht ausgesandt, damit du deine Pflichten in meinem Haushalt vernachlässigst. Hast du verstanden? Geh und richte den Leuten, die dich ausgewählt haben, nach Okperi zu gehen, aus, daß ich, Ezeulu, nein gesagt habe. Richte ihnen aus, daß morgen der Tag ist, an dem meine Söhne und meine Frauen und die Frauen meiner Söhne für mich arbeiten. Deine Leute sollten die Gepflogenheiten unseres Landes kennenlernen. Tun sie es nicht, so mußt du sie ihnen erklären. Verstehst du mich?«

»Ich verstehe dich.«

»Nun geh und ruf deine Mutter. Ich denke, morgen ist sie an der Reihe, für mich zu kochen.«

# KAPITEL 2

Ezeulu sagte oft, daß die toten Väter von Umuaro, die von *ani-Mmo* auf die Welt herabblickten, völlig verwirrt sein müßten wegen der neuen Sitten. Niemals hätte Umuaro unter solchen Umständen wie damals vor fünf Jahren Krieg nach Okperi tragen dürfen. Wer hätte je geglaubt, daß Umuaro so bitter gespalten in den Krieg ziehen könnte? Wer hätte gedacht, daß die Leute von Umuaro die Warnungen des Ulu-Priesters mißachteten, der die sechs Dörfer einst zusammengebracht und zu dem gemacht hatte, was sie waren? Aber Umuaro war groß und weise geworden in seiner Selbsttäuschung – wie der kleine Vogel *nza*, der aß und trank und seinen Gott zu einem Zweikampf herausforderte. Umuaro forderte den Gott heraus, der den Grundstein zu seinen sechs Dörfern gelegt hatte. Und – was hätten sie anderes erwarten können? – er schlug sie so, daß es für heute und morgen reichte!

In der fernen, fernen Vergangenheit, als die Eidechsen noch selten und sehr vereinzelt waren, lebten die sechs Dörfer – Umuachala, Umunneora, Umuago, Umuezeani, Umuogwugwu und Umuisiuzo – völlig getrennt voneinander, und jedes betete zu seiner eigenen Gottheit. Damals kam es oft vor, daß die Söldner von Abame sie mitten in der Nacht überfielen, die Häuser in Brand steckten und Männer, Frauen und Kinder in die Sklaverei verschleppten. Es war so schlecht um die sechs Dörfer bestellt, daß ihre Führer sich zusammenschlossen, um sie zu retten. Sie beauftragten ein starkes Aufgebot von Heilern, die eine gemeinsame Gottheit für sie einsetzen sollten. Diese Gottheit, von den Vätern der sechs Dörfer geschaffen, wurde Ulu genannt. Die Hälfte der Zaubermittel begrub man an einem Ort, der zum Nkwo-Markt wurde, die andere Hälfte warf man in den Fluß, der zum Mili Ulu wurde. Die sechs Dörfer nahmen gemeinsam den Namen Umuaro an, und der Priester des Ulu wurde ihr Oberpriester. Von jenem Tag an waren sie unschlagbar. Wie konnte so ein Volk den Gott mißachten, der ihre Stadt gegründet hatte und beschützte? Ezeulu sah darin den Beweis für den Verfall der Welt.

An jenem Tag vor fünf Jahren, als die Häupter von Umuaro sich entschlossen, einen Botschafter nach Okperi zu schicken mit weißem Ton für »Frieden« oder neuen Palmwedeln für »Krieg«, sprach Ezeulu zu tauben Ohren. Er erklärte den Männern von Umuaro, daß Ulu keinen ungerechten Krieg führen wolle.

»Ich weiß es«, sprach er zu ihnen, »mein Vater sagte mir, daß dieses Land den Okperi gehörte, als unser Dorf sich hier ansiedelte. Die Okperi gaben uns ein Stück ihres Landes, wo wir wohnen konnten. Sie gaben uns auch ihre Götter – ihren Udo und ihren Ogwugwu. Aber sie sagten zu unseren Vorfahren – merkt meine Worte wohl! –, das Volk von Okperi sagte zu unseren Vätern: Wir geben euch unsern Udo und unsern Ogwugwu; aber ihr dürft den Gott, den wir euch geben, nicht Udo nennen, sondern ›Sohn des Udo‹, und nicht Ogwugwu, sondern ›Sohn des Ogwugwu‹. So hat mein Vater mir die Geschichte überliefert. Wenn ihr vorhabt, einen Mann wegen eines Stück Ackerlandes, das sein Eigentum ist, zu bekämpfen, so habe ich nichts damit zu schaffen!«

Aber Nwaka trug den Sieg davon. Er war in den sechs Dörfern einer der drei Männer, die den höchsten Rang hatten – Eru, nach dem Gott des Reichtums genannt. Nwaka stammte von einer langen Reihe wohlhabender Männer ab und aus einem Dorf, das sich für das erste in Umuaro hielt. Man erzählte, als die sechs Dörfer sich zusammentaten, habe man das Priesteramt des Ulu dem schwächsten unter ihnen angeboten, damit es nicht zu mächtig würde.

»Umuaro Kweno!« rief Nwaka laut.

»Hem!« erwiderten die Männer von Umuaro.

»Kwenu!!«

»Hem!«

»Kwezuenu!!«

»Hem!«

Er begann seine Rede fast leise in dem Schweigen, das er mit seiner Begrüßung hergestellt hatte.

»Die Weisheit ist wie eine Ziegenledertasche; jeder Mann trägt seine eigene. Ebenso ist es mit der Kenntnis des Landes. Ezeulu hat uns gesagt, was sein Vater ihm aus den alten Zeiten überliefert hat. Wir wissen, daß ein Vater nichts Falsches zu seinem Sohne spricht. Aber wir wissen auch, daß die Kunde von dem Stück Land das Wissen vieler Väter übersteigt. Hätte Ezeulu vom großen Gott von Umuaro gesprochen, dem er dient und dem seine Väter vor ihm gedient haben, so hätte ich mein Ohr seiner Stimme geschenkt. Aber er spricht über Geschehnisse, die älter sind als Umuaro selbst. Ich scheue mich nicht zu sagen, daß weder Ezeulu noch sonst ein Mann in diesem Dorf uns etwas über diese Geschehnisse berichten kann.« Zustimmendes und mißbilligendes Gemurmel erhob sich, aber die Gruppe der Ältesten und Reichen spendete Beifall. Nwaka ging vor und zurück, während er sprach; die Adlerfeder in seiner roten Kappe und die Bronzespange um seinen Knöchel kennzeichneten ihn als einen der Vornehmen – einen von Eru, dem Gott der Reichen, begünstigten Mann.

»Mein Vater hat mir eine andere Geschichte erzählt. Er sagte mir, die Leute von Okperi seien damals hin- und hergewandert. Er nannte mir drei oder vier Orte, wo sie eine Zeitlang weilten, dann seien sie wieder weitergezogen. Sie wurden durch Umuofia, dann durch Abame und Aninta vertrieben. Wollen sie etwa heute hingehen und all diese Orte zurückfordern? Haben sie unser Ackerland etwa für sich beansprucht in den Tagen, ehe der weiße Mann kam und das Oberste zuunterst kehrte? Ihr Ältesten und Ndichie von Umuaro – laßt jeden von uns in sein Haus zurückkehren, wenn wir nicht das Herz zum Kampfe haben. Wir wären nicht das erste Volk, das sein Ackerland, ja sogar seine Heimat verläßt, um Krieg zu vermeiden. Aber dann sollten wir weder uns selbst noch unseren Kindern sagen, daß dieses Land einem anderen Volk gehört. Gestehen wir ihnen lieber ein: Ihre Väter zogen es vor, nicht zu kämpfen. Erzählen wir ihnen, daß wir die Töchter der Okperi und ihre Männer unsere Töchter heiraten und daß die Männer oft die Lust am Kampf verlieren, wenn sie sich auf diese Art vermischen. Umuaro Kwenu!«

»Hem!«

»Kwezuenu!«

»Hem!«

»Ich grüße euch alle!«

Er erntete langen und lauten Beifall. Nwaka hatte Ezeulus Rede auf einen Schlag widerlegt durch die Andeutung, daß die Mutter des Oberpriesters eine Tochter der Okperi gewesen war. Die Versammlung löste sich in viele kleine Gruppen auf, die sich mit denen unterhielten, die in ihrer Nähe saßen. Ein Mann meinte, Ezeulu habe vergessen, ob ihm sein Vater oder seine Mutter von dem Ackerland erzählt hatte. Sprecher um Sprecher erhob sich und sprach zu der Versammlung, bis es klar war, daß alle sechs Dörfer hinter Nwaka standen. Ezeulu war nicht der einzige Mann von Umuaro, dessen Mutter aus Okperi stammte. Aber keiner der andern wagte, ihn zu unterstützen. Tatsächlich war einer von ihnen, Akukalia, so ungestüm, daß sich seine Rede kaum von den Worten ›Töten und Vernichten‹ entfernte und man ihn dazu auswählte, den weißen Lehm und die jungen Palmwedel in sein Mutterland Okperi zu tragen.

Als letzter sprach an diesem Tag der älteste Mann aus Akukalias Dorf. Seine Stimme war jetzt zittrig, aber sein Gruß an die Versammlung in allen Ecken des Nkwo-Marktplatzes deutlich vernehmbar. Die Männer von Umuaro beantworteten seinen mühevollen Gruß mit dem lautesten »Hem!« des Tages. Er erklärte in aller Ruhe, er müsse rasten, um wieder zu Atem zu kommen, und wer es hörte, lachte.

»Ich möchte mit dem Mann sprechen, den wir nach Okperi schikken. Es ist lange her, daß wir einen Krieg geführt haben, und viele von euch erinnern sich vielleicht nicht mehr unserer Gesetze. Ich sage nicht, daß Akukalia darauf hingewiesen werden muß. Aber ich bin ein alter Mann, und was kann ein alter Mann anderes tun als einen Rat geben. Wenn die Hauseidechse nicht tut, wofür ihre Art bekannt ist, wird man sie für die Eidechse des Ackerlandes halten.

Aus der Art und Weise, wie Akukalia sprach, hörte ich, daß er sehr zornig ist. Es ist recht und billig, daß er so empfindet. Aber wir senden ihn nicht des Kampfes wegen in sein Mutterland. Wir senden dich, Akukalia, um sie zwischen Krieg und Frieden wählen zu lassen. Spreche ich für Umuaro?« Man ließ ihm weiterhin das Wort.

»Wir wünschen nicht, daß Okperi den Krieg wählt. Der Krieg ernährt niemanden. Wenn sie den Frieden wählen, werden wir uns dessen freuen. Aber was sie auch sagen, du, Akukalia, sollst dich nicht mit ihnen auseinandersetzen. Deine Pflicht besteht darin, uns ihre Antwort zu bringen. Wir wissen alle, du bist ein furchtloser Mann, aber solange du dort weilst, steck deinen Mut in die Tasche. Wenn die jungen Männer, die mit dir gehen, mit zu lauter Stimme sprechen, mußt du ihren Fehler wettmachen. Ich habe in meinen jungen Tagen solche Botschaften überbracht, und ich kenne die Versuchung zu gut. Ich grüße euch!«

Ezeulu, der sich alles mit einem bekümmerten Lächeln angehört hatte, sprang auf wie einer, den eine schwarze Ameise ins Hinterteil gestochen hat.

»Umuaro kweno!« rief er.

»Hem!«

»Ich grüße euch alle.« Es war wie der Gruß einer erzürnten Maske. »Wenn ein Mann zu Hause ist, läßt er die Geiß nicht in Schmerzen an der Kette gebären. Das haben uns unsere Vorfahren überliefert. Aber was haben wir heute hier gesehen? Wir haben Männer sprechen hören, die fürchteten, Feiglinge genannt zu werden. Andere haben gesprochen, die kriegshungrig sind. Laßt uns das alles beiseite stellen. Wenn das Ackerland wirklich unser ist, wird Ulu auf unserer Seite kämpfen. Gehört es uns nicht, so werdet ihr's bald erfahren. Ich ergriffe heute nicht noch einmal das Wort, hätte ich nicht gesehen, daß Männer im Hause ihre Pflicht vernachlässigen. Ogbuefi Egonwanne als einer der drei ältesten Männer in Umuaro hätte uns daran erinnern sollen, daß unsere Väter keine ungerechten Kriege führten. Aber statt dessen will er unseren Botschafter lehren, Feuer und Wasser im selben Mund zu tragen. Haben wir nicht gehört, daß ein Junge, den sein Vater stehlen schickt, nicht verstohlen schleicht, sondern die Tür mit den Füßen eintritt? Warum kümmert sich Egonwanne um Nichtigkeiten, wenn man das Wichtige außer acht läßt? Wir wollen Krieg. Wie Akukalia zum Volk seiner Mutter spricht, ist ohne Gewicht. Mag er ihnen ins Gesicht spukken, wenn er will. Wenn wir hören, ein Haus ist eingestürzt – fragen wir dann, ob die Decke mit eingestürzt ist? Ich grüße euch alle.«

Akukalia und seine beiden Gefährten brachen am nächsten Morgen beim ersten Hahnenschrei nach Okperi auf. Er trug in seiner Ziegenledertasche einen Brocken weiße Kreide und ein paar gelbe Palmwedel, aus der Krone des Baums geschnitten, ehe die Sonne sie aufgerollt hatte; jeder hatte eine eingewickelte Machete bei sich.

An jenem Tag war Eke, und bald begegneten Akukalia und seine Gefährten Frauen aus allen Nachbardörfern auf dem Weg zu dem berühmten Eke Okperi-Markt. Meist waren es Frauen aus Elumelu und Abame, die hierzulande die besten Töpfe herstellten. Jede trug eine aufgetürmte Ladung von fünf oder sechs oder sogar noch mehr großen Wassertöpfen auf einem langen, durch ein Netz von Stricken zusammengehaltenen Korb.

Als die Männer von Umuaro an den vielen Gruppen dieser Marktfrauen vorbeikamen, unterhielten sie sich über den großen Eke-Markt in Okperi, den die Leute aus allen Teilen Igbos und Olus besuchten.

»Er ist das Ergebnis eines alten Zaubers«, erklärte Akukalia. »In der Familie meiner Mutter gibt es viele bedeutende Heiler.« Seine Stimme klang stolz. »Zuerst war Eke ein sehr kleiner Markt. Andere Märkte in der Nachbarschaft machten ihm große Konkurrenz. Dann schufen die Männer von Okperi eines Tages einen mächtigen Gott und stellten ihren Markt unter seinen Schutz. Von da an wuchs und wuchs Eke, bis es der größte Markt im ganzen Land war. Diese Gottheit, die sie Nwanyieke nannten, ist eine alte Frau. An jedem Eke-Tag erscheint sie vor dem Hahnenschrei auf dem Marktplatz, einen Besen in der rechten Hand, tanzt um den großen offenen Platz, winkt nach allen Richtungen der Erde und zieht das Volk aus jedem Land heran – deshalb darf sich niemand dem Marktplatz vor dem Hahnenschrei nähern; täte er's, so sähe er die alte Frau bei ihrem Zauber.«

»Dieselbe Geschichte erzählt man vom Nkwo-Markt am großen Fluß von Umuru«, sagte einer der Gefährten Akukalias. »Dort hat der Zauber so gut gewirkt, daß man den Markt nicht mehr nur an Nkwo-Tagen abhält.«

»Umuru kann sich, was Zauberei angeht, nicht mit der Familie meiner Mutter messen«, sagte Akukalia. »Der Markt dort ist groß geworden, weil der weiße Mann seine Waren hinbringt.«

»Warum täte er das?« fragte der andere Mann, »wenn's nicht wegen des Zaubers wäre? Die alte Frau dieses Marktes hat die Welt mit ihrem Besen gefegt, sogar das Land des weißen Mannes, wo, wie sie sagen, die Sonne nie scheint.«

»Ist es wahr, daß eine ihrer Frauen in Umuru ohne ihren weißen Hut hinausging und wie Palmöl in der Sonne schmolz?« fragte der andere.

»Das habe ich auch gehört«, sagte Akukalia. »Aber man erzählt viele Lügen über den weißen Mann. Man sagte einmal sogar, ihm fehlten die Zehen.«

Als die Sonne höher stieg, kamen die Männer zu dem umstrittenen Ackerland. Es war jahrelang nicht bestellt worden und dicht mit braun gewordenem Speergras bewachsen.

»Ich erinnere mich, wie ich eines Tages mit meinem Vater hierher kam, um Gras für unser Dach zu schneiden«, sagte Akukalia. »Es ist sehr erstaunlich für mich, daß das Volk meiner Mutter es heute für sich beansprucht.«

»Schuld an allem hat der weiße Mann, der wie ein Alter zu zwei streitenden Kindern sagt: Ihr dürft nicht streiten, wenn ich da bin. Und dann fängt der jüngere, schwächere von den beiden an, sich aufzublasen und zu prahlen.«

»Das ist wahr«, sagte Akukalia. »Als ich ein junger Mann war oder gar zu meines Vaters Tagen wäre so etwas nicht passiert. Ich erinnere mich gut daran.« Er deutete auf das Ackerland. »Den Ebenebebaum dort drüben traf einmal der Blitz, und die Leute, die unter ihm Ried schnitten, wurden nach allen Seiten weggewirbelt.«

»Was du sie fragen solltest«, sagte der zweite Gefährte, der seit ihrem Aufbruch kaum ein Wort gesprochen hatte, »und was sie uns sagen sollten, ist das: Wenn das Land wirklich ihnen gehörte, warum überließen sie dann uns seine Nutzung? Warum ließen sie uns dort von Generation zu Generation Riedgras für unsere Dächer schneiden, bis der weiße Mann kam und sie daran erinnerte?«

»Wir haben nicht den Auftrag, ihnen Fragen zu stellen, außer der einen, auf die Umuaro eine Antwort haben will«, sagte Akukalia. »Und ich glaube, ich muß euch nochmals ermahnen, eure Zungen im Zaum zu halten, wenn wir hinkommen, und das Sprechen mir zu überlassen. Es sind sehr schwierige Leute. Meine Mutter war keine Ausnahme. Aber ich weiß, was sie wissen. Wenn ein Mann von Okperi sagt, du sollst kommen, dann meint er, du sollst aus Leibeskräften weglaufen. Wenn du ihre Sitten nicht kennst, kannst du vom Hahnenschrei bis zur Schlafenszeit sitzen und mit ihnen reden und essen, aber du wirst immer nur auf der Oberfläche des Wassers treiben. Also überlaß es mir, denn wenn ein listenreicher Mann stirbt, soll ein listenreicher Mann ihn begraben.«

Die drei Boten erreichten Okperi etwa um die Zeit, da die meisten Leute ihr Frühstück beendeten. Sie begaben sich sogleich zum Hof des Uduezue, des nächsten lebenden Verwandten von Akukalias Mutter. Vielleicht waren es die ernsten Gesichter der Männer, die Uduezue alles verrieten, vielleicht war Okperi auch nicht ganz unvorbereitet auf die Botschaft aus Umuaro. Dennoch erkundigte sich Uduezue nach ihren Leuten zu Hause.

»Es geht ihnen gut«, erwiderte Akukalia ungeduldig. »Wir haben einen dringenden Auftrag, der sofort den Oberen von Okperi überbracht werden muß.«

»Wirklich?« fragte Uduezue. »Ich sprach zu mir selbst: Was bringt meinen Neffen und seine Leute so zeitig hierher, da der Weg doch weit ist? Wenn meine Schwester, deine Mutter, noch lebte, würde ich denken, es sei ihr etwas zugestoßen.« Er hielt eine kleine Weile inne. »Eine wichtige Botschaft; ja. Wir haben ein Sprichwort, daß keine Kröte in den Tag hineinrennt, es sei denn, sie wird verfolgt. Ich will euren Auftrag nicht hinauszögern, aber ich muß euch ein Stück Kolanuß anbieten.« Er wollte aufstehen.

»Bemüh dich nicht. Vielleicht kommen wir wieder, wenn wir unsern Auftrag erledigt haben. Auf unsern Köpfen liegt eine schwere Last, und ehe wir sie absetzen, können wir nicht verstehen, was man uns sagt.«

»Ich weiß, wie das ist. Nehmt denn dieses Stück weißen Ton, und lassen wir die Kolanuß, bis ihr zurückkommt.«

Aber die Männer lehnten es sogar ab, mit dem Ton einen Strich auf dem Boden zu ziehen. Danach war nichts mehr zu sagen. Sie hatten das Zeichen guten Willens zwischen Gastgeber und Gast zurückgewiesen.

Uduezue ging in den Innenhof seines Gehöfts und kehrte bald mit seiner Ziegenledertasche und der Machete in der Scheide wieder. »Ich bringe euch zu dem Mann, der eure Botschaft entgegennehmen wird«, sagte er.

Er ging voran, und die andern folgten schweigend. Sie gingen vorbei an einer immer dichter werdenden Menge von Marktleuten. Da die Saat vor der Tür stand, trugen viele Leute lange Körbe mit Saatyams. Einige Männer trugen Ziegen, ebenfalls in langen Körben. Aber dann und wann kam ein Mann, der nur ein Stück Federvieh in der Hand hielt; solch ein Mann trat niemals fest auf, besonders wenn er einer war, der bessere Tage gekannt hatte. Viele Frauen redeten beim Gehen laut miteinander; nur wer schon einen weiten Weg hinter sich hatte und erschöpft war, schwieg. Akukalia meinte, er erkenne bei einigen der aufgetürmten Kopflasten Wassertöpfe wieder, die sie unterwegs hinter sich gelassen hatten.

Akukalia hatte das Land seiner Mutter seit drei Jahren nicht besucht und verspürte jetzt eine seltsame Zuneigung zu ihm. Als er als kleiner Junge mit seiner Mutter das erste Mal hierhergekommen war, hatte er darüber gestaunt, daß die Erde und der Sand weiß aussahen und nicht rotbraun wie in Umuaro. Seine Mutter hatte ihm erklärt, das komme daher, daß sich die Okperi jeden Tag wüschen, während die in Umuaro die ganzen vier Wochentage hindurch kein Wasser anrührten. Seine Mutter war streng zu ihm und scheute keine Auseinandersetzung, aber jetzt empfand Akukalia sogar für sie nur nachsichtige Freundlichkeit.

Uduezue brachte seine drei Besucher zum Hause des Otikpo, des Ausrufers von Okperi. Er hielt sich in seinem *obi* auf und bereitete Saatyams für den Markt vor. Er erhob sich, um die Gäste zu begrüßen. Er sprach Uduezue mit Namen und Titel an und nannte Akukalia ›Sohn unserer Tochter‹. Die Hand schüttelte er nur den beiden, die er nicht kannte. Otikpo war ein sehr hochgewachsener Mann von schlankem Körperbau. Noch immer sah man ihm an, daß er in seiner Jugend ein berühmter Läufer gewesen war.

Aus einem inneren Raum holte er eine zusammengerollte Matte, die er für die Gäste auf die Lehmbank legte. Ein kleines Mädchen kam aus dem Innenhof und rief den Vater.

»Geh fort, Ogbanje«, sagte er. »Siehst du nicht, daß ich Fremde zu Besuch habe?«

»Nweke hat mich gehauen.«

»Er bekommt nachher die Peitsche zu spüren. Geh und sag ihm das.«

»Otikpo, laß uns hinausgehen und miteinander flüstern«, sagte Uduezue.

Sie blieben nicht lange fort. Als sie wieder erschienen, brachte Otikpo eine Kolanuß in einer hölzernen Schale. Akukalia dankte ihm, sagte aber, er und seine Gefährten trügen so schwere Lasten auf ihren Köpfen, daß sie weder essen noch trinken könnten, ehe sie ihre Bürde abgesetzt hätten.

»Wirklich?« fragte Otikpo. »Kann die Last, von der ihr sprecht, von mir und Uduezue abgeladen werden, oder sind dazu die Ältesten von Okperi nötig?«

»Die Ältesten sind nötig.«

»Dann seid ihr zu einer schlechten Zeit gekommen. Jeder in Igboland weiß, daß die Okperi an ihrem Eke-Tag nichts anderes tun. Ihr hättet gestern kommen sollen oder am Tag davor oder morgen oder am Tag danach. Sohn unserer Tochter, du solltest unsere Gewohnheiten kennen.«

»Eure Gewohnheiten sind nicht anders als die bei anderen Völkern«, sagte Akukalia. »Aber unser Anliegen duldet keinen Aufschub.«

»Wirklich?« Otikpo ging hinaus und erhob seine Stimme; er rief seinen Nachbarn Ebo und kam wieder herein.

»Die Angelegenheit duldet keinen Aufschub. Was sollen wir jetzt tun? Ich meine, ihr solltet heute in Okperi übernachten und morgen mit den Ältesten sprechen.«

Ebo kam und grüßte alle zusammen. Er war erstaunt, so viele Männer zu sehen, und wußte zuerst nicht, was er davon halten sollte. Dann begann er, allen die Hand zu geben, als er aber zu Akukalia kam, weigerte sich dieser, Ebos Hand zu ergreifen.

»Setz dich, Ebo«, sagte Otikpo. »Akukalia hat eine Botschaft für Okperi, die ihm verbietet, mit uns Kolanuß zu essen und unsere Hand zu schütteln. Er möchte die Ältesten sehen, und ich habe ihm erklärt, daß es heute unmöglich ist.«

»Warum haben sie den heutigen Tag auserwählt, um ihre Botschaft zu überbringen? Gibt es dort, wo sie herkommen, keinen Markt? Wenn das alles ist, wozu du mich gerufen hast, so will ich nach Hause gehen und mich zum Markt fertig machen.«

»Unsere Botschaft duldet keinerlei Aufschub, ich habe es schon gesagt.«

»Ich habe noch von keiner Botschaft gehört, die nicht warten konnte. Oder bringt ihr uns die Nachricht, daß Chukwu, der hohe Gott, den Fuß wegziehen will, mit dem er die Welt hält? Wenn nicht, dann müßt ihr wissen, daß der Eke-Markt von Okperi nicht ausfällt, weil drei Männer eingetroffen sind. Wenn ihr genau hinhorcht, hört ihr schon jetzt seine Stimme, obwohl er noch nicht halbwegs in Gang ist. Wenn er auf dem Höhepunkt ist, vernehmt ihr ihn bis Umuda. Denkt ihr, ein solcher Markt hört auf, um eurer Botschaft zu lauschen?« Er setzte sich, und es entstand eine Pause.

»Du siehst jetzt sicher ein, Sohn unserer Tochter, daß wir unsere Ältesten nicht eher als morgen zusammenrufen können«, sagte Otikpo.

»Wenn plötzlich Krieg über eure Stadt käme, würdet ihr dann alle Männer zusammenrufen, Vater meiner Mutter? Wartet ihr dann bis morgen? Schlagt ihr dann nicht euren *ikolo*?«

Ebo und Otikpo brachen in Gelächter aus. Die drei Männer von Umuaro wechselten Blicke. Akukalias Miene wurde drohend. Uduezue saß noch so, wie er gesessen hatte, seit sie hereingekommen waren, das Kinn in der linken Hand.

»Verschiedene Völker haben verschiedene Sitten«, sagte Otikpo, als er zu lachen aufhörte. »In Okperi ist es nicht üblich, Fremde auf unserm Markt mit dem *ikolo* willkommen zu heißen.«

»Sagst du uns damit, Vater meiner Mutter, daß du uns als Marktfrauen betrachtest? Ich habe deine Beleidigungen geduldig ertragen. Ich darf dich daran erinnern, daß mein Name Okeke Akukalia von Umuaro ist.«

»Ooh … von Umuaro«, sagte Ebo, noch beleidigt wegen des verweigerten Handschlags. »Ich bin froh, daß du Umuaro gesagt hast. Der Name dieser Stadt hier ist Okperi.«

»Geh zurück in dein Haus«, schrie Akukalia, »oder ich sorge dafür, daß du Scheiße schluckst!«

»Wenn du brüllen willst wie ein kastrierter Bulle, so mußt du warten, bis du wieder in Umuaro bist. Ich sagte dir doch, wir sind hier in Okperi.«

Vielleicht geschah es mit Absicht, vielleicht zufällig. Aber Ebo hatte gerade das eine Wort ausgesprochen, das niemand zu Akukalia sagen durfte, der zeugungsunfähig war und seine zwei Frauen heimlich zu andern Männern schickte, damit sie ihm Kinder gebärten.

Nun folgte ein grimmiger Kampf. Ebo war Akukalia nicht gewachsen und hatte bald eine Kopfwunde, aus der das Blut strömte. Vor Schmerz und Scham wahnsinnig stürzte er in sein Haus, um seine Machete zu holen. Frauen und Kinder aus den umliegenden Höfen standen nun draußen, manche von ihnen schrien vor Angst. Auch Vorübergehende eilten hinzu und versuchten vergeblich einzugreifen.

Was dann geschah, war das Werk Ekwensus, des Unheilstifters. Akukalia rannte Ebo nach ins Haus, nahm den *ikenga* vom Hausaltar, kam wieder herausgestürzt und spaltete ihn in zwei Teile, während alle vor Entsetzen erstarrten.

Ebo war der letzte, der diese abscheuliche Tat sah. Er hatte mit Otikpo gekämpft, der ihm die Machete fortnehmen wollte, um Blutvergießen zu vermeiden. Als die Menge aber sah, was Akukalia getan hatte, rief sie Otikpo zu, er solle von Ebo lassen. Die beiden Männer verließen zusammen das Haus. Ebo rannte auf Akukalia zu und blieb wie angewurzelt stehen, als er sah, was dieser getan hatte. Einen kurzen Augenblick wußte er nicht, ob er wache oder träume. Er rieb sich mit dem linken Handrücken die Augen. Akukalia stand vor ihm. Die beiden Stücke seines *ikenga* lagen im Staub, wo sie der Wütende hingeworfen hatte.

»Komm her, wenn du ein Mann bist! Ja, ich habe es getan. Was wirst du tun?«

Es war also Wirklichkeit! Ebo wandte sich um und ging in sein *obi*. An seinem Altar kniete er nieder, um ihn genau zu betrachten. Ja, die Lücke, wo sein *ikenga*, die Kraft seines rechten Arms, gestanden hatte, starrte ihn an – ein leerer Fleck, ohne Staub, auf dem hölzernen Brett.

»Nna doh! Nna doh!« Er flehte weinend seinen toten Vater an, er möge ihm zu Hilfe kommen. Dann erhob er sich und ging in den Schlafraum. Er war ein wenig vor Otikpo dort, der gedacht hatte, Ebo werde sich etwas antun, und rannte herein. Aber es war zu spät. Ebo stieß ihn beiseite und kam mit dem geladenen Gewehr in das *obi*. An der Schwelle kniete er nieder und zielte. Akukalia sah die Gefahr, stürzte vorwärts. Obwohl ihn die Kugel in die Brust getroffen hatte, rannte er mit hocherhobener Machete weiter, bis er auf der Schwelle hinschlug. Sein Gesicht streifte das niedrige Grasdach, als er zusammenbrach.

Als man den Toten nach Umuaro heimbrachte, war jedermann wie betäubt. Noch nie war ein Botschafter von Umuaro auswärts getötet worden. Nach dem ersten Schrecken begannen die Leute jedoch zu sagen, daß ihr Verwandter ein unverzeihliches Unrecht getan habe.

»Stellen wir uns selbst an den Platz des Mannes, den er vor seinen eigenen Augen vernichtete«, sagten sie. »Wer würde so etwas ertragen? Welche Sühne, welches Opfer könnte einen solchen Frevel auslöschen? Wie hätte der Betroffene vor seinen Vätern bestehen können, ohne ihnen zu sagen: Der Mann, der das tat, hat es mit seinem Kopf bezahlt? Eine geringere Strafe wäre nicht angemessen gewesen.«

Umuaro hätte es dabei belassen, und vielleicht wäre der ganze Streit um das Land damit erledigt gewesen, da anscheinend Ekwensu seine Hand im Spiel hatte. Aber eine wesentliche Kleinigkeit bedrückte sie noch. Warum hatte Okperi sich nicht bereitgefunden, eine Botschaft nach Umuaro zu senden und ihnen mitzuteilen: Dies und das ist passiert! Jedermann gab zu, daß jener, der Akukalia getötet hatte, aufs schwerste gereizt worden war. Es traf auch zu, daß Akukalia nicht nur ein Sohn von Umuaro war; er war auch ein Sohn der Tochter von Okperi, und was geschehen war, konnte man vergleichen mit dem Kopf des Ziegenbocks, der in den Beutel des Ziegenbocks fällt. Dennoch – wenn ein Mann getötet wurde, mußte man sich dazu äußern, mußte eine Erklärung abgeben. Daß Okperi sich nicht um ein klärendes Wort bemüht hatte, war ein Zeichen der Verachtung, die man dort jetzt für Umuaro hegte. Und darüber konnten sie nicht hinwegsehen. Vier Tage nach dem Tod Akukalias gingen die Totenrufer vor Einbruch der Nacht durch die sechs Dörfer.

Die Versammlung am nächsten Morgen war sehr feierlich. Fast jeder der Sprecher erklärte: Obwohl es nicht recht sei, einem Toten Schlechtes nachzusagen, müsse man zugeben, daß Akukalia schweres Unrecht verübt habe. Viele der Anwesenden, besonders die älteren Männer, baten Umuaro, die Angelegenheit fallen zu lassen. Aber es waren andere da, die sich, wie man sagte, die Haare ausrissen und darauf herumkauten. Sie schworen, sie wollten nicht lebend zusehen, daß Umuaro bespien werde. Sie wurden wieder von Nwaka angeführt. Er sprach mit seiner üblichen Beredsamkeit und rührte an manches Herz.

Ezeulu sprach erst ganz zuletzt. Er grüßte Umuaro leise und voll großer Trauer.

»Umuaro kweno!«

»Hem!«

»Umuaro obodonesi kwenu!«

»Hem!«

»Kwezuenu!«

»Hem!«

»Die Rohrflöte, auf der wir bliesen, ist nun vernichtet. Als ich vor zwei Märkten an dieser Stelle sprach, gebrauchte ich ein Sprichwort. Ich sagte, wenn ein Mann zu Hause ist, braucht die Geiß nicht in Schmerzen an der Kette zu gebären. Ich sprach damals zu Ogbuefi Egonwanne, der der älteste hier war. Ich sagte ihm, er hätte gegen das sprechen sollen, was hier geplant wurde, aber statt dessen legte er ein glühendes Stück Kohle in die Hand eines Kindes und riet ihm, es vorsichtig zu tragen. Wir haben alle gesehen, mit wieviel Vorsicht es getragen wurde. Ich sprach damals nicht nur zu Egonwanne allein, sondern zu all den Ältesten hier, die unterließen, was sie hätten tun müssen, und statt dessen etwas anderes taten. Sie waren im Haus – aber dennoch mußte die Geiß beim Gebären Schmerzen leiden.

Es war einmal ein großer Ringer, dessen Rücken nie den Boden berührt hatte. Er ging kämpfend von Dorf zu Dorf, bis er jeden

Mann auf Erden geworfen hatte. Dann beschloß er, ins Land der Geister zu gehen und dort zu ringen, und auch dort wurde er Meister. Er schlug jeden Geist, der sich ihm stellte. Manche hatten sieben Köpfe, manche zehn; aber er schlug sie alle. Sein Gefährte, der seinen Ruhm auf der Flöte besang, bat ihn, mit ihm wegzugehen, aber er wollte nicht. Er bat und flehte, aber des Ringers Ohr war verstopft. Statt heimzugehen, forderte er die Geister auf, sie sollten ihm ihren besten und stärksten Ringer schicken. Also sandten sie ihm seinen eigenen Gott, einen kleinen zähen Geist, der ihn mit einer Hand ergriff und auf der steinigen Erde zerschmetterte.

Männer von Umuaro, warum, meint ihr, haben uns unsere Väter diese Geschichte überliefert? Sie erzählten sie uns, weil sie uns eins lehren wollten: Wie stark oder wie groß ein Mann auch sei, er soll niemals seinen *chi* herausfordern. Das hat unser Botschafter aber getan – seinen *chi* herausgefordert. Wir waren seine Flötenspieler, aber wir flehten ihn nicht an, seinem Tod aus dem Weg zu gehen. Wo ist er heute? Die Fliege, die keinen Ratgeber hat, folgt dem Leichnam ins Grab. Aber lassen wir Akukalia beiseite; er ist den Weg gegangen, den sein *chi* bestimmt hat.

Der Sklave, der sieht, wie ein anderer in ein flaches Grab geworfen wird, weiß wohl, daß man ihn auf gleiche Art begräbt, wenn seine Stunde kommt. Umuaro fordert heute seinen *chi* heraus. Lebt ein Mann und lebt eine Frau im Umuaro, ohne Ulu zu kennen, den Gott, der den Menschen dann vernichtet, wenn das Leben ihm am süßesten schmeckt? Gewisse Leute sprechen noch davon, wir sollten Krieg nach Okperi tragen. Glauben sie, Ulu wird für die ungerechte Sache kämpfen? Heute ist die Welt schlecht, und alles, was geschieht, hat weder Hand noch Fuß. Aber Ulu ist nicht schlecht. Wenn ihr in den Krieg zieht, um einen Mann zu rächen, der Scheiße auf das Haupt des Vaters seiner Mutter gehäuft hat, wird Ulu euch nicht folgen, um durch eure Verderbtheit nicht selbst beschmutzt zu werden. Umuaro – ich grüße dich.«

Die Versammlung endete in einem wilden Durcheinander. Umuaro spaltete sich in zwei Parteien. Viele Männer sammelten sich um Ezeulu und erklärten, sie stünden hinter ihm. Aber andere gingen mit Nwaka. Er hielt in derselben Nacht eine zweite Zusammenkunft mit ihnen in seinem Gehöft ab, und sie stimmten ihm zu, daß drei oder vier Okperiköpfe fallen müßten, um den Konflikt zu beenden.

Nwaka wollte sichergehen, daß niemand aus Ezeulus Dorf Umuachala zu diesem nächtlichen Treffen käme. Er hielt jedem, der eintrat, seine Palmöllampe vors Gesicht, um ihn deutlich zu sehen. Insgesamt wies er fünfzehn Männer ab.

Nwaka begann damit, daß er der Versammlung erklärte, Umuaro dürfe sich nicht vom Oberpriester des Ulu leiten lassen. »Mein Vater hat mir nicht berichtet, daß Umuaro, wenn es in den Krieg zog, sich vom Ulupriester die Erlaubnis holen mußte«, sagte er. »Ein Mann, der einer Gottheit dient, ist kein König. Er ist dazu da, seine seinem Gott zukommenden Riten auszuführen und ihm Opfer darzubringen. Aber ich habe diesen Ezeulu viele Jahre lang beobachtet. Er ist ein ehrgeiziger Mann. Er will Priester, König und Wahrsager sein, alles gleichzeitig. Sein Vater, sagt man, sei genauso gewesen. Aber Umuaro brachte ihm bei, daß die Leute von Igbo keine Könige kennen. Das muß man jetzt auch dem Sohn beibringen.

Wir haben keinen Streit mit Ulu. Er ist immer noch unser Beschützer, auch wenn wir des Nachts keine Abamekrieger mehr fürchten. Aber ich will nicht mit diesen meinen Augen ansehen müssen, daß sein Priester sich zum Herrn über uns macht. Mein Vater hat mir vieles erzählt, aber nicht, daß Ezeulu König in Umuaro sei. Wer ist er überhaupt? Betritt einer von uns seinen Hof durch die Männerpforte? Wenn Umuaro beschlösse, einen König zu erwählen, dann wüßten wir, woher er käme. Seit wann ist Umuachala das Haupt der sechs Dörfer? Wir alle wissen, aufgrund der Eifersucht zwischen den großen Dörfern wurde dem Schwächsten das Priesteramt übergeben. Wir werden um unser Ackerland kämpfen und Rache nehmen für die Verachtung, mit der uns Okperi überschüttet hat. Laßt uns nicht auf jemanden hören, der versucht, uns mit dem Namen des Ulu Furcht einzujagen. Sagt ein Mann ja, so sagt sein *chi* auch ja. Und wir haben alle gehört, was die Leute von Aninta mit ihrem Gott taten, als er sie betrog. Trugen sie ihn nicht zur Grenze zwischen ihrem und dem Nachbarland und steckten sie ihn nicht in Brand? Ich grüße euch!«

Der Krieg dauerte von einem Afo bis zum nächsten. An dem Tag, da er begann, tötete Umuaro zwei Männer von Okperi. Am nächsten Tag war Nkwo, also wurde nicht gekämpft. An den beiden folgenden Tagen, Eke und Oye, wurde der Kampf heftiger. Umuaro tötete vier Männer, und Okperi vergalt es mit drei Männern, einer von ihnen war Akukalias Bruder Okoye. Der nächste Tag, Afo, sah den Krieg ein plötzliches Ende nehmen. Wintabota, der weiße Mann, brachte Soldaten nach Umuaro und gebot Einhalt. Noch wurde die Geschichte von dem, was die Soldaten in Abame getan hatten, mit Furcht berichtet, und deshalb machte Umuaro keinen Versuch, Widerstand zu leisten, sondern legte die Waffen nieder. Obwohl sie nicht befriedigt waren, konnten sie doch ohne Scham erklären, Akukalias Tod sei nun gerächt und sie hätten ihm drei Männer nachgeschickt, auf die er sein Haupt zur Ruhe betten konnte. Vielleicht war es auch gut, daß der Krieg aufhören mußte. Der Tod von Akukalia und seinem Bruder bei ein und derselben Auseinandersetzung bewies, daß Ekwensu seine Hand im Spiel hatte.

Der weiße Mann gab sich nicht damit zufrieden, daß er dem Krieg ein Ende gemacht hatte. Er sammelte alle in Umuaro vorhandenen Gewehre ein und befahl den Soldaten, sie im Beisein aller zu zerbrechen, außer dreien oder vieren, die er mitnahm. Danach saß er über Umuaro und Okperi zu Gericht und sprach das umstrittene Land Okperi zu.

## KAPITEL 3

Captain T. K. Winterbottom stand auf der Terrasse seines Bungalows auf dem Government Hill, um das aufregende Schauspiel des ersten Regens zu genießen. Ein oder zwei Monate lang hatte sich die Hitze bis zur Unerträglichkeit gesteigert. Das Gras war längst verdorrt, und das Laub der härteren Bäume hatte die roten und braunen Farbtöne der Erde angenommen. Nur der Morgen gewährte zwei Stunden Gnadenfrist; dann verwandelte sich das Land in einen glühenden Ofen, und der Schweiß rann Winterbottom in kleinen Bächen über Kopf und Nacken. Am schlimmsten war das Rinnsal, das ständig hinter dem Ohr hinablief und sich anfühlte wie eine über die Haut kriechende Fliege. Eine zweite Spanne zeitweiliger Erleichterung brachte der Abend, wenn, bei Sonnenuntergang, ein kühler Wind wehte. Aber dieser tückische Wind war die größte Gefahr Afrikas. Dem arglosen Europäer, der sich ihm ungeschützt aussetzte, brachte er den Todeskuß.

Captain Winterbottom hatte nicht mehr richtig geschlafen, seit der trockene, kühle Harmattan im Dezember plötzlich zu wehen aufgehört hatte, und jetzt war Mitte Februar. Er war blaß und mager geworden und bekam trotz der Hitze oft kalte Füße. Jeden Morgen nach dem Bad – er hätte ein kaltes Bad vorgezogen, mußte aber heiß baden, wenn er am Leben bleiben wollte, denn Afrika verschont keinen, der tut, was er möchte, statt zu tun, was er muß – sah er in den Spiegel und stellte fest, daß sein Zahnfleisch immer weißer wurde. Vielleicht stand ihm ein neuer Fieberanfall bevor. Nachts mußte er sich in einem Moskitonetz einsperren, das jedes Lüftchen, wenn sich eins draußen regte, ausschloß. Die Bettücher waren durchgeweicht, und unter seinem Kopf entstand im Kissen eine wassergetränkte Höhlung. Nach dem ersten kurzen unruhigen Schlaf lag er wach und warf sich hin und her, bis das ferne Dröhnen der Trommeln zu ihm drang. Oft fragte er sich, welche unausprechlichen Riten nachts in den Wäldern abgehalten wurden – oder war es nur der Herzschlag der afrikanischen Dunkelheit? Eines Nachts erschrak er plötzlich, als er sich bewußt wurde, daß das Dröhnen der Trommeln, wo immer in Nigeria er nachts wachlag, mit derselben Beständigkeit und aus derselben trügerischen Ferne zu ihm kam. War es möglich, daß das Dröhnen aus seinem eigenen von der Hitze überreizten Hirn kam? Er versuchte, den Gedanken fortzulächeln, aber die Haut auf seinem Gesicht fühlte sich zu gespannt an. Dieses entzückende Land aufschreckender Alpträume!

Vor fünfzehn Jahren hätten das Klima und die Nahrung Winterbottom so niederdrücken können, daß ihm Zweifel an seinem Dienst in Nigeria gekommen wären. Jetzt aber war er ein abgehärteter alter Hase, und obwohl das Klima ihn reizbar und schwach machte, hätte er das Leben dort gegen keinen Komfort Europas eingetauscht. Sein unbedingter Glaube an die britische Aufgabe in Afrika war seltsamerweise im Kamerunfeldzug 1916, als er gegen die Deutschen kämpfte, noch gewachsen. Damals war er zu seinem Captainsrang gekommen. Anders als viele Beamte der Kolonialverwaltung, die ebenfalls in Kamerun aktiv gedient hatten, trug er seinen Titel auch in Friedenszeiten.

Der erste Regen war überfällig gewesen – dennoch kam er unerwartet. Den Tag über hatte die Sonne wie gewöhnlich Feuer ausgeatmet und die Erde halbbetäubt darniedergelegen. Die Vögel, die morgens gesungen hatten, waren verstummt. Die Luft rührte sich nicht von der Stelle, zitterte nur vor Hitze; das Laub hing welk an den Bäumen. Dann erhob sich ohne jedes Vorzeichen plötzlich ein starker Wind, und der Himmel wurde dunkel. Staub und fliegende Blätter füllten die Luft. Palmen und Kokosbäume schwankten bis zur Mitte ihres Stamms, die Wipfel sahen aus wie Riesen, die gegen den Wind flogen, während ihr langes Haar hinter ihnen herwehte.

Winterbottoms Diener John lief durch das Haus, schloß Türen und Fenster und sammelte Papier und Fotografien vom Boden auf.

Scharf und trocken bellte der Donner durch das Getöse. Die Welt, die monatelang geschlummert hatte, erwachte wieder voller Leben und roch nach neuen, noch ungeborenen Blättern. Auch Winterbottom an der Brüstung seiner Veranda war ein anderer Mensch. Er ließ sich den Staub in die Augen blasen und beneidete diesmal die einheimischen Kinder, die nackt herumliefen und singend den Regen begrüßten.

»Was sagen sie?« fragte er John, der jetzt die Liegestühle hineintrug.

»Sie sagen: mach Regen und komm schnell!«

Vier andere Kinder kamen von den Unterkünften der Diener herübergelaufen und gesellten sich zu denen auf Winterbottoms Rasen, dem einzigen Platz, der genug Raum zum Spielen bot.

»Sind das alles deine, John?« In seiner Stimme klang etwas wie Neid.

»Nein, Herr«, sagte John, stellte den Liegestuhl ab und deutete hinaus. »Meine sind die zwei, die da rüberlaufen, und das gelbe Mädchen. Die beiden andern sind die des Kochs; die andere da drüben gehört dem Gärtner.«

Sie mußten schreien, um sich zu verständigen. Jetzt war der Himmel mit ruhelosen schwarzen Wolken bedeckt, nur am fernen Horizont hing noch ein schmaler Lichtstreifen. Lange Blitze spalteten zornig und ungeduldig die Wolken, nur um darin zu verlöschen.

Anfangs fielen die Regentropfen wie große Kiesel. Die Kinder sangen lauter, als die ersten eiskalten Tropfen sie trafen. Manchmal tat es weh, aber sie lachten nur noch mehr. Sie krochen auf allen vieren umher, fingen die gefrorenen Tropfen auf und warfen sie sich in den Mund, ehe sie schmolzen.

Es regnete fast eine Stunde, dann hörte es ebenso plötzlich auf. Die Bäume waren grüngewaschen, und die Blätter wehten fröhlich im Wind. Winterbottom sah auf die Uhr – es war fast sechs. In der Aufregung über den ersten Regen des Jahres hatte er seinen Tee vergessen, den ihm John um fünf gebracht hatte. Er nahm ein Stück Gebäck und begann, darauf herumzukauen. Dann fiel ihm ein, daß Clarke zum Dinner kommen wollte, und er ging in die Küche, um nachzusehen, was der Koch machte.

Okperi war keine große Station. Nur fünf Europäer wohnten auf dem Government Hill: Captain Winterbottom, Clarke, Roberts, Wade und Wright. Captain Winterbottom war der Distriktbeauftragte. Der vor seinem Haus flatternde Union Jack verkündete, daß er in diesem Bezirk als des Königs Stellvertreter fungierte. Am Empire Day nahm er die Parade der Schulkinder ab – eine der wenigen Gelegenheiten, bei denen er seine weiße Uniform und den Säbel trug. Sein Stellvertreter war Clarke, der erst seit vier Wochen hier arbeitete und gekommen war, um den armen John White zu ersetzen, der an Malaria gestorben war.

Die andern Europäer gehörten eigentlich nicht zur Verwaltung. Roberts war Superintendent der Polizei; das Gefängnis unterstand Wade, der zugleich Roberts' Stellvertreter war; Wright gehörte eigentlich nicht zur Station, sondern zur Abteilung für öffentliche Arbeiten und leitete den Bau der neuen Straße nach Umuaro. Captain Winterbottom hatte bereits Veranlassung gehabt, ihn ernsthaft zu rügen, besonders wegen seines Verhaltens den einheimischen Frauen gegenüber. Es sei unerläßlich, hatte er ihm erklärt, daß ein Europäer in Nigeria, gerade auf einem so einsam gelegenen Außenposten wie Okperi, nichts tat, das ihn in den Augen der Einheimischen herabsetzte. In solchen Orten war der Distriktbeauftragte etwas ähnliches wie in England ein Schulpräfekt, und Captain Winterbottom war fest entschlossen, seiner Pflicht nachzukommen. Er würde sich auch nicht scheuen, Wright vom Club auszuschließen, wenn er sein Benehmen nicht grundlegend änderte.

Der Club war das alte Regimentskasino, das die Armee zurückließ, nachdem sie ihre Befriedungsarbeit in diesem Landstrich getan hatte und weiterzog – ein kleiner hölzerner Bungalow mit Kasino, Vorzimmer und einer Veranda. Zur Zeit wurde das Kasino als Bar und Aufenthaltsraum genutzt, das Vorzimmer als Bibliothek, wo die Clubmitglieder die zwei oder drei Monate alten Zeitungen und Reuters Telegramme lasen – zweimal wöchentlich je zehn Worte.

Tony Clarke war bereits zum Dinner umgezogen, obwohl ihm noch über eine Stunde Zeit blieb. Sich zum Dinner anzuziehen war sehr lästig in der Hitze, aber er hatte von vielen erfahrenen alten Afrikanern gehört, daß es erforderlich sei – ein Stärkungsmittel, das man täglich nehmen müßte, wenn man in diesem demoralisierenden Land überleben wollte. Das nicht zu tun hieße, den ersten Schritt auf einen schlüpfrigen Abhang noch schwerwiegenderer Verstöße zu tun. Heute war es relativ angenehm, weil der Regen etwas Kühlung gebracht hatte. Jedoch hatte Tony Clarke schon Tage erlebt, an denen er ein formelles Dinner ausschlug, nur um der Qual eines gestärkten Hemdes und einer Krawatte zu entgehen. Er las jetzt gerade das letzte Kapitel von George Allen's ›Befriedung der Eingeborenenstämme am unteren Niger‹. Captain Winterbottom hatte ihm das Buch geliehen. Von Zeit zu Zeit sah er nach seiner goldenen Uhr – einem Geschenk seines Vaters, als er von zu Hause fortging, um Nigeria zu dienen, oder, wie George Allen sagen würde, ›seiner Berufung zu folgen‹. Er hatte das Buch bereits vierzehn Tage und mußte es heute abend auslesen und zurückbringen. Eine der Wirkungen des tropischen Klimas war die Langsamkeit, mit der er hier las. Im Grunde genommen war das Buch ziemlich langweilig, zu selbstgefällig für Clarkes Geschmack. Nur die letzten paar Absätze fand er ziemlich aufregend. Das Kapitel trug die Überschrift: DIE INNERE BERUFUNG.

»Denen, die nur ein behagliches Leben und eine ruhige Beschäftigung suchen, ist Nigeria verschlossen und wird ihnen verschlossen bleiben, bis die Erde etwas von ihrer tödlichen Fruchtbarkeit verloren hat und die Eingeborenen in so etwas wie hygienischen Verhältnissen leben. Jene aber, die ein arbeitsreiches Leben suchen, die mit Menschen umgehen können wie andere mit Dingen, die eine gegebene Lage erfassen, den Ereignissen gütlich etwas abgewinnen, Schicksale gestalten und auf dem Kamm der Woge reiten können – denen streckt Nigeria die Hand entgegen. Für die Männer, die die Briten in Indien zu Gesetzgebern machten, die Organisatoren, die Ingenieure der Welt, ihnen verheißt dieses neue, alte Land hohe Belohnungen und ehrenvolle Arbeit. Ich weiß, wir können solche Männer finden. Unsere Mütter halten uns nicht mit ängstlicher Hand zurück am freundlichen Kamin unserer Knabenzeit, in dem heimischen Kreis, bei den sinnlosen Vergnügungen des Mittelstandes. Es ist unser größter Stolz, daß sie uns – wenn auch mit Tränen – furchtlos und aufrecht hinausschicken, um die zurückgebliebenen Rassen auf den rechten Weg zu bringen. Sicherlich sind wir die Männer dazu. Oder für wen haben die Normannen gegen die Sachsen gekämpft? Für wen bluteten die Bogenschützen bei Crecy und Poitiers, für wen hat Cromwell seine Männer gedrillt? Sollen unsere Jungen umsonst von Drake und Frobisher, von Nelson, Clive und von Männern wie Mungo Park lesen? Sollen sie für ein dumpfes Bürodasein die Geschichte von Karthago, Griechenland und Rom lernen? Nein, tausendmal nein! Die britische Rasse wird sich ihren Platz erobern, das britische Blut wird sprechen. Sohn um Sohn wird den Mersey verlassen, stark durch den Willen seiner Eltern, stärker durch die Taten seiner Vorfahren, wird dem Klima trotzen, die Gefahren auf sich nehmen, im Spiel des Lebens sein Bestes geben.«

»Das ist nicht schlecht«, sagte Clarke und sah wieder auf seine Uhr. Captain Winterbottoms Bungalow war nur zwei Minuten entfernt, er hatte also noch viel Zeit. Clarke hatte, ehe er nach Okperi kam, zwei Monate im Hauptquartier verbracht, wo er eingewiesen wurde, und er würde den Tag nie vergessen, an dem er bei Seiner Exzellenz, dem Gouverneur, zum Dinner eingeladen worden war. Aus irgendeinem merkwürdigen Grund hatte er sich eingebildet, er sei für acht Uhr geladen – also erschien er auf die Minute pünktlich im Haus des Gouverneurs. Die große Empfangshalle war leer, und Clarke wäre in den vorderen Garten gegangen, um zu warten, wäre nicht ein Diener gekommen und hätte ihm einen Drink angeboten. Er setzte sich verlegen auf die Kante eines Stuhls, hielt das Glas Sherry in der Hand und überlegte, ob er sich nicht auch jetzt noch in den Schatten eines der großen Bäume im Garten zurückziehen könne, bis die anderen Gäste kämen. Dann aber war es zu spät. Jemand kam ungeniert pfeifend die Treppe heruntergelaufen. Clarke sprang auf. Seine Exzellenz musterte ihn einen Augenblick lang finster, ehe er herankam und ihm die Hand reichte. Clarke stellte sich vor und wollte sich gerade entschuldigen, aber S.E. gab ihm keine Gelegenheit dazu.

»Ich dachte, das Dinner sei auf acht Uhr fünfzehn angesetzt.«

Im selben Moment kam sein Adjutant, sah den Gast, machte ein ärgerliches Gesicht, schüttelte seine Uhr und horchte, ob sie tickte.

»Regen Sie sich nicht auf, John! Kommen Sie – das ist Mr. Clarke, der ein wenig zu früh eingetroffen ist.« Der Gouverneur ließ die beiden stehen und ging wieder die Treppe hinauf. Während des ganzen

Abends sprach er nicht mehr mit Clarke. Sehr bald trafen die anderen Gäste ein. Aber es waren alles ältere Leute, die sich kein bißchen für ihn interessierten. Zwei von ihnen hatten ihre Frauen mitgebracht, die übrigen, einschließlich S.E., waren entweder unverheiratet oder hatten ihre Frauen wohlweislich in England gelassen.

Der schlimmste Augenblick für Clarke aber kam, als S.E. die Gäste in das Speisezimmer führte und Clarke nirgends seinen Namen finden konnte. Die anderen schenkten dem keine Beachtung; sobald S.E. saß, nahmen sie ihre Plätze ein. Nach einer Minute, die Clarke wie mehrere Stunden erschien, bemerkte ihn der Adjutant und schickte einen Diener, um einen Stuhl zu holen. Dann besann er sich anscheinend eines besseren, erhob sich und bot Clarke seinen eigenen Platz an.

Captain Winterbottom trank Brandy und Ginger Ale, als Tony Clarke erschien.

»Angenehm und kühl heute – Gott sei Dank!«

»Ja – der erste Regen war ziemlich überfällig«, sagte Captain Winterbottom.

»Ich hatte keine Ahnung, wie so ein tropisches Unwetter aussieht. Aber jetzt wird es kühler, nehme ich an.«

»Eigentlich nicht. Ein paar Tage ist's erträglich – aber länger nicht. Sehen Sie, die Regenzeit beginnt erst im Mai oder sogar im Juni. Nehmen Sie doch Platz. Hat Ihnen das Buch gefallen?«

»Ja, danke sehr. Ich fand es hochinteressant. Vielleicht ist Mr. Allen eine Idee zu dogmatisch. Man könnte sogar sagen, ein wenig selbstgefällig.«

Captain Winterbottoms Diener Boniface kam mit einem silbernen Tablett.

»Was nehmen Sie, Sir?«

»Ich weiß nicht recht ...«

»Warum versuchen Sie nicht mal ›Old Coaster‹?«

»Was ist das?«

»Brandy und Ginger Ale.«

»Oh ja, das ist gut.« Zum ersten Mal blickte er den Diener in seiner gestärkten weißen Uniform an und bemerkte, daß er recht gut aussah.

Captain Winterbottom schien seine Gedanken zu lesen.

»Ein Prachtexemplar, finden Sie nicht? Jetzt ist er vier Jahre bei mir. Er war ein kleiner Junge, etwa dreizehn Jahre alt – sie haben hier keine Ahnung von Jahren –, als er zu mir kam. Er war noch völlig roh.«

»Wenn Sie sagen, sie haben keine Ahnung von Jahren …«

»Ich meine, sie kennen wohl die Jahreszeiten. Aber fragen Sie einen Mann, wie alt er ist, er versteht Sie nicht.«

Der Diener kam mit dem Drink zurück.

»Vielen Dank«, sagte Clarke, als er das Glas nahm.

»Ja, Sir.«

Tausende von fliegenden Ameisen schwärmten um die in der gegenüberliegenden Ecke stehende Lampe. Sie verloren bald ihre Flügel und krochen auf dem Boden umher. Clarke betrachtete sie mit großem Interesse und fragte dann, ob sie stächen.

»Nein, sie sind ganz harmlos. Der Regen treibt sie aus der Erde.«

Die am Boden kriechenden Ameisen waren manchmal mit dem Hinterleib aneinandergehakt.

»Sehr interessant, was Sie da über Allen sagen. Ein wenig selbstgefällig, sagten Sie, glaube ich.«

»Nun ja, diesen Eindruck hatte ich – manchmal. Er gibt zum Beispiel nie zu, daß die Institutionen der Eingeborenen irgendeinen Sinn haben. Er könnte wirklich Missionar sein.«

»Und Sie sind, wie ich sehe, einer aus dem fortschrittlichen Lager. Wenn Sie so lange hier gewesen sind wie Allen und die Eingeborenen besser verstehen, werden Sie vielleicht manches in einem etwas anderen Licht sehen. Wenn Sie – wie ich – gesehen hätten, wie ein Mann lebendig bis zum Hals eingegraben wurde, mit einem Stück geröstetem Yam auf dem Kopf, um die Geier anzulocken … nun ja. Wir Briten sind sonderbare Leute – wir tun alles mit halbem Herzen. Sehen Sie sich die Franzosen an. Sie schämen sich nicht, den rückständigen Rassen, die unter ihrer Verwaltung stehen, ihre Kultur beizubringen. Ihre Haltung gegen den eingeborenen Herrscher ist eindeutig. Sie sagen zu ihm: ›Dieses Land hat euch gehört, weil ihr stark genug wart, es zu beherrschen. Aus demselben Grunde gehörte es jetzt aber uns. Wenn ihr damit nicht zufrieden seid, kommt her und kämpft gegen uns.‹ Und was tun wir Briten? Wir stolpern von einem Notbehelf zum anderen. Wir versprechen nicht nur, alten eingeborenen Tyrannen ihren Thron zu sichern – der, genauer besehen, aus schmutzigen Tierhäuten besteht –, und tun es dann sogar, ja, wir gehen auch von unserm Weg ab und setzen dort Chiefs ein, wo früher keine waren. Das macht mich krank.« Er schluckte hinunter, was sich noch in seinem Glas befand, und rief Boniface, er solle ihm ein neues bringen. »Ich würde ja nichts sagen, wenn sich dieses Hin und Her auf die alten Fossilien in Lagos beschränkte, aber wenn junge Kolonialbeamte davon angesteckt werden, gebe ich einfach auf. Und wenn jemand eine positive Einstellung hat, sagen wir, er sei selbstgefällig.«

Clarke gab zu, daß sein Urteil gewiß auf Unwissenheit beruhe und er sich gern belehren ließe.

»Boniface!«

»Ja Sir?«

»Bring noch einen Drink für Mr. Clarke.«

»Nein, wirklich, ich denke, ich hatte schon ...«

»Unsinn. Das Dinner ist frühestens in einer Stunde fertig. Nehmen Sie etwas anderes, wenn Ihnen das lieber ist. Whisky?«

Clarke nahm nach langem Zögern noch ein Glas.

»Was für eine interessante Sammlung Feuerwaffen!« Er hatte verzweifelt nach einem neuen Thema gesucht. Dann erspähte er zum Glück eine Reihe seltsam aussehender Gewehre, die wie Trophäen neben dem niedrigen Fenster des Wohnzimmers aufgestellt waren. »Sind das Waffen der Eingeborenen?« Zufällig war er auf ein versöhnliches Thema gestoßen.

Captain Winterbottom war wie verwandelt.

»Diese Gewehre haben eine lange und interessante Geschichte. Die Bewohner von Okperi und ihre Nachbarn, die Umuaro, sind erbitterte Feinde. Oder sie waren es, ehe ich auf der Bildfläche erschien. Ein großer wilder Krieg über ein Stück Land war zwischen ihnen ausgebrochen. Diese Fehde wurde durch die Tatsache verschlimmert, daß die Okperi Missionare und die Regierung willkommen hießen, während die Umuaro rückständig blieben. Erst in den letzten vier oder fünf Jahren haben wir dort einen gewissen Erfolg erzielt. Ich darf – bei aller Bescheidenheit – sagen, daß diese Veränderung begann, nachdem ich alle Feuerwaffen am Ort hatte beschlagnahmen und öffentlich vernichten lassen, bis auf diese Sammlung hier natürlich. Sie werden häufig Inspektionsreisen dorthin machen. Wenn Sie jemanden über Otiji-Egbe sprechen hören, dann müssen Sie wissen, daß ich gemeint bin. Otiji-Egbe bedeutet: Zerstörer der Feuerwaffen. Ich hörte sogar, daß alle Kinder, die in jenem Jahr geboren wurden, zu einer neuen Altersgruppe gehören – ›als die Feuerwaffen zerbrochen wurden‹.«

»Das ist sehr interessant. Wie weit entfernt ist dieses andere Dorf – Umuaro?« Clarke merkte instinktiv, je unwissender er sich stellte, um so besser war es.

»Oh – etwa sechs Meilen, mehr nicht. Aber für die Eingeborenen ist es ein fremdes Land. Im Unterschied zu den fortschrittlicheren Stämmen von Nordnigeria und bis zu einem gewissen Ausmaß auch von Westnigeria haben die Ibos niemals irgendeine Zentralverwaltung entwickelt. Und das ist etwas, was unser Hauptquartier nicht zu schätzen weiß.«

»Ja. Ja, ich verstehe …«

»Dieser Krieg zwischen Umuaro und Okperi begann auf ziemlich interessante Art und Weise. Ich habe mich über alle Einzelheiten informiert … Boniface! Wie fühlen Sie sich, Mr. Clarke? Gut? Sie müssen mehr trinken, das ist gut gegen Malaria … Nun, wie ich schon sagte, dieser Krieg begann, weil ein Mann in Umuaro eines schönen Morgens ausging, um einen Freund in Okperi zu besuchen, und nachdem er dort ein paar Liter Palmwein getrunken hatte – es ist einfach unglaublich, wieviel von diesem gräßlichen Zeug sie hinuntergießen können – wie auch immer: Dieser Mann aus Umuaro griff, nachdem er den Palmwein seines Freundes getrunken hatte, nach dessen *ikenga* und spaltete ihn in zwei Teile. Ich darf Ihnen erklären, daß der *ikenga* der wichtigste Fetisch im Arsenal des Ibomannes ist, sozusagen. Er stellt seine Vorfahren dar, denen er täglich opfern muß. Wenn er stirbt, wird der *ikenga* in zwei Teile gespalten. Die eine Hälfte wird mit ihm begraben, die andere Hälfte weggeworfen. Sie können also die Tragweite dessen ermessen, was unser Freund aus Umuaro tat, als er den Fetisch seines Freundes spaltete. Das war natürlich der größte Frevel. Der gröblichst beleidigte Gastgeber griff nach seinem Gewehr und schoß dem andern Burschen den Kopf weg. Und so entstand ein regelrechter Krieg zwischen den beiden Dörfern, bis ich dazwischentrat. Ich informierte mich gründlich über die Frage, wem das Stück Land gehörte, das die entfernte, aber eigentliche Ursache der ganzen Unruhen war, und stellte zweifelsfrei fest, daß es den Okperi gehörte. Ich muß noch erwähnen, daß alle Zeugen, die ich vernahm – ohne Ausnahme von beiden Seiten – einen Meineid geleistet haben. Wenn Sie mit den Eingeborenen zu schaffen haben, dürfen Sie eins nicht vergessen – daß sie, genau wie Kinder, große Lügner sind. Sie lügen nicht bloß, um sich aus einer Notlage herauszulavieren. Manchmal verderben sie auch eine gute Sache durch eine sinnlose Lüge. Nur ein einziger Mann – eine Art Priesterkönig in Umuaro – legte Zeugnis gegen seine eigenen Leute ab. Ich habe nicht herausgefunden, warum – aber ich denke, er stand unter einem ziemlich grausamen Tabu. Nun, er war ein höchst beeindruckender Mann. Seine Haut war hell, beinahe rot. Hin und wieder findet man solche Leute unter den Ibos. Ich habe eine Theorie – daß sich die Ibos vor langer, langer Zeit einmal mit einem kleinen nichtnegroiden Stamm vermischt haben, der dieselbe Farbe hatte wie die Indianer.«

Winterbottom stand auf. »Und jetzt ist es, glaube ich, Zeit zum Dinner«, sagte er.

# KAPITEL 4

In den fünf Jahren, seit der weiße Mann die Gewehre der Umuaro zerbrochen hatte, war die Feindschaft zwischen Ezeulu und Nwaka von Umunneora erbitterter und erbitterter geworden, bis sie den Punkt erreichte, den die Leute von Umuaro »Töte und nimm den Kopf« nannten. Wie nicht anders zu erwarten, dehnte sich ihre Feindschaft auf die beiden Dörfer aus, und nach einiger Zeit liefen Gerüchte um, daß es Vergiftungen gäbe. Von da an hätten nur wenige Bewohner des einen Dorfes Palmwein oder Kolanuß angerührt, die durch die Hände eines Mannes aus dem anderen Dorf gegangen waren.

Nwaka war dafür bekannt, daß er offen seine Meinung sagte; er hielt sich nie damit auf, lange an seinen Worten zu kauen. Aber viele Leute zitterten in jener Nacht um ihn, als er Ulu gewissermaßen bedrohte, indem er ihn an das Schicksal eines anderen Gottes erinnerte, der sein Volk im Stich gelassen hatte. Tatsächlich hatten die Leute von Aninta eine ihrer Gottheiten verbrannt und deren Priester fortgejagt. Daraus durfte man jedoch nicht schließen, daß Ulu es dulden würde, eingeschüchtert oder gar entehrt zu werden. Vielleicht zählte Nwaka auf den Schutz des eigenen Dorfgottes. Aber die Alten waren nicht töricht, wenn sie sagten, ein Mann könne wohl Ngwu auf seiner Seite haben und dennoch von Ojukwu getötet werden.

Aber Nwaka überlebte seine Unbesonnenheit. Es schmerzten ihn weder Kopf noch Bauch, und er stöhnte nicht um Mitternacht. Vielleicht war das der Erfolg seines Sprechgesanges am Idemilifest. Er hatte eine große Maske, die er bei dieser und anderen wichtigen Gelegenheiten anlegte. Sie hieß Ogalanja oder Reicher Mann, und an jedem Idemilifest strömten viele Menschen aus allen Dörfern und ihre Nachbarn zum *ilo* von Umunneora, um die berühmte Maske zu sehen, die mit Spiegeln und kostbaren Stoffen in vielen Farben verziert war.

In diesem Jahr hielt die Maske eine Rede voller Prahlerei. Manche, die die Sprache der Geister ihrer Vorfahren kannten, meinten, Nwaka habe von seiner Herausforderung des Ulu gesprochen.

»Versammeltes Volk, hör und vernimm meine Worte. Es gibt einen Ort, ›Niemand bekannt‹, wohin sich kein Mann und kein Geist wagt, es sei denn, er hält in seiner Rechten seine Freunde und in der Linken seine Verwandten. Aber ich, Ogalanja, der Böse Hund, der seinen Körper durch seinen Kopf wärmt, ich nahm weder Freunde noch Verwandte mit und begab mich dennoch an diesen Ort.«

Die Flöte nannte ihn Ogalanja Ajo Mmo, und die große Trommel antwortete.

»Als ich hinkam, war der erste, mit dem ich mich befreundete, ein Hexenmeister. Ich befreundete mich mit einem zweiten und fand, daß er ein Giftmischer war. Ich schloß Freundschaft mit einem dritten, und er war ein Aussätziger. Ich, Ogalanja, ich nahm zum Freund einen Aussätzigen, vor dem sogar der Giftmischer flieht.«

Wieder sprachen Flöte und Trommel. Ogalanja tanzte einige Schritte nach rechts und einige Schritte nach links, drehte sich abrupt um und grüßte die leere Luft mit seiner Machete.

»Ich kehrte zurück von meiner Reise. Afo ging vorbei, Nkwo ging vorbei, Eke ging vorbei, Oye ging vorbei. Afo kam wieder. Ich lauschte, aber mein Kopf schmerzte nicht, mein Bauch schmerzte nicht; ich fühlte mich nicht schwindlig.

Sag mir, versammeltes Volk, ein Mann, der solches tut, ist sein Arm stark oder nicht?«

Die Menge erwiderte: »Sein Arm ist wirklich sehr stark.« Die Flöte und alle Trommeln stimmten in die Antwort ein.

In den fünf Jahren, seit diese Dinge geschehen waren, fragten sich die Leute manchmal: Wie kann ein Mann dem Ulu trotzen und dennoch weiterleben, um zu prahlen? Richtiger war es zu sagen, der Mann hatte nicht Ulu verhöhnt; hatte er doch den Namen des Gottes nicht genannt. War Ulu aber doch gemeint – woher bekam Nwaka seine Macht? Wenn wir einen kleinen Vogel auf dem Weg tanzen sehen, so müssen wir wissen, daß im nahegelegenen Busch sein Trommler ist.

Nwakas Trommler und Lobsänger war kein anderer als der Priester des Idemili, des Dorfgottes von Umunneora. Dieser Mann, Ezidemili, war Nwakas enger Freund und Berater. Er war es, der Nwaka den Rücken stärkte und ihn vorwärtstrieb. Lange Zeit wußte niemand davon. Es geschahen wenige Dinge in Umuaro, die Ezeulu nicht wußte. Er wußte, daß die Priester von Idemili und Ogwugwu und Erulu und Udo nie mit ihrer untergeordneten Rolle zufrieden gewesen waren, seit sich die Dörfer zusammengetan, Ulu geschaffen und über die älteren Gottheiten gestellt hatten. Er hätte jedoch nie gedacht, einer von ihnen würde soweit gehen, daß er einen Mann dazu trieb, Ulu herauszufordern. Erst der Zwischenfall mit der heiligen Python hatte Ezeulu die Augen geöffnet. Aber das ereignete sich erst später.

Die Freundschaft zwischen Nwaka und Ezidemili begann in ihrer Jugend. Sie wurden oft zusammen gesehen. Ihre Mütter hatten ihnen erzählt, sie seien nur drei Tage auseinander geboren. Nwaka war der Jüngere. Sie waren gute Ringer. Aber ansonsten waren sie sehr verschieden. Nwaka war hochgewachsen und hellhäutig, Ezidemili sehr klein und schwarz wie Kohle; dennoch war er es, der den andern führte, als sei er eine Ziege am Strick. Später liefen ihre Lebenswege auseinander, aber bevor Nwaka etwas Wichtiges unternahm, suchte er immer Ezidemilis Rat. Das schien seltsam, zumal Nwaka ein großer Mann und ein großer Redner war, den seine Freunde »den Herrn des Wortes« nannten.

Jedenfalls machte ihn seine Freundschaft mit Ezidemili nach und nach zu Ezeulus Todfeind. Eins der Mittel, deren sich Ezidemili bediente, war die ständige Versicherung, daß in den Zeiten vor Ulu Männer von hohem Rang wie Nwaka die wirklichen Oberhäupter eines Dorfes gewesen seien.

Eines Tages, als Nwaka mit Ezidemili in seinem *obi* saß, Palmwein trank und über die Angelegenheiten von Umuaro sprach, kam die Rede, wie es oft geschah, auf Ezeulu.

»Hat jemals ein Mann gefragt, warum der Kopf des Ulu-Priesters bei seinem Tod vom Körper getrennt und im Altarschrein aufgehängt wird?« fragte Ezidemili ziemlich unvermittelt. Es war, als habe diese Frage seit Generationen darauf gewartet, daß sie gestellt würde, und sei nun von selbst hervorgekommen. Nwaka wußte keine Antwort darauf. Er wußte, wenn ein Ezeulu oder ein Ezidemili starb, wurde der Kopf vom Körper getrennt und im Schrein aufbewahrt, doch niemand hatte ihm jemals gesagt, warum.

»Es ist wahr – ich weiß es nicht«, sagte Nwaka.

»Ich kann dir sagen, das weiß sogar Ezeulu nicht.«

Nwaka leerte den Wein in seinem Horn und stieß es zweimal auf den Boden. Er wußte, daß jetzt eine wichtige Geschichte folgte, aber er wollte nicht neugierig erscheinen. Er goß sich das Horn wieder voll Palmwein.

»Es ist eine gute Geschichte, aber ich glaube nicht, daß ich sie jemals zuvor jemandem erzählt habe. Ich hörte sie aus dem Munde des letzten Ezidemili, ehe er starb.« Der Priester hielt inne und trank ein wenig aus seinem Horn. »In diesem Palmwein ist Wasser. Jeder Junge in Umuaro weiß, daß Ulu vor langer Zeit von unsern Vätern geschaffen wurde. Aber Idemili war seit dem Anbeginn aller Dinge da. Kennst du die Bedeutung von Idemili?«

Das Horn an den Lippen, schüttelte Nwaka nur leicht den Kopf.

»Idemili bedeutet ›Wassersäule‹. Wie der Pfeiler dieses Hauses das Dach trägt, so trägt Idemili die Regenwolken am Himmel, damit sie nicht herabfallen. Idemili gehört zum Himmel, und darum darf ich, sein Priester, nicht auf der nackten Erde sitzen.«

Nwaka nickte. Jeder Knabe in Umuaro wußte, daß Ezidemili nie auf der nackten Erde saß.

»Und deshalb werde ich, wenn ich sterbe, nicht in der Erde begraben, denn die Erde und der Himmel sind zwei verschiedene Dinge. Aber warum wird der Priester des Ulu auf dieselbe Art begraben? Ulu hat keinen Streit mit der Erde; als unsere Väter ihn schufen, verboten sie seinem Priester nicht, die Erde zu berühren. Aber der erste Ezeulu war ein ebenso neidischer Mann wie der gegenwärtige. Er selbst war es, der seinem Volk befahl, ihn so zu begraben wie einen Priester des Idemili. Wenn der gegenwärtige Priester wieder einmal über Dinge spricht, die er nicht kennt, mußt du ihn danach fragen.«

Nwaka nickte wieder voller Bewunderung und schnippte mit den Fingern.

Die Stelle, wo die Christen ihre Kirche bauten, war nicht weit von Ezeulus Gehöft entfernt. Als er in seinem *obi* saß und an das Fest der Kürbisblätter dachte, hörte er die Glocke: GOME, GOME, GOME, GOME, GOME. Seine Gedanken wanderten vom Fest zu der neuen Religion. Er war sich nicht sicher, was er davon halten sollte. Zuerst hatte er gedacht, da der weiße Mann mit großem Ansehen und vielen Eroberungen gekommen war, sei es notwendig, daß einige die Mittel und Wege seiner Gottheit kennenlernen sollten. Darum hatte er eingewilligt, seinen Sohn Oduche hinzuschicken, um das neue Ritual zu erlernen. Er wollte auch, daß Oduche die Weisheit des weißen Mannes erlernte, denn Ezeulu wußte aus dem, was er von Wintabota gesehen, und den Geschichten, die er über dessen Volk gehört hatte, daß die Weißen sehr klug waren.

Allmählich aber bekam Ezeulu Angst, daß die neue Religion wie ein Aussätziger sein könne. Reich ihm die Hand, und er will dich umarmen. Ezeulu hatte bereits sehr ernst mit seinem Sohn gesprochen, der jeden Tag sonderbarer wurde. Vielleicht war die Zeit gekommen, da er ihn von den Weißen trennen sollte. Aber was würde geschehen, wenn der weiße Mann – wie viele Orakel es prophezeit hatten – das Land und die Herrschaft übernähme? In solch einem Fall wäre es gut, jemanden aus der Familie in seiner Schar zu haben. Während er noch darüber nachsann, kam Oduche aus dem Innenhof. Er trug ein weißes Unterhemd und ein Tuch, beides hatte man ihm in der Schule gegeben. Nwafo kam mit ihm heraus und bewunderte das weiße Hemd. Oduche begrüßte seinen Vater und machte sich auf den Weg zur Mission, denn es war Sonntagmorgen. Die Glocke läutete unentwegt weiter – sie klang traurig und eintönig.

Nwafo kam zum *obi* zurück und fragte seinen Vater, ob er wisse, was die Glocke sage. Ezeulu schüttelte den Kopf.

»Sie sagt: ›Verlaß deinen Yam, verlaß deinen Cocoyam und komm zur Kirche.‹ So hat's mir Oduche erklärt.«

»Ja«, sagte Ezeulu nachdenklich, »sie fordert sie auf, ihren Yam und Cocoyam zu verlassen – ist es nicht so? Also singt sie das Lied des Untergangs.«

Sie wurden durch lautes Stimmengewirr aus dem Innenhof unterbrochen, und Nwafo rannte hin, um zu sehen, was los war. Der

Lärm wurde noch lauter, und Ezeulu, der sonst das Gerede der Frauen wenig beachtete, begann genauer hinzuhören. Aber Nwafo kam bald zurück.

»Oduches Kasten bewegt sich«, sagte er, atemlos vor Erregung. Der Lärm im Innenhof nahm zu. Wie gewöhnlich übertönte die Stimme von Ezeulus Tochter Akueke alle anderen.

»Was heißt das: ›Oduches Kasten bewegt sich‹?« fragte er, absichtlich langsam aufstehend, um sich seine Neugier nicht anmerken zu lassen.

»Er bewegt sich auf dem Boden herum.«

»Heutzutage gibt es keinen Unsinn, den sich ein Mann nicht anhören muß.« Er ging durch die Hintertür seines *obi* in den Innenhof. Nwafo lief hinter ihm her zu der Gruppe aufgeregter Frauen vor dem Haus seiner Mutter. Akueke und Matefi führten das Wort. Nwafos Mutter Ogoye war sprachlos. Hin und wieder rieb sie ihre Handflächen aneinander und erhob sie zum Himmel.

Akueke wandte sich an Ezeulu, sobald sie ihn erblickt hatte. »Vater, komm und sieh selbst, was wir sehen. Diese neue Religion ...«

»Halt den Mund«, sagte Ezeulu, der nicht wünschte, daß jemand – am wenigsten seine Tochter – die Weisheit seines Entschlusses anzweifelte, einen seiner Söhne die neue Religion erlernen zu lassen.

Die hölzerne Kiste wurde aus dem Raum gebracht, in dem Oduche und Nwafo schliefen. Man stellte sie in den mittleren Raum des mütterlichen Hauses, wo sich die Leute tagsüber aufhielten.

Der Kasten war das einzige Stück seiner Art in Ezeulus Gehöft – er hatte ein Schloß. Nur die Leute, die zur Kirche gehören, besaßen solche Kästen, die der Missionszimmermann für sie angefertigt hatte und die in Umuaro hoch geschätzt wurden. Oduches Kasten rutschte zwar nicht richtig umher, aber anscheinend war etwas darin, das sich befreien wollte. Ezeulu stand davor und überlegte, was zu tun sei. Was auch darin sein mochte – es wurde immer lebhafter, und nun bewegte sich der Kasten tatsächlich weiter. Ezeulu wartete, bis er wieder ruhig stand, beugte sich dann herab und trug ihn hinaus. Die Frauen und Kinder stoben in alle Richtungen auseinander.

»Es mag ein schlechter Zauber sein oder ein guter – das werde ich heute noch herausfinden«, sagte er, als er den Kasten mit ausgestreckten Armen hinaustrug, als wäre er ein mächtiges Opfer. Er ging damit nicht durch sein *obi*, sondern durch die Tür in der roten Lehmmauer seines Gehöfts. Obika, der gerade gekommen war, folgte ihm. Nwafo kam dicht hinter Obika und nach ihm die Frauen und Kinder, angstvoll in sicherer Entfernung. Ezeulu drehte sich um und befahl Obika, ihm seine Machete zu bringen. Er trug den Kasten bis dicht vor sein Gehöft und stellte ihn endlich an den Rand des Fußweges. Er schaute zurück und sah Nwafo und die Frauen und Kinder.

»Jeder von euch geht zum Haus zurück. Der neugierige Affe bekommt leicht eine Kugel ins Gesicht.«

Sie wichen langsam zurück, nicht in den Hof, aber bis vor das *obi*. Obika brachte seinem Vater die Machete; der überlegte ein Weilchen, legte sie dann beiseite und schickte Obika nach dem Speer, mit dem er die Yams auszugraben pflegte. Die Unruhe im Kasten wurde heftiger denn je. Einen kurzen Augenblick dachte Ezeulu, vielleicht sei es klüger, den Kasten stehen zu lassen, bis der Besitzer zurückkehrte. Aber was hieße das? Daß er, Ezeulu, sich vor der Macht fürchtete, die Oduche in einem Kasten gefangenhielt. Eine solche Geschichte dürfte man vom Priester des Ulu niemals erzählen.

Er nahm Obika den Speer ab und zwängte das dünne Ende zwischen den Kasten und den Deckel. Obika wollte ihm den Speer abnehmen, aber davon mochte Ezeulu nichts hören.

»Tritt beiseite«, befahl er ihm. »Was, meinst du, kämpft da drinnen? Zwei Hähne?« Er biß die Zähne zusammen bei der Anstrengung, den Deckel abzuheben. Es war nicht leicht, und der alte Priester war schweißbedeckt, als es ihm endlich gelang, den Kasten gewaltsam zu öffnen.

Was sie nun sahen, genügte freilich, um einen Menschen erblinden zu lassen. Ezeulu stand sprachlos. Die Frauen und Kinder, die von weitem zugesehen hatten, kamen angelaufen. Ezeulus Nachbar, der gerade vorbeiging, blieb stehen, und bald hatte sich eine große Menschenmenge versammelt. In dem aufgebrochenen Kasten lag eine sehr erschöpfte Königspython!

»Möge der Große Gott uns beschützen!« sagte Anosi.

»Ein Frevel ist geschehen!« sagte Akueke.

Matefi sprach: »Wenn dies ein Zauber ist – möge er seine Macht verlieren!«

Ezeulu ließ den Speer aus der Hand fallen. »Wo ist Oduche?« fragte er. Niemand antwortete. »Ich fragte, wo ist Oduche?« Seine Stimme war schrecklich.

Nwafo sagte, er sei zur Kirche gegangen. Die heilige Schlange hob jetzt den Kopf über den Rand des Kastens und begann, sich in ihrer würdevollen, gelassenen Art zu bewegen.

»Heute werde ich den Jungen mit eigener Hand töten«, sagte Ezeulu und nahm die Machete in die Hand, die Obika zuerst gebracht hatte.

»Möge der Große Gott das verhindern!« sprach Anosi.

»Ich habe es gesagt.«

Oduches Mutter fing an zu weinen, und die anderen Frauen stimmten ein. Ezeulu ging langsam zu seinem *obi* zurück, die Machete in der Hand. Die Königspython glitt fort ins Gebüsch.

»Was hat es für einen Sinn zu weinen, Ogoye?« fragte Anosi. »Willst du nicht lieber hingehen, wo dein Sohn ist, und ihm sagen, er soll heute nicht nach Hause kommen?«

»Er hat die Wahrheit gesprochen, Ogoye«, sagte Matefi. »Schick ihn fort zu deinen Verwandten. Wir haben Glück, daß die Python nicht tot ist!«

»Ihr habt wirklich Glück gehabt«, sprach Anosi zu sich selbst, als er seinen Weg nach Umunneora fortsetzte, wo er bei einem Freund Yamssaatgut kaufen wollte. »Ich habe immer gesagt: Was diese neue Religion nach Umuaro bringen wird, das trägt einen Hut auf dem Kopf.« Als er weiterging, blieb er häufig stehen und erzählte jedem, den er traf, was Ezeulus Sohn angestellt hatte. Noch ehe es Mittag war, drang die Geschichte zum Ohr Ezidemilis, dessen Gott Idemili der Herr der Königspython war.

Fünf Jahre war es her, daß Ezeulu dem weißen Mann versprochen hatte, einen seiner Söhne zur Mission zu schicken. Aber erst vor zwei Jahren hatte er das Versprechen eingelöst. Er wollte sichergehen, daß der weiße Mann nicht zu einem kurzen Besuch gekommen war, sondern, um sich hier ein Haus zu bauen und darin zu leben.

Zuerst wollte Oduche nicht zur Mission. Aber Ezeulu rief ihn in sein *obi* und sprach mit ihm so, wie ein Mann mit seinem besten Freund sprechen würde, und der Junge ging mit einem Herzen voller Stolz fort. Noch nie hatte er seinen Vater mit irgend jemandem so wie zu einem Ebenbürtigen sprechen hören.

»Die Welt verändert sich«, hatte er ihm gesagt. »Das gefällt mir nicht. Aber ich bin wie der Vogel Eneke-nti-oba. Als ihn seine Freunde fragten, warum er immerzu fliege, antwortete er: Die Menschen von heute haben gelernt zu schießen, ohne zu fehlen, und da habe ich gelernt zu fliegen, ohne stillzusitzen. Ich wünsche, daß einer meiner Söhne sich diesen Leuten zugesellt und mir dort als mein Auge dient. Wenn nichts daran ist, wirst du zurückkommen. Wenn aber etwas daran ist, wirst du mir meinen Anteil nach Hause bringen. Die Welt ist wie eine tanzende Maske. Wenn du sie gut sehen willst, darfst du nicht nur auf einer Stelle stehenbleiben. Mein Verstand sagt mir, daß jene, die sich heute nicht mit dem weißen Mann befreunden, morgen sagen werden: Hätten wir das gewußt!«

Oduches Mutter Ogoye war nicht glücklich darüber, daß ihr Sohn zum Opfer des weißen Mannes ausersehen war. Sie versuchte, mit ihrem Gatten darüber zu sprechen, aber er hatte keine Geduld mit ihr.

»Was geht's dich an, was ich mit meinen Söhnen tue? Du sagst, du möchtest nicht, daß Oduche fremde Wege geht. Weißt du nicht, daß in den Häusern aller großen Männer Leute sein müssen, die alle möglichen fremden Gewohnheiten befolgen? Es muß gute Leute geben und schlechte Leute, ehrliche Arbeiter und Diebe, Friedensstifter und Zerstörer; das kennzeichnet einen großen *obi.* Was für eine Musik du auch an einem solchen Ort auf deiner Trommel schlägst, es ist immer jemand da, der danach tanzen kann.«

Wenn Oduche noch zögerte, nachdem sein Vater mit ihm gesprochen hatte, so hörte jeder Zweifel auf, als er anfing, zur Mission zu gehen. Er entdeckte, daß er schnell lernen konnte, und dachte bald an den Tag, da er die Sprache des weißen Mannes beherrschte, genauso wie der Lehrer, Mr. Molokwu, mit Mr. Holt gesprochen hatte, als er ihre Kirche besuchte. Aber es war jemand anderes, der Oduche noch stärker beeindruckt hatte. Sein Name war Blackett, ein westindischer Missionar. Es hieß, dieser Mann besitze, obwohl er schwarz war, noch mehr Weisheit als die weißen Männer! Oduche meinte, wenn er nur ein Zehntel von der Weisheit Blacketts erwerben könnte, so wäre er in Umuaro ein großer Mann.

Er machte sehr gute Fortschritte und war bei seinen Lehrern und den Mitgliedern der Kirche beliebt. Er war jünger als die meisten anderen Bekehrten, erst fünfzehn oder sechzehn Jahre.

Der Lehrer, Mr. Molokwu, erwartete große Dinge von ihm, wurde aber, als er ihn für die Taufe vorbereitete, nach Okperi versetzt. Der neue Lehrer war ein Mann aus dem Nigerdelta. Er sprach des weißen Mannes Sprache wie seine eigene. Sein Name war John Goodcountry.

Mr. Goodcountry erzählte den Bekehrten aus Umuaro von den ersten Christen im Nigerdelta, die gegen die schlechten Gesetze ihres Volkes kämpften, Altäre zerstörten und die geheiligte *iguana* töteten. Er erzählte ihnen von einem seiner Verwandten, Joshua Hart, der in Bonny zum Märtyrer geworden war.

»Wenn wir Christen sind, müssen wir bereit sein, für unsern Glauben zu sterben«, erklärte er ihnen. »Ihr müßt bereit sein, die Königspython zu töten, wie die Leute vom Fluß den Leguan getötet haben. Ihr redet die Python mit ›Vater‹ an. Sie ist nichts als eine Schlange – die Schlange, die unsere erste Mutter Eva betrogen hat. Nennt euch nicht Christen, wenn ihr Angst habt, eine Python zu töten!«

Der erste Umuaro, der eine Python tötete und aß, war Josiah Madu aus Umuago. Aber die Geschichte war nur der kleinen Gruppe von Christen bekannt, von denen sich übrigens die meisten weigerten, Josiahs Beispiel zu folgen. Sie wurden von Moses Unachukwu geführt, dem ersten und berühmtesten Bekehrten von Umuaro. Unachukwu war ein Zimmermann, der einzige in der ganzen Gegend. Er hatte sein Handwerk bei den weißen Missionaren gelernt, die die Handwerksmission von Onitsha aufgebaut hatten. In seiner Jugend war er zwangsverpflichtet worden, um die Lasten der Soldaten zu tragen, die man nach Abame geschickt hatte, das sie zerstören sollten als Sühne dafür, daß ein weißer Mann getötet worden war. Was Unachukwu bei dieser Strafexpedition sah, lehrte ihn, daß der weiße Mann nicht mit sich spaßen ließ. Darum kehrte er nach seiner Entlassung nicht nach Umuaro zurück, sondern schlug den Weg nach Onitsha ein, wo er Hausdiener des Zimmermanns der Mission, J.P. Hargreaves, wurde. Zehn Jahre hielt er sich in der Fremde auf, dann kehrte er nach Umuaro zurück mit einer Gruppe von Missionaren, denen es nach zwei vorangegangenen Fehlschlägen gelang, den neuen Glauben im Volk zu verankern. Unachukwu glaubte, daß der Erfolg dieses dritten Missionsversuchs größtenteils ihm zu verdanken sei. Er sah in seinem Aufenthalt in Onitsha eine Parallele zum Aufenthalt seines Namensbruders Moses in Ägypten.

Als einziger Zimmermann weit und breit erbaute Moses Unachukwu fast ganz allein die neue Kirche von Umuaro. Jetzt war er nicht nur ein Laienleser, sondern Gehilfe eines Pastors, obgleich Umuaro bis jetzt noch keinen Pastor hatte, sondern nur einen Katecheten, was aber die hohe Achtung bezeugte, die man Moses Unachukwu in der jungen Kirche zollte. Der letzte Katechet, Mr. Molokwu, hatte ihn bei allem, was er tat, zu Rate gezogen. Mr. Goodcountry dagegen versuchte von vornherein, ihn nicht weiter zu beachten. Aber Moses war kein Mann, der sich ohne weiteres übersehen läßt.

Das, was Mr. Goodcountry über die geheiligte Python sagte, gab Moses die erste Gelegenheit, ihn öffentlich herauszufordern. Dazu bediente er sich nicht nur der Bibel, sondern – merkwürdig genug für einen Bekehrten – auch der Mythen von Umuaro. Er sprach mit großer Überzeugungskraft, denn da er aus dem Dorf kam, wo die Priesterschaft des Idemili beheimatet war, wußte er vielleicht besser als die andern, was die Python bedeutete. Andererseits verlieh ihm seine genaue Kenntnis der Bibel und sein Aufenthalt in Onitsha, der Quelle der neuen Religion, besonderen Mut. Er sagte dem neuen Lehrer auf den Kopf zu, daß weder die Bibel noch der Katechismus von einem Bekehrten verlange, er solle eine Python, ein Tier voll übler Vorzeichen, töten.

»Hat Gott umsonst einen Fluch auf ihr Haupt gelegt?« fragte er, und dann bezog er sich ganz unvermutet auf die Gesetze der Umuaro. »Heute gibt es in Umuaro sechs Orte; so ist es jedoch nicht immer gewesen. Unsere Väter erzählen uns, es seien vorher sieben gewesen, und der siebente hieß Umuama.« Manche der Bekehrten nickten zustimmend. Mr. Goodcountry hörte herablassend, aber geduldig zu.

»Einer der sechs Brüder von Umuama tötete die Python und befahl einem von ihnen, Iweka, ihr Fleisch mit Yam zu einer Brühe zu kochen. Jeder von ihnen brachte ein Stück Yam und eine Schale Wasser zu Iweka. Als er die Yamsbrühe gekocht hatte, kamen die Männer, einer nach dem andern, und nahmen sich ihr Yamsstück heraus. Dann füllten sie ihre Schalen bis zur Kerbe mit dem Yamsgericht. Als aber vier von ihnen genommen hatten, war nichts mehr übrig.«

Moses Unachukwus Zuhörer lächelten, außer Mr. Goodcountry, der wie ein Fels dasaß. Oduche lächelte, weil er die Geschichte schon als kleiner Junge gehört und inzwischen wieder vergessen hatte.

»Die Brüder begannen heftig zu streiten und dann zu kämpfen. Bald breitete sich der Krieg in ganz Umuama aus, so wütend, daß er beinahe das Dorf auslöschte. Die wenigen Leute, die ihn überlebten, flohen aus ihrer Heimat über den großen Fluß zum Lande Olu, wo sie noch heute wohnen. Als die sechs anderen Dörfer sahen, was in Umuama geschehen war, gingen sie zu einem Seher, um den Grund dafür zu erfahren, und er sagte ihnen, daß die Königspython dem Idemili geweiht sei; dieser Gott sei es gewesen, der Umuama bestraft hatte. Von dem Tage an erließen die sechs Dörfer das Gesetz, daß hinfort keine Python in Umuaro getötet werden dürfe und daß ein jeder, der sie tötete, als Mörder eines Verwandten angesehen würde.« Moses schloß damit, daß er an den Fingern die Dörfer und Clans aufzählte, die ebenfalls verboten, die Königspython zu töten.

Dann sprach Mr. Goodcountry: »Die Geschichte, die du uns jetzt erzählt hast, gehört nicht in das Haus Gottes. Aber ich ließ dich zu Ende erzählen, damit alle Anwesenden einsehen, wie töricht sie ist.« In der Gemeinde erhob sich ein Gemurmel, das man für Zustimmung oder Ablehnung halten konnte.

»Ich überlasse es deinen eigenen Leuten, dir zu antworten.« Mr. Goodcountry sah sich um, aber keiner in der kleinen Versammlung wollte sprechen. »Ist keiner da, der hier für Unsern Herrn eintreten will?«

Oduche, der bis dahin eher Unachukwus Standpunkt zugestimmt hatte, spürte plötzlich Erleuchtung wie einen Stich. Er hob die Hand, wollte sie gleich wieder sinken lassen, aber Mr. Goodcountry hatte es schon gesehen.

»Ja?«

»Es ist nicht richtig, daß uns die Bibel nicht befiehlt, die Schlange zu töten. Befahl Gott dem Adam nicht, er solle der Schlange den Kopf zertreten, die seine Frau betrogen hatte?« Viele Leute klatschten Beifall.

»Hörst du das, Moses?«

Moses erhob sich, um zu antworten, aber Mr. Goodcountry wollte ihm keine zweite Gelegenheit geben.

»Du nennst dich den ersten Christen in Umuaro, du nimmst am heiligen Abendmahl teil – und dennoch, wenn du den Mund auftust, strömt nichts heraus als heidnischer Schmutz. Heute hat dich ein Kind, das noch an seiner Mutter Brust saugt, die Schrift lehren müssen. Ist es nicht, wie Unser Herr sagt: Die Ersten sollen die Letzten und die Letzten die Ersten sein? Die Welt wird vergehen, nicht aber ein einziges Wort Unseres Herrn.« Er wandte sich an Oduche. »Wenn die Zeit deiner Taufe kommt, wollen wir dich Petrus nennen – ›auf diesem Felsen will ich meine Kirche bauen‹.«

Ein Teil der Gemeinde klatschte noch lauter als vorher. Moses hatte sich erhoben.

»Sehe ich aus wie einer, den du in die Tasche stecken kannst, um dann einfach weiterzugehen?« fragte er. »Ich bin an der Quelle dieser neuen Religion gewesen und habe mit eigenen Augen die weißen Männer gesehen, die sie uns gebracht haben. Deshalb will ich dir nun entgegnen, daß ich mich nicht von Hergelaufenen auf den Arm nehmen lasse, die gewöhnlich lauter weinen als die, denen der Leichnam gehört! Du bist nicht der erste Lehrer, den ich gesehen habe. Du bist nicht der zweite. Du bist nicht der dritte. Wenn du klug bist, kümmere dich um die Arbeit, zu der du hergeschickt bist, und laß die Hände von der Python! Du kannst sagen, daß ich es dir geraten habe. Niemand hier hat sich bei dir beklagt, daß ihm die Python jemals den Weg versperrt hat, wenn er zur Kirche ging. Wenn du hier deine Arbeit tun willst, so höre auf das, was ich dir sage; willst du aber die Eidechse sein, die das Begräbnis ihrer Mutter zunichte machte, so fahre nur fort wie bisher.« Er wandte sich zu Oduche. »Sie mögen dich Petrus nennen oder Paulus oder Barnabas; mir fällt deswegen kein Haar vom Kopfe. Und ich habe keine Antwort für einen Jungen, der besser daran täte, für seine Mutter Palmnüsse zu pflücken. Aber nachdem du auch unser Lehrer geworden bist, werde ich auf den Tag warten, an dem du den Mut hast, in diesem unserm Umuaro eine Python zu töten. Ein Feigling mag den Boden mit Worten verteidigen – wenn aber die Zeit zum Kämpfen kommt, läuft er fort.«

In diesem Augenblick faßte Oduche seinen Entschluß. Es waren zwei Pythons da, eine große und eine kleine, die beinahe im Haus seiner Mutter lebten, oben auf der Mauer, die das Dach trug. Sie taten keinem etwas und hielten die Ratten fern. Nur einmal standen sie im Verdacht, eine Henne verscheucht und ihre Eier verschluckt zu haben. Oduche beschloß, eine von ihnen mit einem großen Stock auf den Kopf zu schlagen. Er würde es heimlich und vorsichtig tun, daß die Leute, wenn sie schließlich starb, dächten, sie sei ganz von selbst gestorben.

Sechs Tage vergingen, ehe Oduche einen günstigen Augenblick fand, und während dieser Zeit ging ihm etwas von seinem Mut verloren. Er beschloß, die kleinere Python zu nehmen. Er stieß sie mit einem Stock von der Mauer herab, konnte es aber nicht über sich bringen, sie auf den Kopf zu schlagen. Dann meinte er, Leute zu hören, und nun mußte er rasch handeln. In Blitzesschnelle hob er sie auf, wie er es viele Male vom Nachbarn Anosi gesehen hatte, und trug sie in seinen Schlafraum. Dann kam ihm ein neuer und aufregender Gedanke. Er öffnete den Kasten, den Moses für ihn gezimmert hatte, nahm sein Hemd und sein Tuch heraus und schloß die Schlange darin ein. Nun fühlte er sich sehr viel leichter. Die Python würde an Luftmangel sterben und er für ihren Tod verantwortlich sein, ohne sich des Tötens schuldig gemacht zu haben. Bei dem Doppelleben, das er zur Zeit führte, schien ihm diese Tat ein glücklicher Kompromiß.

Ezeulus ältester Sohn Edogo war an jenem Tag beizeiten fortgegangen, um die Maske fertigzuschnitzen, die er für einen neuen

Geist der Vorfahren anfertigte. Es waren nur noch fünf Tage bis zum Fest der Kürbisblätter, und man glaubte, daß an diesem Tag der Geist aus den Tiefen der Erde zurückkehrte und den Menschen als eine Maske erschien. Diejenigen, die seine Begleiter darstellen sollten, machten große Pläne für seine Ankunft; sie hatten ihren Tanz gelernt und waren nun begierig, die Maske zu sehen, die Edogo für sie schnitzte. Es gab außer ihm noch mehrere Holzschnitzer in Umuaro, einige von ihnen waren sogar besser. Aber Edogo hatte den Ruf, seine Masken rechtzeitig fertigzustellen, anders als Obiako, der Meisterschnitzer, der sein Werkzeug erst in die Hand nahm, wenn er seine Kunden kommen sah. Wäre es irgendeine andere Schnitzerei gewesen, so hätte Edogo sie längst fertiggestellt, denn er arbeitete jeden freien Augenblick. Aber bei einer Maske war es etwas anderes – er konnte sie nicht zu Hause unter dem profanen Blick der Frauen und Kinder schnitzen, sondern er mußte sich ins Geisterhaus zurückziehen, das, für solche Arbeiten gebaut, an einer abgelegenen Ecke des Nkwo-Markplatzes stand. Niemand, der nicht in das Geheimnis der Masken eingeweiht war, hätte gewagt, sich dem Haus zu nähern, das, mit der Vorderwand zum Wald gerichtet, dem Marktplatz den Rücken kehrte. Zu bestimmten Zeiten rief man die Frauen herbei, um die Außenwände von rotem Lehm zu reinigen und sie mit weißen, grünen, gelben und schwarzen Mustern zu verzieren; der Eingang wurde immer von Männern bewacht.

Das Hausinnere war dunkel, obwohl sich das Auge in kurzer Zeit daran gewöhnte. Edogo legte das weiße *okwe*-Holz hin, das er bearbeiten wollte, und band dann die Ziegenledertasche ab, in der er sein Werkzeug trug. Abgesehen von der notwendigen Heimlichtuerei hatte Edogo die Atmosphäre des Hauses immer zum Maskenschnitzen geeignet gefunden. Rings um ihn waren ältere Masken und andere Hoheitszeichen der Geister der Vorfahren, manche von ihnen sogar noch älter als sein Vater. Von ihnen ging etwas aus, das seinen Fingern Kraft und Geschicklichkeit verlieh.

Die meisten Masken waren für wilde, streitsuchende Geister geschaffen, sie hatten Hörner und fingerlange Zähne. Doch vier von ihnen gehörten den Jungfrauengeistern und waren von zarter Schönheit. Edogo erinnerte sich lächelnd daran, was ihm Nwanyinma gesagt hatte, als er heiratete. Nwanyinma war eine Witwe, mit der er sich in seiner Junggesellenzeit angefreundet hatte. In ihrer Eifersucht gegen die jüngere Rivalin hatte sie Edogo gesagt, die einzigen Frauen, deren Brüste nach Jahren und Jahren noch immer aufrecht stünden, seien die Jungfrauengeister.

Edogo setzte sich auf den Boden neben dem Eingang, wo das meiste Licht hinfiel, und begann zu arbeiten. Hin und wieder vernahm er die Stimmen der Leute, die vorübergingen und über den Marktplatz kamen, wenn sie von einem Dorf Umuaros in ein anderes wollten. Als ihn aber seine Arbeit ganz gefangennahm, hörte er keine Stimmen mehr.

Die Maske trat schon aus dem Holz heraus, als Edogo plötzlich innehielt und sein Ohr den Stimmen zuwandte, die in seine Arbeit hineinklangen. Eine von ihnen war ihm gut bekannt; ja, es war die seines Nachbarn Anosi. Edogo hörte genauestens hin, stand dann auf und ging zu der dem Markt zugekehrten Wand. Jetzt hörte er sie ganz deutlich. Anosi schien mit einigen Männern zu sprechen, die er soeben getroffen hatte.

»Ja. Ich war dabei und habe es mit meinen eigenen Augen gesehen«, sagte er. »Ich hätte es nie geglaubt, wenn's mir jemand erzählt hätte. Ich sah den aufgebrochenen Kasten und die Python darin!«

»Sag das nicht noch einmal«, warf einer der andern ein. »Es kann nicht wahr sein!«

»Das sagten alle: Es kann nicht wahr sein. Aber ich habe es mit eigenen Augen gesehen. Geht nur nach Umuachala – ihr findet das ganze Dorf in Aufruhr.«

»Was dieser Mann Ezeulu nach Umuaro bringt, ist dasselbe, wie schwanger sein und gleichzeitig einen Säugling nähren!«

»Ich habe viele Dinge erlebt, aber bis heute niemals von einem solch schrecklichen Frevel gehört!«

Als Edogo nach Hause kam, war sein Vater noch immer wütend, nur richtete sich jetzt sein Zorn nicht mehr so sehr gegen Oduche als gegen all die doppelgesichtigen Nachbarn und die Vorübergehenden, deren mitleidige Worte den Spott in ihren Herzen kaum verhüllten. Jedoch auch wenn sie ehrlich gewesen wären, so hätte Ezeulu es jedem verübelt, der gewagt hätte, ihn zu bemitleiden. Zunächst glomm sein Zorn inwendig, aber die letzte Gruppe Frauen, die seine Frauen besuchte – sie sahen sich um wie Gäste in einem Haus, in dem ein Toter liegt –, ließ seine Wut hell aufflammen. Er hörte sie im Innenhof jammern: »E-u-u! Was sollen wir heute mit den Kindern tun?«

Ezeulu ging mit langen Schritten in den Innenhof und forderte sie auf zu verschwinden.

»Sehe ich eine von euch noch hier, wenn ich jetzt weggehe und zurückkomme, dann wird sie erfahren, daß ich ein bösartiger Mann bin!«

»Was haben wir Böses getan, wenn wir kommen, um eine andere Frau zu trösten?«

»Ich sage: Verlaßt schleunigst diesen Ort!«

Die Frauen liefen hinaus; sie sagten: »Vergib uns, wir haben gefehlt.«

Es war daher ein sehr zorniger Ezeulu, dem Edogo erzählte, was er auf dem Marktplatz gehört hatte. Als er schloß, fragte ihn der Vater kurz: »Und was hast du getan, als du das hörtest?«

»Was sollte ich tun?« Edogo war erstaunt und ein wenig ärgerlich über den Ton seines Vaters.

»Hört ihr ihn nicht?« fragte Ezeulu ins Leere. »Mein erster Sohn, jemand erklärt vor deinen Ohren, daß dein Vater einen Frevel begangen hat, und du fragst mich, was du tun sollst. Als ich in deinem Alter war, hätte ich das gewußt. Ich wäre hinausgelaufen und hätte dem Mann den Kopf eingeschlagen, statt mich im Haus der Geister zu verstecken!«

Jetzt war auch Edogo wütend, aber er hielt seine Zunge im Zaum: »Als du in meinem Alter warst, hat dein Vater keinen seiner Söhne hingeschickt, um den Gott des weißen Mannes anzubeten.« Voll Bitternis ging er in sein eigenes Haus – hatte er seine Schnitzarbeit unterbrochen und war voll Sorge um das, was hier vorging, nach Hause gekommen, nur um beschimpft zu werden?

»Ich tadle Obika für sein hitziges Temperament«, dachte Ezeulu. »Aber wieviel besser ist ein feuriger Sinn als diese kalte Asche!« Er lehnte sich zurück und legte den Kopf auf die Mauer. Dabei knirschte er mit den Zähnen.

Es war ein Tag des Ärgers für den Oberpriester – einer jener Tage, da er anscheinend auf der linken Seite aufgewacht war. Und als habe er nicht schon genug Kummer, besuchte ihn am Abend noch ein junger Mann aus Umunneora. Wegen der Feindschaft zwischen Ezeulus Dorf und Umunneora bot er dem Mann keine Kolanuß an, damit er nicht, falls er später Bauchschmerzen bekäme, sagen könnte, das käme von Ezeulus Kolanuß. Der Mann verlor nicht viel Zeit, bis er seine Botschaft offenbarte.

»Ich bin von Ezidemili hergeschickt.«

»Wirklich? Ich hoffe, es geht ihm gut.«

»Es geht ihm gut«, erwiderte der Bote. »Gleichzeitig geht es ihm aber nicht gut.«

»Ich verstehe dich nicht.« Ezeulu war jetzt hellwach. »Wenn du eine Botschaft hast, tue sie mir schnell kund, denn ich habe keine Zeit, einem Jungen zuzuhören, der es lernt, in Rätseln zu sprechen.«

Der junge Mann überhörte die Beleidigung. »Ezidemili möchte wissen, was du gegen den Frevel unternehmen wirst, der in deinem Haus begangen wurde.«

»Was sollte da geschehen sein?« fragte der Oberpriester. Er hielt seine Wut mit beiden Händen fest.

»Soll ich wiederholen, was ich soeben gesagt habe?«

»Ja.«

»Gut. Ezidemili möchte wissen, wie du dein Haus reinigen willst von dem Frevel, den dein Sohn begangen hat.«

»Geh zurück und sage Ezidemili, er möge Scheiße fressen. Hörst du mich? Sage Ezidemili, er soll hingehen und seinen Mund mit Scheiße füllen. Und du, junger Mann, du kannst in Frieden weggehen, weil die Welt nicht mehr ist, was sie war. Wäre die Welt noch wie früher, so hätte ich dir eine Erinnerung mitgegeben, daß du immer an den Tag denken müßtest, an dem du deinen Kopf in den Rachen des Leoparden gesteckt hast.« Der junge Mann wollte etwas antworten, aber Ezeulu erlaubte es ihm nicht.

»Wenn du im Leben noch irgend etwas vorhast, so nimm meinen Rat an und sprich hier kein weiteres Wort!«

Ezeulu erhob sich drohend zu seiner vollen Höhe. Der junge Mann entschloß sich, seinen Rat zu befolgen. Er stand auf und ging fort.

## KAPITEL 5

Captain Winterbottom starrte gereizt und nicht ohne eine gewisse Verachtung auf das Memorandum, das vor ihm lag. Es kam vom Vizegouverneur über den Residenten und den Oberdistriktbeauftragten zu ihm; die beiden letzten hatten jeder einen eigenen Kommentar hinzugefügt, ehe sie den Schwarzen Peter weitergegeben hatten. Captain Winterbottom war besonders ärgerlich über den Ton, in dem der Oberdistriktbeauftragte seine Notiz abgefaßt hatte. Sie stellte beinahe einen Verweis dar für das, was er Winterbottoms »starre Haltung betreffs der Ernennung übergeordneter Chiefs« zu nennen beliebte. Wäre diese Notiz von jemand anders geschrieben worden, so hätte sie Winterbottom vielleicht nicht so geärgert; aber Watkinson war um genau drei Jahre jünger und über seinen Kopf hinweg befördert worden.

»Befördert werden kann jeder Idiot«, sagte Winterbottom immer zu sich und seinen Assistenten, »vorausgesetzt, daß er nichts anderes tut, als es darauf anzulegen. Diejenigen unter uns, die wirklich eine Aufgabe zu erfüllen haben, die haben dazu keine Zeit.«

Er zündete sich eine Pfeife an und ging in seinem geräumigen Büro auf und ab. Er hatte es selbst entworfen und es offen und luftig anlegen lassen. Während er auf und ab schritt, bemerkte er zum ersten Mal, obwohl es die ganze Zeit zu hören war, das Singen der Gefangenen, die draußen Gras schnitten. Erstaunlich, wie hoch das Gras seit den zwei Regengüssen stand, die so kurz nacheinander gefallen waren. Er ging zum Fenster und sah den Gefangenen eine Weile zu. Einer von ihnen schlug den Takt auf einer leeren Flasche mit etwas, das wie ein Stein aussah, und sang ein kurzes Solo. Die andern sangen den Chor und schwangen im Takt ihre Messer. Captain Winterbottom nahm die Pfeife aus dem Mund, legte sie auf den Fenstersims, wölbte die Hände vor dem Mund und rief: »Ruhe da!« Sie blickten alle auf, sahen, wer da rief, die Musik brach ab. Danach bewegten sich die Messer aufs Geratewohl, bis der Wärter, der ein wenig seitab im Schatten eines Mangobaums stand, es für besser hielt, seine Leute an eine andere Arbeitsstelle zu führen, wo sie den Distriktbeauftragten nicht störten. Er ließ sie also in ungleichmäßiger Doppelreihe zu einem anderen Teil des Government Hill marschieren. Sie trugen alle schmutzigweiße Jacken aus Kattun und eine dazu passende Kappe. Zwei von ihnen hatten flache Körbe umgekehrt auf dem Kopf, und der Solist trug seine Flasche mit dem Stein unter dem Arm. Kaum hatten sie ihren neuen Arbeitsplatz erreicht, stimmte er ein Lied an, und die Messer wurden im Takt auf und ab geschwungen.

»Wenn ich Gras schneide, und du schneidest auch –
Mit welchem Recht schimpfst du mich aus?«

Hinter seinem Schreibtisch las Captain Winterbottom nochmals das Memorandum des Vizegouverneurs:

»Meine Absicht in diesem Schreiben beschränkt sich darauf, allen Kolonialbeamten, die bei Stämmen ohne eingeborenen Herrscher arbeiten, die lebenswichtige Notwendigkeit einzuprägen, unverzüglich ein wirksames System ›indirekter Herrschaft‹ einzusetzen, das auf den Institutionen der Eingeborenen fußt.

Für viele Eingeborene bedeutet die Kolonialverwaltung, daß sie vom weißen Mann regiert werden. Sie wissen wie ich, daß S.E. der Gouverneur diese Politik für verkehrt hält. Anstatt direkt durch den Verwaltungsbeamten zu regieren, gibt es die andere Methode: Wir müssen versuchen, das Eingeborenensystem von seinen Mißständen zu befreien und so eine höhere Zivilisation aufbauen auf dem festverwurzelten Fundus, der verankert ist in den Herzen und Sinnen und Gedanken des Volkes, das wir deshalb umso leichter erziehen, formen und in eine Richtung lenken können, die es empfänglich macht für moderne Ideen und höhere Maßstäbe; damit machen wir uns die wirklichen geistigen Kräfte des Volkes dienstbar, statt sie abzutöten und wieder ganz von vorn anzufangen. Wir dürfen die afrikanische Atmosphäre nicht zerstören, nicht die afrikanische Seele, nicht die gesamten Grundlagen dieser Rasse ...«

»Worte, Worte, Worte! Zivilisation, afrikanische Seele, afrikanische Atmosphäre. Hat S.E. jemals einen Mann gerettet, der bis zum Hals lebendig begraben war, mit einem Stück geröstetem Yam auf dem Kopf, um die Geier anzulocken?« Er begann wieder, auf und ab zu gehen. Aber warum konnte niemand diesem verfluchten Kerl sagen, daß das ganze verdammte Zeug dumm und sinnlos war? Er wußte warum ... weil sie alle fürchteten, bei der Beförderung oder Ordensverleihung übergangen zu werden.

Mr. Clarke kam herein, um zu melden, daß er sich jetzt auf seine erste Inspektionsreise in den Bezirk begebe. Captain Winterbottom verabschiedete ihn mit einem »Gute Reise«, wobei er ihn kaum ansah. Als Clarke aber dann gehen wollte, rief er ihn zurück.

»Wenn Sie in Umuaro sind, versuchen Sie, wenn irgend möglich – natürlich sehr diskret –, etwas über Wright und seine neue Straße herauszufinden. Mir sind allerlei häßliche Gerüchte zu Ohren gekommen – von Auspeitschen und dergleichen Unfug. Ohne vorschnell zu urteilen, muß ich sagen, daß es kaum etwas gibt, was ich Wright nicht zutrauen würde – vom Schlafen mit den eingeborenen Frauen bis zum Auspeitschen ihrer Männer ... Also ich sehe Sie in einer Woche wieder. Geben Sie gut auf sich acht. Riskieren Sie nichts mit dem Wasser. Nochmals: Gute Reise.«

Diese kurze Unterbrechung machte es dem Captain möglich, weniger gereizt zum Memorandum des Vizegouverneurs zurückzukehren. Er fühlte sich müde und entmutigt. Es war die große Tragödie der britischen Kolonialverwaltung, daß der Fachmann, der seine Afrikaner kannte, und wußte, worüber er sprach, ständig von den Phantasten im Hauptquartier überstimmt wurde.

Vor drei Jahren hatten sie Captain Winterbottom unter Druck gesetzt, er sollte gegen sein besseres Wissen einen Okperi-Chief berufen. Nach langen Palavern hatte er einen Mann ausgewählt, James Ikedi, einen intelligenten Burschen, der als einer der ersten in dieser Gegend eine Missionserziehung erhalten hatte. Und was geschah? Innerhalb von drei Monaten, nachdem Winterbottom ihn eingesetzt hatte, kamen ihm Gerüchte zu Ohren über Ikedis Willkür und Anmaßung. Er hatte ein illegales Gericht eingesetzt und ein privates Gefängnis. Er nahm sich jede Frau, die ihm gefiel, ohne den üblichen Brautpreis zu zahlen. Captain Winterbottom ging der ganzen Angelegenheit gründlich nach und deckte viele noch schlimmere Skandale auf. Er beschloß, den Mann auf sechs Monate seines Amtes zu entheben, und zog infolgedessen seine Vollmacht zurück. Aber nach drei Monaten bestimmte der Oberresident, der eben erst von seinem Urlaub zurückgekommen war und sich nicht vor Ort informiert hatte, daß dieser Missetäter wieder eingesetzt werde, und kaum war er wieder an der Macht, organisierte er auch schon eine ausgedehnte Massenerpressung.

Zu jener Zeit wurde, nach einer Pockenepidemie, gerade ein großes Straßenbau- und Entwässerungsprogramm durchgeführt. Chief James Ikedi befreundete sich mit einem berüchtigten und immer betrunkenen Bauaufseher, dem die Anwohner den Titel »Zerstörer der Heimstätten« gegeben hatten. Die Pläne für Straßen und Abzugsgräben waren längst fertiggestellt und von Captain Winterbottom genehmigt, und so weit wie irgend möglich waren die Gehöfte verschont worden. Aber dieser Aufseher lief herum, schüchterte die Leute ein und behauptete, wenn sie ihm kein Geld gäben, würde die neue Straße direkt durch ihr Anwesen geführt. Als einige von ihnen ihrem Chief davon Bericht erstatteten, sagte er, dagegen könne er nichts tun; der Aufseher führe lediglich die Befehle des weißen Mannes aus, und jeder, der kein Geld habe, möge sich etwas von seinem Nachbarn leihen, seine Ziegen oder Yams verkaufen. Der Aufseher kassierte das Geld und ging zu einem anderen Gehöft, wandte sich aber nur an die reichen Dorfbewohner. Und um sie zu überzeugen, daß mit ihm nicht zu spaßen sei, zerstörte er tatsächlich die Gehöfte von drei Leuten, die ihre Zahlungen verzögerten, obwohl weder Straße noch Kanal innerhalb einer halben Meile im Umkreis ihres Hofes geplant waren. Es erübrigt sich zu sagen, daß Chief Ikedi einen großen Teil dieser illegalen Steuer einsteckte.

Wenn er an diesen Zwischenfall dachte, fand Captain Winterbottom noch eine gewisse Entschuldigung für den Aufseher. Er war ein Mann aus einem andern Clan, ein Fremder in den Augen der Dorfbewohner. Aber welche Entschuldigung gab es für den, der ihr Blutsbruder, ihr Chief war? Captain Winterbottom schrieb es einer gewissen Grausamkeit zu, die nur Afrika hervorbrachte. Und eben diese elementare Grausamkeit in der Psyche der Einheimischen fanden die überspannten Europäer so schwer zu verstehen.

Chief Ikedi war natürlich ein sehr kluger Mann, und als Captain Winterbottom anfing, diesem zweiten Skandal auf den Grund zu gehen, war es ganz unmöglich, ihm etwas nachzuweisen; er hatte seine Machenschaften zu gut verschleiert. Also entging dem Captain das Wild, dessen Fährte er folgte, wenigstens für den Augenblick – aber er bezweifelte nicht, daß er es eines Tages dennoch zur Strecke bringen werde. Was den Aufseher anging, so verurteilte er ihn zu achtzehn Monaten Zwangsarbeit.

Er war felsenfest davon überzeugt, daß Chief Ikedi bestechlich und anmaßend sei wie je, aber eben listiger als vorher. Seine neueste Tat bestand darin, daß er seine Leute dazu brachte, ihn zum *obi* oder König zu machen, und nun wurde er Seine Hoheit Ikedi der Erste, Obi von Okperi, genannt. So etwas richtete die britische Verwaltung unter den Igbos an – sie ließ Könige dort wie Pilze aus dem Boden schießen, wo es früher gar keine gegeben hatte.

Captain Winterbottom legte das Memorandum des Vizegouverneurs beiseite; er war zu dem Schluß gekommen, daß er nichts tun konnte, um diesem Wahnsinn Einhalt zu gebieten. Er hatte seine Beförderungsaussichten bereits seiner zu freien Meinungsäußerung geopfert; tatsächlich waren alle Kolonialbeamten, die mit ihm in die Verwaltung von Nigeria eingetreten waren, längst Residenten – und er war noch nicht einmal Oberdistriktbeauftragter. Nicht daß ihm besonders viel daran lag; aber in Sachen der indirekten Herrschaft seinen Widerstand fortzusetzen, schien sinnlos, nachdem alle Beamten, die bis vor kurzem mit ihm in der Opposition gestanden hatten, umgefallen waren und ihm vorwarfen, daß er sie nicht unterstützte. Er hatte jetzt den Befehl erhalten, einen Chief zu finden, und seine Pflicht war klar. Aber er durfte den Fehler nicht wiederholen, sich nach einem gerissenen, von der Mission erzogenen Neunmalklugen umzusehen. Soweit es sich um Umuaro handelte, stand sein Entschluß schon fest. Er würde zu diesem beeindruckend aussehenden

Fetischpriester gehen, der als einziger von allen Zeugen in dem Konflikt zwischen Umuaro und Okperi die Wahrheit gesagt hatte. Vorausgesetzt natürlich, daß er noch lebte. Captain Winterbottom erinnerte sich, ihn während seiner Reisen nach Umuaro ein paarmal gesehen zu haben. Aber das war mindestens zwei Jahre her.

# KAPITEL 6

Der Frevel, den Ezeulus Sohn gegen die geheiligte Python begangen hatte, war eine sehr ernste Angelegenheit. Ezeulu war der erste, der das zugab. Aber die Bosheit seiner Nachbarn und vor allem die unverschämte Botschaft, die ihm der Priester des Idemili gesandt hatte, ließen ihm keine andere Möglichkeit, als ihnen allen verächtlich Trotz zu bieten. Er war sehr überrascht über die Verleumdungen, die sogar von solchen, die er bisher seine Freunde genannt hatte, über ihn verbreitet wurden.

»Es ist gut, wenn einem von Zeit zu Zeit ein solches Unglück zustößt«, sagte er, »damit man die Gedanken seiner Freunde und Nachbarn kennenlernt. Wenn kein Wind bläst, können wir den Rumpf unseres Federviehs nicht sehen.«

Er ließ seine Frau holen und fragte sie, wo ihr Sohn Oduche sei. Sie stand, die Hände über der Brust gefaltet, und gab keine Antwort. Sie war die beiden letzten Tage sehr wütend auf ihren Mann gewesen, weil er Oduche zu den Kirchenleuten geschickt hatte, obwohl sie nicht damit einverstanden war. Warum also schärfte er jetzt seine Machete, um ihn zu töten, weil er getan hatte, was man ihn in der Kirche lehrte?

»Spreche ich zu einem Menschen oder einem geschnitzten *nkwu*?«

»Ich weiß nicht, wo er ist.«

»Das weißt du nicht? He-he-he-he-he-he«, lachte er unwillkürlich, dann wurde er wieder sehr ernst. »Bestimmt willst du mir sagen: Wenn ein Mann Reisig mit Ameisen dran nach Hause bringt, sollte er sich nicht beklagen, daß ihn die Eidechsen heimsuchen. Du hast recht. Aber erzähle mir nicht, daß du nicht weißt, wo dein Sohn ist …«

»Ist er jetzt *mein* Sohn?«

Er überhörte die Frage.

»Erzähle mir nicht, du weißt nicht, wo er ist, weil das eine Lüge ist. Du kannst ihn herausrufen aus dem Ort, wo du ihn versteckt hast. Ich habe bisher noch niemanden getötet, und ich fange nicht mit meinem Sohn an.«

»Aber er wird nie wieder in diese Kirche gehen.«

»Auch das ist eine Lüge. Ich habe gesagt, er soll hingehen; also geht er hin! Wem das nicht paßt, der soll kommen und mir auf den Rücken springen.«

Am selben Nachmittag kam Oduche zurück; er sah aus wie ein regendurchweichtes Huhn. Er grüßte seinen Vater ängstlich, der aber übersah ihn vollständig. Im Innenhof begrüßten ihn die Frauen ohne jegliche Begeisterung. Die kleinen Kinder, besonders Obiageli, betrachteten ihn forschend, als wollten sie sehen, ob er irgendwie verändert sei.

Obwohl Ezeulu nicht wollte, daß jemand meine, er sei in Schwierigkeiten, oder daß man ihn gar bemitleide, schob er die religiösen Verwicklungen von Oduches Tat nicht beiseite. In der Nacht nach dem Vorfall setzte er sich ernsthaft damit auseinander. Die Gesetze von Umuaro waren ihm bekannt, und der Priester des Idemili mußte sie ihn nicht lehren. Jedes Kind in Umuaro wußte: Wenn ein Mann versehentlich eine Python tötete, mußte er Idemili versöhnen, indem er der Schlange ein Begräbnis ausrichtete, das fast so feierlich zu sein hat wie das eines Menschen. Aber nach den Gesetzen von Umuaro gab es keine Sühne für den Mann, der eine Schlange in einen Kasten sperrte. Ezeulu wollte nicht behaupten, daß dies kein Frevel sei, aber kein so schwerwiegender, daß ihm der Priester des Idemili deshalb eine beleidigende Botschaft hätte senden dürfen. Es war eine von jenen Missetaten, die ein Mann zwischen sich und seinem eigenen Gott ins reine bringen mußte. Und was wichtiger war, in wenigen Tagen fände das Fest der Kürbisblätter statt. Und er selbst, Ezeulu, würde die sechs Dörfer von diesem und zahllosen anderen Vergehen reinigen, ehe die Jahreszeit der Aussaat kam.

Nicht lange nach Oduches Heimkehr bekam Ezeulu Besuch von einem seiner angeheirateten Verwandten aus Umuogwugwu. Dieser Mann – er hieß Onwuzuligbo – war einer von denen, die in der vorigen Jahreszeit der Aussaat zu Ezeulu gekommen waren, um zu hören, warum ihr Blutsverwandter, der Gatte von Ezeulus Tochter, geschlagen und aus seinem Dorf verschleppt worden sei.

»Es sieht aus, als sei mein Tod nahe«, sagte Ezeulu.

»Warum sagst du das, Schwager? Sehe ich aus wie der Tod?«

»Wenn ein Mann etwas sehr Ungewöhnliches sieht, ist vielleicht sein Tod nahe.«

»Du hast recht, Schwager, es ist in der Tat lange her, seit ich dich das letzte Mal besucht habe. Aber bei uns gibt es folgendes Sprichwort: Was die Rattenmutter tötet, hindert die Jungen daran, die Augen zu öffnen. Wenn alles gut geht, hoffen wir, hier wieder ein und aus zu gehen, wie es sich für Verwandte gehört.«

Ezeulu schickte seinen Sohn Nwafo, um von seiner Mutter eine Kolanuß zu holen. Inzwischen griff er nach der kleinen hölzernen Schale, in der ein Klumpen weißer Kreide lag.

»Hier ist ein Stück *nzu*«, sagte er und rollte den Klumpen hinüber zu seinem Gast, der ihn aufnahm und auf dem Boden zwischen seinen Beinen drei senkrechte Linien zeichnete mit einer waagerechten darunter. Dann malte er einen seiner großen Zehen an und rollte den Kalk zurück zu Ezeulu, der ihn wieder weglegte.

Nachdem sie die Kolanuß gekaut hatten, räusperte sich Onwuzuligbo, dankte Ezeulu und fragte dann:

»Ist unsere Frau bei guter Gesundheit?«

»Eure Frau? Es geht ihr gut. Nichts plagt sie als der Hunger. Nwafo, geh und hol Akueke – sie soll herkommen und den Vetter ihres Ehemannes begrüßen.«

Nwafo kam bald mit den Worten, sie sei schon unterwegs, zurück. Fast im gleichen Augenblick traf Akueke ein. Sie grüßte ihren Vater und schüttelte Onwuzuligbo die Hand.

»Ist deine Frau Ezinma bei guter Gesundheit?« fragte sie.

»Heute geht es ihr gut. Was morgen ist, wissen wir nicht.«

»Und ihre Kinder?«

»Nichts anderes plagt sie als der Hunger.«

»Aaah!« rief Akueke. »Das kann nicht wahr sein. Sieh nur, wie gut genährt du aussiehst.«

Als Akueke zum Innenhof zurückging, berichtete Onwuzuligbo Ezeulu, seine Leute hätten ihn geschickt, um zu sagen, daß sie seiner Familie gern am folgenden Morgen einen Besuch abstatten wollten.

»Ich werde nicht weglaufen von meinem Haus«, sagte Ezeulu.

»Wir wollen keinen Krieg hertragen. Wir kommen, um ein bißchen mit euch zu flüstern, wie Verwandte es zu tun pflegen.«

Ezeulu war dankbar für dies eine glückliche Ereignis in einer Woche voll Kummer und Unruhe. Er ließ seine Hauptfrau Matefi holen und befahl ihr, alles vorzubereiten, um morgen für seine Verwandten zu kochen.

»Welche Verwandten?«

»Für Akuekes Ehemann und seine Leute.«

»In meinem Haus ist kein Kassawa mehr«, sagte sie. »Und heute ist kein Markttag.«

»Also – was soll ich deiner Meinung nach tun?« fragte Ezeulu.

»Meinetwegen brauchst du nichts zu tun. Aber vielleicht hat Akueke noch Kassawa – ich kann sie fragen.«

»Du bist zwar so verrückt, wie man dir nachsagt, aber nun ist die Grenze erreicht!« schimpfte Ezeulu. »Zuerst sagst du mir, ich soll gehen und dir Kassawa besorgen. Was hat Akueke damit zu tun; ist sie meine Frau? Ich habe dir oft genug gesagt, daß du eine schlechte Frau bist. Ich habe längst bemerkt, daß du nur das gern tust, was dir selbst und deinen Kindern nützt. Fordere mich nicht heraus, oder ich sage dir heute endgültig meine Meinung.« Er machte eine Pause. »Wenn du willst, daß dieses Gehöft Raum für uns beide hat, dann geh und tu, was ich dir befohlen habe. Wenn Akuekes Mutter lebte, würde sie keinen Strich ziehen zwischen ihren und deinen Kindern, und das weißt du auch. Verschwinde, ehe ich mich erhebe!«

Obwohl Ezeulu viel daran lag, seine Tochter Akueke ihrem Ehemann zurückzugeben, erwartete niemand, daß er dies offen aussprach. Ein Mann, der zugab, daß seine Tochter in seinem Haus nicht immer willkommen war oder daß er ihre Anwesenheit lästig fand, hätte damit ihrem Mann zu verstehen gegen, er möge sie so schlecht behandeln, wie es ihm beliebte. Deshalb brachte Ezeulu allerhand Einwände vor, als Akuekes Mann endlich erschien und seine Absicht verkündete, seine Frau nach Hause zu holen.

»Es ist recht und billig für einen Mann, seine Frau nach Hause zu holen«, sprach er. »Aber ich möchte dich daran erinnern, daß es, wenn wir mit der Aussaat anfangen, ein Jahr her ist, seit sie wieder auf meinem Hof lebt. Hast du Yams oder Cocoyams oder Kassawa gebracht, um sie und ihr Kind zu ernähren? Oder meinst du, sie haben noch das Frühstück im Magen, das sie am letzten Morgen in deinem Haus verzehrten?«

Ibe und seine Leute räusperten sich entschuldigend.

»Was ich wissen will«, fuhr Ezeulu fort, »wie willst du mich dafür bezahlen, daß ich ein Jahr lang für deine Frau gesorgt habe?« »Schwager, ich verstehe dich recht gut«, sagte Onwuzuligbo. »Überlaß das alles uns. Du weißt, daß eines Mannes Schuld an seinen Schwiegervater niemals abgegolten werden kann. Wir wissen, wenn wir eine Ziege oder eine Kuh kaufen, bezahlen wir dafür, und sie gehört uns. Aber wenn wir eine Frau heiraten, müssen wir weiterzahlen, bis wir sterben. Wir bestreiten unsere Schuld an dich nicht. Sie ist sogar noch größer, als du sagst. Wie steht's mit all den Jahren von ihrer Geburt an bis zu dem Tage, als wir sie von dir nahmen? Es ist wahr, wir stehen tief in deiner Schuld, aber wir bitten dich, gib uns Zeit!«

»Gut, ich will euch zustimmen«, sagte Ezeulu; »aber ich stimme euch aus Feigheit zu.«

Außer Ezeulus beiden erwachsenen Söhnen Edogo und Obika war noch sein jüngerer Bruder anwesend. Sein Name war Okeke Onenyi. Er hatte bisher sehr wenig gesagt; jetzt aber schien es ihm, als habe sein Bruder zu bereitwillig nachgegeben, und er beschloß zu sprechen.

»Meine Schwäger, ich begrüße euch. Ich habe mich bisher nicht geäußert, weil der Mann, der nicht die Gabe des Sprechens hat, gern behauptet, seine Verwandten hätten alles gesagt, was zu sagen ist. Ich habe sehr genau zugehört, um ein bestimmtes Wort aus eurem Munde zu vernehmen – aber ich habe es nicht vernommen. Abgesehen von den Kindern, die wir alle haben wollen, möchten die einen eine Frau, die ihre Mahlzeiten kocht, die andern eine Frau, die ihnen auf dem Felde hilft, und wieder andere möchten eine, die sie schlagen können. Ich möchte jetzt aus eurem Munde hören: Ist unser Verwandter gekommen, weil er nun niemanden hat, den er schlagen kann, wenn er morgens aufwacht?«

Onwuzuligbo versprach im Namen seines Verwandten, daß Akueke künftig nicht mehr von diesem geschlagen werden würde. Dann schickte er Ezeulu nach ihr, um sie zu fragen, ob sie in den Haushalt ihres Mannes zurückzukehren wünschte. Sie zögerte – dann sagte sie, sie täte es, wenn ihr Vater es guthieße.

»Meine Schwäger«, sagte Ezeulu, »Akueke wird zurückkehren, aber nicht heute. Sie braucht ein wenig Zeit, um sich bereitzumachen. Heute ist Oye. Sie wird am Oye nach dem nächsten Oye zu euch zurückkehren. Wenn sie kommt, behandelt sie gut. Es ist kein Zeichen von Tapferkeit, wenn ein Mann seine Frau schlägt. Ich weiß, ein Mann und seine Frau müssen streiten, das ist nichts Schlimmes. Selbst Brüder und Schwestern, die aus demselben Schoß kommen, vertragen sich nicht immer. Und um wieviel weniger können das zwei Fremde. Nein, ihr könnt streiten, aber laßt es nicht mehr in Schlägereien ausarten. Mehr habe ich jetzt nicht zu sagen.«

Ezeulu war dem Ulu dankbar, daß er es so unerwarteterweise zustande gebracht hatte, den Streit zwischen Akueke und ihrem Mann zu schlichten. Er war überzeugt, daß Ulu ihn damit in die rechte Stimmung bringen wollte, um die sechs Dörfer zu reinigen, ehe sie ihre Saat in den Boden legten. Am selben Abend kamen seine sechs Helfer zu ihm, um seine Befehle zu empfangen; er schickte sie aus, jeden Mann in sein Dorf, um dort zu verkünden, daß das Fest der Kürbisblätter am folgenden Nkwo stattfände.

Ogoye war noch dabei, das Abendessen zu kochen, als das *ogene* des Rufers ertönte. Ogoye war dafür bekannt, daß sie spät kochte. Obwohl Ezeulu oftmals Matefi ausschimpfte, weil sie sich mit dem Kochen immer verspätete, verdiente Ogoye diesen Vorwurf noch viel mehr. Aber sie war klüger als die ältere Frau; an den Tagen, an denen sie ihrem Mann das Essen zu bringen hatte, verspätete sie sich niemals. Jedoch an allen andern Tagen hörte man bis spät in die

Nacht ihren Mörser. Sie war besonders träge, wenn es ihr wie jetzt wegen ihrer Unreinheit verboten war, für einen erwachsenen Mann zu kochen.

Ihre Tochter Obiageli und Akuekes Tochter Nkechi erzählten einander Geschichten. Nwafo saß auf dem kleinen Lehmsitz am Fuße des Mittelpfeilers von Ogoyes Haus, betrachtete die Mädchen mit überlegener Miene und verbesserte ab und zu ihre Fehler.

Ogoye rührte in der Suppe, die auf dem Feuer stand, und probierte davon, indem sie die Seite der Schöpfkelle ableckte. Der Klang der *ogene* ertappte sie auf frischer Tat.

»Still, ihr Kinder, und laßt mich hören, was sie verkünden.«

> GOME GOME GOME GOME. »Ora Obodo, hört zu! Ezeulu hat mir befohlen, euch zu verkünden, daß am kommenden Nkwo das Fest der Kürbisblätter stattfindet.« GOME GOME GOME GOME. »Ora Obodo! Ezeulu hat mir befohlen ...«

Obiageli hatte ihre Geschichte unterbrochen, damit ihre Mutter die Worte des Ausrufers verstehen konnte. Während sie ungeduldig wartete, fiel ihr Blick auf die Suppenkelle, und um sich zu beschäftigen, nahm sie sie aus der hölzernen Schale, in der sie lag, und auch sie fing an, sie abzulecken.

»Gierhals!« sagte Nwafo. »Es ist dieses Leck leck leck, das die Frauen abhält, sich einen Bart wachsen zu lassen.«

»Und wo ist dann dein Bart?« fragte Obiageli.

> GOME GOME GOME GOME. »Ihr Leute aus dem Dorf. Der Oberpriester des Ulu hat mir befohlen, jedem Mann und jeder Frau zu verkünden, daß das Fest der Ersten Kürbisblätter am kommenden Nkwo-Markttag abgehalten wird.« GOME GOME GOME GOME GOME.

Die Stimme des Ausrufers wurde leiser, während er seine Botschaft die Hauptstraße von Umuachala entlangtrug.

»Sollen wir noch einmal von vorn anfangen?« fragte Nkechi.

»Ja«, sagte Obiageli. »Die große Ukwa-Frucht war herabgefallen auf Nwaka Dimkpolo und tötete ihn. Ich werde die Geschichte singen, und du gibst die Antworten.«

»Aber das habe ich vorhin schon gemacht«, widersprach Nkechi. »Jetzt bin ich dran mit Singen.«

»Du wirst bloß alles verderben. Du weißt, wir waren noch nicht fertig mit der Geschichte, als der Ausrufer kam.«

»Gib nicht nach, Nkechi«, sagte Nwafo. »Sie will dich betrügen, weil sie größer ist als du.«

»Niemand hat von dir gesprochen, Ameisenhaufennase!«

»Mir scheint, du brauchst eine Tracht Prügel.«

»Hör nicht auf ihn, Nkechi. Beim nächsten Mal singst du, und ich gebe die Antworten.« Nkechi war einverstanden, und Obiageli fing wieder an zu singen:

> Und wer wird das Wasser für mich strafen?
> *E-e Nwaka Dimkpolo*
> Erde schluckt das Wasser für mich
> *E-e Nwaka Dimkpolo*
> Wer wird die Erde für mich strafen?

»Nein, nein, nein!« rief Nkechi dazwischen.

»Was kann der Erde schon passieren, dummes Mädchen?« fragte Nwafo.

»Ich hab's absichtlich so gesungen, um Nkechi zu prüfen«, sagte Obiageli.

»Das ist eine Lüge, so alt wie du selbst – du kannst nicht einmal eine einfache Geschichte erzählen.«

»Wenn sie dir nicht gefällt, spring mir auf den Rücken, Ameisenhaufennase!«

»Mutter, wenn mich Obiageli noch einmal beschimpft, hau ich sie.«

»Trau dich nur, sie anzurühren, und ich werde dich noch heute abend von deinem Irrsinn heilen!«

»Laß uns eine andere Geschichte singen«, sagte Obiageli. »Die hier hat kein Ende.« Dabei griff sie nach der Schöpfkelle, die soeben von einem Ausflug in den Suppentopf auf dem Feuer zurückgekehrt war. Aber die Mutter riß sie ihr schnell aus der Hand.

# KAPITEL 7

Der Marktplatz füllte sich allmählich, Männer und Frauen strömten aus allen Richtungen herbei. Da es insbesondere ihr Tag war, trugen die Frauen ihre schönsten Kleider, Elfenbein- und Perlenschmuck, den sie dem Reichtum ihrer Männer oder, in Ausnahmefällen, der Kraft ihrer eigenen Arme verdankten. Die meisten Männer brachten Palmwein in Töpfen auf dem Kopf oder in Kalebassen, die sie in einer Seilschlinge hängend über der Schulter trugen. Die zuerst Gekommenen nahmen ihren Platz im Schatten der Bäume ein und begannen mit ihren Freunden, ihren Verwandten und Schwägern zu trinken. Wer später kam, setzte sich in die Sonne, denn es war noch nicht sehr heiß.

Ein Fremder, der das Fest nicht kannte, hätte den Eindruck gewinnen können, daß Umuaro in seiner ganzen Geschichte noch nie so einig gewesen sei. In dieser Festtagsstimmung schien – wenigstens im Augenblick – die große Feindschaft zwischen Umunneora und Umuachala bedeutungslos. Wären sich zwei Männer aus den beiden Dörfern gestern begegnet, so hätte jeder die Bewegungen des andern vorsichtig und mißtrauisch beobachtet; morgen würden sie es wieder tun. Aber heute tranken sie Palmwein miteinander, weil kein Mann, der seine fünf Sinne beisammen hatte, zu einer Reinigungszeremonie Gift mitgebracht haben konnte; ebensogut hätte er mit wirksamen und tödlichen Zaubermitteln auf seinem Körper in den Regen hinausgehen können.

Ezeulus jüngere Frau betrachtete ihr Haar in einem Spiegel, den sie zwischen den Beinen hielt. Sie wurde das Gefühl nicht los, daß sie Akuekes Haar schöner gekämmt hatte als Akueke das ihre. Dagegen gefielen ihr die schwarzen Muster von *uli* und die mattgelben Linien von *ogali* auf ihrem Körper sehr gut. In früheren Jahren wäre sie als eine der ersten auf dem Marktplatz erschienen, sorgenfrei und fröhlich. Aber in diesem Jahr schienen ihre Füße schwer zu sein, weil eine Last auf ihrer Seele lag. Sie wollte für die Reinigung ihres Hauses beten, das Oduche entweiht hatte. Sie war nicht mehr eine der vielen, vielen Umuarofrauen, die an dem allgemeinen und alle einbeziehenden Ritus teilnahmen. Heute hatte sie ihre eigene Not. Die Bürde dieses Gefühls dämpfte das langerwartete Vergnügen, ihre neuen Elfenbeinarmreifen zu tragen, die ihr soviel Neid und Feindseligkeit von Matefi, der anderen Frau ihres Mannes, eingebracht hatten.

Sie rieb noch das Elfenbein blank, als Matefi zum Nkwo-Marktplatz aufbrach und, bevor sie ging, von der Mitte des Hofes herüberrief: »Ist Obiagelis Mutter bereit?«

»Nein. Wir kommen später. Ihr braucht nicht zu warten.«

Als sie ihre Vorbereitungen beendet hatte, ging Ogoye hinter ihrem Haus zu dem Kürbis, den sie eigens nach dem ersten Regen gepflanzt hatte, schnitt vier Blätter ab, band sie mit einer Bananenschnur zusammen und ging in ihr Haus zurück. Sie legte die Blätter auf einen Sitz und ging zu dem Bambusregal, um nach der Sauce und dem *Fufu* zu sehen, das Obiageli und Nwafo zu Mittag essen sollten.

Akueke blieb vor der Schwelle stehen und schaute zu ihr hinein.

»Bist du noch nicht fertig? Was trödelst du herum wie eine Henne, die sich ein Nest sucht? Bei deinem Tempo finden wir nicht einmal mehr einen Stehplatz auf dem Markt.« Dann kam sie ins Haus, ihre eigenen Kürbisblätter in der Hand. Sie bewunderten gegenseitig ihre Kleider, und Akueke pries wiederum Ogoyes Elfenbeinschmuck.

Als sie aufbrachen, fragte Akueke: »Was meinst du, worüber sich Matefi heute früh geärgert hat?«

»Da sollte ich dich fragen. Ist sie nicht deines Vaters Frau?«

»Ihr Gesicht war so groß wie ein Mörser. Hat sie dich gefragt, ob du fertig bist?«

»Ja. Aber sie fragte nur mit den Lippen.«

»Solange ich schlechte Menschen kenne«, sagte Akueke, »habe ich keine wie sie getroffen. Sie ist so bösartig, daß es zum Himmel schreit. Seit mein Vater ihr vorgestern befohlen hat, für meinen Mann und seine Leute zu kochen, steckt sie voller Galle.«

An gewöhnlichen Nkwo-Markttagen hörte man den Lärm des Marktes nach allen Richtungen wie das Nahen eines starken Windes. Heute war es, als wären alle Bienen der Welt ausgeschwärmt. Und noch immer strömten Leute auf allen Wegen von Umuaro herbei. Als Ogoye und Akueke aus dem Gehöft traten, schlossen sie sich diesem Menschenstrom an. Jede Frau von Umuaro trug ein Bündel Kürbisblätter in der rechten Hand; die Frauen, die keins hatten, waren Fremde aus den Nachbardörfern, die sich das Schauspiel ansehen wollten. Als sie näherkamen, wurde die Stimme Nkwos lauter und lauter, bis sie jedes Gespräch übertönte.

Sie kamen gerade zurecht, um die Ankunft von Nkawas fünf Frauen zu sehen, die allgemeines Aufsehen erregten. Jede einzelne von ihnen trug nicht nur Fußspangen, sondern zwei riesige Elfenbeinringe, die ihnen vom Knöchel fast bis zum Knie reichten. Ihr Gang war absichtlich langsam, wie der Gang einer Ijelomaske – sie hoben und senkten jeden Fuß mit gewichtiger Förmlichkeit. Und zu allem Überfluß waren die Frauen in viele farbige Samtstoffe gekleidet. Elfenbein und Samt waren in Umuaro nichts Neues, aber noch niemals hatte man sie in solchem Überfluß aus dem Hause eines einzigen Mannes kommen sehen.

Obika und sein guter Freund Ofoedu saßen mit drei anderen jungen Männern aus Umuago auf der rauhen Matte, die am Boden aus den bloßliegenden Wurzeln eines *egbu*-Baumes geflochten war. Zwischen ihnen standen zwei schwarze Krüge Palmwein. Neben ihnen lag ein umgefallener Palmweinkrug. Einer der Männer war schon betrunken, aber anscheinend hatten weder Obika noch Ofoedu bisher einen Tropfen angerührt.

»Ist es wahr, Obika«, fragte einer der Männer, »daß deine neue Braut nach ihrem ersten Besuch nicht wiedergekommen ist?«

»Ja, mein Freund«, antwortete Obika leichthin. »Meine Angelegenheiten gehen immer anders aus als die anderer Leute. Wenn ich Wasser trinke, bleibt's mir zwischen den Zähnen hängen.«

»Achtet nicht auf das, was er sagt«, fiel Ofoedu ein. »Ihre Mutter ist krank, und ihr Vater bat sie, zu Hause zu bleiben und sie eine Zeitlang zu pflegen.«

»Aha – ich dacht's mir doch, daß die Geschichte, die ich hörte, nicht wahr sein konnte. Wie könnte eine junge Braut zögern, wenn es um einen so hübschen *ugona chonma* wie Obika geht?«

»Ach, mein Freund, laß das Gefasel«, sagte der Halbbetrunkene. »Vielleicht ist ihr sein Penis nicht groß genug?«

»Aber sie hat ihn nie gesehen«, sagte Obika.

»Du sprichst zu kleinen Jungen von vorgestern! Sie hat ihn nie gesehen!!!«

Bald danach ertönte der große Ikolo. Er rief die sechs Dörfer von Umuaro, eins nach dem andern, in ihrer alten Reihenfolge: Umunneora, Umuago, Umuezeani, Umugwugwu, Umuisiuzo und Umuachala. Bei jedem Dorf, das er aufrief, ging ein brausender Schrei über den Marktplatz. Er rief sie alle nochmals auf, diesmal aber begann er beim jüngsten Dorf. Die Leute beeilten sich, ihren Palmwein auszutrinken, ehe der Oberpriester erschien.

Jetzt schlug der Ikolo unaufhörlich. Manchmal rief er die Namen wichtiger Leute von Umuaro auf, wie Nwaka, Nwosisi, Igboneme und Uduezue, meist aber die Dörfer und ihre Götter. Endlich kam er zum Schluß. Nun begrüßte er Ulu, den Gott von ganz Umuaro.

Obiozo Ezikolo war jetzt ein alter Mann, aber seine Meisterschaft als König aller Trommelschläger immer noch unerreicht. Vor vielen Jahren, als er noch ein junger Mann war, hatten die sechs Dörfer beschlossen, ihm den *ozo*-Titel zu übertragen für seine große Kunst, die Herzen seiner Landsleute in Kriegszeiten mächtig zu rühren. Jetzt in seinem Alter war es ein Wunder, woher er die Kraft nahm, seiner Aufgabe noch so vollkommen gerecht zu werden. Schon das Hinaufklimmen auf den Ikolo wäre eine Leistung gewesen für einen Mann halb so alt wie er. Nun umringten alle, die nahe genug waren, die Trommel und schauten aufwärts, um den alten Trommelschläger zu bewundern. Einer seiner guten Bekannten hob die Stimme und grüßte ihn. Er rief zurück: »Eine alte Frau ist niemals alt, wenn es zum Tanz kommt, den sie gelernt hat.« Die Menge lachte.

Der Ikolo war in alten Zeiten aus einem riesigen Irokobaum angefertigt worden, genau an der Stelle, wo man ihn gefällt hatte. Der Ikolo war so alt wie Ulu selbst, auf dessen Befehl der Baum abgehauen und sein Stamm zu einer Trommel ausgehöhlt worden war. Seit jenen Tagen hatte er in Sonne und Regen auf demselben Platz gestanden. Sein Körper war mit geschnitzten Menschen und Pythons verziert, und auf einer Seite hatte man kleine Stufen hineingeschnitten, ohne die kein Trommler hinaufsteigen und ihn schlagen konnte. Wenn der Ikolo zum Krieg geschlagen wurde, schmückte man ihn mit den Schädeln, die man in früheren Kriegen gewonnen hatte. Jetzt aber sang er vom Frieden.

Eine große *ogone* ertönte dreimal von Ulus Altar. Der Ikolo nahm den Klang auf und ließ einen endlosen Strom von Lobesworten zum Preis des Gottes folgen. Gleichzeitig begannen Ezeulus Läufer, die Mitte des Marktplatzes zu räumen. Obwohl jeder von ihnen mit einer Peitsche aus Palmblättern bewaffnet war, kamen sie nicht recht durch. Die Menge war erregt, und erst nach einem kleinen Kampf gelang es ihnen, mitten auf dem Marktplatz einen kleinen Fleck freizubekommen. Von diesem Punkt aus arbeiteten sie wütend mit ihren Peitschen, bis sie das Volk soweit zurückgedrängt hatten, daß es sich in einem dichten Ring am Rande aufstellte. Die meisten Schwierigkeiten bereiteten ihnen die Frauen mit den Kürbisblättern, weil sie alle drängelten, einen guten Platz in der vordersten Reihe zu ergattern. Die Männer brauchten nicht so nahe zu stehen, und deshalb bildeten sie den äußeren Kreis des Rings.

Wieder erklang die *ogone*. Der Ikolo begann, den Oberpriester zu begrüßen. Die Frauen schwenkten ihre Blätter vor dem Gesicht hin und her und murmelten Gebete zu Ulu, dem Gott, der tötet und rettet.

Ezeulus Erscheinen wurde mit einem lauten Aufschrei begrüßt, den man sicherlich bis zum nächsten Nachbardorf hörte. Der Priester lief vorwärts, hielt plötzlich inne und blieb stehen, das Antlitz dem Ikolo zugewandt. »Sprich!« sagte er zu ihm, »Ezeulu hört, was du sagst.« Dann bückte er sich, tanzte drei oder vier Schritte und richtete sich wieder auf.

Er trug rauchgeschwärzte Raphiablätter, die von der Taille bis zum Knie reichten. Die linke Hälfte seines Körpers war von der Stirn bis zu den Knien mit weißer Kreide bemalt. Um den Kopf hatte er ein Lederband geschlungen, von dem eine Adlerfeder nach hinten wies. In seiner Rechten hielt er den *Nne Ofo*, die Mutter aller Kommandostäbe in Umuaro, und in seiner Linken einen langen Eisenstab, der ein vibrierendes Rasseln von sich gab, wenn Ezeulu das spitze Ende in die Erde stieß. Er machte ein paar große Schritte, auf jedem Fuß verweilend. Dann lief er wieder vorwärts, als habe er in der leeren Luft einen Genossen gesehen, streckte die Arme aus und schwenkte seinen Stab nach links und rechts. Wer nahe genug stand, hörte, wie Ezeulus Stab gegen einen andern schlug, den niemand sah. Daraufhin flohen viele Leute erschrocken vor dem Priester und den Unsichtbaren rings um ihn.

Als Ezeulu die Mitte des Marktplatzes erreichte, stellte er dar, wie Ulu das erste Mal erschienen war und wie jeder der vier Tage ihm Hindernisse in den Weg gelegt hatte.

»Damals, als die Eidechsen noch einzeln und zu zweien auftraten, versammelte sich das ganze Volk und wählte mich, seinem neuen Gott zu dienen. Ich sprach zu ihnen: ›Wer bin ich, um dieses Feuer auf meinem bloßen Kopf zu tragen? Ein Mann, der weiß, daß sein After klein ist, schluckt keinen Udala-Samen.‹

Sie sprachen zu mir:

›Fürchte nichts! Der Mann, der ein Kind ausschickt, um eine Spitzmaus zu fangen, wird ihm auch Wasser geben, seine Hände zu waschen.‹

Ich sagte: ›Also sei es.‹

So gingen wir ans Werk. Jener Tag war Eke; wir arbeiteten bis Oye und dann bis Afo. Als der Tag Nkwo anbrach und die Sonne ihr Opfer darbrachte, trug ich mein *alusi* und machte mich mit den ganzen Leuten hinter mir auf die Reise. Ein Mann spielte zu meiner Rechten auf der Flöte, und ein anderer antwortete zu meiner Linken. Von hinten gab mir der schwere Tritt der vielen Menschen Kraft. Und dann ganz plötzlich breitete sich etwas über mein Gesicht. Auf der einen Seite regnete es, auf der andern war es trocken. Ich sah noch einmal hin und bemerkte, daß es Eke war.

Ich sagte zu ihm: ›Bist du es, Eke?‹

Er antwortete: ›Ich bin es, Eke, der Eine, der einen starken Mann zwingt, mit den Zähnen in die Erde zu beißen.‹

Ich nahm ein Hühnerei und reichte es ihm. Er nahm es, aß es und gab mir den Weg frei. Wir gingen weiter, über Bäche und durch Wälder. Dann kreuzte ein brennender Busch meinen Pfad, und zwei Männer rangen kopfstehend miteinander. Mein Gefolge blickte einmal hin und ergriff die Flucht. Ich sah noch einmal hin und bemerkte, daß es Oye war.

Ich sagte: ›Bist du es, Oye, der meinen Pfad kreuzt?‹

Er sagte: ›Ich bin es, Oye, der Eine, der eher als alle andern zu kochen begann und also mehr zerbrochene Töpfe hat.‹

Ich nahm einen weißen Hahn und reichte ihn Oye. Er nahm ihn und gab mir den Weg frei. Ich ging vorbei an Wiesen und Ackerland, und dann merkte ich, daß mein Kopf für mich zu schwer war. Ich blickte genau hin und bemerkte, daß es Afo war.

Ich sagte: ›Bist du es, Afo?‹

Er sagte: ›Ich bin es, Afo, der Große Strom, der nicht gesalzen werden kann.‹

Ich erwiderte: ›Und ich bin Ezeulu, der Bucklige, schrecklicher als ein Aussätziger.‹

Afo zuckte die Achseln und sagte: ›Geh weiter, denn dein Übel ist schlimmer als das meine.‹

Ich ging weiter, und die Sonne kam herunter und schlug mich, und der Regen kam herunter und durchnäßte mich. Dann traf ich Nkwo. Ich blickte nach links, und da sah ich eine müde alte Frau, die sich mit seltsamen Tanzschritten den Berg hinaufbewegte. Ich blickte nach rechts und sah ein Pferd und sah einen Widder. Ich erschlug das Pferd, und mit dem Widder reinigte ich meine Machete, und so entfernte ich dieses Übel.«

Jetzt war Ezeulu in der Mitte des Marktplatzes. Er stieß den Eisenstab in die Erde und ließ ihn zitternd dort stehen, während er einige Schritte weiter zum Ikolo hintanzte, der keine Pause zum Atemholen gemacht hatte, seit der Priester erschienen war. Alle Frauen vor ihnen schwenkten ihre Kürbisblätter.

Ezeulu sah im Kreise auf alle Männer und Frauen von Umuaro, ohne jedoch einen einzelnen anzublicken. Dann zog er den Stab aus dem Boden, und mit dem Stab in seiner Linken und der *Mutter des*

*Ofo* in seiner Rechten sprang er vorwärts und begann, rund um den Marktplatz zu rennen.

Alle Frauen stimmten ein langes, erregtes Geheul an, und wieder begann ein Gedränge um die vorderste Reihe. Wenn der dahinrasende Oberpriester eine Gruppe der Menge erreichte, schwenkten die Frauen ihre Kürbisblätter um die Köpfe und warfen sie nach ihm. Es war, als wenn Tausende von riesigen fliegenden Insekten ihn umschwärmten.

Ogoye, die so lange geschoben und gedrängt hatte, bis sie in der vordersten Reihe stand, murmelte ein ums andere Mal ihr Gebet, als der Oberpriester dorthin kam, wo sie sich aufhielt.

> *»Großer Ulu, der tötet und verschont, ich flehe dich an, reinige meinen Haushalt von aller Entweihung. Habe ich Unrecht mit meinem Mund gesprochen oder mit meinen Augen gesehen, habe ich Unrecht mit meinen Ohren gehört oder bin ich mit meinem Fuß darauf getreten, ist Unrecht durch meine Kinder oder meine Freunde oder meine Verwandten geschehen – laß es diesen Blättern nachfliegen.«*

Sie schwenkte das kleine Büschel Kürbisblätter im Kreis um ihren Kopf und schleuderte es dann mit aller Kraft nach dem Oberpriester, als er an der Stelle vorbeirannte, wo sie stand.

Die sechs Läufer folgten dem Oberpriester auf dem Fuß, und in gewissen Abständen bückte sich einer von ihnen, hob ein Büschel Blätter auf und lief dann weiter. Die Ikolotrommel steigerte sich zur Raserei während Ezeulus Lauf, besonders im letzten Abschnitt, als er den ganzen Marktplatz umkreist hatte und mit noch zunehmender Geschwindigkeit in das Heiligtum seines Altars lief, die Läufer dicht auf seinen Fersen. Sobald sie verschwunden waren, brachen die Trommelschläge des Ikolo plötzlich mit einem letzten GOME ab. Die wachsende Spannung, die den ganzen Marktplatz ergriffen hatte und der Menge fast den Atem raubte, löste sich bei dem letzten Trommelschlag in einem großen und befreiten Aufatmen. Aber der erlösende Augenblick war kurz. Die Menge schien rasch zu begreifen, daß ihr Oberpriester an seinem Altar in Sicherheit war; er hatte über die Sünden der Umuaro triumphiert und begrub sie jetzt tief in der Erde mit den sechs Büscheln Kürbisblätter.

Als hätte jemand ihnen allen ein Zeichen gegeben, brachen die Frauen aus Umunneora heraus aus dem Kreis und fingen an, heftig mit den Füßen stampfend, um den Marktplatz zu laufen. Zuerst liefen sie aufs Geratewohl, aber bald stampfte eine jede im Takt, und eine große Staubwolke stieg von ihren Füßen auf; nur diejenigen, deren Füße vom Alter oder ihrem Elfenbeinschmuck zu schwer waren, paßten sich dem Takt nicht an. Als sie ihre Runde hinter sich gebracht hatten, traten sie in die stehende Menge zurück. Dann brachen die Frauen von Umuago überall aus dem großen Rund und begannen ihren Lauf. Die anderen warteten und klatschten für sie in die Hände; nicht eine lief aus der Reihe. Als endlich die Frauen des sechsten Dorfes ihren Weg beendet hatten, lagen die Kürbisblätter, die zuerst so dick ausgestreut waren, zerstampft und zertreten im Staub.

Sobald der große Lauf vorbei war, begann die Menge, sich wieder in Freundes- und Verwandtengrüppchen aufzuteilen. Akueke hielt Ausschau nach ihrer älteren Schwester Adeze, die sie zuletzt mit den andern Frauen von Umuezeani hatte laufen sehen. Sie brauchte nicht lange zu suchen, denn Adeze ragte aus jeder Menge heraus. Sie war hochgewachsen und bronzehäutig; wäre sie ein Mann gewesen, so hätte sie ihrem Vater noch mehr geglichen als ihr Bruder Obika.

»Ich dachte, du wärst vielleicht schon nach Hause gegangen«, sagte Adeze. »Ich habe gerade Matefi getroffen, aber sie hatte dich gar nicht gesehen.«

»Wie hätte sie mich sehen können? Ich bin nicht groß genug, daß sie mich sehen könnte.«

»Streitet ihr beiden euch wieder? Ich meinte es in ihrem Gesicht zu sehen. Was hast du ihr diesmal angetan?«

»Meine Schwester, kümmere dich nicht um Matefi und ihren Ärger. Sprechen wir besser von anderen Dingen.«

Jetzt trat Ogoye zu ihnen.

»Ich habe euch beide auf dem ganzen Marktplatz gesucht«, sagte sie. Sie umarmte Adeze, die sie »Mutter meines Ehemannes« nannte.

»Wie geht es den Kindern?« fragte Adeze. »Ist es wahr, daß ihr sie gelehrt habt, Pythonfleisch zu essen?«

»Meinst du, daß das zum Lachen ist?« Ogoyes Stimme klang tief verletzt. »Kein Wunder, daß du die einzige in Umuaro bist, die sich nicht die Mühe machte, vorbeizukommen und zu fragen, was passiert war.«

»Ist was passiert? Mir hat niemand etwas gesagt. War es ein Feuer, oder ist jemand gestorben?«

»Hör nicht auf Adeze, Ogoye«, sagte ihre Schwester. »Sie ist schlimmer als ihr Vater.«

»Hast du erwartet, das, was der Leopard zeugt, sei anders als er selbst?«

Niemand antwortete.

»Sei nicht wütend auf mich, Ogoye. Ich habe alles vernommen. Aber unsere Feinde und alle, die eifersüchtig auf uns sind, warteten darauf, daß wir in Verwirrung hin und herrannten. Adeze wird ihnen diese Befriedigung nicht verschaffen! Diese Verrückte, Akueni Nwosisi, deren Familie alle möglichen Verbrechen begangen hat, kam zu mir gelaufen, um mir ihr Mitleid zu bezeugen. Ich fragte sie, ob jemand, der eine Python in einen Kasten sperrt, nicht besser sei als ihr Verwandter, den man hinter dem Haus entdeckte, als er mit einer Ziege kopulierte.«

Ogoye und Akueke lachten. Sie konnten sich gut vorstellen, wie Ezeulus angriffslustige Tochter diese Frage gestellt hatte.

»Kommst du mit uns?« fragte Akueke.

»Ja, ich möchte die Kinder sehen. Und vielleicht kann ich von Matefi und Ogoye ein kleines Bußgeld erpressen, denn ich fürchte, sie sorgen sehr nachlässig für meinen Vater!«

»Bitte, Herrin, ich flehe dich an!« rief Ogoye in gespielter Furcht, »ich tue mein Bestes! Dein Vater ist es, der mich schlecht behandelt. Und wenn du mit ihm sprichst«, fügte sie dann ganz ernst hinzu, »frage ihn, warum er in seinem Alter rennen muß wie eine Antilope. Letztes Jahr konnte er nach dem Kürbisblätterfest tagelang nicht aufstehen.«

»Weißt du nicht,«, sagte Akueke und sah sich vorsichtig um, ob etwa ein Mann in der Nähe sei; es war keiner da, trotzdem senkte sie die Stimme, »daß er in seinen jungen Tagen laufen konnte wie Ogbazulobodo? Ganz so wie Obika jetzt?«

»Ihr seid es, besonders ihr beiden, die ihn dazu verleiten. Er glaubt gern, er sei stärker als alle die jungen Männer heutzutage, und ihr ermutigt ihn noch! Wenn er mein Vater wäre, ich würde ihm sagen, was ich davon halte.«

»Ist er nicht dein Mann?« fragte Adeze. »Wenn er morgen stirbt, bist du nicht die, die am Herd in der Asche sitzt, sieben Märkte lang? Bist du's oder bin ich's, die sich in Sacktuch kleiden muß – ein ganzes Jahr?«

»Was ich dir noch erzählen wollte«, sagte Akueke, das Thema wechselnd: »Mein Mann und seine Leute sind neulich zu uns gekommen.«

»Was wollten sie denn?«

»Was sollen sie schon gewollt haben!«

»Sie sind es also müde zu warten, diese Kleintiere aus dem Busch. Ich dachte, sie warteten darauf, daß du ihnen Palmwein bringst und sie bittest!«

»Beschimpfe die Familie meines Mannes nicht, sonst werden wir streiten«, sagte Akueke in einem Ton vorgetäuschten Zorns.

»Bitte vergib mir. Ich wußte nicht, daß ihr plötzlich wieder Palmöl und Salz geworden seid, du und er. Wann gehst du zu ihm zurück?«

»Einen Markt nach dem nächsten Oye.«

# KAPITEL 8

Die neue Straße, die Mr. Wright baute, um Umuaro mit seinem Feind Okperi zu verbinden, war beinahe fertig. Trotzdem konnte sie vor Beginn der Regenzeit nicht vollendet werden, falls es bei den bezahlten Arbeitern blieb, die er eingestellt hatte. Er dachte daran, mehr Leute einzustellen, aber Captain Winterbottom hatte ihm gesagt, er sei grundsätzlich nicht nur gegen jede Vergrößerung des Trupps, sondern denke im Augenblick eher an eine Verminderung, da die in diesem Rechnungsjahr bewilligte Summe für öffentliche Arbeiten bereits erheblich überschritten war. Mr. Wright hatte schon mit dem Gedanken gespielt, die Löhne von drei auf etwa zwei Pence am Tag zu senken, aber diese Maßnahme würde die Arbeitsleistung nicht wesentlich heben; nicht einmal die Herabsetzung auf die Hälfte des Lohnes hätte das gewünschte Ergebnis gebracht, selbst wenn Mr. Wright es vor seinem Gewissen hätte verantworten können, die Leute so schlecht zu bezahlen. Er hatte sich mit dem ganzen Trupp ein wenig angefreundet und kannte die Vorarbeiter mit Namen. Viele der Leute waren natürlich faul bis auf die Knochen und mußten streng behandelt werden. Hatte man sich aber einmal an sie gewöhnt, konnten sie ganz lustig sein. Sie waren treu wie Schoßhündchen, und ihre Fähigkeit, ständig neue Lieder zu erfinden, war geradezu unglaublich. Sobald sie am ersten Tag in die Liste eingetragen waren und erfuhren, welchen Lohn sie erhielten, erfanden sie einen Arbeitsgesang. Der Vorarbeiter sang: »*Lebula toro toro*«, und alle andern antworteten: »Ein Tag«, und schwangen im gleichen Takt ihre Macheten oder Hacken. Es war ein höchst wirksames Lied, und sie sangen es viele Tage lang.

*Lebula toro toro*
*Ein Tag*
*Lebula toro toro*
*Ein Tag*

Und sie sangen es noch dazu auf Englisch!

Jedenfalls blieb Wright nur eine Möglichkeit, wenn er die Straße bis Juni fertigstellen und aus diesem Loch heraus wollte: Er mußte unbezahlte Arbeiter beschäftigen. Er bat um Genehmigung, und Captain Winterbottom erteilte sie ihm nach reiflicher Überlegung. In dem Brief, der sein Einverständnis übermittelte, betonte der Distriktbeauftragte, daß die Politik der Verwaltung es nur in ganz außergewöhnlichen Fällen gestattete, zu diesem Mittel Zuflucht zu nehmen ... »Die Eingeborenen können keine Ausnahme von dem Aphorismus bilden, daß der Arbeiter seines Lohnes wert ist.«

Mr. Wright, der fünf Meilen weit von seinem Straßenbaucamp zum Government Hill gekommen war, um sich diese Antwort zu holen, las sie flüchtig durch, knüllte sie zusammen und steckte sie in die Tasche seiner Khakishorts. Wie alle Praktiker hatte er wenig Sinn für den Amtsschimmel der Verwaltung.

Als die Oberen von Umuaro erfuhren, daß sie die nötigen Arbeiter für die neue breite Straße des weißen Mannes stellen sollten, hielten sie eine Versammlung ab und beschlossen, die Dienste der beiden jüngsten Altersgruppen anzubieten, die das volle Mannesalter erreicht hatten; die Altersgruppe, die sich selbst Otakagu nannte, und die nächstjüngere, die den Spitznamen Omumawa hatte.

Diese beiden Gruppen kamen niemals gut miteinander aus. Sie lagen wie zwei aufeinanderfolgende Brüder immer in Streit, wie man sagte deshalb, weil die ältere Gruppe, als sie mündig wurde und den Namen »Verschlingender Leopard« annahm, ihre jüngeren Brüder so verachtete, daß sie ihnen, als sie zwei Jahre später mündig wurden, den Spottnamen Omumawa gegeben hatte; er bedeutete, daß das Männertuch, das sie sich zwischen die Beine banden, nur ein Täuschungsmanöver war, um den Penis eines kleinen Jungen zu bedecken. Das war ein guter Witz, der alle Versuche der neuen Gruppe vereitelte, einen passenderen Namen anzunehmen. Aus diesem Grund hegten sie einen Groll gegen die Otakagu, und beider Treffen verliefen wie eine Begegnung von Feuer und Schießpulver. Daher gingen sie, wo sie nur konnten, getrennte Wege – wie auch bei der Straßenarbeit des weißen Mannes. Mr. Wright verlangte nicht mehr als zwei Tage in der Woche, und so kamen die beiden Gruppen überein, umschichtig an den verschiedenen Eketagen zu arbeiten. Bei diesen Gelegenheiten kam der weiße Mann von der bezahlten Mannschaft herüber, die sich zu einem ordentlichen und einigermaßen geschickten Trupp entwickelt hatte, um die freien, aber unangelernten Leute von Umuaro zu beaufsichtigen.

Aufgrund seiner Vertrautheit mit der Sprache des weißen Mannes hatte der Zimmermann Moses Unachukwu, obwohl sehr viel älter als die beiden Altersgruppen, sich erboten, sie zu führen und für sie die Worte aus dem Munde des weißen Mannes zu empfangen. Zuerst neigte Mr. Wright zu einem gewissen Mißtrauen gegen ihn wie gegen alle anmaßenden Einheimischen, bald aber fand er ihn sehr nützlich und erwog nun schon, ob er ihm eine kleine Belohnung zahlen sollte, sobald die Straße fertiggestellt war. Unterdessen stieg Unachukwus Ansehen in Umuaro in eine beispiellose Höhe. Es war zweierlei, ob einer behauptete, er beherrsche die Sprache des weißen Mannes, oder ob man tatsächlich sah, daß er sich ihrer bediente. Die Geschichte verbreitete sich in allen sechs Dörfern. Ezeulu bedauerte nur, daß einem Mann von Umunneora dieser Ruhm zuteil wurde. Bald aber, so dachte er, würde sein Sohn dieselben oder noch größere Ehren ernten.

Es war die Schicht der Otakago-Altersgruppe, die an dem Tag, der auf das Fest der Kürbisblätter folgte, an der neuen Straße zu arbeiten hatte. Ezeulus zweiter Sohn Obika und sein Freund Ofoedu gehörten dazu. Aber sie hatten tags zuvor soviel Palmwein getrunken, daß sie noch schliefen, als alle anderen Leute an die Arbeit gingen. Obika, der erst kurz vor Hahnenschrei nach Hause gestolpert war, trotzte den vereinten Bemühungen seiner Mutter und Schwester, ihn zu wecken.

Tags zuvor, als Obika und Ofoedu mit drei andern Männern auf dem Marktplatz tranken, hatte einer dieser drei Männer sie herausgefordert; die Unterhaltung hatte sich auf die Menge Palmwein gerichtet, die ein guter Trinker vertragen könnte, ohne das Bewußtsein zu verlieren.

»Das hängt ganz von der Palme ab und von dem Palmweinzapfer«, meinte einer der Männer.

»Ja«, stimmte sein Freund Maduka zu. »Das hängt von der Palme ab und von dem Mann, der zapft.«

»Nein, so ist es nicht. Es hängt nur von dem Mann ab, der trinkt. Du kannst mir jede x-beliebige Palme in Umuaro und jeden x-beliebigen Palmweinzapfer bringen«, sagte Ofoedu, »ich trinke mich rund und voll und gehe dennoch mit klaren Augen nach Hause.«

Obika gab seinem Freund recht. »Es ist wahr, daß der Wein mancher Palmen stärker ist als der der andern und mancher Palmweinzapfer besser als andere, aber ein guter Trinker schlägt sie beide.«

»Habt ihr schon einmal von der Palme in meinem Dorf gehört, die wir Okposalebo nennen?«

Obika und Ofoedu verneinten.

»Nun, ein jeder, der noch nichts von Okposalebo gehört hat und doch behauptet, ein guter Trinker zu sein, betrügt sich selbst.«

»Was Maduka sagt, ist sehr wahr«, sagte einer der andern. »Der Wein von dieser Palme wird nie auf dem Markt verkauft, und niemand kann davon drei volle Hörner trinken und noch seinen Weg nach Hause finden.«

»Okposalebo ist eine sehr alte Palme. Wir nennen sie auch ›Zerstörer der Verwandtschaft‹, weil Brüder wie Fremde miteinander kämpfen, wenn sie zwei Hörner voll von ihrem Wein getrunken haben.«

»Erzählt uns eine andere Geschichte«, sagte Obika, sein Horn füllend. »Wenn der Zapfer seinem Wein ein Zaubermittel zusetzt, so ist das etwas anderes, aber wenn ihr von der Flüssigkeit sprecht, die die Palme hergibt, dann sage ich euch: Erzählt uns eine andere Geschichte!«

Und nun kam die Herausforderung. Maduka erklärte: »Es ist nicht gut, wenn man zu viele Worte spricht. Die Palme steht nicht in einer entfernten Flußlandschaft, sondern hier in Umuaro. Laßt uns von hier zu Nwokafos Gehöft gehen und ihn bitten, er möge uns eine Kalebasse von seinem Wein geben. Er ist sehr teuer – die Kalebasse mag *ego-nese* kosten – aber ich bezahle sie. Wenn ihr beide drei

Hörner voll trinkt und noch nach Hause gehen könnt, so habe ich verloren. Aber wenn nicht, dann müßt ihr mir *ego-neli* geben, sobald ihr wieder bei Sinnen seid.«

Es geschah, wie Maduka gesagt hatte. Die beiden Angeber waren eingeschlafen, wo sie saßen, und als die Nacht kam, ließ er sie dort und ging zu Bett. Zweimal in der Nacht kam er heraus und fand sie noch schnarchend. Als er endlich am Morgen aufwachte, waren die beiden fort. Er wünschte, er hätte sie weggehen sehen. Vielleicht würden sie in Zukunft, wenn sie die Leute über Palmwein sprechen hörten, den Mund nicht wieder so vollnehmen.

Ofoedu erging es offenbar nicht so schlimm wie Obika. Als er aufwachte und sah, daß die Sonne schon schien, eilte er zu Ezeulus Hof, um Obika zu holen. Aber obwohl sie ihn beim Namen riefen und ihn schüttelten, gab er kein Lebenszeichen von sich. Schließlich goß Ofoedu eine ganze Kalebasse kaltes Wasser über ihn, und er wurde wach. Dann machten sie sich gemeinsam auf den Weg, um sich ihrer Altersgruppe anzuschließen, die an der neuen Straße arbeitete. Sie glichen einem Paar Nachtmasken, die vom Tageslicht überrascht wurden.

Ezeulu, der schwer erschöpft von der Anstrengung des Festes in seinem *obi* ausgestreckt lag, wurde durch die Unruhe in seinem Innenhof geweckt. Er fragte Nwafo, was der Lärm bedeute, und erfuhr, daß sie versuchten, Obika zu wecken. Er sagte nichts weiter, knirschte nur mit den Zähnen. Das Betragen des jungen Mannes lag wie eine schwere Last auf seines Vaters Kopf. In wenigen Tagen, sagte sich Ezeulu, käme Obikas neue Braut. Sie wäre schon dagewesen, wenn ihre Mutter nicht krank geworden wäre. Und wenn sie ankam – was für einen Ehemann fände sie vor! Einen Mann, der nachts sein Haus nicht bewachen konnte, weil ihn der Palmwein getötet hatte. Wo blieb die Männlichkeit eines solchen Ehemannes? Ein Mann, der seine Frau nicht beschützen konnte, wenn Räuber nachts an seine Tür klopften. Ein Mann, den die Frauen morgens aus dem Bett treiben mußten! *Tufia*! Der alte Priester spuckte aus. Er konnte seinen Abscheu nicht zurückhalten.

Obwohl Ezeulu keine Einzelheiten wissen wollte, war ihm, ohne daß man es ihm gesagt hatte, klar, daß Ofoedu hinter der Geschichte steckte. Ezeulu hatte immer und immer wieder gesagt, daß dieser

Ofoedu nicht den kleinsten Funken Verstand in seinem ganzen Körper habe. Es war kaum zwei Jahre her, daß er alle Leute durch einen falschen Feueralarm Hals über Kopf zum Hof seines Vaters hatte rennen lassen, wofür der Vater, der kein reicher Mann war, eine Ziege als Buße zahlen mußte. Ezeulu hatte Obika wieder und wieder gesagt, solch ein Mensch sei kein passender Umgang für einen jungen Mann, der etwas aus seinem Leben machen wollte. Aber Obika hatte dem keine Beachtung geschenkt, und heute unterschieden sich sein Freund und er so wenig wie eine angefaulte Palmnuß und ein zerbrochener Mörser.

Als sich die beiden Freunde aufmachten, um sich zu ihrer Altersgruppe zu gesellen, wanderten sie erst schweigend. Obika fühlte eine Leere in seinem Kopf, als sei er vom Tau, der eine ganze Nacht lang darauf gefallen war, betäubt worden. Das Gehen tat ihm aber gut, und langsam kehrte das Gefühl zurück, daß sein Kopf ihm gehörte.

Nach einer weiteren Biegung des engen, alten Fußweges sahen sie in einiger Entfernung eine weite Fläche – den Anfang der neuen Straße. Sie breitete sich aus wie ein Stück Tag nach einer dichten Nacht.

»Was denkst du von dem Zeug, das uns Maduka eingeflößt hat?« fragte Ofoedu. Das war die erste Anspielung auf den Vorfall der vergangenen Nacht. Obika antwortete nicht, er gab nur ein Geräusch von sich, das etwa auf halbem Weg zwischen einem Seufzer der Erleichterung und einem Stöhnen lag.

»Das war kein bloßer Palmwein«, sagte Ofoedu. »Sie haben ein paar starke Kräuter hineingetan. Wenn ich es jetzt überlege – wir waren sehr töricht, so einem gefährlichen Mann in sein Haus zu folgen. Erinnerst du dich, daß er nicht einmal ein Horn voll davon getrunken hat?«

Obika sagte immer noch nichts.

»Ich werde ihm kein *ego-neli* bezahlen.«

»Hast du überhaupt jemals daran gedacht zu zahlen?« Obika guckte überrascht. »Ich betrachte alles, was wir gestern sagten, nur als Worte, die zu Ehren des Palmweins gesprochen wurden.«

Sie gingen jetzt auf dem Abschnitt der neuen Straße, der schon fertig war. Man kam sich darauf vor wie ein verlorenes Maiskorn in einem leeren Ziegenledersack. Obika nahm seine Machete von der rechten in die linke Hand und seine Hacke von der linken in die rechte. Das Gefühl, auf der offenen Fläche allem schutzlos ausgeliefert zu sein, versetzte ihn in Alarmbereitschaft.

Da die neue Straße nicht zu einem Fluß oder Markt führte, begegneten Ofoedu und Obika nicht vielen Dorfleuten, nur hin und wieder Frauen, die eine schwere Last Brennholz trugen.

»Was ist das? Was höre ich da?« fragte Obika. Sie näherten sich dem alten, zerzausten *egbu*-Baum, von dem die Nachtgeister, die man Onyekulum nannte, in der sorglosen Zeit zwischen den Ernten mit Gesang und Geschwätz ihre Reise begannen.

»Gerade wollte ich dich fragen. Es klingt wie ein Begräbnislied.«

Je näher sie der Arbeitsstelle kamen, um so weniger Zweifel blieben ihnen. Es war tatsächlich der Grabgesang, mit dem ein Toter in den Begräbniswald getragen wurde.

> Seht! Eine Python!
> Seht! Eine Python!
> Ja, sie liegt über dem Weg!

Die beiden Männer erkannten das Lied jetzt deutlich, und auch die Sänger erkannten sie – es waren die ihrer eigenen Gruppe. Sie brachen in Gelächter aus. Jemand hatte dem alten Lied eine neue und respektlose Wendung gegeben und es in einen halb bekannten, halb fremdartigen und lustigen Arbeitsgesang verwandelt. Ofoedu war überzeugt, daß Nweke Ukpaka seine Hand im Spiel hatte – es war ganz und gar sein boshafter Humor!

Obikas und Ofoedus Kommen löste eine plötzliche Arbeitsunterbrechung aus. Der Gesang der Arbeiter brach ab und mit ihm das Geräusch der vielen Macheten, die alle im gleichen Takt in die Baumstämme hieben. Die Männer, die vorgebeugt standen, um mit der Hacke den gerodeten Boden zu ebnen, hielten inne und richteten sich auf, während ihre Füße noch breit auseinandergesetzt und mit roter Erde bedeckt im Boden steckten.

Nweke Ukpaka hob die Stimme und rief laut: »Kwo Kwo Kwo Kwo Kwo!« Die Männer antworteten: »Kwooooh oh!«, und alle fingen an zu lachen, denn es klang wie der Aufschrei der Frauen, die merken, daß sie beobachtet werden.

Mr. Wrights Verärgerung nahm gefährlich zu. Er packte die Peitsche in seiner rechten Hand fester und stemmte die linke drohend in die Hüfte. Sein weißer Helm ließ ihn noch gedrungener erscheinen, als er ohnehin schon war. Moses Unachukwu sprach aufgeregt auf ihn ein, aber er schien nicht einmal zuzuhören. Er starrte unbeweglich auf die beiden sich nähernden Nachzügler, und Moses kam es vor, als würden seine Augen kleiner und kleiner. Die anderen warteten gespannt, was nun passierte. Obwohl der weiße Mann immer eine Peitsche trug, hatte er sie nur selten gebraucht, und wenn, dann war es wohl mehr im Scherz gewesen. Aber diesen Morgen mußte er mit dem linken Fuß zuerst aufgestanden sein. Sein Gesicht war dunkel vor Ärger.

Als Obika das merkte, stolzierte er noch auffälliger daher als vorher, und die andern lachten noch lauter. Er war gerade im Begriff, an Mr. Wright vorbei zu stolzieren, als der seinen Zorn nicht länger bezähmen konnte und heftig mit der Peitsche schlug. Wieder schnitt sie die Luft, traf diesmal Obika hinter dem Ohr und versetzte ihn in Raserei. Er ließ Hacke und Machete fallen und stürzte sich auf Wright. Aber schon hatte sich Moses Unachukwu dazwischengeworfen, und gleichzeitig sprangen die beiden Assistenten Wrights hinzu und hielten Obika fest, dem Mr. Wright nun ein halbes Dutzend oder mehr Peitschenschläge auf den nackten Rücken verpaßte. Er wehrte sich gar nicht. Er zitterte nur wie der Opferwidder, der bei der Totenfeier stumm die Schläge der Tänzer hinnehmen muß, ehe ihm die Kehle durchgeschnitten wird. Ofoedu zitterte ebenfalls; zum ersten Male im Leben war er bei einem Kampf zugegen, bei dem er nichts tun konnte als zusehen.

»Bist du verrückt, den weißen Mann anzugreifen?« schrie Moses Unachukwu völlig verblüfft. »Wie ich hörte, ist kein einziger in deines Vaters Haus recht bei Verstand!«

»Was meinst du, wenn du so etwas sagst?« fragte ein Mann aus Obikas Dorf, der aus Unachukwus Worten die Feindschaft zwischen Umuachala und Umunneora heraushörte.

Die Menge, die allem bisher schweigend zugesehen hatte, fing daraufhin an zu streiten, und es währte nicht lange, bis auf beiden Seiten laute Drohungen ausgestoßen wurden und zumindest der eine oder andere einem Gegner die Finger ins Gesicht drückte.

»Mund halten, ihr schwarzen Affen! An die Arbeit!« Mr. Wright hatte eine kratzende Stimme, aber sie trug weit. Es erfolgte ein sofortiger Waffenstillstand. Mr. Wright wandte sich an Unachukwu und forderte ihn auf: »Sage ihnen, daß ich keine Schlamperei mehr dulde!«

Unachukwu übersetzte.

»Sage ihnen, daß diese verdammte Arbeit bis Juni beendet sein muß!«

»Der weiße Mann sagt, wenn diese Arbeit nicht bis Juni fertig ist, werdet ihr ihn kennenlernen!«

»Kein Zuspätkommen mehr!«

»Pardon?«

»Was heißt Pardon? Verstehst du nicht das einfachste, simpelste Englisch? Ich sagte, es darf keiner mehr zu spät kommen.«

»Oho! Er sagte, jeder muß hart arbeiten und das Scheißefressen muß aufhören.«

»Ich habe eine Frage und möchte, daß der weiße Mann sie mir beantwortet«; das war Nweke Ukpaka.

»Was sagt er?«

Unachukwu zögerte und kratzte sich am Kopf. »Der Mann will, daß Sie ihm antworten.«

»Hier gibt's nichts zu fragen.«

»Ja Sir.« Er wandte sich an Nweke. »Der weiße Mann sagt, er hat nicht heute früh sein Haus verlassen, um herzukommen und eure Fragen zu beantworten.«

Die Menge murrte. Wright schrie, wenn sie nicht sofort anfingen zu arbeiten, würde er andere Saiten aufziehen; es erübrigte sich, das zu übersetzen, es war vollkommen verständlich.

Wieder fielen die Macheten auf die Baumstämme, und die Arbeiter mit den Hacken bückten sich ein weiteres Mal. Aber während sie arbeiteten, vereinbarten sie eine Zusammenkunft.

Dabei kam nichts heraus. Die erste Meinungsverschiedenheit entstand wegen der Anwesenheit von Moses Unachukwu; viele Leute, hauptsächlich aus dem Dorf Umuachala, sahen nicht ein, warum ein Mann von einer anderen Altersgruppe bei ihren Beratungen zugegen sein sollte; andere führten aus, daß dies eine Zusammenkunft sei, um über den weißen Mann zu sprechen, und es aus diesem Grund dumm wäre, den einzigen Mann auszuschließen, der die Gewohnheiten dieser weißen Männer kannte. Dann stand Ofoedu auf und stimmte zu jedermanns Überraschung dafür, daß Moses bleiben solle.

»Aber aus einem ganz anderen Grund«, fügte er hinzu. »Ich möchte, daß er vor uns allen wiederholt, was er vor dem weißen Mann über Obikas Familie gesagt hat. Ich möchte auch, daß er vor uns allen sagt, ob es wahr ist, daß er den weißen Mann dazu gebracht hat, unseren Kameraden auszupeitschen. Wenn er diese Fragen beantwortet hat, kann er gehen. Ihr fragt mich, warum er gehen kann? Ich will es euch sagen. Dies ist eine Zusammenkunft der Otakagu-Altersgruppe. Er gehört aber zu den Akanmas. Und ich möchte euch alle, besonders jene, die jetzt murren und mich unterbrechen, daran erinnern, daß er auch der Religion des weißen Mannes angehört. Aber darüber will ich jetzt nicht reden. Ich sage nichts weiter, als daß Unachukwu die Fragen beantworten soll, die ich gestellt habe. Dann kann er gehen und seine ganze Weisheit über die Gewohnheiten des weißen Mannes mitnehmen. Wir haben alle die Geschichte gehört, wie er zu dieser Weisheit kam. Wir haben gehört, daß er, als er aus Umuaro wegging, in des weißen Mannes Küche gekocht hat wie eine Frau und seine Teller abgeleckt ...«

Der Rest von Ofoedus Rede ging unter in dem Tumult, der nun ausbrach. Es war echt Ofoedu, sagten viele Leute, den Mund aufzureißen und seine Worte lebendig herausspazieren zu lassen, ohne sie vorher auch nur einmal durchgekaut zu haben. Andere sagten, er habe die Wahrheit gesprochen. Jedenfalls dauerte es lange, wieder Frieden herzustellen. Moses Unachukwu sagte etwas, aber niemand verstand, was er sagte, bis der Lärm sich von selbst gelegt hatte. Da war seine Stimme aber schon heiser geworden.

»Wenn ihr wollt, daß ich weggehen soll, so gehe ich sofort.«

»Nein, geh nicht.«

»Wir erlauben dir zu bleiben.«

»Aber wenn ich gehe, dann nicht wegen des Bellens dieses tollen Hundes. Wenn es in der Welt noch irgendein Schamgefühl gäbe, wie könnte dann dieses wilde Tier aus dem Busch, das seinem Vater kein zweites Begräbnis geben würde, vor euch aufstehen und Scheiße aus seinem Mund strömen lassen und …«

»Das reicht!«

»Wir sind nicht hergekommen, um uns gegenseitig zu beschimpfen.«

Als die Besprechung fortgesetzt wurde, schlug jemand vor, sie sollten zu den Ältesten von Umuaro gehen und ihnen sagen, daß sie nicht mehr an der Straße des weißen Mannes arbeiten würden. Als aber ein Sprecher nach dem andern auf die Verwicklungen hinwies, die ein solcher Schritt auslösen würde, stimmte niemand mehr dafür. Moses sagte ihnen, der weiße Mann würde als Antwort darauf alle ihre Führer ins Gefängnis von Okperi schicken.

»Ihr wißt alle, wie es um unsere Freundschaft mit Okperi steht. Glaubt ihr, daß ein einziger Mann, der dort ins Gefängnis muß, lebend zurückkäme? Aber abgesehen davon, vergeßt ihr, daß der Mond des Säens sich gerade zeigt? Wollt ihr die Ernten dieses Jahres im Gefängnis vorbeigehen lassen, in einem Land, wo eure Väter eine Kuh besitzen? Ich spreche zu euch als euer älterer Bruder. Ich bin in Olu herumgereist, und ich bin in Igbo herumgereist, und ich kann euch nur sagen: Vor dem weißen Mann gibt es kein Entfliehen. Er ist gekommen. Wenn das Leid an eure Tür klopft und ihr antwortet ihm, daß ihr keinen Sitz frei habt, so sagt es euch, das brauche euch nicht zu kümmern, es habe sich seinen Schemel mitgebracht. Genauso ist der weiße Mann. Ehe einer von euch alt genug war, um sich ein Tuch zwischen die Beine zu knoten, habe ich mit eigenen Augen gesehen, wie der weiße Mann Abame gestraft hat. Damals lernte ich, daß es kein Entkommen gibt. Wie das Tageslicht die Nacht verscheucht, so vertreibt der weiße Mann alles, was wir für richtig halten. Ich weiß, was ich euch jetzt sage, geht an euren Ohren vorbei – aber es wird geschehen. Der weiße Mann hat die Macht, die vom wahren Gott kommt, und sie brennt wie Feuer. Es ist der Gott, von dem wir predigen – jeden achten Tag …«

Unachukwus Gegner riefen jetzt laut, dies sei ein Treffen ihrer Altersgruppe, und sie hätten sich nicht versammelt, um mit ihm den Samen des Wahnsinns zu kauen, wie sie die neue Religion nannten.

»Wir sprechen über die Straße des weißen Mannes«, übertönte eine Stimme die andere.

»Ja, wir sprechen über die Straße des weißen Mannes; aber wenn das Dach und die Wände eines Hauses einstürzen, bleibt die Decke nicht oben. Der weiße Mann, die neue Religion, die Soldaten, die neue Straße – sie sind alles Teile ein und derselben Sache. Der weiße Mann hat ein Gewehr, eine Machete, einen Bogen, und er trägt Feuer in seinem Mund. Er kämpft nicht nur mit einer einzigen Waffe.

Als nächster sprach Nweke Ukpaka. »Was ein Mann nicht weiß, ist größer als er selbst. Diejenigen von uns, die Unachukwu wegschicken wollen, vergessen, daß keiner von uns auch nur ein Wort in des weißen Mannes Sprache sprechen kann. Wir sollten auf seinen Rat hören. Wenn wir zu unsern Ältesten gehen und ihnen sagen, daß wir nicht länger an des weißen Mannes Straße arbeiten wollen, was erwarten wir dann von ihnen? Sollen unsere Väter unsere Macheten und Hacken nehmen und hinausgehen, um selbst zu arbeiten, während wir zu Hause sitzen? Ich weiß, daß viele von uns gern gegen den weißen Mann kämpfen möchten. Aber nur ein Idiot geht den Leoparden mit den nackten Händen an. Der weiße Mann ist wie eine heiße Suppe, und wir müssen ihn langsam, langsam vom Rand der Schale her zu nehmen wissen. Umuaro war hier, ehe der weiße Mann aus seinem Land kam und uns suchte und fand. Wir haben ihn nicht gebeten, uns zu besuchen; er ist weder unser Verwandter noch gehört er zu unserer Schwiegerfamilie. Wir haben weder seine Ziege noch sein Federvieh gestohlen; wir nahmen ihm weder sein Land noch seine Frau. In keiner Weise haben wir ihm je Unrecht getan. Und dennoch ist er gekommen und macht uns das Leben schwer. Wir wissen nichts, als daß unser *ofo* zwischen ihm und uns hochgehalten wird. Der Fremde wird seinen Gastgeber nicht durch seinen Besuch töten; wenn er geht, will er nicht mit einem geschwollenen Rücken gehen. Ich weiß, daß der weiße Mann Umuaro nichts Gutes wünscht. Deshalb müssen wir unser *ofo* halten und ihm keinen Anlaß geben zu sagen, wir hätten dies getan und jenes versäumt. Denn wenn wir ihm Anlaß geben, wird er sich freuen. Warum? Weil gerade das Haus, das niederzureißen er bestrebt ist, von selbst Feuer gefangen hat. Aus diesem Grund sollten wir weiter für ihn arbeiten auf seiner Straße; und wenn sie fertig ist, sollten wir ihn fragen, ob er noch mehr Arbeit für uns hat. Hat man es mit jemandem zu tun, der einen für einen Dummkopf hält, ist es gut, ihn manchmal merken zu lassen, daß man weiß, was er weiß, sich aber freiwillig, um des Friedens willen, für dumm halten läßt. Der weiße Mann denkt, wir wären dumm, also sollten wir ihm eine einzige Frage stellen – die Frage, die ich heute morgen an ihn hatte, aber er wollte mich nicht hören. Wir haben ein Sprichwort, daß ein Mann ablehnen kann, etwas zu tun, um was er gefragt wird, nicht aber ablehnen kann, daß man ihn fragt. Anscheinend hat der weiße Mann dort, woher er kommt, kein solches Sprichwort. Jedenfalls, die Frage, die wir Unachukwu bitten sollten, ihm zu stellen, heißt, warum wir nicht für die Arbeit an dieser Straße bezahlt werden. In ganz Olu und Igbo habe ich gehört: Wo immer Leute solche Arbeit tun, werden sie vom weißen Mann dafür bezahlt. Warum sollte es hier bei uns anders sein?«

Ukpaka war ein überzeugender Redner, und nach ihm erhob sich keiner mehr, um zu sprechen. Nur ein einziger Entschluß wurde bei dieser Zusammenkunft gefaßt: Die Otakagu-Gruppe beauftragte Unachukwu, in einem geeigneten Augenblick, wenn er sich dem weißen Mann ungefährdet nähern konnte, herauszufinden, warum er ihnen für die Arbeit an seiner Straße kein Geld gegeben hatte.

»Ich werde ihm eure Botschaft überbringen«, versprach Unachukwu.

»Die Botschaft ist nicht vollständig«, sagte Nwoye Udora. »Es reicht nicht, daß wir ihn fragen, warum wir nicht bezahlt werden. Er weiß, daß in Okperi alle, die diese Arbeit tun, bezahlt werden. Daher ist die Frage, die du ihm stellen sollst, die: Andere werden für diese Arbeit bezahlt; warum wir nicht? Oder tun wir etwas anderes? Es ist wichtig, daß wir ihn fragen, ob wir eine andere Arbeit haben.«

Damit waren alle einverstanden, und man brach die Versammlung ab.

»Deine Worte waren sehr gut«, sagte jemand zu Nwoye Udora, als sie den Marktplatz verließen. »Vielleicht wird uns der weiße Mann erzählen, daß wir seinen Vater oder seine Mutter getötet haben.«

Ezeulu war nicht zusammengebrochen, wie seine jüngere Frau gefürchtet hatte. Freilich hatte er Schmerzen in den Füßen und Oberschenkeln, und sein Speichel schmeckte bitter. Aber er hatte den schlimmsten Nachwirkungen der Anstrengung vorgebeugt, indem er seinen Körper mit einer leichten Rotholzsalbe einreiben ließ, als er nach Hause gekommen war, zudem hatte er sich vergewissert, daß neben seinem niedrigen Bambusbett die ganze Nacht hindurch ein Holzfeuer brannte. Es gab kein besseres Heilmittel als Rotholz und ein Feuer. Bald würde sich der Oberpriester wieder gesund erheben wie neugebrannter Ton.

Wenn jemand Ezeulu etwas von den Befürchtungen seiner jüngeren Frau erzählt hätte, so hätte er gelacht. Es bewies nur, wie wenig die Frauen den eigenen Mann kennen, besonders wenn sie wie Ogoye nicht älter sind als des Mannes älteste Kinder. Hätte Ogoye ihren Ehemann in seinen ersten Priesterjahren gekannt, so hätte sie begriffen, daß seine Erschöpfung nach einem solchen Fest nichts mit fortschreitendem Alter zu tun hatte. Wäre das der Fall gewesen, so hätte Ezeulu sich dem nicht ausgesetzt. Seine Töchter nahmen die Befürchtungen seiner Frau leicht, weil sie, gerade als seine Töchter, klüger waren. Sie wußten, daß dies der notwendige Abschluß des Festes war. Es war ein Teil des Opfers. Denn wer könnte die Sünden und Freveltaten von ganz Umuaro in den Staub treten, ohne daß ihm die Füße bluteten? Das durfte nicht einmal ein so mächtiger Priester wie Ezeulu erhoffen.

Die Geschichte, daß der weiße Mann Obika ausgepeitscht hatte, verbreitete sich in den Dörfern, während die Altersgruppe auf dem Marktplatz im Schatten des Ogbubaums ihr Treffen abhielt. Zu Ezeulus Hof drang sie durch Edogos Frau, die mit einem Bündel Brennholz auf dem Kopf aus dem Busch nach Hause kam. Ezeulu erwachte aus seinem Schlaf durch das Weinen von Obikas Mutter und Schwester. Er warf die Matte von sich, mit der er sich zugedeckt hatte, und sprang aus dem Bett, denn seine Gedanken richteten sich sofort auf einen Todesfall.

Dann aber hörte er Edogos Frau sprechen, und das hätte nicht sein können, wäre jemand gestorben. Er setzte sich auf den Bettrand und rief mit erhobener Stimme nach Edogos Frau. Sie lief in das *obi*, gefolgt von ihrem Ehemann, der gerade an einer Irokotür für das Haus eines reichen Mannes schnitzte, als seine Frau nach Hause kam.

»Was hast du gesagt?« fragte Ezeulu sie. Amoge wiederholte die Geschichte, die sie gehört hatte.

»Ausgepeitscht?« fragte Ezeulu, unfähig, es zu begreifen. »Aber was für ein Verbrechen hat Obika begangen?«

»Das haben die, die mir die Geschichte erzählten, nicht gesagt.«

Ezeulu verzog nachdenklich das Gesicht. »Ich glaube, er ist zu spät weggegangen. Aber deshalb würde der weiße Mann einen Erwachsenen nicht peitschen, der außerdem mein Sohn ist. Er hätte ihm befohlen, seiner Altersgruppe eine Buße für sein Zuspätkommen zu zahlen; aber er würde ihn nicht auspeitschen. Oder vielleicht hat er den weißen Mann zuerst geschlagen ...«

Edogo war gerührt über den Kummer seines Vaters, versuchte es aber zu verbergen. Er hätte auf seinen jüngeren Bruder eifersüchtig sein können – aber er war es nicht.

»Ich glaube, ich sollte zu Nkwo gehen, wo sie sich treffen«, sagte er. »Ich finde noch keinen Sinn in dieser Geschichte.« Er kehrte in sein Haus zurück, nahm seine Machete und wollte aufbrechen.

Sein Vater, der noch immer zu begreifen versuchte, wie so etwas geschehen konnte, rief ihn zurück. Als er wieder in das *obi* trat, riet ihm Ezeulu, nicht voreilig zu sein.

»Wie ich deinen Bruder kenne, hat er wahrscheinlich den ersten Schlag getan. Besonders, da er betrunken war, als er von zu Hause wegging.«

Sein Ton klang schon anders, und Edogo mußte beinahe lächeln.

Er brach nochmals auf, wobei er nur seine Arbeitskleidung trug, einen langen, dünnen Streifen Stoff, zwischen den Beinen durchgezogen und an der Taille befestigt, so daß das eine Ende vorn und das andere hinten herunterhing.

Obikas Mutter kam vom Hof. Sie schluchzte noch und fuhr sich mit dem Handrücken über die Augen.

»Wohin geht er?« fragte Ezeulu. »Ich sehe, alle, die gegen den weißen Mann kämpfen wollen, treten an.« Er lachte, als sich Matefi umdrehte, um zu hören, was er sagte.

»Geh zurück in dein Haus, Frau!« Edogo hatte inzwischen den breiten Weg erreicht und bog links ab.

Nun setzte sich Ezeulu auf die Iroko-Bank, mit dem Rücken gegen die Wand, so daß er sehen konnte, wer sich seinem Hof näherte. Seine Gedanken liefen in alle möglichen Richtungen, während er vergeblich versuchte, den Sinn des Vorfalls mit der Peitsche zu ergründen. Er dachte über den weißen Mann nach, der die Peitsche gebraucht hatte. Er hatte ihn gesehen und seine Stimme gehört, als er mit den Ältesten von Umuaro über die neue Straße gesprochen hatte. Als sich das Gerücht verbreitete, ein weißer Mann werde kommen, um mit den Ältesten zu sprechen, hatte er gedacht, es müsse sein Freund Wintabota sein, der Zerstörer der Gewehre. Er war sehr enttäuscht gewesen, als er sah, daß es ein anderer weißer Mann war; Wintabota war groß und aufrecht und benahm sich wie ein bedeutender Mann. Seine Stimme klang wie Donner. Dieser andere Mann war kleingewachsen und dick, dazu haarig wie ein Affe. Er sprach sonderbar, ohne den Mund zu öffnen. Ezeulu dachte, er müsse eine Art Handlanger im Dienste Wintabotas sein.

Einige Männer erschienen dort, wo sich der Hauptweg mit dem Weg zu Ezeulus Gehöft kreuzte. Er machte eine Kopfbewegung, aber die Männer gingen vorbei.

Ezeulu kam endlich zu dem Schluß, daß er selbst, wenn sein Sohn kein Unrecht begangen hatte, nach Okperi gehen und den weißen Mann bei seinem Herrn anzeigen müsse. Seine Überlegungen wurden unterbrochen, als plötzlich Obika und Edogo erschienen. Hinter ihnen kam ein dritter, den er bald als Ofoedu erkannte. Ezeulu hatte sich nie an diesen Nichtsnutz von jungem Mann gewöhnen können, der seinem Sohn folgte wie ein Geier dem Aas. Jetzt war sein Zorn so groß, daß er auch seinen Sohn mit einschloß.

»Was für einen Grund hatte das Auspeitschen?« fragte er Edogo, ohne die beiden anderen zu beachten. Inzwischen kamen Obikas Mutter und alle andern vom Gehöft in Ezeulus *obi* gelaufen.

»Sie sind zu spät zur Arbeit gekommen.«

»Warum seid ihr zu spät gekommen?«

»Ich bin nicht nach Hause gekommen, um irgendwelche Fragen zu beantworten«, schrie Obika.

»Du kannst antworten oder nicht, ganz wie es dir gefällt. Aber laß dir von mir eins sagen: Das ist nur der Anfang dessen, was dir der Palmwein eintragen wird! Der Tod, der später einen Mann umbringt, fängt an als ein bißchen Durst.«

Obika und Ofoedu gingen hinaus.

# KAPITEL 9

Edogos Hof war an eine der vier Seitenmauern von Ezeulus Hof angebaut, so daß sie eine gemeinsame Zwischenwand hatten. Edogo hatte nur einen sehr kleinen Hof mit zwei Häusern, eins für Edogo und das zweite für seine Frau Amoge. Absichtlich war alles klein gebaut; wie die Anwesen vieler erster Söhne sollte es nicht mehr sein als ein zeitweiliges Heim, wo ein Mann wartete, bis er den Hof des Vaters erbte.

Kürzlich war noch ein kleiner Hof für Ezeulus zweiten Sohn Obika an der anderen Stelle des großen Hofes angebaut worden, nicht ganz so klein wie der von Edogo. Er hatte ebenfalls zwei Häuser, eins für Obika und das andere für die Braut, die bald kommen sollte.

Wenn man sich Ezeulus Heim vom Hauptweg aus näherte, stand Edogos Anwesen zur Linken und Obikas zur Rechten.

Als Obika mit seinem Freund fortging, kehrte Edogo in den Schatten des *egbu*-Baums vor seinem Hof zurück, um an der Tür, die er schnitzte, weiterzuarbeiten. Sie war fast fertig, und er wollte dann eine Weile lang nicht schnitzen, sondern seiner Feldarbeit nachgehen. Er beneidete Meisterschnitzer wie Agwuegbo, deren Äcker von ihren Schülern und Kunden versorgt wurden.

Während er arbeitete, wanderten seine Gedanken zum Haus seiner Frau, aus dem das Weinen seines einzigen Kindes zu ihm herüberdrang. Es war ihr zweites Kind, das erste war nach drei Monaten gestorben. Es hatte seine Krankheit mit sich auf die Welt gebracht, eine Furche, die mitten über den Kopf lief.

Das zweite, Amechi, war anders gewesen. Bei seiner Geburt schien es springlebendig. Dann, nach etwa sechs Monaten, war es über Nacht krank geworden. Es hörte auf, an der Brust seiner Mutter zu saugen, und seine Haut sah aus wie welke Cocoyamblätter. Manche Leute sagten, vielleicht sei Amoges Milch bitter geworden. Man riet ihr, ein wenig davon in eine Schale zu tun, um zu sehen, ob eine Ameise darin sterben würde. Aber die kleine Ameise, die man hineinwarf, blieb am Leben. Also konnte die Krankheit nicht von der Milch verursacht sein.

Edogos Herz war schwer vor Sorge um das Kind. Manche Leute sagten schon, daß es vielleicht nicht anders würde als das erste. Aber Edogo und Amoge sprachen nie darüber; besonders Amoge fürchtete sich. Denn da das ausgesprochene Wort die Kraft hatte, die Furcht in eine lebendige Wahrheit zu verwandeln, wagten sie nicht, davon zu reden, ehe sie dazu gezwungen waren.

In ihrem Haus saß Amoge auf einem niedrigen Hocker, das weinende Kind in dem Winkel zwischen ihren Füßen. Nach einer Weile hob sie die Füße und das Kind zusammen auf und setzte die Sohlen auf eine andere Stelle; auf dem Fußboden blieb ein runder Fleck wässeriger grüner Exkremente zurück. Sie sah sich um, fand aber offenbar nicht, was sie suchte. Dann rief sie: »Nwanku! Nwanku! Nwanku!« Ein struppiger schwarzer Hund kam von draußen hereingesprungen, lief auf die Exkremente zu und ließ sie mit vier oder fünf lärmenden Zungenschlägen verschwinden. Dann setzte er sich schwanzwedelnd auf den Boden. Wieder schob Amoge die Füße weiter, aber diesmal ließ das Kind nichts als einen grünen Tropfen zurück. Nwanku fand ihn nicht groß genug, um deshalb aufzustehen; er reckte nur ein wenig den Hals und leckte ihn mit der Zungenspitze fort, dann setzte er sich auf und wartete. Aber das Kind gab nichts mehr von sich, und bald war der Hund erfolglos damit beschäftigt, nach einer Fliege zu schnappen.

Edogos Gedanken blieben nicht bei der Tür, an der er schnitzte. Wieder legte er den Hammer hin und nahm den Meißel aus der rechten in die linke Hand. Das Kind hatte aufgehört zu weinen, und Edogos Gedanken wanderten zu dem Wortwechsel zwischen seinem Vater und seinem Bruder. Ezeulus Unglück war, daß er nie etwas sehen und dann seine Augen davon abwenden konnte. Jedermann stimmte ihm zu, daß Obikas Freundschaft mit Ofoedu zu nichts

Gutem führte – aber Obika war kein Kind mehr, und wenn er keinen Rat annehmen wollte, mußte man ihm seinen Willen lassen. Und gerade das lernte der Vater nie. Er konnte nicht aufhören, seine erwachsenen Söhne wie kleine Kinder zu behandeln, und wenn sie dann nein sagten, entstand großer Streit; daher kam es, daß ihm seine Kinder, je mehr sie heranwuchsen, um so mehr zu mißfallen schienen. Edogo erinnerte sich, wie gern ihn sein Vater gehabt hatte, als er noch ein Junge war und wie er diese Liebe im Laufe der Jahre erst auf Obika und dann wohl auf Oduche und Nwafo übertragen hatte. Wenn Edogo recht nachdachte, konnte er sich jedoch kaum entsinnen, daß sein Vater jemals viel Zuneigung für Oduche gezeigt hatte. Sein Herz schien zu lange bei Obika verweilt zu haben, der ihm äußerlich am meisten von allen seinen Söhnen glich, und dann an Oduche vorbei gleich zu Nwafo gegangen zu sein. Was würde geschehen, wenn der alte Mann morgen noch einen Sohn bekäme? Verlöre dann Nwafo seine Gunst? Vielleicht. Oder war sie tiefer begründet? War irgend etwas an Nwafo, das dem Vater sagte, nun sei endlich ein Nachfolger für seine Priesterwürde da? Manche Leute meinten, Nwafo sei ganz und gar das Ebenbild von Ezeulus Vater. Nun, tatsächlich wäre Edogo sehr erleichtert, wenn beim Tod seines Vaters die Perlschnur des Wahrsagers zugunsten Nwafos fiele. »Ich will nicht Oberpriester werden«, hörte er sich laut sagen. Unwillkürlich schaute er sich um. Er wollte sehen, ob jemand nahe genug gewesen war, um ihn zu hören. »Und was Obika betrifft«, dachte er weiter, »so kommt ihm so etwas wie die Priesterwürde überhaupt nicht in den Sinn.« Es blieben also nur Oduche und Nwafo. Aber da Ezeulu seinen Sohn Oduche der neuen Religion überantwortet hatte, kam er nicht mehr in Frage. Plötzlich überfiel ihn ein merkwürdiger Gedanke: Wäre es möglich, daß der Vater Oduche absichtlich die Religion des weißen Mannes erlernen ließ, um ihn für das Oberpriesteramt des Ulu untauglich zu machen? Edogo legte den Meißel nieder, mit dem er gedankenverloren die Schnittkanten auf der Irokotür geglättet hatte. Das wäre eine Erklärung. Das Priesteramt würde dann auf seinen jüngsten und liebsten Sohn fallen. Die Gründe, die Ezeulu für seinen seltsamen Entschluß angab, hatten niemanden überzeugt. Wenn er, wie er sagte, einen seiner Söhne geschickt hatte, daß er in der neuen Gemeinde als sein Auge und Ohr diente, warum schickte er dann nicht Nwafo, der seinem Herzen so nahe stand? Nein, dies war nicht der Grund. Der Priester wollte seine Hand im Spiel haben bei der Wahl des nächsten Priesters. Das hätte auch jedermann, der Ezeulu kannte, von ihm erwartet. Aber maßte er sich nicht zuviel an? Die Wahl eines Priesters lag bei der Gottheit selbst. War es möglich, daß Ulu sich von seinem alten Priester lenken ließ? Obwohl Edogo und Obika sich nicht für das Amt berufen fühlten, würde das den Gott nicht hindern, einen von ihnen oder sogar Oduche dafür auszuwählen – schon aus Bosheit. Nun verwirrten sich Edogos Gedanken. Wenn Ulu ihn zu seinem Oberpriester erwählte – was würde er tun? Noch nie zuvor hatte ihn der Gedanke beschäftigt, denn er hatte es immer für ausgemacht gehalten, daß Ulu ihn nicht haben wollte. Aber so, wie er die Dinge jetzt sah, war auch das nicht völlig sicher. Freute er sich, wenn die Perlen des Wahrsagers zu seinen Gunsten fielen? Er konnte es nicht sagen. Die Erkenntnis, daß seines Vaters Vorliebe für die jüngeren Söhne von dem Gott selbst durchkreuzt worden war, wäre dann vielleicht seine einzige Genugtuung. Aus Ani-Mmo, wohin die Toten gingen, würde Ezeulu herausblicken und sehen, wie all seine Pläne in sich zusammenfielen …

Edogo erschrak selbst darüber, wie tief sein Widerwillen gegen den Vater verwurzelt war, und verspürte etwas Nachsicht.. Er dachte daran, wie seine Mutter, als sie noch lebte, immer gesagt hatte, es sei Ezeulus einziger Fehler, von jedem – seiner Frau, seiner Verwandtschaft, seinen Kindern, seinen Freunden und sogar von seinen Feinden – anzunehmen, daß sie genau so dächten und handelten wie er selbst. Wer auch immer ein ›Nein‹ zu entgegnen wagte, war sein Feind. Er vergaß das Sprichwort der Alten, wonach ein Mann, dessen Freunde genauso handeln sollen wie er selbst, in Einsamkeit leben muß.

Noch lange nach seinem Streit mit Obika saß Ezeulu an derselben Stelle. Er hatte den Rücken an die Mauer gelehnt und seinen Blick auf den Zugang zum Hof gerichtet. Hin und wieder schien er den Hausaltar zu betrachten, der vor ihm an der niedrigen Wand neben der Schwelle stand. Zu seiner Linken befand sich ein langer, mit Ziegenfellen bedeckter Lehmsitz. Die Sparren an diesem Teil des

Hauses waren so zurückgeschnitten, daß Ezeulu den Himmel sehen konnte, wenn er auf den Neumond wartete. Bei Tage kam das meiste Licht, das in das Haus fiel, von dieser Seite. Nwafo hockte auf der Lehmbank, seinem Vater gegenüber. Am anderen Ende des Raums rechts von Ezeulu stand sein niedriges Bambusbett; daneben glomm ein Feuer aus Ukwa-Klötzen.

Ohne seine Blickrichtung zu verändern, begann Ezeulu plötzlich zu Nwafo zu sprechen.

»Ein Mann erzählt seinem Sohn keine Lüge«, fing er an. »Daran mußt du immer denken. Wenn man sagt: *Mein Vater sagte mir*, so schwört man den heiligsten Eid. Du bist noch ein kleiner Junge, aber ich war nicht älter, als mein Vater begann, sich mir anzuvertrauen. Hörst du, was ich sage?«

Nwafo bejahte es.

»Du siehst, was deinem Bruder passiert ist. In wenigen Tagen kommt seine Braut, und er wird dann nicht mehr ein Kind genannt. Wenn Fremde kommen, fragen sie nicht mehr: *Wessen Sohn ist er?* – sondern: *Wer ist er?* Von seiner Frau sagen sie nicht mehr: *Wessen Tochter ist sie?* – sondern: *Wessen Frau ist sie?* Verstehst du mich?«

Nwafo sah, daß Ezeulus Gesicht vor Schweiß glänzte. Jemand kam auf das Haus zu, und er hörte auf zu sprechen.

»Wer ist da?« Ezeulu riß die Augen auf und bemühte sich, klar zu sehen. Nwafo sprang von dem Lehmsitz und ging in die Mitte des Raumes, um hinausblicken zu können.

»Es ist Obguefi Akuebue.«

Akuebue war einer der wenigen in Umuaro, dessen Worte bei Ezeulu Gehör fanden. Die beiden Männer waren in derselben Altersgruppe. Als er näher kam, erhob er die Stimme und fragte: »Ist der Besitzer dieses Hauses noch am Leben?«

»Wer ist dieser Mann?« fragte Ezeulu. »Sagte man nicht, du seist zwei Märkte vor dem nächsten Afo gestorben?«

»Vielleicht weißt du nicht, daß jedermann in deiner Altersgruppe längst gestorben ist? Oder wartest du, bis dir die Pilze auf dem Kopf wachsen, ehe du merkst, daß deine Zeit vorbei ist?« Nun stand Akuebue schon mitten im Raum, aber er behielt die Stellung bei, die er eingenommen hatte, um unter den tiefen Dachsparren hindurchzugehen – die rechte Hand aufs Knie gestützt und den Körper bis zur Mitte gebückt. Ohne sich aufzurichten, schüttelte er dem Oberpriester die Hand. Dann breitete er auf dem Boden neben der Lehmbank sein Ziegenfell aus und setzte sich darauf.

»Wie geht es deinen Leuten?«

»Sie sind friedlich.« Das war immer Akuebues Antwort auf die Frage nach seiner Familie. Sie belustigte Nwafo sehr. Er hatte dabei ein Bild vor Augen, wie Frauen und Kinder dieses Mannes still und friedlich nebeneinandersaßen, die Hände zwischen den Knien.

»Und die deinen?« fragte Akuebue.

»Niemand ist gestorben.«

»Sagt man nicht, daß der weiße Mann Obika ausgepeitscht hat?«

Ezeulu öffnete beide Handflächen dem Himmel zu und schwieg.

»Was hat er denn verbrochen?«

»Mein Freund, laß uns von anderen Dingen sprechen. Es gab eine Zeit, da ein solches Ereignis mich krank gemacht hätte. Aber diese Zeit ist vorbei. Nichts hat für mich heute noch irgendeinen Wert. Geh, Nwafo, und sag deiner Mutter, sie soll mir eine Kolanuß bringen.«

»Sie erwähnte heute morgen, daß sie keine Kolanüsse mehr hat.«

»Dann geh zu Matefi und sag es ihr.«

»Mußt du dich jedesmal wegen der Kolanüsse bemühen? Ich bin doch kein Fremder.«

»Man hat mich nicht gelehrt, daß Kolanüsse eine Speise für Fremde sind«, sagte Ezeulu. »Und außerdem – heißt es nicht bei unserm Volk, daß ein Dummkopf ist, wer seinen Bruder schlechter behandelt als einen Fremden? Aber ich weiß, was du befürchtest; ich hörte, du hast alle deine Zähne verloren.« Während er sprach, griff er nach dem Stück weiße Kreide, das in einer viereckigen wie der Kopf einer Eidechse geformten Holzschale lag, und rollte es auf dem Boden hinüber zu Akuebue. Der nahm es in die Hand und malte damit vier senkrechte Linien auf den Boden, dann bemalte er die große Zehe seines rechten Fußes und rollte die Kreide zurück zu Ezeulu, der sie wieder in die hölzerne Schale legte.

Nwafo kam bald wieder, eine Kolanuß in einer anderen Schale.

»Zeig sie Akuebue«, befahl der Vater.

»Ich habe sie gesehen«, erwiderte Akuebue.

»Dann brich sie auf.«

»Nein. Des Königs Kolanuß kehrt in seine Hände zurück.«

»Wenn du meinst.«

»In der Tat, ich meine es.«

Ezeulu nahm Nwafo die Schale ab und stellte sie zwischen seine Beine. Dann nahm er die Kolanuß in seine rechte Hand und sprach ein Gebet. Bei jedem Satz stieß er die Hand vorwärts, den Handteller geöffnet und mit dem Daumen die Kolanuß auf die vier Finger drückend.

»Ogbuefi Akuebue, mögest du leben und all deine Leute. Auch ich will leben mit all meinen Leuten. Aber leben allein ist nicht genug. Mögen uns die Dinge beschieden sein, mit denen wir gut leben. Denn es gibt ein langsames, mühseliges Leben, das schlimmer ist als der Tod.«

»Du sprichst die Wahrheit.«

»Möge Gutes dem Mann an der Spitze und dem Mann ganz unten begegnen. Aber laß den, der neidisch ist auf eines andern Mannes Rang, an seinem Neid ersticken.«

»So sei es«

»Möge Gutes kommen für das Land Igbo und das Land des Volkes am Fluß.«

Dann zerbrach er die Kolanuß zwischen seinen Handtellern und warf alle Stücke in die Schale auf dem Boden.

»O o-o o-o o-o!« Er pfiff leise. »Sieh, was passiert ist. Die Geister wollen essen.«

Akuebue reckte den Hals, um einen Blick darauf zu werfen. »Eins, zwei, drei, vier, fünf, sechs. Ja, wirklich, sie möchten essen.«

Ezeulu nahm ein Stück aus der Schale und warf es nach draußen. Dann nahm er ein zweites und steckte es in den Mund. Nwafo trat heran, nahm die Schale vom Boden und bediente Akuebue. Eine kurze Weile sprach keiner, nur das Geräusch der Kolanuß, die zwischen den Zähnen zermalmt wurde, unterbrach das Schweigen.

»Seltsam, wie sich Kolanüsse verhalten«, sagte Ezeulu, nachdem er zweimal geschluckt hatte. »Ich kann mich nicht mehr erinnern, wann ich zuletzt eine mit sechs Lappen gesehen habe.«

»Das kommt wirklich sehr selten vor, und man findet solche Nüsse nur, wenn man nicht danach sucht. Selbst fünf ist ungewöhnlich. Vor einigen Jahren mußte ich vier oder fünf Körbe Kolanüsse kaufen, ehe ich eine mit fünf Lappen für ein Opfer fand. Nwafo, geh zu dem Haus deiner Mutter und bring mir eine große Kalebasse mit kaltem Wasser ... Diese Art Hitze hat keine leeren Hände.«

»Ich glaube, es ist Wasser im Himmel«, sagte Ezeulu. »Es ist die Hitze vor dem Regen.« Als er das sagte, richtete er sich dreiviertel auf und ging ein paar Schritte zum Bambusbett, um seine Ziegenledertasche zu holen. Diese Tasche war mit großer Kunstfertigkeit zusammengenäht; sie sah aus, als habe man die Ziege, die in dem Fell gelebt hatte, herausgezogen wie eine Schnecke aus ihrem Haus. Sie hatte vier kurze Beine, und der Schwanz war unverletzt. Ezeulu trug die Tasche zu seinem Sitz, steckte seinen Arm ganz hinein und suchte nach seiner kleinen Flasche mit Schnupftabak. Als er sie gefunden hatte, legte er sie auf den Boden und wühlte nun nach einem kleinen Elfenbeinlöffel. Er fand auch diesen und legte die Tasche neben sich. Dann griff er wieder nach der kleinen weißen Flasche, hielt sie hoch, um zu sehen, wieviel Schnupftabak noch darin war, und klopfte damit auf seine Kniescheibe. Er öffnete die Flasche und schüttete ein wenig von dem Inhalt auf seinen linken Handteller.

»Gib mir ein bißchen davon, damit mein Kopf klar wird«, bat Akuebue, der soeben Wasser getrunken hatte.

»Komm und hol es dir«, antwortete Ezeulu. »Du erwartest doch nicht von mir, daß ich das Pulver liefere und auch noch herumgehe, um dir eine Frau zu suchen, und dann noch eine Matte, um darauf zu schlafen!«

Akuebue erhob sich halb, die rechte Hand auf dem Knie, und hielt Ezeulu den linken offenen Handteller hin. »Ich will nicht mit dir streiten«, sagte er. »Du hast den Yam, und du hast das Messer.«

Ezeulu gab zwei Löffel voll Schnupftabak aus seiner Hand in Akuebues und schüttete für sich eine neue Prise aus der Flasche.

»Das ist guter Tabak«, sagte Akuebue. Einer seiner Nasenflügel trug die braunen Spuren des Pulvers. Er tat ein zweites Häufchen aus seiner gewölbten Hand auf den Daumennagel und führte ihn zum andern Nasenflügel, warf den Kopf zurück und schnupfte dreibis viermal. Nun hatte er die Spuren an beiden Nasenflügeln. Ezeulu benutzte den Elfenbeinlöffel statt seines Daumennagels.

»Ich kaufe meinen Schnupftabak nicht auf dem Markt«, sagte Ezeulu, »das ist der Grund!«

Edogo trat ein – eine Kalebasse mit Palmwein baumelte an einer Schnur, die er um den Hals geschlungen hatte. Er begrüßte Akuebue und seinen Vater und stellte die Kalebasse ab.

»Ich wußte nicht, daß du Palmwein hast«, sagte Ezeulu.

»Gerade hat ihn mir der Besitzer der Tür geschickt, an der ich schnitze.«

»Und warum bringst du ihn in Gegenwart dieses meines Freundes her, der die Mägen aller seiner verstorbenen Verwandten geerbt hat?«

»Aber ich habe Edogo nicht sagen hören, daß er für dich ist.« Akuebue wandte sich an Edogo und fragte: »Oder hast du das gesagt?« Edogo lachte und antwortete, er habe den Palmwein für alle beide gebracht.

Akuebue holte ein großes Kuhhorn aus seiner Tasche und klopfte damit dreimal auf den Boden. Dann rieb er die Kanten mit den Handflächen, um den Schmutz zu entfernen. Ezeulu nahm sein Horn aus der neben ihm liegenden Tasche und hielt es Edogo hin, damit er es mit Palmwein fülle. Als dieser eingeschenkt hatte, trat er mit der Kalebasse zu Akuebue und füllte auch dessen Horn. Bevor sie tranken, schütteten sie einige Tropfen auf den Boden und murmelten eine kaum hörbare Einladung an ihre Väter.

»Mein ganzer Körper schmerzt«, sagte Ezeulu, »ich glaube nicht, daß mir der Palmwein bekommt.«

»Ich kann dir versichern, daß er dir nicht guttut«, sagte Akuebue, der das erste Horn heruntergegossen hatte und nun sein Gesicht verzog, als warte er auf ein Geräusch in seinem Kopf, das ihm mitteilte, ob es guter Wein sei oder nicht.

Edogo nahm seinem Vater das Horn ab und füllte sich selbst etwas ein. Dann kam Oduche herein, grüßte den Vater und Akuebue und setzte sich zu Nwafo auf die Lehmbank. Seit er sich der Religion des weißen Mannes zugesellt hatte, trug er immer ein Hüfttuch aus festem Stoff statt des dünnen Stoffstreifens zwischen den Beinen.

Edogo füllte nochmals das Horn und bot es ihm an, aber er trank nicht. »Wie ist es mit dir, Nwafo?« fragte Edogo. Auch Nwafo lehnte ab.

»Wann, sagtest du, wolltest du nach Okperi gehen?« fragte Ezeulu.

»An dem Tag nach morgen.«

»Für wie lange?«

»Sie sagen, zwei Märkte lang.«

Offenbar dachte Ezeulu ernstlich darüber nach.

»Warum?« erkundigte sich Akuebue.

»Sie wollen unsere Kenntnisse des Heiligen Buches prüfen.«

Akuebue zuckte die Achseln.

»Ich bin nicht sicher, ob du hingehen wirst«, sagte Ezeulu. »Aber laß ein wenig Zeit verstreichen – dann werde ich eine Entscheidung treffen.« Dazu sagte niemand etwas. Oduche kannte seinen Vater zu gut, um zu widersprechen. Akuebue trank noch ein Horn voll Palmwein und begann, mit den Zähnen zu knirschen. Die Stimme, auf die er gewartet hatte, sprach jetzt und erklärte, der Wein sei gut. Er klopfte mit dem Horn dreimal auf den Boden und sprach dabei ein Gebet.

»Möge der Mann, der diesen Wein gezapft hat, lange leben und seine gute Arbeit fortsetzen. Mögen wir, die wir ihn trinken, auch leben. Das Land von Olu und das Land von Igbo.« Er rieb die Kante seines Horns ab, ehe er es wieder in die Tasche steckte.

»Trink noch ein Horn voll«, sagte Edogo.

Akuebue rieb sich mit dem Handrücken den Mund, ehe er antwortete.

»Das einzige Mittel gegen Palmwein ist die Kraft, nein zu sagen.« Diese Feststellung brachte Ezeulu anscheinend wieder in die Wirklichkeit zurück.

»Bevor du hereinkamst«, sagte er zu Akuebue, »erzählte ich diesem Jungen hier, daß selbst der größte Lügner unter den Menschen zu seinem Sohn die Wahrheit spricht!«

»So ist es«, bestätigte Akuebue. »Ein Mann kann vor der furchtbarsten Gottheit auf das schwören, was ihm sein Vater gesagt hat.«

»Wenn ein Mann die Grenze zwischen seinem Land und dem seines

Nachbarn nicht genau kennt«, fuhr Ezeulu fort, »dann sagt er zu seinem Sohn: Ich glaube, hier ist sie – aber wenn ein Streit darüber ausbricht, so schwöre nicht vor einem Gott darauf.«

»Auch das ist so«, sagte Akuebue.

»Aber wenn ein Mann die Wahrheit gesprochen hat und seine Kinder glauben lieber, es wäre eine Lüge ...« Er hob bei jedem Wort die Stimme mehr, bis er zum drohenden Tonfall eines Fluches kam; dann aber brach er ab und schüttelte heftig den Kopf. Als er weitersprach, war er ruhiger. »Das ist es, warum ein Fremder meinen Sohn auspeitschen darf und ungeschoren davonkommt: Weil mein Sohn sein Ohr gegen mein Wort verschlossen hat. Wäre es anders, dann hätte der Fremde schon gelernt, was es heißt, Ezeulu zuwiderzuhandeln; die Hunde hätten seine Augen geleckt. Ich hätte ihn ganz geschluckt und wieder herausgewürgt. Ich hätte seinen Kopf geschoren, ohne sein Haar naß zu machen.«

»Hat denn Obika den ersten Schlag getan?« fragte Akuebue.

»Wie soll ich das wissen? Ich kann nur sagen, er war blind vom Palmwein, als er morgens hier fortging. Und als er vor kurzem zurückkam, war der Dunst noch immer in seinen Augen.«

»Aber man sagt, er habe nicht zuerst geschlagen«, sprach Edogo.

»Warst du dabei?« fragte sein Vater. »Oder würdest du vor einem Gott beschwören, was dir ein betrunkener Mann erzählt? Wäre ich meines Sohnes sicher, glaubt ihr, ich säße dann hier, während ein Mann, der seine Finger in meine Augen stößt, heimgeht und sich schlafen legt? Und wenn ich nichts anderes täte, so spräche ich doch ein paar Worte zu ihm, und er spürte die Macht in meinem Munde.« Wieder sammelte sich Schweiß auf seiner Stirn.

»Was du sagst, ist richtig«, bestätigte Akuebue. »Aber ich denke, wir können noch immer etwas tun, wenn wir von denen, die dabei gewesen sind, in Erfahrung gebracht haben, ob Obika zuerst geschlagen hat oder ...«

Ezeulu ließ ihn nicht ausreden. »Warum soll ich zu Fremden gehen, um zu erfahren, was mein Sohn getan oder nicht getan hat? *Ich* bin es, der es *ihnen* sagen müßte.«

»Das ist wahr. Aber laß uns erst die Wildkatze fortjagen und nachher die Henne schelten.« Akuebue wandte sich an Edogo.

»Wo ist Obika?«

»Es scheint mir, daß das, was ich gesagt habe, dein Ohr nicht erreicht hat«, sagte Ezeulu. »Wo …«

Edogo unterbrach ihn. »Er ist mit Ofoedu fortgegangen. Er ist fortgegangen, weil unser Vater ihn nicht gefragt hat, was geschehen ist, ehe er ihn ausgeschimpft hat.«

Diese unerwartete Anklage stach Ezeulu wie eine schwarze Ameise. Aber er nahm sich zusammen, lehnte sich zu jedermanns Überraschung wieder an die Wand und schloß die Augen. Als er sie wieder öffnete, begann er leise vor sich hinzupfeifen. Akuebue nickte ein paarmal wie ein Mann, der eine unerwartete Wahrheit entdeckt hat. Ezeulu wiegte leise den Kopf hin und her und nickte dann zu seinem fast unhörbaren Pfeifen.

»Das sage ich ja auch meinen Kindern«, sprach Akuebue zu Edogo und den beiden Jungen. »Ich sage ihnen, daß ein Mann immer mehr Verstand hat als seine Kinder.« Es war klar, daß er so sprach, um Ezeulu zu besänftigen; gleichzeitig aber merkte man, daß er die Wahrheit sprach. »Die unter euch, die sich für klüger halten als ihren Vater, vergessen, daß ein Vater das, was er seinen Kindern mitgibt, von seinem eigenen Vorrat an Weisheit nimmt. Eben deshalb wird ein Junge, der mit seinem Vater zu ringen versucht, von des alten Mannes Hüfttuch geblendet. Warum ich so spreche? Nun, darum, weil ich kein Fremder in eures Vaters Haus bin und mich nicht fürchte auszusprechen, was ich denke. Ich weiß, wie oft euer Vater Obika ermahnt hat, die Freundschaft mit Ofoedu aufzukündigen. Warum hat Obika nicht auf ihn gehört? Nun, darum, weil ihr alle – nicht nur Obika, sondern alle, sogar die beiden Kleinen da – euch für klüger haltet als euren Vater. Meine eigenen Kinder sind genauso. Aber eines vergeßt ihr. Ihr vergeßt, daß eine Frau, die eher als eine andere zu kochen beginnt, auch mehr zerbrochene Küchengeräte hat. Wenn wir Alten sprechen, so tun wir es nicht wegen der süßen Worte in unserm Mund. Wir tun es, weil wir etwas sehen, was ihr nicht seht. Unsere Väter haben daraus ein Sprichwort gemacht. Sie sagten, wenn wir eine alte Frau in ihrem Tanz innehalten sehen, um wieder und wieder nach einer Richtung zu zeigen, dann können wir sicher sein, daß dort vor langer Zeit etwas geschah, das die Wurzel ihres Lebens berührte. Wenn Obika zurückkehrt, Edogo, dann berichte ihm, was ich gesagt habe. Hörst du mich?«

Edogo nickte. Er dachte darüber nach, ob es wahr sei, daß ein Mann seinem Sohn niemals eine Lüge sagt …

Akuebue drehte sich im Sitzen um und blickte Ezeulu an. »Der Stolz von Umuaro besteht darin, daß wir niemals blind einer Partei recht und der andern unrecht geben. Ich habe zu den Kindern gesprochen, und ich fürchte mich nicht, zu dir zu sprechen. Ich finde, du bist zu hart zu Okiba. Du hast nicht nur deine hohe Stellung als Oberpriester, sondern du bist auch mit einem großen Besitz gesegnet. Aber auf einem großen Hof gibt es Menschen aller Art – gute und schlechte, furchtlose und feige; solche, die Reichtum hereintragen, und solche, die ihn verstreuen; solche, die einen guten Rat geben, und solche, die nur Worte des Palmweins sprechen; deshalb sagen wir dir: Welche Weise du auch immer auf dem Hof eines großen Mannes spielst – es wird immer jemand da sein, der danach tanzt. Ich grüße euch!«

## KAPITEL 10

Obwohl Tony Clarke schon fast sechs Wochen in Okperi verbracht hatte, war sein Gepäck zum größten Teil – einschließlich seines Geschirrs – erst vor vierzehn Tagen angekommen; genau einen Tag, bevor er auf seine Inspektionsreise in den Busch gegangen war. Deshalb war es ihm erst heute möglich, Captain Winterbottom zum Essen in seinem Haus einzuladen.

Während er die Ankunft des Gastes erwartete, fühlte sich Clarke ziemlich unbehaglich. Eins der Probleme an einem solchen Ort mit nur vier Europäern (wobei der Umgang mit drei von ihnen eigentlich unter der Würde eines Kolonialbeamten lag) war, daß man ganz allein mit einem Gast wie Winterbottom fertig werden mußte. Es war natürlich nicht das erste gesellschaftliche Ereignis dieser Art; sie hatten vor kurzem zusammen gespeist, und das Gespräch war nicht an einem toten Punkt erstarrt, aber damals war Clarke der Gast gewesen, der keinerlei Verantwortung trug. Heute mußte er als Gastgeber fungieren, und es war seine Sache, während des langen, mühseligen Rituals von Alkohol, Speisen, Kaffee und wieder Getränken, das sich bis Mitternacht ausdehnte, die Unterhaltung in Gang zu halten. Hätte er nur jemand wie John Wright einladen können, mit dem er während der gerade beendeten Inspektionsreise eine Art Freundschaft geschlossen hatte. Aber so etwas wäre eine Katastrophe gewesen.

Clarke hatte mit Wright eine Nacht das einsame, grasgedeckte Rasthaus außerhalb von Umuaro geteilt. Als er eintraf, bewohnte Wright schon über zwei Wochen eine Hälfte des Hauses. Das Rasthaus bestand aus zwei Riesenräumen, die mit je einem Feldbett und einem alten Moskitonetz, einem derben Holztisch, einem Stuhl und einem Schrank ausgestattet waren. Gleich hinter dem Hauptgebäude stand ein grasgedeckter Schuppen, der als Küche benutzt wurde. Etwa 30 Meter entfernt stand eine Hütte über einer ausgehobenen Latrine mit hölzernem Sitz. Etwas entfernt, noch in gleicher Richtung, beherbergte ein drittes, sehr ausbesserungsbedürftiges Gebäude die Diener und Träger, die man auch die »Hängematten-Boys« nannte. Das eigentliche Rasthaus war von einer dichten Hecke aus einem einheimischen Gewächs umgeben, das Clarke sonst noch nirgends gesehen hatte.

Das Aussehen des Rasthauses verriet, daß es keinen Wärter mehr gab, seit der letzte sich mit zwei Feldbetten in den Busch davongemacht hatte. Die Betten waren ersetzt worden, aber die Schlüssel zum Hauptgebäude und zur Latrine blieben seitdem im Hauptquartier, und immer, wenn ein Europäer auf Inspektionsreise ging und ein Logis brauchte, mußte der einheimische Bürovorsteher in Captain Winterbottoms Büro daran denken, sie dem Anführer der Träger des Weißen zu geben. Als einmal Mr. Wade, der Polizeibeamte, nach Umuaro reiste, hatte der Bürovorsteher sie vergessen und mußte dann bei Nacht sechs oder sieben Meilen laufen, um sie hinzubringen. Zu seinem Glück hatte Mr. Wade selbst keine Ungelegenheiten gehabt, da er seine Diener einen Tag vorher hingeschickt hatte, um das Rasthaus in Ordnung zu bringen.

Während er um die Hecke des Rasthauses wanderte, spürte Tony Clarke, daß er unendlich weit vom Government Hill entfernt war. Unmöglich konnte er glauben, daß es nur ein paar Meilen waren! Sogar die Sonne schien in einer anderen Richtung unterzugehen. Kein Wunder, daß die Einheimischen, wie er gehörte hatte, einen Weg von sechs Meilen als eine Reise in ein fremdes Land betrachteten.

Später am Abend saßen er und Wright auf der Veranda des Rasthauses und tranken Wrights Gin. In diesem abgelegenen Winkel, fern von der steifen Atmosphäre des Government Hill, entdeckte Clarke, daß Wright ihm sympathisch war. Und ebenso entdeckte er in einer Art freudiger Überraschung, daß er unter gewissen Umständen genauso viel Gin vertrug wie ein alter Afrikaner.

Früher hatten sich Clarke und Wright nur einige Male ganz kurz getroffen. Nun aber unterhielten sie sich wie alte Freunde. Clarke fand, daß der andere trotz seines stämmigen, rauhen Äußeren ein guter, ehrlicher Engländer war. Und zu einem Mann zu sprechen, der nicht von der Todsünde der Selbstgefälligkeit besessen war und sich nicht zu ernst nahm, war eine richtige Wohltat.

»Was meinen Sie, Tony, was der Captain sagen würde, wenn er seinen jungen Stellvertreter so gemütlich mit einem gewöhnlichen Straßenbauer zusammensitzen sähe?« Sein dickes rotes Gesicht hatte etwas Jungenhaftes.

»Keine Ahnung – und es ist mir auch egal«, sagte Clarke, und da der Gin schon seinen Kopf benebelte, fügte er hinzu: »Ich wäre glücklich, wenn ich in all den Jahren, die ich in Afrika verbringe, etwas so Vernünftiges zustande brächte wie Ihre Straße!«

»Nett von Ihnen, das zu sagen.«

»Veranstalten wir ein Fest, wenn sie eröffnet wird?«

»Der Captain sagt nein. Er sagt, wir haben den Fond für die Straße bereits überschritten.«

»Na und? Was macht das schon aus?«

»Das möchte ich auch wissen. Statt dessen verbrauchen wir Hunderte von Pfunden für den Aufbau von Eingeborenen-Gerichtshöfen überall im Land, die, soweit ich sehe, kein Mensch haben will.«

»Nun, da muß ich sagen, das ist nicht die Schuld des Captains.« Clarke bediente sich bereits der halbverächtlichen Art, mit der Wright von Winterbottom sprach. »Das ist die Politik des Hauptquartiers, und zufällig weiß ich, daß der Captain keineswegs damit einverstanden ist.«

»Hol der Teufel das Hauptquartier!«

»Da dürfte der Captain zustimmen!«

»Der Captain ist eigentlich gar nicht so übel. Ich glaube, im Grunde ist er ein ganz anständiger alter Bursche. Man muß berücksichtigen, wie schlecht es ihm ergangen ist!«

»Bei den Beförderungen, meinen Sie?«

»Ja, auch dabei hat man ihm miserabel mitgespielt, wie ich hörte«, sagte Wright. »Aber daran hatte ich jetzt nicht gedacht. Ich meinte mehr sein Familienleben. Wissen Sie, daß im Krieg, als der arme Kerl in Kamerun gegen die Deutschen kämpfte, seine Frau ihm zu Hause mit irgend so einem smarten Jüngling durchgebrannt ist?«

»Wirklich? Davon hatte ich nichts gehört.«

»Ja, und es soll ihn mächtig mitgenommen haben. Ich denke manchmal, es war dieser persönliche Kriegsverlust, der ihn dazu brachte, sich an den lächerlichen Captaintitel zu klammern.«

»Gut möglich. Er ist sicher ein Mann, der es besonders schwer nimmt, wenn ihm seine Frau wegläuft«, meinte Clarke.

»Allerdings! Ein Mensch, der so wenig elastisch ist wie er, kann damit nicht fertig werden.«

Im Laufe des Abends erfuhr Clarke jede Einzelheit aus Winterbottoms Ehekrise, und der Captain tat ihm ehrlich leid. Auch Wright schien durch die eigene Erzählung zu Mitleid gerührt. Ohne jede bewußte Absicht ließen die beiden Männer ihren geringschätzigen Ton, mit dem sie von »dem Captain« sprachen, fallen und nannten Winterbottom beim Namen.

»Das wahre Malheur mit Winterbottom ist«, sagte Wright nach tiefer Überlegung, »daß er zu korrekt ist, um mit eingeborenen Frauen ins Bett zu gehen.« Clarke schrak aus seinen Gedanken auf und vergaß für einen kurzen Augenblick, daß sie von Winterbottom sprachen. Bei mehr als einer Gelegenheit hatte er gerade jetzt auf seiner Inspektionsreise über diese Frage nachgedacht: Wie verbreitet war die Gewohnheit, daß der weiße Mann mit den einheimischen Frauen schlief?

»Anscheinend weiß er gar nicht, daß sich sogar die Gouverneure hier – das ist bekannt – dunkelhäutige Geliebte halten.«

»Ich glaube nicht, daß es Winterbottom darauf ankommt, ob er das weiß oder nicht weiß«, sagte Clarke. »Er ist ein Mann mit sehr hohen Prinzipien – fast wie ein Missionar. Ich glaube, sein Vater war als Geistlicher bei der Kirche von England angestellt – das ist etwas ganz anderes als beispielsweise mein Vater, der auch Angestellter ist, aber bei der Bank von England.« Beide lachten herzlich über den Scherz. Als sich Clarke am nächsten Morgen des kleinen Wortspiels erinnerte, ging ihm auf, wieviel Alkohol er getrunken haben mußte, um solch einen dummen Scherz amüsant zu finden.

»Ich denke, Sie haben recht mit dem Missionar. Er hätte mit der Church Missionary Society oder solchen Leuten herkommen sollen. Übrigens hat man ihn neulich mit der Missionsärztin von Nkisa gesehen. Natürlich hat jeder seinen eigenen Geschmack, aber ich kann mir nicht denken, daß an einer Missionsärztin irgend etwas ist, was einen Mann an diesem gottverdammten Ort erregen könnte.«

Clarke wollte sich noch nach den einheimischen Frauen erkundigen – ob sie besser wären als die weißen und viele andere Einzelheiten –, aber nicht einmal die Wirkung des Gins gab ihm den Mut zu einer solchen Frage. Statt dessen wechselte er das Thema und verpaßte die günstige Gelegenheit. Die Vorstellungen, die ihn bewegten, seit er zum erstenmal völlig erwachsene Mädchen ganz nackt hatte herumlaufen sehen, mußte er wieder unterdrücken …

»Nach allem, was sie im Hauptquartier über Winterbottom erzählten, hatte ich eigentlich erwartet, daß er so etwas wie ein Trottel ist.«

»Ich weiß. In Enugu ist er eine Witzfigur, nicht wahr?«

»Wann immer ich sagte, ich ginge nach Okperi, war die Antwort: ›Was? Zum Alten Tom?‹, und alle sahen mich mitleidig an. Ich war neugierig, was denn mit dem ›Alten Tom‹ los sei, aber niemand wollte es mir sagen. Dann hörte ich eines Tages, wie ein sehr hoher Beamter vor meinen Ohren zu einem andern sagte: Der Alte Tom erinnert einen immer daran, daß er schon 1910 nach Nigeria gekommen ist, aber er erwähnt nie, daß er in der ganzen langen Zeit nicht einmal das Arbeitspensum eines einzigen Tages erledigt hat! Es ist einfach erstaunlich, wieviel in Enugu geklatscht wird!«

»Nun«, erwiderte Wright gähnend, »ich will auch nicht gerade behaupten, daß der Alte Tom der fleißigste ist. Aber schließlich – wer ist das schon? Dieser ganze Haufen in Enugu am allerwenigsten.«

Das alles ging Clarke durch den Sinn, während er auf Winterbottoms Kommen wartete. Er fühlte sich schuldig wie jemand, den man dabei ertappt, daß er vor einem Außenseiter einen Kameraden verleumdet. Aber schließlich – so verteidigte er sich vor sich selbst – hatten sie nichts wirklich Gemeines über Winterbottom gesagt. Es war nichts weiter vorgefallen, als daß er nun ein paar Einzelheiten aus dem Leben jenes Mannes kannte und daß dieser Mann ihm leid tat, und sein Mitgefühl rechtfertigte das Gespräch.

Zum zehnten Mal ging er in die Küche, um zu sehen, wie der Koch das Huhn über dem Holzfeuer grillte. Schrecklich, wenn es so zäh würde wie das letzte, das er gegessen hatte! Natürlich waren alle Hühner hierzulande klein und zäh. Aber wahrscheinlich durfte man sich nicht beklagen. Ein ausgewachsener Hahn kostete nicht mehr als zwei Pence. Dennoch hätte man hin und wieder gern ein bißchen mehr gezahlt für ein gutes saftiges englisches Hähnchen. Die Miene des Kochs zeigte deutlich, daß Clarke allzu häufig in die Küche kam.

»Nun – wie wird es?«

»Ich brate«, sagte der Koch; er rieb sich mit dem Unterarm die rauchentzündeten Augen. Clarke sah sich unsicher um und kehrte zur Veranda seines Bungalows zurück. Er setzte sich und sah wieder auf die Uhr. Es war viertel vor sieben – also noch eine gute halbe Stunde! Er fing an, sich Gesprächsthemen auszudenken. Seine soeben beendete Inspektionsreise hätte genug Gesprächsstoff für den ganzen Abend abgegeben, aber er hatte gerade einen ausführlichen Bericht darüber geschrieben und eingereicht.

Es ist doch merkwürdig! – sagte er sich. Warum war er so nervös, wenn Winterbottom zu Tisch kam? Hatte er Angst vor ihm? Sicher nicht. Warum also die ganze Aufregung? War er unsicher, weil Wright ihm ein paar alte Geschichten über Winterbottom erzählt hatte, die gewiß jedermann kannte? Von diesem Ausgangspunkt aus dachte Clarke kurz über die Bedeutung von Wissen nach. Stellte das, was man über Freunde und Kollegen wußte, ein Handicap dar oder nicht? Vielleicht ja. Und wenn ja, so zeigte das, wie verkehrt die allgemeine Annahme war, daß man größere Macht über andere hat, je mehr man von ihnen weiß. Vielleicht bringt einen gerade ein solches Faktenwissen ins Hintertreffen; man empfindet Mitleid und sogar eine gewisse Verantwortung. Clarke erhob sich und ging auf und ab – er war ziemlich stolz auf sich. Vielleicht lag darin der eigentliche Unterschied zwischen der britischen und der französischen Kolonialverwaltung. Die Franzosen wußten, was sie wollten, und taten es. Die Briten aber taten nichts, ohne zuerst eine Untersuchungskommission vorauszuschicken, um sich eine möglichst genaue Kenntnis der Gegebenheiten zu verschaffen – Kenntnisse, die sie dann nur lähmten. Clarke setzte sich wieder, förmlich glühend vor innerer Befriedigung.

Das Dinner war fast vollkommen gelungen. Es gab während des Abends nur zwei oder drei Augenblicke der Verlegenheit, etwa als Captain Winterbottom gleich zu Anfang sagte: »Ich habe gerade den Bericht über Ihre Inspektionsreise gelesen. Man konnte daraus ersehen, daß Sie mit Ihren Pflichten ganz gut fertig werden.«

»Es war alles so aufregend«, sagte Clarke, bemüht, seinen Anteil an dem Erfolg zu schmälern. »Es ist ein wunderbarer Bezirk. Ich kann mir vorstellen, wie Ihnen zumute ist, wenn Sie ein so glückliches Land unter Ihrer Führung aufblühen sehen!« Er hatte sich gerade noch gebremst – um ein Haar hätte er gesagt: »unter Ihrer weisen Führung«. Aber auch so fragte er sich, ob dieser offensichtliche Versuch, ein Kompliment mit einem andern zu erwidern, wirklich gelungen war.

»Über eins mache ich mir Gedanken«, sagte Winterbottom, ohne sich anmerken zu lassen, ob er Clarkes letzten Satz überhaupt gehört hatte. »Sie schreiben in Ihrem Bericht, Sie hätten sich nach sorgsamen Erkundigungen überzeugt, daß nichts Wahres an den Geschichten sei, Wright lasse die Eingeborenen auspeitschen.« Clarkes Herz wurde schwer. Das war die einzige Lüge in dem ganzen Bericht. In Wahrheit hatte er völlig vergessen, Nachforschungen anzustellen, selbst wenn er gewußt hätte, wie man so etwas macht. Erst bei seiner Rückkehr nach Okperi hatte er eine kurze, letzte Eintragung. »Wright ./. Eingeborene« gefunden, die er mit Bleistift auf die zweite Seite seines Reisenotizbuches gekritzelt hatte. Zunächst hatte er sich Sorgen darüber gemacht; dann war er zu dem Schluß gekommen, daß er, falls Wright tatsächlich unorthodoxe Methoden angewendet hätte, davon, auch ohne Nachforschungen anzustellen, gehört hätte. Da er aber nichts gehört hatte, konnte er ruhig sagen, daß an den Geschichten nichts Wahres sei. Und überhaupt – wie konnte man einer solchen Sache auf den Grund gehen? Sollte man den ersten Eingeborenen, den man traf, einfach fragen, ob er von Wright ausgepeitscht worden sei? Oder sollte man Wright selbst danach fragen?

Nach allem, was Clarke von ihm gesehen hatte, glaubte er nicht, daß dieser Mann so etwas tat.

»Mein Diener ist ein Einheimischer aus Umuaro«, fuhr Winterbottom ruhig fort; »er ist gerade zurückgekommen, nachdem er zwei Tage lang zu Hause war. Er berichtet mir, daß sich das ganze Dorf in Aufruhr befindet, weil ein ziemlich angesehener Mann von Wright geschlagen wurde. Nun, vielleicht ist nichts dran.«

Clarke hoffte, daß ihm seine Verwirrung nicht anzumerken sei. Jedenfalls faßte er sich schnell und sagte: »Ich habe an Ort und Stelle jedenfalls nichts darüber gehört.« Das Wort »an Ort und Stelle« wirkte auf Winterbottom wie ein Wespenstich. Das war doch die Höhe! Kaum eine Woche war dieses Milchgesicht da und redete schon, als gehöre ihm der Bezirk und Winterbottom sei der Neuling! An Ort und Stelle – wahrhaftig! Aber er zog es vor, das Thema nicht weiter zu vertiefen. Er war ganz versunken in seine Pläne, zwei neue Chiefs im Bezirk einzusetzen, und redete während des Essens von nichts anderem. Clarke wunderte sich, daß Winterbottom jetzt so leidenschaftslos sprach. Als er ihn über den Tisch hin betrachtete, kam er ihm müde und alt vor. Aber auch das ging bald vorüber, und es klang wieder eine Spur von Begeisterung aus seiner Stimme.

»Ich glaube, ich erzählte Ihnen schon die Geschichte von dem Fetischpriester, der mich überaus günstig beeindruckte, weil er in dem Krieg zwischen den Leuten hier und Umuaro um dieses Stück Land die Wahrheit sprach.«

»Ich glaube ja.« Clarke beobachtete nervös seinen Gast, der Schwierigkeiten mit einem Stück Huhn hatte. Diese verdammten Vögel hier!

»Nun, ich habe mich jetzt entschlossen, ihn zum Chief von Umuaro zu machen. Ich habe die Berichte über jenen Krieg nachgelesen und gefunden, daß er den Titel Eze Ulu trägt. Die Vorsilbe *eze* bedeutet auf Ibo König. Demnach ist der Mann so etwas wie ein Priesterkönig.«

»Das heißt – nehme ich an –«, sagte Clarke, »daß diese neue Ernennung ihm nichts gänzlich Fremdes wäre.«

»Richtig. Ich muß freilich sagen, daß ich die Ibo nie besonders zurückhaltend fand, wenn es darum ging, neue Bereiche der Macht an sich zu ziehen. Denken Sie an diesen Taugenichts, den wir hier zum Chief gemacht haben. Er nennt sich jetzt ›Seine Hoheit Obi Ikedi der Erste von Okperi‹! Der einzige Titel, den ich bis jetzt noch nicht von ihm gehört habe, ist Fidei Defensor – Verteidiger des Glaubens.«

Clarke öffnete den Mund, um zu sagen, daß die Liebe zu Titeln eine allgemeine menschliche Schwäche sei – aber er besann sich eines Besseren.

»Der Mann war eine absolute Null, bis wir ihn krönten, und nun beträgt er sich, als sei er sein Leben lang nichts anderes gewesen. Genau so ist es, mit den Büroangestellten, ja sogar mit den Laufjungen. Sie bringen es alle fertig, sich in kleine Tyrannen gegen ihre eigenen Leute zu verwandeln. Anscheinend ist das ein Zug im Charakter des Negers.«

Der Diener in blendendem Weiß kam aus der Dunkelheit der Küche und trug den Rest der Kartoffeln und des Blumenkohls in der einen und das Huhn in der anderen Hand. Seine gestärkte Uniform knisterte, als er sich näherte und schweigend an Captain Winterbottoms rechte Seite trat.

»Stell dich auf die andere Seite, Stephen«, sagte Clarke nervös. Stephen grinste und gehorchte.

»Nein, danke, ich möchte nichts mehr«, sagte Winterbottom und fügte, zu Clarke gewandt, hinzu: »Es war alles sehr gut – gewöhnlich hat man mit dem ersten Koch, den man bekommt, nicht soviel Glück.«

»Aloysius ist nicht erstklassig, aber ich hoffe … nein, danke, Stephen, ich möchte nichts mehr.«

Während sie frischen Fruchtsalat aus Papaya, Bananen und Orangen aßen, kam Winterbottom wieder auf seine Chiefs zurück.

»Nun, für die Umuaro habe ich einen Chief gefunden«, sagte er und lächelte, was bei ihm eine Seltenheit war. »Sie werden von nun an sehr zufrieden sein. Nicht ganz so optimistisch bin ich mit den Abame, die ohnedies eine ziemlich wilde Gesellschaft sind.«

»Sind das die Leute, die Macdonald ermordet haben?« fragte Clarke, dessen Gedanken zur Hälfte bei dem etwas zu sauer geratenen Salat verweilten.

»Das stimmt. Gegenwärtig machen sie nicht mehr viel Ungelegenheiten – wenigstens uns nicht. Die Strafexpedition hat ihnen eine ziemlich unvergeßliche Lehre erteilt. Aber sie weigern sich noch immer, mit uns zusammenzuarbeiten. In diesem ganzen Bezirk sind sie die Widerspenstigsten mit dem Eingeborenen-Gericht. Während des letzten Jahres haben sie nicht einmal ein Dutzend Fälle verhandelt, und nicht einen davon hatten die Eingeborenen selbst vor Gericht gebracht.«

»Das klingt ziemlich düster«, sagte Clarke, ohne recht zu wissen, ob er es ironisch meinte oder nicht. Jedoch als Winterbottom anfing, die Einzelheiten seiner Pläne für die Gerichtshoheit in beiden Gebieten vor ihm auszubreiten, konnte Clarke sich eines ganz neuen Eindrucks nicht erwehren. Nachdem Winterbottom in seiner Opposition gegen die Einsetzung von Chiefs überstimmt worden war, scheute er jetzt keine Mühe, um den Erfolg dieser Politik zu sichern. Der Tutor, bei dem Clarke in Cambridge Moral studiert hatte, war sehr stolz gewesen auf den Ausdruck ›Herauskristallisieren von Zivilisation‹. Das war es.

Nach dem Kaffee, beim Whisky-Soda, lebte Captain Winterbottoms Widerspruchsgeist nochmal für einen Augenblick auf. Aber das bestätigte nur Clarkes neue Meinung von ihm.

»Was ich so herzzerreißend finde«, sagte Winterbottom, »ist nicht so sehr die verkehrte Politik unserer Verwaltung als vielmehr unser Mangel an Beständigkeit. Nehmen Sie diese Oberchiefs. Als Gouverneur Hugh Macdermot hier ankam, schickte er seinen Sekretär für Eingeborenenangelegenheiten aus, um die Sachlage gründlich zu erforschen. Der Mann kam zu mir und verbrachte die längste Zeit damit, die Absurditäten des Systems aufzudecken, auf die ich schon längst hingewiesen hatte. Jedenfalls war es nach allem, was er mir in privaten Gesprächen sagte, klar, daß er mit uns in dem Urteil übereinstimmte, das Ganze sei ein absolutes Desaster. Das war 1919. Ich erinnere mich … ich war gerade aus dem Urlaub zurückgekommen.« Eine seltsame Erregung kam in seine Stimme, und Clarke sah, wie ihm das Blut in den Kopf stieg. Er beherrschte sich aber und fuhr fort: »Das war vor mehr als zwei Jahren – und immer noch haben wir nichts über seinen Bericht gehört. Im Gegenteil, der stellvertretende Gouverneur verlangte jetzt von uns, wir sollten die frühere Politik fortsetzen. Was soll man davon halten?!«

»Das ist sehr frustrierend«, sagte Clarke. »Wissen Sie, ich dachte neulich über die britische Vorliebe für Untersuchungskommissionen nach. Sie erscheint mir als der wirkliche Unterschied zwischen uns und den Franzosen. Die wissen, was sie wollen, und tun es. Wir setzen eine Kommission ein, um all die tatsächlichen Gegebenheiten herauszufinden – als ob diese Gegebenheiten von irgendeinem Wert wären. Wir bilden uns ein, je mehr wir von unsern Afrikanern wissen, um so leichter wird es sein, sie zu regieren. Aber Wissen ...«

»Wissen ist wichtig«, fiel ihm Winterbottom ins Wort, »und diese Untersuchungskommissionen können nützlich sein. Der Fehler unserer Verwaltung ist, daß sie zu diesem Zweck immer wieder die falschen Leute einsetzt und den Rat derjenigen mißachtet, die schon jahrelang hier leben.«

Clarke war ärgerlich über den Mann, der ihn nicht ausreden ließ, und über sein eigenes Unvermögen, dem andern den Zusammenhang nicht ebenso deutlich erklären zu können, wie er ihn sich selbst neulich vor Augen geführt hatte.

## KAPITEL 11

Als Ezeulu zum ersten Mal nach dem Fest der Kürbisblätter sein Gehöft verließ, geschah es, um seinen Freund Akuebue aufzusuchen. Er fand ihn auf dem Fußboden seines Hauses damit beschäftigt, Yamssaatgut vorzubereiten, den die von ihm angeworbenen Arbeiter am nächsten Morgen in die Erde bringen sollten. Er saß mit einem kurzen, stumpfen Messer zwischen zwei Yamshaufen; der größere lag rechts von ihm auf dem nackten Boden; der kleinere in einem langen Korb, aus dem er jedesmal einen Yam nahm, mit dem Messer zurechtschnitt und zu dem großen Haufen legte. Den Abfall hatte er direkt vor sich – eine große Menge brauner, runder Yamsschalen, vom unteren Ende eines jeden Yamsstücks abgeschnitten, und graue, vorzeitige Ranken von den oberen.

Die beiden Männer schüttelten sich die Hände, und Ezeulu zog sein Ziegenfell unter dem Arm hervor, breitete es auf den Boden und setzte sich. Akuebue fragte ihn nach seiner Familie, bearbeitete dabei weiter seine Yams.

»Es geht ihnen gut«, erwiderte Ezeulu. »Und wie geht es den Bewohnern deines Gehöfts?«

»Sie sind friedlich.«

»Das sind sehr große und gesunde Saatyams. Stammen sie aus deiner eigenen Scheune oder vom Markt?«

»Weißt du nicht, daß mein Teil des Anietiti-Landes …? Ja. Sie sind dort geerntet.«

»Das ist sehr gutes Land«; Ezeulu nickte ein paarmal. »So ein Land macht aus den faulsten Leuten Musterbauern.«

Akuebue lächelte. »Du willst mich aufziehen, aber das gelingt dir nicht.« Er legte das Messer hin und erhob die Stimme, um seinen Sohn Obielue zu rufen, der im Innenhof arbeitete und bald schwitzend hereinkam.

»Ezeulu!« grüßte er.

»Mein Sohn.«

Er wandte sich dem Vater zu, um seinen Auftrag entgegenzunehmen.

»Sag deiner Mutter, daß Ezeulu sie grüßt. Wenn sie eine Kolanuß hat, möge sie sie herbringen.« Obielue ging in den Innenhof zurück.

»Obwohl ich keine Kolanuß aß, als ich das letzte Mal in das Haus meines Freundes ging«, sagte Akuebue, als spreche er zu sich selbst.

Ezeulu lachte. »Und was erzählen wir von dem, der ißt und dann seinen Mund öffnet, als habe er noch niemals etwas Eßbares gesehen?«

»Wie kann ich das wissen?«

»Sein After wird ihm eintrocknen. Hat dir das deine Mutter nicht erzählt?«

Akuebue erhob sich sehr langsam, weil er Kreuzschmerzen hatte.

»Das Alter ist eine Krankheit«, sagte er und versuchte, eine Hand auf der Hüfte, sich gerade aufzurichten. Als er es zu dreiviertel geschafft hatte, gab er es auf. »Wenn ich sehr lange sitze, muß ich das Gehen wieder üben wie ein kleines Kind.« Er lächelte, als er mühsam zu der niedrigen Wand seines *obi* ging, eine hölzerne Schale mit einem Stück Kreide darin nahm und sie seinem Gast reichte. Ezeulu ergriff die Kreide und zeichnete damit fünf Striche auf den Boden – drei senkrechte, einen waagerecht darüber und einen darunter. Dann bemalte er eine seiner großen Zehen und schmierte eine dünne weiße Schicht um sein linkes Auge.

Nur eine der beiden Frauen Akuebues war zu Hause; sie kam bald in das *obi*, um Ezeulu zu begrüßen und zu sagen, daß die ältere Frau ausgegangen war, um nachzusehen, ob ihre Palmen reife Früchte trügen. Obielue kehrte mit einer Kolanuß zurück. Er nahm seinem Vater die hölzerne Schale ab, blies hinein, um den Staub zu entfernen, und bot die darinliegende Kolanuß Ezeulu an.

»Ich danke dir«, sagte Ezeulu. »Gib sie deinem Vater, der sie aufbrechen wird.«

»Nein«, sagte Akuebue, »ich bitte dich, es zu tun.«

»Das kann nicht sein. Wir können nicht an einem Mann vorbei in seinen Hof treten.«

»Das weiß ich«, sagte Akuebue, »aber du siehst, daß meine Hände voll sind, und ich bitte dich, das Amt für mich auszuüben.«

»Kein Mann kann zu beschäftigt sein, um die erste Kolanuß des Tages in seinem eigenen Haus aufzubrechen. Also leg den Yam fort. Er wird dir nicht weglaufen.«

»Aber dies ist gar nicht die erste Kolanuß des Tages. Ich habe schon einige aufgebrochen.«

»Das mag sein – aber du tatest es nicht in meiner Anwesenheit; die Zeit, da ein Mann aufwacht, ist sein Morgen.«

»Na gut«, sagte Akuebue. »Ich werde sie aufbrechen, wenn du es so willst.«

»Ja, das will ich wirklich. Wir benutzen keinen Ohrlöffel für das Auge.«

Akuebue nahm die Kolanuß in die Hand. »Mögen wir beide leben«, sagte er und brach sie auf.

Aus der Nachbarschaft hatte man zwei Gewehrschüsse gehört, seit Ezeulu gekommen war. Nun knallte der dritte.

»Was ist da los?« fragte er. »Verlassen die Menschen jetzt den Wald, um auf den Höfen zu jagen?«

»Oh. Hast du noch nichts davon gehört? Ogbuefi Amalu ist sehr krank.«

»Wirklich? So krank, daß sie schießen müssen?«

»Ja«. Akuebue senkte die Stimme aus Ehrfurcht vor der schlimmen Geschichte. »Welcher Tag war gestern?«

»Eke«, antwortete Ezeulu.

»Ja. Und am Eke zuvor ist es geschehen. Er kehrte vom Acker, wo er gejätet hatte, nach Hause zurück, als die Krankheit ihn niederschlug. Noch ehe er zu Hause ankam, zitterte er vor Kälte in der Mittagshitze. Er konnte seine Machete nicht mehr halten, weil seine Finger ganz krumm waren.

»Was hat er? Was sagt man?«

»Nach dem, was ich diesen Morgen und gestern sah, glaube ich, er leidet an *aru-mmo.*«

»Bitte wiederhol es nicht!«

»Aber ich erzähle dir nichts, was Nwokonkwo oder Nwokafo mir berichtet hätten. Ich sah es mit meinen eigenen Augen.«

Ezeulu begann mit den Zähnen zu knirschen.

»Ich ging ihn diesen Morgen besuchen. Es war, als kratzte sein Atem ihm die Seiten mit einem stumpfen Rasiermesser.«

»Wen haben sie beauftragt, für ihn ein Heilmittel zu bereiten?« fragte Ezeulu.

»Einen Mann namens Nwodika aus Umuofia. Ich sagte ihnen heute morgen, wenn ich dagewesen wäre, als sie sich dazu entschlossen, so hätte ich ihnen gesagt, sie sollten gleich nach Aninta gehen. Dort ist ein Arzt, der die Krankheit zwischen Daumen und Zeigefinger abknipst.«

»Wenn es aber die Krankheit der Geister ist, wie du sagst, dann gibt es kein Mittel dagegen – außer Kambalholz und Feuer.«

»So ist es. Aber wir können nicht die Hände in den Schoß legen und einen kranken Mann zwölf Tage lang beobachten. Wir müssen alles versuchen, bis das, was geschehen muß, geschieht. Deshalb sprach ich von dem Heiler aus Aninta.«

»Ich nehme an, du sprichst von Aghadike, den sie Anyanafummo nennen.«

»Du kennst ihn. Das ist der Mann.«

»Ich kenne viele Leute in Olu und Igbo. Aghadike ist ein großer Arzt und Wahrsager. Aber auch er kann keine Schlacht schlagen im Gehöft des Großen Gottes.«

»Das kann kein Mensch.«

Das Gewehr ließ sich wieder vernehmen.

»Diese Gewehrschüsse sind ein völlig sinnloses Unterfangen«, sagte Ezeulu. »Wie können wir mit dem Lärm eines Gewehrs die Geister wegscheuchen? Wenn es so leicht wäre, dann würde jeder Mann, der genug Geld hat, ein Faß Schießpulver zu kaufen, leben und leben, bis ihm die Pilze aus dem Kopf wachsen. Wenn ich krank bin und man bringt mir einen Heiler, der mehr von der Jagd versteht als von Heilkräutern, dann schickte ich ihn fort und sähe mich nach einem andern um.«

Die beiden Männer saßen eine Weile und schwiegen. Dann sagte Akuebue: »Nach dem, was ich heute morgen sah, könnten wir vor dem nächsten Tagesanbruch noch etwas erfahren.«

Ezeulu hob und senkte den Kopf viele Male. »Es ist eine Geschichte von großem Leid – aber wir können nicht die Welt in Brand stecken.«

Akuebue hatte aufgehört, seine Yams zu bearbeiten; jetzt ging er wieder zu ihnen zurück mit der sprichwörtlichen Entschuldigung, daß eine Begrüßung im kalten Harmattan auf Kosten des Herdfeuers gehe.

»Ja, so heißt es bei unserm Volk«, erwiderte Ezeulu. »Und es heißt auch, daß ein Mann, der einen Handwerker bei der Arbeit besucht, einen mürrischen Gastgeber findet.«

Wieder knallte ein Schuß. Ezeulu wurde unruhig.

»Ich werde hinübergehen und dem Mann sagen, daß er, wenn er schon kein Medikament für den Kranken hat, wenigstens das Schießpulver sparen soll für das Begräbnis, das es geben wird.«

»Vielleicht denkt er, Schießpulver sei so billig wie Holzasche«, sagte Akuebue und dann ernster: »Wenn du auf dem Heimweg dort vorbeigehst, sag nichts, was sie denken ließe, du wünschtest ihrem Verwandten Böses. Sie könnten antworten: Was ist Schießpulver gegen das Leben eines Menschen?«

Ezeulu brauchte den kranken Mann nicht zweimal anzusehen, um zu wissen, daß er die zwölf Tage nicht mehr überstehen würde, die die Geister einem Mann gaben, der von dieser Krankheit befallen war. Hörte man bis morgen nichts, dann gab es etwas zu berichten, wie Akuebue gesagt hatte.

Der Körper des Kranken steckte in einer dicken Schicht von Rotholzsalbe, die eingetrocknet und an vielen Stellen rissig war. Neben dem Bambusbett, auf dem er lag, brannte ein großes Holzfeuer, und die Luft war von dem starken Geruch brennender Kräuter erfüllt. Sein Atem war wie das Spalten harten Holzes. Er erkannte Ezeulu nicht, der beim Eintreten alle, die sich in dem Raum aufhielten, nur mit den Augen begrüßte und geradewegs auf das Bett zuging; dort stand er lange und sah schweigend auf den kranken Mann herunter. Dann setzte er sich zu der kleinen Gruppe von Verwandten, die mit gedämpfter Stimme miteinander sprachen.

»Was kann ein Mann getan haben, um das zu verdienen?« fragte er.

»Das haben wir uns auch schon alle gefragt«, erwiderte einer der Männer. »Niemand gab uns zu verstehen, daß wir darauf gefaßt sein müßten. Eines Morgens wachten wir auf und fanden unser Schienbein verbogen.«

Der Kräuterkundige saß ein wenig abseits von der Gruppe und nahm an dem Gespräch nicht teil. Ezeulu blickte sich im Zimmer um und sah, wie der Mann es gegen das Eindringen der Geister gesichert hatte. Vom Dach hingen drei lange, mit Stöpseln aus trockenen Bananenblättern verschlossene Kalebassen. Eine vierte Kalebasse war von der dickbäuchigen Sorte, die häufig zum Transport von Palmwein verwendet wird, und trug eine Kaurimuschelkette um den Hals; darin tanzte ein Büschel Papageienfedern, von denen nur die obere Hälfte sichtbar war; es sah aus, als koche zu ihren Füßen etwas, das sie zwang, in der Öffnung der Kalebasse zu kreisen. Zwei frischgeschlachtete Opferhühner baumelten kopfabwärts zu beiden Seiten.

Der Kranke, der bis auf seinen harten Atem still gewesen war, begann plötzlich zu stöhnen. Jeder hörte auf zu sprechen. Der Heiler – er hatte einen Ring von weißem Ton um ein Auge geklebt und trug ein großes lederverhülltes Amulett am linken Handgelenk – erhob sich und ging hinaus. Seine Flinte lag auf der Schwelle, der Kolben auf dem Boden, der Lauf auf das Haus gerichtet. Er nahm es auf und begann zu laden. Das Schießpulver steckte in einer viereckigen Flasche, in der einmal des weißen Mannes heißes Getränk gewesen war, das man Nje-nje nannte. Als er die Flinte geladen hatte, ging er hinter das Haus und schoß. Alle Hähne und Hennen in der Nachbarschaft gerieten in Aufregung, als hätten sie ein wildes Tier gesehen.

Als er wieder hereinkam, fand er den Kranken noch unruhiger, sinnlose Worte sprechend.

»Bringt mir seinen *ofo*«, sagte er.

Der Bruder des Kranken nahm den kurzen hölzernen Stab vom Hausaltar, der mit Schnüren an einem Sparren befestigt war. Der Heiler, der jetzt neben dem Bett kauerte, ließ sich den Stab geben, öffnete die rechte Hand des Kranken und legte ihn hinein.

»Halte ihn«, befahl er, wobei er die ausgetrockneten Hände um den Stab drückte. »Ergreife ihn und sage nein zu ihnen! Hörst du mich? Sag nein!« Die Bedeutung dieser Aufforderung schien wie durch viele verstopfte Filter endlich ins Bewußtsein des Kranken zu tröpfeln; seine Finger fingen an, sich wie Klauen langsam um den Stab zu schließen.

»So ist es gut«, sagte der Heiler und löste seine Hand langsam von dem *ofo*, um ihn ganz Amalus Griff zu überlassen. »Sag nein zu ihnen!«

Kaum aber hatte er seine Hand weggenommen, da zuckten Amalus Finger, öffneten sich, und der *ofo* fiel zu Boden. Die wenigen, die im Zimmer standen, wechselten bedeutungsvolle Blicke, aber niemand sprach ein Wort.

Bald darauf erhob sich Ezeulu, um zu gehen. »Sorgt gut für ihn«, sagte er.

»Komm gut nach Hause«, antworteten sie.

Als Obikas Braut mit ihren Leuten eintraf und er sie wieder betrachtete, wunderte er sich selbst, daß er fähig gewesen war, sie bei ihrem letzten Besuch gehen zu lassen, ohne sie angerührt zu haben. Er wußte, daß wenige junge Leute seines Alters diese Zurückhaltung gezeigt hätten, wie sie die alte Sitte verlangte. Aber was recht war, war recht. Obika fing an, sein eigenes Bild als Bewahrer alter Bräuche zu bewundern. Wie die Eidechse, die von dem hohen Irokobaum fällt, ohne sich einen Knochen zu brechen, meinte er, er hätte allen Grund, sich selbst zu preisen, wenn es niemand anderes tat.

Die Braut wurde von ihrer Mutter, die gerade eine Krankheit hinter sich hatte, von vielen Mädchen ihres Alters und den Freundinnen ihrer Mutter begleitet. Die meisten Frauen trugen kleine Kopflasten mit der Aussteuer der Braut, zu der sie alle beigetragen hatten – Kochtöpfe, hölzerne Schalen, Besen, Mörser, Stößel, Körbe, Matten, Schöpfkellen, Töpfe mit Palmöl, Körbe mit Cocoyam, geräuchertem Fisch, gegorener Kassawa, Johannisbrot, Salz und Pfeffer. Auch zwei Maß Tuch waren dabei, zwei Teller und ein eiserner Topf. Dies waren die Erzeugnisse des weißen Mannes und im neuen Handelslager von Okperi gekauft worden.

Die drei Gehöfte von Ezeulu und seinen Söhnen waren schon voll von Verwandten und Freunden, ehe die Braut mit ihren Leuten ankam. Die etwa zwanzig Mädchen, die sie begleiteten, waren reich geschmückt. Aber die Braut stach alle andern aus. Sie war nicht nur größer als die anderen Mädchen, sondern auch viel schöner in Aussehen und Haltung. Sie trug eine andere Frisur, die ihrem unmittelbar bevorstehenden Übergang zur vollen Weiblichkeit angemessen war – das Haar war geflochten, aber nicht zu jenen regelmäßigen Mustern geordnet, bei denen man mit dem Rasiermesser nachhilft.

Die Mädchen sangen das Lied *Ifeoma*, in dem es hieß, daß etwas Gutes gekommen sei – also lasse man jeden, der gute Dinge habe, sie als Geschenk herbeitragen. Sie stellten sich im Kreis um die Braut, und diese tanzte zu dem Gesang. Als sie tanzte, durchbrachen der künftige Ehemann und die anderen Mitglieder der Familie Ezeulus einzeln oder zu zweit den Kreis und legten ihr Geld auf die Stirn. Sie lächelte und ließ das Geschenk zu ihren Füßen fallen, von wo es eins der Mädchen aufhob und in eine Schale legte.

Der Name der Braut war Okuata. Den hohen Wuchs hatte sie von ihrem Vater, der aus einem Geschlecht von Riesen kam. Sie hatte feine Gesichtszüge, und manche Leute nannten sie bereits Oyilidie, weil sie ihrem Ehemann an Schönheit glich. Ihre vollen Brüste schwangen ganz leicht nach oben, was ein zu schnelles Herabsinken und Schlaffwerden verhindern sollte.

Ihr Haar war nach der neuen *otimili*-Mode gekämmt. Acht enggeflochtene Zöpfe liefen vom Nacken zur Stirn und endeten in kleinen aufrechtstehenden Haarknoten, die wie eine Girlande gekräuselter Locken dem Haaransatz von Ohr zu Ohr folgten. Sie trug nicht weniger als fünfzehn *jigida*-Ketten an der Taille. Die meisten waren blutrot, zwei oder drei jedoch schwarz, und auch manche der roten hatte man mit eingeflochtenen schwarzen Scheiben verschönert. Morgen würde sie ein Hüfttuch tragen wie eine Frau, und fortan wäre dann ihr Körper vor jedermanns Blick verborgen. Die *jigida*-Ketten klirrten, als sie tanzte. Hinten bedeckten sie die ganze Taille und den oberen Rand des Gesäßes. Vorn lag sie, eine Kette neben der andern, vom Nabel bis zu den Genitalien, deren größeren Teil sie verbargen und um deren äußeren Rand sie dunkle Schatten warfen. Die anderen Mädchen waren ebenso gekleidet, aber die meisten hatten weniger *jigida*-Ketten als Okuata.

Das nun folgende Fest dauerte bis Sonnenuntergang. Es gab Töpfe mit Yamsgemüse, *Fufu*, Bitterblattsuppe und *egusi*-Suppe, zwei gekochte Ziegenkeulen, zwei große Schalen mit gekochtem *asa*-Fisch, der unzerteilt aus der Brühe genommen wurde, und Krüge mit süßem Wein, der von der großen Raphiapalme gezapft war.

Wann immer den Frauen eine besonders leckere Speise vorgesetzt wurde, stimmte ihre Vorsängerin das alte Danklied an:

*Kwo-kwo-kwo-kwo-kwo!*
Kwo-o-oh!
Wir werden essen, wie wir's gewöhnt sind!
*Wer lädt uns ein?*
*Wer ist es?*
*Wer lädt uns ein?*
*Obika Ezeulu lädt uns ein*
Ayo-o-o-o-o-oh!

Am Ende aber brachen ihre Mutter und die Leute aus ihrem Dorf, die sie begleitet hatten, nach Hause auf und ließen sie zurück. Okuata fühlte sich wie ein Waisenkind, die Tränen liefen ihr über die Wangen. Ihre Schwiegermutter nahm sie mit in ihr Haus, wo sie bleiben mußte, bis das Opfer an der Kreuzung dargebracht war.

Der Heiler und Wahrsager, der beauftragt war, den Ritus zu vollziehen, traf bald ein, und die Beteiligten machten sich auf den Weg. Unter ihnen waren Obika, sein älterer Halbbruder, seine Mutter und die Braut. Ezeulu ging nicht mit ihnen, weil er selten nach Anbruch der Dunkelheit sein *obi* verließ. Oduche weigerte sich mitzugehen, um den Katecheten nicht zu kränken, der gegen das Opfern predigte.

Sie gingen zu der Straße, die nach Umuezeani führte, dem Dorf, aus dem die Braut kam. Es war jetzt ganz dunkel, und der Mond war nicht zu sehen. Die Palmöllampe, die Obikas Mutter trug, gab nur wenig Licht, da sie die Hand vor den Docht halten mußte, um die Flamme vor dem Wind zu schützen. Aber auch so wurde sie zweimal ausgeblasen, und sie mußte zu einem nahegelegenen Gehöft gehen, um sie wieder anzuzünden – zuerst in das Gehöft Anosis und dann zum Haus der Witwe Membolus.

Der Heiler – er hieß Aniegboka – ging schweigend der Gruppe voran. Er war klein, aber wenn er sprach, erhob er die Stimme wie einer, der über die Hofmauern hinaus zu einem schwerhörigen Nachbarn sprechen will. Aniegboka war keiner der berühmten Heiler des Clans; man hatte ihn gewählt, weil er mit Ezeulus Familie befreundet war, und auch, weil für das Opfer, das er darzubringen hatte, keine besonderen Fähigkeiten erforderlich waren. Die Kinder in der Nachbarschaft kannten ihn und flohen, wenn er sich näherte, weil sie sagten, er könne einen Menschen in einen Hund verwandeln, indem er ihm auf den Hintern klopfte. Wenn er aber nicht da war, lachten sie über ihn, weil eins seiner Augen aussah wie eine schlechte Kaurimuschel. Man erzählte sich, daß er sein Auge mit dem scharfen Ende eines Bananenschaftes verletzt hatte, den er als kleiner Junge hochwarf und in der Luft wieder auffangen wollte.

Als die Gruppe im Dunkeln weiterging, traf sie ein paar Leute, aber sie erkannten sie nur an den Stimmen, als sie Grußworte tauschten. Das schwache Licht der Öllampe verstärkte offenbar noch die Dunkelheit ringsum, so daß es schwierig war, andere zu sehen, sie selbst aber leicht gesehen werden konnten.

Aus der großen Ledertasche, die Aniegboka um die Schulter trug, kam ein leises, aber beharrliches Klappern. Die Braut hatte eine Schale aus gebranntem Ton in der einen und eine Henne in der anderen Hand. Dann und wann gackerte die Henne, wie es Hennen tun, wenn ihr Stall nachts von einem Eindringling heimgesucht wird. Während Okuata mitten in der Reihe ging, kämpften in ihren Empfindungen Glück und Furcht. Obika und Edogo, die vorangingen, trugen ihre Macheten. Ab und zu sprachen sie ein paar Worte, aber Obikas Gedanken waren nicht bei dem, was er sagte. Sein Ohr horchte gespannt auf das leiseste Klirren der *jigida* seiner Braut. Er konnte sogar ihren Schritt aus den vielen Schritten hinter sich heraushören. Auch er war besorgt. Wenn er seine Frau nach dem Opfer in sein Haus brachte, würde er sie »zu Hause finden« – wie man zu sagen pflegte – oder mit zorniger Demütigung merken, daß ein anderer eingebrochen war und den Preis davongetragen hatte? Unmöglich! Jeder, der seine Braut kannte, bezeugte ihre Sittsamkeit. Obika hatte schon eine besonders große Ziege ausgewählt, um sie seiner

Schwiegermutter zu schicken, wenn sich herausstellte, daß seine Frau jungfräulich war. Es war ihm nicht ganz klar, was er tun würde, wenn er fände, daß er ihr die Ziege doch nicht bringen konnte.

In seiner linken Hand hielt Obika einen sehr kleinen Wassertopf, den er um den Hals gefaßt hatte. Sein Halbbruder trug ein Büschel zarter Palmblätter, die aus dem Gipfel des Baums geschnitten waren.

Binnen kurzem erreichten sie die Kreuzung der Hauptstraße mit einer anderen Straße, die zum Dorf der Braut führte und auf der sie am selben Tag gekommen war. Sie gingen ein kleines Stück, dann hielten sie an. Der Heiler wählte eine Stelle in der Mitte der Straße und bat Obika, dort ein Loch zu graben.

»Stell die Lampe dorthin«, sagte er zu Obikas Mutter. Sie tat es, und Obika kauerte sich hin und fing an zu graben.

»Mach es größer«, sagte der Heiler. »Ja, ungefähr so.«

Die drei Männer kauerten auf der Erde; die Frauen knieten aufrecht daneben. Jetzt brannte das Licht der Öllampe hell.

»Grab nicht weiter«, sagte der Heiler. »Es ist jetzt tief genug. Nimm die lockere Erde heraus.«

Während Obika die rote Erde mit beiden Händen herausschöpfte, nahm der Heiler die Gegenstände, die er opfern wollte, aus seiner Tasche. Zuerst vier kleine Yams, dann vier Stücke weißen Ton und die Blüte der wilden Lilie.

»Gib mir den *omu.*« Edogo reichte ihm die jungen Palmblätter. Er zog vier davon heraus und legte die übrigen weg. Dann wandte er sich zu Obikas Mutter.

»Laß mich das *ego-nato* nehmen.« Sie knüpfte eine Anzahl Kauri aus einer Ecke ihres Kleides und gab sie ihm. Er zählte sie sorgsam auf den Boden, wie eine Frau es tut, ehe sie auf dem Markt kauft oder verkauft, in Grüppchen von sechs Stück. Es ergaben sich vier solcher Grüppchen, und er nickte.

Dann erhob er sich und ließ Okuata so vor dem Loch knien, daß sie in Richtung ihres Dorfes blickte. Er kniete sich ihr gegenüber auf die andere Seite des Lochs; die Opfergegenstände hatte er rechts neben sich aufgereiht. Die anderen traten zurück.

Er nahm eine der Yamsknollen und gab sie Okuata. Sie schwang sie um ihren Kopf und legte sie in das Loch. Der Heiler legte die übrigen drei dazu. Dann gab er ihr ein Stück weißen Ton, und sie tat damit dasselbe wie mit dem Yam. Dann folgten die Palmblätter und die Blüte der wilden Lilie, und zuletzt reicht er ihr eins der Häufchen von sechs Kauris, die sie in die geschlossene Hand nahm und dann zu den übrigen warf. Dann sprach er die Absolution.

> »Alles Üble, das du vielleicht mit deinen Augen gesehen, mit deinem Mund gesprochen, mit deinen Ohren gehört oder mit deinen Füßen getreten hast, was immer dein Vater oder deine Mutter über dich gebracht haben – hier begrabe ich es!«

Während er diese Worte sprach, nahm er die Schale aus gebranntem Ton und stellte sie mit der Öffnung nach unten in das Loch. Dann begann er, die lockere Erde wieder hineinzuschütten. Zweimal hob er die Schale ein wenig an, so daß sich ihr runder Boden, als er zu Ende gekommen war, ein wenig über die Oberfläche der Straße erhob. »Wo ist das Wasser?« fragte er.

Obikas Mutter brachte den kleinen Topf mit Wasser. Die Braut, die sich jetzt erhoben hatte, beugte sich herunter, goß das Wasser in die hohle Hand und begann ihr Gesicht, die Hände, Arme, Füße und Beine bis herauf zu den Knien zu waschen.

»Vergiß nicht«, sagte der Wahrsager, als er fertig war, »daß du diesen Weg vor Tagesanbruch nicht entlanggehen darfst, selbst wenn die Krieger von Abame in dieser Nacht zuschlagen und du um dein Leben fliehen mußt.«

»Der große Gott wird sie nicht um ihr Leben laufen lassen, heute nicht und morgen nicht«, sagte ihre Schwiegermutter.

»Das wissen wir alle«, sagte Aniegboka; »aber wir müssen die Gesetze befolgen, wie sie festgelegt sind.« Dann wandte er sich an Obika und sprach: »Ich habe getan, was du von mir verlangt hast. Deine Frau wird dir neun Söhne gebären.«

»Wir danken dir«, sagten Obika und Edogo gemeinsam.

»Diese Henne geht mit mir heim«, sagte er, während er die Tasche um den Hals hing und die Henne ergriff, deren Beine mit Bananenstricken zusammengebunden war. Er mußte bemerkt haben, wie aller

Augen immer wieder zu der Henne gingen. »Ich allein werde Fleisch essen. Daß mich niemand am Morgen besucht, denn ich will sie nicht mit jemandem teilen!« Er lachte sehr laut wie ein Betrunkener. »Selbst Wahrsager müssen ab und zu belohnt werden.« Er lachte wieder. »Sagen wir nicht, daß der Flötenspieler manchmal innehalten muß, um sich die Nase zu putzen?«

»So heißt es«, antwortete Edogo.

Auf dem ganzen Rückweg redete der Heiler überlaut. Er gab mit dem hohen Ansehen an, in dem er, wie er sagte, bei entfernt wohnenden Völkern stand. Die anderen hörten nur mit einem Ohr zu und warfen gelegentlich ein Wort ein. Die einzige, die den Mund nicht auftat, war Okuata.

Als sie nach Ilo Agbasioso kamen, trennte sich der Wahrsager von ihnen und wandte sich nach links. Sobald er außer Hörweite war, fragte Obika, ob es denn üblich sei, daß der Wahrsager die Henne mit nach Hause nahm.

»Ich habe gehört, daß manche das tun«, sagte seine Mutter, »aber ich habe es bis heute nie gesehen. Meine eigene Henne wurde mit den übrigen Opfergaben begraben.«

»Ich habe das noch nie gehört«, sagte Edogo. »Mir scheint, daß der Mann nicht genug Kunden hat und nimmt, was er kriegen kann.«

»Nun, an uns war es, die Henne herzugeben«, sagte Obikas Mutter, »und das haben wir getan.«

»Ich hätte ihm gern eine Frage gestellt.«

»Nein, mein Sohn. Es ist besser, daß du es nicht getan hast. Jetzt ist nicht die Zeit für Streit und Auseinandersetzungen.«

Bevor Obika und seine Frau Okuata ihr eigenes Heim aufsuchten, gingen sie zuerst zu Ezeulu, um ihn zu begrüßen. »Vater, ist es üblich, daß der Wahrsager die Opferhenne mitnimmt?« fragte Obika.

»Nein, mein Sohn. Hat Aniegboka das getan?«

»Ja. Ich wollte ihn zur Rede stellen, aber meine Mutter gab mir ein Zeichen, daß ich schweigen sollte.«

»Es ist nicht üblich. Du mußt wissen, daß Menschen mit langen Kehlen lieber der Wahrsagerei nachgehen als irgendeinem anderen

Beruf.« Er bemerkte, daß Obika ein betroffenes Gesicht machte. »Nimm deine Frau mit heim und sorge dich nicht um solche Dinge. Wenn ein Wahrsager gern die Eingeweide des Opfers verschlingt wie ein Geier, so ist das eine Sache zwischen ihm und seinem *chi.* Du hast deinen Teil getan, indem du das Tier hergegeben hast.«

Als sie weggingen, fühlte Ezeulu sein Herz so warm werden vor Freude wie seit vielen Tagen nicht mehr. War Obika schon ein anderer Mensch geworden? Es sah ihm nicht ähnlich, daß er betroffen zu seinem Vater kam und ihn etwas fragte. Akuebue hatte immer gesagt, sobald Obika eine Frau hätte, für die er sorgen müßte, würde sich sein Wesen ändern. Vielleicht war es wirklich so. Noch ein zweiter Gedanke kam Ezeulu in den Sinn, der diese Hoffnung bestätigte: Früher hätte sich Obika an den Wahrsager gehalten und ihn gezwungen, die Henne mit einzugraben.

Ezeulu lächelte.

# KAPITEL 12

Obwohl sich Okuata sehr unsicher und verlegen fühlte, als sie in ihrem ungewohnten Hüfttuch bei Tagesanbruch erwachte, war es doch eine stolze Verlegenheit. Sie konnte, ohne sich zu schämen, zu den Eltern ihres Ehemannes gehen, denn Obika hatte sie »zu Hause gefunden«. Gerade jetzt war er dabei, ihrer Mutter in Umuezeani die Ziege und andere Geschenke zu schicken, weil sie ihm die Braut unversehrt bewahrt hatte. Okuata war sehr erleichtert, denn obwohl sie immer gewußt hatte, daß sie Jungfrau war, hatte ihr doch eine heimliche Furcht manchmal eins ins Ohr geflüstert und sie erschreckt: der Gedanke an die Mondscheinspiele, als Obiera seinen Penis zwischen ihre Beine gesteckt hatte. Freilich war es ihm nur gelungen, ein wenig im Vorhof herumzuspielen – aber konnte man jemals ganz sicher sein?

Sie hatte nicht viel geschlafen, nicht soviel wie ihr Mann; aber sie war glücklich gewesen. Manchmal versuchte sie, ihr Glück zu vergessen und sich vorzustellen, wie ihr zumute wäre, wenn sich etwas anderes herausgestellt hätte. Viele Jahre lang hätte sie umhergehen müssen wie eine, die Angst hat, die Erde könne sie beißen. Jedes Mädchen wußte von Ogbanje Omenyi, deren Mann, wie man sagte, ihre Eltern um eine Machete gebeten hatte, um das Dickicht zu beiden Seiten der öffentlichen Straße zu beschneiden, die sie zwischen ihren Beinen trug.

Jedes Kind in Ezeulus Hof wollte an jenem Morgen zum Fluß gehen und Wasser holen, weil die neue Frau ebenfalls hinging. Sogar die kleine Obiageli, die den Fluß wegen der scharfen Steine auf dem

Weg dorthin haßte, kam eilig mit ihrem Wassertopf gelaufen. Zum ersten Male weinte sie, als die Mutter sie aufforderte, dazubleiben und auf Amoges Kind aufzupassen.

Obikas jüngere Schwester Ojiugo lief hin und her mit der stolzen Besitzermiene derjenigen, die einen besonderen Anspruch an die Braut hat, weil auf einem Hof selbst das kleinste Kind das Haus seiner Mutter unter den anderen herauskennt. Ojiugos Mutter Matefi trug dieselbe Miene zur Schau, aber mit berechnender Zurückhaltung, die um so beredter war. Selbstverständlich wollte sie damit der jüngeren Frau ihres Mannes beweisen, daß es eine größere Ehre war, eine Schwiegertochter zu haben, als Fußringe aus Elfenbein zu kaufen und die Kinder dafür hungern zu lassen.

»Sieh zu, daß ihr rasch wiederkommt«, sagte sie zu ihrer Tochter und der Frau ihres Sohnes. »So rasch, daß der Speichel auf dem Boden noch nicht ausgetrocknet ist.« Sie spuckte aus.

»Wenn wir baden, kommen wir später«, sagte Nwafo. »Wenn wir jetzt aber nur Wasser holen und ein andermal baden …«

»Du bist wohl verrückt!« sagte seine Mutter, die bis jetzt getan hatte, als sähe sie die ältere Frau ihres Mannes gar nicht. »Wenn ich sehe, daß du mit dem Schmutz von gestern auf dem Körper zurückkommst, dann wirst du mich kennenlernen!« Der Nachdruck, mit dem sie das sagte, stand in keinem Verhältnis zu der geringfügigen Ursache ihres Ärgers. In Wirklichkeit war sie ärgerlich auf ihren Sohn – nicht wegen seines Vorschlags, sondern wegen der Treulosigkeit, daß er das aufgeregte Getue des anderen Hauses mitmachte.

»Was kriechst du so langsam herum wie ein Tausendfüßler?« fragte Matefi ihre Tochter. »Soll der Weg zum Fluß etwa dein ganzes Tagewerk sein?«

Oduche trug sein Hüfttuch aus gestreiftem Stoff und das weiße Hemd, das er sonst nur zur Schule oder Kirche anzog. Das machte seine Mutter noch wütender als Nwafos Vorschlag, aber sie beherrschte sich und schwieg.

Kurz nachdem die Jungen zum Fluß gegangen waren, kam Obiageli in Ezeulus Haus; sie trug Amoges Sohn auf dem Rücken. Das Kind war sichtlich zu groß für sie; eines seiner Beine schleifte fast auf dem Boden.

»Hier sind wohl alle verrückt geworden!« sagte Ezeulu. »Wer läßt ein krankes Kind in deinen Händen? Bring es sofort zurück zu seiner Mutter.«

»Ich kann ihn doch tragen«, sagte Obiageli.

»Wer trägt da wen? Bring ihn zu seiner Mutter, sage ich.«

»Sie ist zum Fluß gegangen«, erwiderte Obiageli. Sie stellte sich auf die Zehen und hüpfte – es war ein Versuch, das Kind daran zu hindern, von ihrem Rücken zu rutschen. »Aber ich kann ihn tragen. Sieh doch!«

»Ich weiß, daß du es kannst«, sagte Ezeulu, »aber er ist krank und darf nicht so geschüttelt werden. Bring ihn zu seiner Mutter.«

Obiageli nickte und ging in den Innenhof, aber Ezeulu wußte, daß sie noch immer das Kind trug, das jetzt angefangen hatte zu weinen. Obiagelis dünne Stimme versuchte tapfer, das Weinen zu übertönen und den Kleinen in den Schlaf zu singen.

Sag der Mutter, ihr Kindchen weint,
Sag der Mutter, ihr Kindchen weint,
Koch ein Breichen aus Uziza,
Noch ein Breichen aus Uziza,
Mach ein wäßrig Pfeffersüppchen.
Trinkt davon ein kleiner Vogel,
Muß er bald am Schlucken sterben.
Mutters Ziege ist im Stall
Und die Yams sind gar nicht sicher,
Vaters Ziege in der Scheune
Frißt alle Yams uns auf.
Siehst du dort das Rehchen kommen?
Schau, es taucht den Fuß ins Wasser,
Weil die Schlange es gebissen!
Jetzt läuft's weg!
Ja–ja–ja kulo kulo
Großer Habicht, großer Wandrer
Sei willkommen uns zu Hause,
Ja–ja–ja kulo kulo!
Aber sag, wo sind die Längen

Tuch, die du uns mitgebracht?
Ja–ja–ja kulo kulo!

»Nwafo! … Nwafo!« rief Ezeulu.

»Nwafo ist zum Fluß gegangen!« rief die Mutter aus ihrem Haus.

»Nwafo ist – was?« rief Ezeulu zurück.

Ogoye beschloß, in das *obi* zu gehen und Ezeulu persönlich zu erklären, daß Nwafo sich selbst dazu entschlossen hatte.

»Niemand hat ihn gebeten hinzugehen«, sagte sie.

»Niemand hat ihn gebeten?!« entgegnete Ezeulu spöttisch plappernd, Ogoye nachahmend. »Sagtest du, daß ihn niemand gebeten hat zu gehen? Weißt du nicht, daß er jeden Morgen mein Haus fegen muß? Oder erwartest du, daß ich in einem Haus, das nicht gefegt ist, Besuch empfange und Kolanüsse breche? Hat dein Vater morgens seine Kolanuß über der Holzasche von gestern gebrochen? Die Greuel, die ihr alle in diesem Haus begeht, werden über eure eigenen Häupter kommen! Wenn Nwafo zu stark geworden ist, um dir zu gehorchen, warum hast du nicht Oduche befohlen, herzukommen und mein Haus zu fegen?«

»Oduche ist mit den andern gegangen.«

Ezeulu zog es vor, nichts mehr zu sagen. Seine Frau ging fort, kehrte aber bald mit zwei Besen zurück. Sie fegte das Haus mit dem Palmblattbesen und mit dem längeren, stärkeren Büschel von *okeakpa* den Platz vor dem Haus.

Während sie vor dem Eingang kehrte, kam Obika aus seinem Haus und fragte: »Fegst du jetzt die *iru-ezi*? Wo ist Nwafo?«

»Niemand ist mit einem Besen in der Hand geboren«, erwiderte sie ärgerlich und sang mit stärkerer Stimme. Weil der Besen so lang war, hielt und schwang sie ihn wie ein Paddel. Ezeulu mußte heimlich lächeln. Als sie fertig war, sammelte sie den Kehricht auf einen Haufen und trug ihn auf das Stück Land, wo sie in dieser Saison Cocoyams anbauen wollte.

Akuebue wollte Ezeulu gleich nach dem Frühstück besuchen, um sich mit ihm über die junge Frau seines Sohnes zu freuen. Er hatte auch noch andere wichtige Dinge mit ihm zu besprechen und darum den frühen Zeitpunkt gewählt – ehe andere Gäste auf der Suche nach Palmwein das Haus füllten. Es war nichts Neues, was Akuebue besprechen wollte. Sie hatten schon oft darüber geredet. Aber in den letzten Tagen hatte Akuebue Dinge gehört, die ihn sehr bedrückten. Es handelte sich immer um Ezeulus dritten Sohn, den er fortgeschickt hatte, um die Geheimnisse der Zauberkunst des weißen Mannes zu ergründen. Akuebue hatte die Weisheit dieses Entschlusses anfangs bezweifelt, aber Ezeulu hatte ihn schließlich überzeugt. Jetzt aber nahmen die Übelwollenden seinen Schritt zum Anlaß, seinem Ansehen zu schaden. Die Leute fragten: Wenn der Oberpriester des Ulu seinen Sohn zu Leuten schickt, die die heilige Python töten und essen und andere Greueltaten begehen – was erwartet er dann von den gewöhnlichen Männern und Frauen? Die Eidechse, die die Feierlichkeiten bei dem Begräbnis ihrer Mutter zunichte machte – erwartete sie, daß Fremde sich Mühe geben würden, die Tote zu ehren?

Und nun hatte sich Ezeulus erster Sohn, wenn auch heimlich, auf die Seite der Gegner seines Vaters gestellt. Er war am vorigen Tag zu Akuebue gekommen und hatte ihn gebeten, er als Ezeulus bester Freund möge zu ihm gehen und mit ihm ein klares Wort reden.

»Was ist geschehen?«

»Ein Mann soll seinen Haushalt zusammenhalten und nicht Meinungsverschiedenheiten unter seine Kinder säen.« Wenn Edogo sehr aufgeregt war, stotterte er zum Erbarmen, wie eben jetzt.

»Ich höre.«

Nun erzählte ihm Edogo, Ezeulu habe Oduche an die neue Religion gegeben, damit Nwafo freie Bahn hätte, um Oberpriester zu werden.

»Wer hat das gesagt?« fragte Akuebue. Aber bevor Edogo antworten konnte, sprach er weiter: »Du redest von Nwafo und Oduche. Wie steht es mit dir und Obika?«

»Obika denkt nicht an solche Dinge – und ich auch nicht!«

»Aber Ulu fragt nicht, ob ein Mann an eine Sache denkt oder nicht. Wenn er dich haben will, wird er dich bekommen, und selbst wenn einer zu der neuen Religion übergetreten ist – will Ulu ihn haben, wird er ihn sich holen.«

»Das ist wahr«, sagte Edogo. »Aber was mir Sorgen macht, ist, daß mein Vater Nwafo einreden will, er sei auserwählt. Wenn morgen, wie du sagst, Ulu einen anderen Mann auswählt, wird es bei uns Streit geben. Dann wird mein Vater nicht da sein und alles über mein Haupt kommen.«

»Was du sagst, stimmt, und ich tadle dich nicht dafür, daß du das Wasser ausschöpfen willst, ehe es dir über die Knöchel steigt.« Er überlegte eine Weile, dann fuhr er fort: »Aber ich glaube nicht, daß es Streit gibt. Nwafo und Oduche haben dieselbe Mutter. Ein Glück, daß ihr beiden, Obika und du, euch nichts dergleichen in den Kopf gesetzt habt.«

»Aber du weißt, wie Obika ist«, sagte Edogo. »Er kann morgen früh aufwachen und sich's wünschen.«

Der alte Mann und der Sohn seines Freundes sprachen lange Zeit. Als sich Edogo endlich erhob, um zu gehen – er hatte diese Absicht schon mehrmals angekündigt, ohne sie auszuführen –, versprach ihm Akuebue, mit Ezeulu zu reden. Er empfand Mitleid und ein wenig Verachtung für den jungen Mann. Warum konnte er nicht den Mund auftun wie ein Mann und frei heraus sagen, daß er Priester werden wollte, statt sich hinter Oduche und Obika zu verstekken? Das war der Grund, warum er für Ezeulu nicht zählte. Er hegte also die Hoffnung, daß das *afa*-Orakel seinen Namen ausriefe, wenn der Tag käme. »Der Mensch fällt nicht dorthin, wo sein Körper vielleicht aufgelesen wird«, dachte er. »Man braucht kein Orakel, um zu sehen, daß er nicht der Mann ist, Oberpriester zu werden.«

»Man erkennt einen reifen Maiskolben, indem man ihn nur ansieht.«

Und dennoch fühlte Akuebue Mitleid für Edogo. Er wußte, wie einem ältesten Sohn zumute sein mußte, wenn er zurückgestoßen wurde, damit die jüngeren vortreten und begünstigt werden. Kein Zweifel, daß Ulu in den frühen Tagen von Umuaro deshalb beschlossen hatte, seinem Oberpriester nur einen Sohn zu geben – und das sieben Generationen lang.

Auf dem Weg zum Fluß war die Braut, die in ihrem Leben noch nicht viele weiße Hemden gesehen hatte, geneigt, Oduche zuviel

Aufmerksamkeit zu schenken – ihm und der neuen Religion, die solche Wunder hervorbrachte. Um ihre Begeisterung zu dämpfen, flüsterte ihr die eifersüchtige Ojiugo ins Ohr, daß die Verehrer des neuen Kults die Python töteten und verzehrten. Die Braut, die wie jedermann in Umuaro von Oduches Abenteuer mit der Python gehört hatte, fragte sie ängstlich:

»Hat er sie getötet? Wir haben nur gehört, daß er sie in einen Kasten gesperrt hat.«

Unglücklicherweise gehörte Ojiugo zu den Leuten, die nicht flüstern können, und so drangen ihre Worte an Oduches Ohr. Er stürzte sich sofort auf Ojiugo und »sprang ihr ins Gesicht« – so schilderte Nwafo nachher den Vorgang. Woraufhin Ojiugo ihren Wassertopf zu Boden warf und Oduche angriff; die Metallreifen an ihrem Handgelenk benutzte sie dazu, ihren Schlägen die notwendige Schärfe zu geben. Oduche antwortete mit einem letzten, gemeinen Stoß mit seinem Knie in Ojiugos Bauch. Dies trug ihm scharfe Kritik und sogar Schimpfworte ein von vielen der Leute, die sich eingefunden hatten, um die beiden zu trennen. Aber jetzt klammerte sich Ojiugo an ihren Halbbruder und schrie: »Schlag mich nur tot heute. Du mußt mich totschlagen. Hörst du mich, du Pythonfresser? Du mußt mich totschlagen.« Sie biß eine der Frauen, die sie zurückzuhalten versuchten, und kratzte die zweite.

»Laßt sie doch«, sagte eine der Frauen erbittert. »Wenn sie totgeschlagen werden will, dann laßt sie doch!«

»Rede nicht so. Warst du etwa dabei, wie er sie mit einem Tritt in den Bauch beinahe umgebracht hat?«

»Und hat sie ihn dafür nicht auch genug geschlagen?« fragte eine dritte.

»Nein, hat sie nicht«, sagte die zweite Frau. »Ich glaube, er ist einer von denen, die mutig werden, wenn sie's mit einer Frau zu tun haben!«

Schon spaltete sich die Menge in diejenigen, die Ojiugo unterstützten, und andere, die fanden, sie habe sich bereits genug gerächt. Letztere redeten Oduche zu, er solle zum Fluß laufen und nicht länger auf Ojiugos Keifen hören oder darauf eingehen.

»Der Nachkomme des Habichts kann nicht umhin, Hühner zu

fressen!« sagte Oyilidie, die von Ojiugo gebissen worden war. »Diese da gleicht ihrer Mutter an Starrsinn!«

»Gleicht sie dann nicht auch deiner Mutter?« Die Frage kam von Ojinika, einer untersetzten Frau, die einen alten Streit mit Oyilidie hatte. Die Leute sagten, daß Ojinikas Stärke trotz ihrer imposanten Erscheinung und der Geschwindigkeit, mit der sie sich in jeden Streit stürzte, nur in ihrem Mund lag und daß ein Kind sie mit dem bloßen Atem hätte umwerfen können.

»Öffne dein elendes Maul nicht in meiner Nähe, hörst du? Oder ich werde Okrasamen aus deinem Mund schlagen«, sagte Oyilidie. »Vielleicht hast du vergessen ...«

»Geh und friß Scheiße!« schrie Ojinika. Und schon maßen sich die beiden miteinander, auf den Zehenspitzen stehend und die Brust herausgestreckt.

»Was haben die beiden?« fragte eine andere Frau. »Macht Platz und laßt mich vorbei!«

Ojiugo schluchzte noch immer, als sie nach Hause kam. Nwafo und Oduche waren früher zurückgekehrt, aber Ojiugos Mutter hatte sich bei ihnen nicht nach den anderen erkundigt. Als sie nun Ojiugo kommen sah, wollte sie sie eigentlich fragen, ob sie hätte warten müssen, daß der Fluß von einer Reise zurückkam oder aus dem Schlaf erwachte. Aber die Worte blieben ihr im Mund stecken.

»Was ist passiert?« fragte sie statt dessen. Ojiugo heulte lauter. Ihre Mutter half ihr, den Wassertopf abzustellen, und fragte nochmals, was los sei. Ehe sie antwortete, trat Ojiugo zuerst ins Haus, setzte sich auf den Boden und wischte sich die Augen. Dann erzählte sie ihre Geschichte. Matefi sah das Gesicht ihrer Tochter prüfend an und fand etwas, das aussah wie ein Striemen, den Oduches Finger zurückgelassen hatte. Sofort erhob sie anklagend ihre Stimme und jammerte so, daß die ganze Nachbarschaft es hören mußte.

Ezeulu schritt so gemessen, wie er konnte, in den Innenhof und fragte, was der Lärm bedeuten solle. Matefi zeterte lauter.

»Halt den Mund«, befahl Ezeulu.

»Du gebietest mir, den Mund zu halten«, schrie Matefi, »wenn Oduche meine Tochter zum Fluß treibt und totschlägt! Wie kann ich den Mund halten, wenn sie sie mir als Leiche zurückbringen? Geh und sieh dir ihr Gesicht an. Die fünf Finger dieses Burschen ...« Ihre Stimme war so laut geworden, daß sie in ihrem Gehirn nachhallte.

»Halt endlich den Mund. Bist du verrückt?«

Matefi hörte auf zu schreien. Sie murrte resigniert: »Ich halte meinen Mund. Warum sollte ich meinen Mund nicht schließen? Schließlich ist Oduche der Sohn von Ogoye. Ja, Matefi muß den Mund halten!«

»Daß bloß keiner meinen Namen nennt!« schrie die andere Frau; sie kam aus ihrem Haus, wo sie gesessen hatte, als spiele sich das ganze Theater im Hof eines anderen Clans ab. »Ich möchte hier nicht genannt werden.«

»Halt du auch den Mund«, gebot Ezeulu, sich zu ihr wendend. »Niemand hat hier deinen Namen erwähnt.«

»Hast du nicht gehört, daß sie meinen Namen nannte?«

»Und wenn schon? ... Geh nur und spring ihr auf den Rücken, wenn du kannst!«

Ogoye murrte und kehrte in ihr Haus zurück.

»Oduche! Komm her!«

Oduche kam aus dem Haus seiner Mutter.

»Was soll der ganze Lärm?« fragte Ezeulu.

»Frag doch Ojiugo und ihre Mutter!«

»Ich frage dich. Und antworte mir nicht, ich solle jemand anderen fragen, oder ein Hund wird noch heute morgen deine Augen lecken. Wann habt ihr gelernt, mir Unverschämtheiten ins Gesicht zu schleudern?« Er sah sich um, und nun verwandelte er sich in einen Leoparden, der geduckt zum Sprung ansetzt. »Wehe, wenn einer von euch den Mund auftut und noch einmal *fim* sagt, dann werde ich euch lehren, daß ein Mensch nicht zu reden hat, wenn maskierte Geister sprechen.« Er sah sie der Reihe nach an, ob es jemand wagte, den Mund aufzutun. Rings um ihn war Schweigen, und er wandte sich ab und ging zurück in sein *obi*; der Zorn hatte sein Interesse an der Ursache der Auseinandersetzung erstickt.

Akuebues Hast, gleich von Oduche anzufangen, erwies sich als unangebracht. Er brannte darauf, die Angelegenheit hinter sich zu bringen, ehe mehr Leute kamen, denn zweifellos würden die drei Höfe ziemlich bald voller Menschen sein. Viele von denen, die gestern abend dagewesen waren, würden wiederkommen und noch viel mehr zum ersten Mal erscheinen; in dieser mageren Jahreszeit standen fast alle Scheunen leer bis auf ein paar Saatgutyams, und da würde keiner die Möglichkeit vorübergehen lassen, im Haus des reichen Mannes ein paar Bissen zu essen und ein Horn Palmwein zu trinken. Akuebue wußte, daß er, sobald der erste Gast kam, nicht mehr mit Ezeulu reden konnte, also verlor er keine Zeit. Wäre ihm bewußt gewesen, wieviel Ärger Ezeulu gerade hinter sich hatte, so hätte er vielleicht auf einen anderen Tag gewartet.

Ezeulu hörte ihm schweigend zu und hielt nur mit Mühe seinen wachsenden Ärger zurück.

»Bist du jetzt fertig?« fragte er, als Akuebue zu reden aufhörte.

»Ja. Ich bin fertig.«

»Ich grüße dich.« Ezeulu sah nicht auf seinen Gast, sondern sein Blick streifte unaufmerksam über die Schwelle. »Ich kann nicht sagen, daß ich dir Vorwürfe mache, denn du hast nichts gesagt, was man einem Mann vorwerfen kann, wenn er es seinem Freund anvertraut. Ich bin nicht blind, und ich bin auch nicht taub. Ich weiß, daß Umuaro uneinig und verwirrt ist, und ich weiß, daß manche Leute Geheimsitzungen abhalten, um andere zu überzeugen, daß ich die Ursache der ganzen Unruhe bin. Aber warum soll mir das den Schlaf rauben? Diese Dinge sind nicht neu und werden dorthin verschwinden, wohin die andern gegangen sind. Wenn der Regen kommt, sind es fünf Jahre, seit dieser selbe Mann einer in seinem Haus abgehaltenen geheimen Versammlung ankündigte, sie würden Ulu absetzen, wenn er versäumte, sich an ihrem ungerechten Krieg zu beteiligen. Wir warten noch, Ulu und ich, daß dieses Tier kommt und uns absetzt. Es macht mir nichts, daß ein aufgeblasener Idiot mit leeren Hoden sich vergißt, weil irrtümlich der Reichtum in sein Haus gekommen ist; nein, mich ärgert, daß sich der feige Priester des Idemili hinter ihm verbirgt und ihn aufhetzt.«

»Dahinter steckt Eifersucht«, sagte Akuebue.

»Eifersucht worauf? Ich bin nicht der erste Ezeulu in Umuaro, und er ist nicht der erste Ezidemili. Wenn sein Vater und seines Vaters Vater und all die anderen vor ihnen nicht eifersüchtig auf meine Väter waren – warum muß er's sein? Nein, es ist nicht Eifersucht, es ist Dummheit. Die Dummheit, die den Kopf in den Topf steckt. Die Fliege, die sich auf einen Misthaufen setzt, mag dort herumstolzieren, so lange sie will – den Misthaufen kann sie nicht bewegen.«

»Jedermann kennt die beiden«, sagte Akuebue. »Wir alle wissen, daß sie, wäre ihnen der Weg ins *Ani-Mmo* bekannt, mit unseren Vorfahren darüber stritten, daß sie die Priesterschaft des Ulu nicht ihrem Dorf, sondern Umuachala gegeben haben. Ihretwegen mache ich mir keine Sorgen. Ich sorge mich, was der ganze Clan denken wird.«

»Wer sagt dem Clan, was er denken soll? Was weiß schon der Clan? Akuebue, manchmal muß ich über dich lachen. Du warst hier – oder warst du damals noch nicht geboren –, als der Clan beschloß, gegen Okperi in den Krieg zu ziehen wegen eines Stücks Land, das uns nicht gehörte. Bin ich damals nicht aufgestanden, um Umuaro zu sagen, was ihm geschehen würde? Und wer hatte am Ende recht? Ist eingetreten, was ich vorausgesagt hatte, oder nicht?«

Akuebue antwortete nicht.

»Jedes Wort, das ich sagte, hat sich bewahrheitet.«

»Das bezweifle ich nicht«, erwiderte Akuebue, und in einer plötzlichen Aufwallung von Ungeduld und Härte fügte er hinzu: »Aber du vergißt, daß kein Mann, wie bedeutend er auch sein mag, gegen seinen Clan recht behält. Du meinst, du hast in dem Streit um das Land recht behalten. Aber da irrst du dich. Die Umuaro werden immer sagen, du habest sie an den weißen Mann verraten. Und sie werden sagen, daß du sie heute wieder verrätst, weil du deinen Sohn dazu hergibst, unser Land zu entehren.«

Die Antwort, die Ezeulu nun gab, zeigte Akuebue wieder einmal, daß der Priester selbst für seinen besten Freund undurchschaubar blieb. Selbst seine Söhne kannten ihn nicht. Akuebue war nicht sicher, welche Antwort er erwartet hatte – aber ganz bestimmt nicht das Gelächter, das ihm jetzt entgegenschallte. Es machte ihn ängstlich und unsicher wie einen, der auf einem einsamen Pfad einem lachenden Irren begegnet. Es blieb ihm keine Zeit, diesem seltsamen Angstgefühl auf den Grund zu gehen; aber es sollte ihn in der Zukunft nochmals befallen, und erst dann begriff er, was es bedeutete.

»Bring mich nicht zum Lachen«, sagte Ezeulu. »Ich hätte also Umuaro an den weißen Mann verraten? Laß mich dir eine Frage stellen. Wer hat den weißen Mann denn hergebracht? Etwa Ezeulu? Wir fingen Krieg gegen die Okperi an, die unsere Brüder sind – Krieg wegen eines Stücks Land, das uns nicht gehörte, und ihr werft dem weißen Mann vor, daß er dazwischengetreten ist. Habt ihr nie gehört, daß, wenn zwei Brüder sich bekämpfen, ein Fremder ihre Ernten einbringt? Wie viele weiße Männer nahmen an der Strafexpedition teil, die Abame zerstört hat? Weißt du es? Fünf!« Er hielt die rechte Hand mit fünf gespreizten Fingern empor. »Fünf! Nun, hast du jemals gehört, daß fünf Männer – selbst wenn ihre Köpfe bis zum Himmel reichten – einen ganzen Clan überwinden können? Unmöglich! Mit all ihrer Macht und all ihren Zaubermitteln hätten die weißen Männer nicht ganz Olu und Igbo überrannt, wenn wir ihnen nicht geholfen hätten! Wer zeigte ihnen den Weg nach Abame? Sie waren dort nicht geboren, wie konnten sie also den Weg finden? Wir zeigten ihn ihnen – und wir tun es noch. Also komme mir doch niemand und klage, daß der weiße Mann dies und jenes getan habe. Der Mann, der Reisig mit Ameisen darauf in sein Haus bringt, sollte sich nicht beschweren, wenn ihn Eidechsen besuchen.«

»Ich kann nichts von dem, was du sagst, bestreiten. Wir haben in der Vergangenheit viel falsch gemacht, aber deshalb sollten wir heute nicht damit fortfahren. Jetzt wissen wir, was wir falsch gemacht haben, also können wir es wieder richtigstellen. Jetzt wissen wir, wo dieser Regen zuerst auf uns niedergegangen ist.«

»Da wäre ich mir nicht so sicher«, sagte Ezeulu. »Aber ob ihr's wißt oder nicht, ihr dürft eins nicht vergessen: Wir haben dem weißen Mann den Weg zu unserem Haus gezeigt und ihm einen Stuhl angeboten, um sich darauf zu setzen. Wenn wir jetzt wünschen, daß er weggeht, müssen wir entweder warten, bis er seines Besuchs müde ist, oder wir müssen ihn vertreiben. Denkt ihr, ihr könnt ihn vertreiben, indem ihr Ezeulu Vorwürfe macht? Ihr könnt es versuchen, und an dem Tag, da ich höre, daß es euch gelungen ist, werde ich kommen und euch die Hand schütteln. Ich muß meinen eigenen Weg gehen, und das werde ich tun. Ich kann Dinge sehen, wo andere blind sind. Darum bin ich der Erkannte und zugleich der

Unerkennbare. Du bist mein Freund und weißt, ob ich ein Dieb oder ein Mörder bin oder ein ehrlicher Mann. Aber du kennst die Kraft nicht, die die Trommel schlägt, nach der Ezeulu tanzt. Ich kann das Morgen sehen; deshalb kann ich zu Umuaro sagen: Hört auf damit, denn daran haftet der Geruch des Todes – oder: Tut das, denn es wird euch Gewinn bringen. Wenn man auf mich hört, gut; wenn man sich weigert, auf mich zu hören, auch gut. Ich bin längst darüber hinaus zu tanzen, um Geschenke zu bekommen. Du kennst meinen Vater, der vor mir Priester war. Du kennst auch meinen Großvater, wenn auch nur mit den Augen eines kleinen Kindes.« Akuebue nickte bestätigend.

»Hat nicht mein Großvater dem *ichi* in Umuaro Einhalt geboten? Er stellte sich in seiner ganzen ehrfurchteinflößenden Art hin und sprach: ›Wir wollen nicht länger unsere Gesichter mit dem Schnitzmesser bearbeiten, als wären sie *ozo*-Türen.‹«

»Das hat er getan.«

»Was hat Umuaro ihm erwidert? Sie haben ihn verflucht. Sie sagten, daß ihre Männer dann wie Frauen aussähen. Sie sagten: ›Wie kann man dann prüfen, was ein Mann aushält?‹ Wer stellt heute noch so eine Frage?«

Akuebue meinte, er habe nun Ezeulu so oft zugestimmt, daß er wieder eine andere Meinung äußern dürfe. »Was du sagst, ist nicht zu leugnen«, warf er ein, »aber wenn das wahr ist, was uns überliefert wurde, dann stand dein Großvater nicht allein in diesem Kampf. Es heißt, in Umuaro waren mehr Leute gegen das *ichi* als …« »So, hat dir dein Vater die Geschichte so erzählt? Ich hörte sie anders. Immerhin, wichtig war, daß der Oberpriester sie führte und daß sie ihm folgten. Aber wenn wir das auch nur vom Hörensagen kennen, wie steht es mit den Ereignissen zu meines Vaters Zeit? Du warst kein Kind mehr, als mein Vater das Gesetz abschaffte, das jedes Kind, das einer Witwe geboren wurde, zum Sklaven machte, es sein denn …«

»Ich bin nicht der Mann, ein Wort von dem zu bestreiten, was du aussprichst, Ezeulu. Ich bin dein Freund, und ich kann zu dir sprechen, wie es mir gefällt. Aber das heißt nicht, daß ich vergäße, daß eine Hälfte von dir Mensch und die andere Hälfte Geist ist. Und was du von deinem Vater und Großvater erzählst, ist unbedingt wahr. Aber was sich zu ihrer Zeit ereignete und was heute geschieht, ist nicht dasselbe; das ähnelt sich nicht einmal. Dein Vater und dein Großvater haben das, was sie taten, nicht getan, um einem Fremden zu gefallen …«

Das versetzte Ezeulu einen scharfen Stich, aber er beherrschte seinen Ärger.

»Bring mich nicht zum Lachen!« sagte er wieder. »Wenn jemand zu dir käme und sagte, Ezeulu hat seinen Sohn einer fremden Religion geweiht, um einem andern Mann zu gefallen – was würdest du ihm erwidern? Ich sage: Bring mich nicht zum Lachen! Soll ich dir sagen, weshalb ich ihnen meinen Sohn geschickt habe? Hör gut zu. Eine Krankheit, die es noch nie gegeben hat, kann nicht mit den üblichen Kräutern geheilt werden. Wenn wir ein Heilmittel herstellen wollen, suchen wir nach einem Tier, dessen Blut die dafür benötigte Kraft enthält; reicht ein Huhn nicht aus, so suchen wir eine Ziege oder einen Widder; reicht auch das nicht aus, dann schicken wir nach einem Stier. Aber manchmal genügt nicht einmal ein Stier, und dann müssen wir einen Menschen suchen. Glaubst du, wir wollten den Todesschrei, der durch das Blut tönt, hören? Nein, mein Freund – wir tun es, weil wir das Ende aller Dinge erreicht haben und wissen, daß weder der Hahn noch die Ziege oder selbst der Stier angemessen sind. Und unsere Väter haben uns gesagt, einer unglücklichen Generation könne es passieren, daß sie über das Ende der Dinge hinausgestoßen und ihr Rücken gebrochen und über ein Feuer gehängt wird. Wenn dies eintritt, muß sie ihr eigenes Blut opfern. Das ist es, was unsere Weisen meinten, als sie sagten, daß ein Mann, der nichts mehr hat, worauf er seine Hand stützen kann, sie auf sein eigenes Knie stützt. Das ist der Grund, weshalb unsere Vorfahren, als sie von den Kriegern von Abame über das Ende aller Dinge hinausgetrieben wurden, nicht einen Fremden, sondern einen aus ihrer Mitte opferten und den großen Zauberer einrichteten, den sie dann Ulu nannten.«

Akuebue knackte mit den Fingern und bewegte den Kopf auf und ab. »Also ist es ein Opfer«, murmelte er vor sich hin. »So hatte Edogo schließlich doch recht, obwohl er mir die ganze Zeit so dumm vorkam.« Er schwieg eine Weile und sagte dann laut:

»Was geschieht, wenn der Junge, den du opferst, sich als derjenige erweist, den Ulu wählt, wenn man nach dir sucht und dich nicht findet?«

»Überlaß das der Gottheit. Wenn die Zeit kommt, von der du sprichst, wird Ulu weder deinen Rat noch deine Hilfe suchen. Also laß dich dadurch nicht in deiner Nachtruhe stören.«

»Das tue ich nicht – warum sollte ich? Mein Hof ist voll mit eigenen Sorgen – warum sollte ich die deinen mit nach Hause tragen? Wo würde ich Platz finden, um sie unterzubringen? Aber ich muß wiederholen, was ich vorher sagte, und wenn du es nicht hören willst, kannst du dir die Ohren zuhalten. Als du gegen den Krieg mit Okperi sprachst, standest du nicht allein; auch ich war dagegen und viele andere ebenfalls. Aber wenn du deinen Sohn aussendest, daß er sich mit den Fremden zusammentue, um unser Land zu entehren, dann wirst du allein stehen. Geh nur und mache dir dort auf der Wand ein Zeichen, um dich daran zu erinnern, daß ich es dir gesagt habe.

»Wer hat das Recht zu sagen, ob das Land von Umuaro entehrt wurde oder nicht – du oder ich?« Um Ezeulus Mund war ein Zug hochmütiger Indifferenz. »Und sollte ich allein stehen – meinst du nicht, daß mir das jetzt so vertraut geworden ist wie den Toten die Erde, in der sie ruhen? Laß dich nicht auslachen, mein Freund!«

Nwafo, der das Haus seines Vaters betreten hatte, als Akuebue zu Ezeulu sagte, er sei halb Geist und halb Mensch, hatte den Wortwechsel zwischen den beiden Männern nicht verstanden. Aber er hatte ähnlich gefährlich erscheinende Szenen erlebt, die keinerlei Folgen gehabt hatten. Daher war er nicht im geringsten überrascht, als der Vater ihn zu seiner Mutter schickte, um mit gemahlenem Pfeffer vermischtes Palmöl zu holen. Als er damit zurückkam, hatte Ezeulu bereits seinen runden Korb heruntergeholt. Dieser Korb besaß einen dicht schließenden Deckel und hing unter dem Dach gleich über dem Holzfeuer. Dort hingen auch Ezeulus zwei Kalebassen, der Raphiaumhang, den der Priester bei Zeremonien trug, und einige Maiskolben aus der letzten Ernte, die man wegen ihrer guten Qualität als Saatgut ausgewählt hatte. Korb, Mais und der Raphiaumhang waren alle schwarz vom Rauch.

Ezeulu öffnete den runden Korb, holte eine gekochte und geräucherte Ziegenkeule heraus und schnitt ein großes Stück für Akuebue und ein sehr kleines für sich selbst ab.

»Ich glaube, ich brauche etwas, um es einzuwickeln«, meinte Akuebue. Ezeulu beauftragte Nwafo, ein Stück Bananenblatt abzuschneiden, das er über das glimmende Feuer hielt, bis es ein wenig einschrumpfte und seine knisternde Frische verlor. Dann reichte er es Akuebue, der das Fleisch teilte, die größere Hälfte in das Bananenblatt hüllte und in seine Tasche steckte. Die kleinere Hälfte begann er zu essen, wobei er jeden Bissen in das gepfefferte Palmöl tunkte.

Ezeulu gab Nwafo ein wenig von seinem Stück, den Rest steckte er in den Mund. Lange aßen sie schweigend, und als sie wieder redeten, sprachen sie von belanglosen Dingen. Ezeulu brach sich von dem Besen, der in seiner Nähe auf dem Boden lag, einen Zahnstocher ab und lehnte sich zurück an die Wand. Von hier aus übersah er die Zugangswege zu seinem Hof und dem seiner beiden Söhne. Er war der erste, der die Ankunft des Amtsboten und seines Begleiters sah.

Als die beiden Fremden Ezeulus Schwelle erreicht hatten, klatschte der Begleiter in die Hände und rief: »Sind die Besitzer dieses Hauses daheim?« Nach einer kleinen Pause erwiderte Ezeulu: »Tretet ein, dann werdet ihr es sehen.« Der Begleiter bückte sich unter den niedrigen Dachsparren und trat als erster ein; der andere folgte. Ezeulu hieß sie willkommen und forderte sie auf, sich zu setzen. Der Amtsbote setzte sich auf die Lehmbank, aber sein Begleiter blieb stehen. Nach dem Willkommensgruß grüßte er seinerseits Ezeulu und erklärte, er sei der Sohn des Nwodika in Umunneora.

»Ich glaubte, als du eintratest, ich sähe deines Vaters Gesicht«, sagte Akuebue.

»Genau!« bestätigte Ezeulu. »Jedermann, der einen Blick auf ihn wirft, weiß, daß er Nwodika gesehen hat. Dein Freund kommt offenbar von weit her.«

»Ja, wir sind von Okperi gekommen ...«

»Ihr wohnt also jetzt in Okperi?« fragte Ezeulu.

»Ja«, antwortete Akuebue. »Hast du nichts von einem unserer jungen Männer gehört, der in Okperi bei dem weißen Mann lebt?«

Freilich hatte Ezeulu von ihm gehört, aber er stellte sich absichtlich unwissend.

»Wirklich?« fragte er. »Heutzutage erfahre ich vieles nicht. So seid ihr heute morgen den langen Weg von Okperi gekommen und seid schon hier? Es ist gut, jung und stark zu sein. Wie geht es den Leuten im Land meiner Mutter? Ihr wißt doch, meine Mutter kam aus Okperi.«

»Als wir fortgingen, herrschte eitel Fröhlichkeit. Was inzwischen geschehen ist, weiß ich nicht.«

»Und wer ist dein Gefährte?«

»Er ist der Oberbote des großen weißen Mannes, des Zerstörers der Gewehre.«

Ezeulu knackte mit den Fingern und nickte.

»Also ist dies Wintabotas Bote? Ist er ein Mann von Okperi?«

»Nein«, sagte der Begleiter. »Er gehört zum Clan von Umuru.«

»Ging es Wintabota gut, als ihr fortgingt? Wir haben ihn in diesem Teil des Landes lange nicht gesehen.«

»Stimmt. Aber dieser Mann hier ist sein Auge.«

Dem Oberboten schien die Richtung, die das Gespräch genommen hatte, nicht zu behagen. Ärger staute sich in ihm auf über diesen Mann aus dem Busch, der sich so großartig aufplusterte und so tat, als sei er gut bekannt mit dem Distriktbeauftragten. Sein Begleiter merkte das und machte verzweifelte Anstrengungen, die Bedeutsamkeit des anderen herauszustellen.

»Fremder, sei willkommen«, sagte Ezeulu. »Wie ist dein Name?«

»Er heißt Jekupo«, erwiderte der Begleiter. »Wie ich schon erklärte: Niemand wird ohne seine Einwilligung beim Zerstörer der Gewehre vorgelassen. In ganz Okperi gibt es niemanden, der den Namen Jekupo nicht kennt. Der Zerstörer der Gewehre befahl mir, ihn auf dieser Reise zu begleiten, weil er in dieser Gegend fremd ist.«

»Ja«, sagte Ezeulu mit einem vielsagenden Blick hinüber zu Akuebue. »Das ist gut. Der weiße Mann schickt einen Mann von Umuru, und ein Mann von Umuaro zeigt dem Mann von Umuru den Weg.« Er lachte. »Was habe ich dir gesagt, Akuebue? Unsere Weisen hatten recht, als sie meinten: Wieviele Geister es auch immer sein mögen, die beschließen, daß ein Mensch sterben soll, sie haben keinen Erfolg, wenn sein eigener Gott nicht bei der Sache mitspielt.«

Die beiden Männer sahen verwirrt aus. Dann sagte Nwodikas Sohn: »So ist es – aber wir sind nicht mit einer Todesbotschaft gekommen.«

»Nein, das meinte ich auch nicht. Es ist nur ein Sprichwort. Wir haben ein anderes, daß eine Schlange niemals so lang ist wie der Stock, mit dem wir ihre Länge vergleichen. Ich weiß, daß Wintabota keine todbringende Botschaft an Ezeulu sendet. Wir sind gute Freunde. Ich sagte nur, daß kein Fremder nach Umuaro kommen kann, wenn ihm nicht ein Sohn des Landes den Weg zeigt.«

»Das ist wahr«, erwiderte der Begleiter. »Wir sind gekommen …«

»Mein Freund«, unterbrach ihn der Oberbote, »du hast getan, womit du beauftragt warst. Überlaß den Rest mir. Hüte also deine Zunge.«

»Vergib mir. Ich nehme meine Hände weg.«

Ezeulu schickte Nwafo zu Matefi, um Kola zu holen. Inzwischen waren auf die Nachricht, ein Bote des weißen Mannes sei bei ihrem Vater, auch Obika und Edogo herangekommen. Die Kolanuß wurde herumgezeigt und aufgebrochen.

»Sind die Leute, die ihr nach Palmwein auf den Markt geschickt habt, noch nicht zurückgekommen?« fragte Ezeulu. Obika verneinte.

»Das habe ich mir gedacht. Ein Mann, der Palmwein kaufen will, hat nicht eher Lust, wieder zu Hause herumzuhängen, bevor aller Wein auf dem Markt verkauft ist.« Er lehnte noch immer mit dem Rücken an der Wand und hatte das eine Bein ein wenig angezogen und die Hände vor dem Schienbein verschränkt.

Der Amtsbote nahm den blauen Fez ab und legte ihn auf sein Knie; sein Kopf war kahlgeschoren und glänzte vor Schweiß. Der Rand des Fez hatte einen Ring auf seinem Kopf zurückgelassen. Er räusperte sich, als ob er bisher noch nicht gesprochen hätte.

»Ich grüße euch alle!« Er holte ein winziges Buch aus seiner Brusttasche und öffnete es genau so, wie es die weißen Männer zu tun pflegen. »Welcher von euch nennt sich Ezeulu?« fragte er, die Worte aus dem Buch ablesend, dann sah er auf und ließ seinen Blick im Raum umherschweifen. Niemand antwortete; sie waren alle zu verwundert. Akuebue war der erste, der sich faßte.

»Sieh dich um und zähle mit der Zunge deine Zähne«, sagte er. »Setz dich, Obika, du mußt darauf gefaßt sein, daß Fremde durch die Nase sprechen!«

»Du sagst, du bist ein Mann aus Umuru?« fragte Ezeulu. »Habt ihr dort Priester und Älteste?«

»Verstehe meine Frage nicht falsch. Der weiße Mann hat seine eigene Art, Dinge zu tun. Bevor er etwas mit dir unternimmt, wird er dich immer erst nach deinem Namen fragen, und die Antwort muß aus deinem eigenen Mund kommen.«

»Wenn du einen Funken Verstand hast«, sagte Obika, »wirst du wissen, daß du jetzt nicht im Haus des weißen Mannes bist, sondern in Umuaro im Hause des Oberpriesters des Ulu.«

»Sei still, Obika. Du hast eben gehört, wie Akuebue sagte, daß Fremde durch die Nase sprechen. Weißt du denn, ob es in seinem Land oder dem des weißen Mannes Oberpriester gibt?«

»Sag dem jungen Mann, er soll aufpassen, wie er mit mir redet. Wenn er noch nicht von mir gehört hat, soll er die fragen, die mich kennen.«

»Geh und friß Scheiße!«

»Halt den Mund«, schrie jetzt Ezeulu. »Dieser Mann ist den langen Weg aus dem Land meiner Mutter zu meinem Haus gekommen, und ich verbiete jedem, ihn zu beschimpfen. Außerdem ist er nur ein Bote. Wenn uns seine Botschaft mißfällt, sollten wir nicht mit ihm streiten, sondern mit dem Mann, der ihn gesandt hat.«

»Sehr wahr«, sagte Akuebue.

»Dem gibt es nichts hinzuzufügen«, sagte der Begleiter.

»Du hast mir eine Frage gestellt«, fuhr Ezeulu fort, wieder zu dem Boten gewandt. »Ich werde dir jetzt antworten. Ich bin dieser Ezeulu, von dem du gesprochen hast. Bist du jetzt zufrieden?«

»Ich danke dir. Wir alle hier sind Männer, aber wenn wir den Mund auftun, können wir die Männer von den Jungen unterscheiden. Wir haben schon viele Worte gesagt – manche mit Gewinn, manche nicht, Worte der Vernunft und Worte der Trunkenheit. Jetzt ist es Zeit, dir zu eröffnen, warum ich gekommen bin, denn eine Kröte läuft bei Tage nicht schnell, es sei denn, sie würde verfolgt. Ich bin nicht den weiten Weg von Okperi hierhergekommen, um meine Beine hochzulegen. Dein eigener Landsmann hier hat dir gesagt, daß Captain Winterbottom mich mit vielen Angelegenheiten betraut. Er ist der Chief aller weißen Männer in diesem Bezirk. Ich kenne ihn jetzt mehr als zehn Jahre, und ich habe noch keinen anderen weißen Mann gesehen, der nicht vor ihm zittert. Als er mich hierher gesandt hat, sagte er nichts davon, daß er einen Freund in Umuaro hat.« Er grinste höhnisch. »Aber wenn es wahr ist, was du sagst, werden wir es morgen sehen, wenn ich dich zu ihm bringe.«

»Wovon redest du?« fragte Akuebue bestürzt.

Der Bote lachte mit einem drohenden Unterton. »Ja«, sagte er, »dein Freund Wintabota« – er sprach den Namen absichtlich so falsch aus wie seine Zuhörer – »befiehlt dir, morgen früh vor ihm zu erscheinen.«

»Wo?« fragte Edogo.

»Wo anders als in seinem Büro in Okperi?«

»Der Mann ist verrückt«, sagte Obika.

»Nein, mein Freund. Wenn jemand verrückt ist, bist du es. Jedenfalls muß Ezeulu sofort seine Vorbereitungen treffen. Zum Glück ist die neue Straße so gut, daß selbst ein Krüppel gern darauf gehen würde. Wir sind heute früh beim ersten Hahnenschrei aufgebrochen, und ehe wir noch wußten, wo wir waren, hatten wir euch hier schon gefunden.«

»Ich sage, der Kerl ist verrückt. Wer ...«

»Er ist nicht verrückt«, erklärte Ezeulu. »Er ist ein Bote, und er muß die Botschaft überbringen, wie sie ihm aufgetragen wurde. Laß ihn ausreden.«

»Ich bin fertig«, erwiderte der Bote. »Aber ich rate euch: Wem immer dieser junge Mann gehört, der soll ihn zu seinem eigenen Besten beraten!«

»Bist du sicher, daß du deine Botschaft vollständig überbracht hast?«

»Ja. Der weiße Mann ist nicht wie der schwarze Mann. Er verschwendet seine Worte nicht.«

»Ich grüße dich«, sagte Ezeulu, »und ich heiße dich noch einmal willkommen: *Nno*!«

»Eine Kleinigkeit habe ich vergessen«, sagte der Amtsbote. »Es warten immer viele Leute darauf, den weißen Mann zu sprechen, und du müßtest in Okperi vielleicht drei oder vier Tage warten, bis du an der Reihe bist. Aber ich weiß, daß ein Mann wie du nicht gern viele Tage fern von seinem Dorf verbringt. Wenn du dich gut mit mir stellst, kann ich es so einrichten, daß er dich morgen schon vorläßt. Alles ist in meiner Hand. Wenn ich sage, der weiße Mann soll den oder den vorlassen, so läßt er ihn vor. Dein Landsmann wird dir sagen, was ich gern esse.« Er grinste und setzte seinen Fez wieder auf.

»Das wäre das wenigste«, sagte Ezeulu. »Deswegen brauchen wir keinen Streit anzufangen. Ich glaube nicht, daß das, was in deinen kleinen Bauch geht, meine Mittel übersteigt. Und wenn, dann könnten mir meine Verwandten helfen.« Er hielt inne und freute sich darüber, daß der Bote sich über die Anspielung auf seinen kleinen Wuchs ärgerte. »Erst mußt du aber zurückgehen und deinem weißen Mann sagen, daß Ezeulu sein Haus nicht verläßt. Wenn er mich sprechen will, muß er herkommen. Nwodikas Sohn, der dich hergeführt hat, kann auch ihm den Weg zeigen.«

»Weißt du, was du da sagst, mein Freund?« fragte der Amtsbote, der seinen Ohren nicht trauen wollte.

»Bist du ein Bote oder nicht?« fragte Ezeulu. »Geh heim und bringe deinem Herrn meine Botschaft.«

»Laßt uns nicht darüber streiten«, sagte Akuebue, ihm schnell ins Wort fallend, um die Situation zu retten, die sich, wie sein Verstand ihm sagte, gefährlich zuspitzte. »Wenn der Bote des weißen Mannes uns etwas Zeit gibt, werden wir zusammen flüstern.«

»Was willst du flüstern?« fragte Ezeulu verächtlich. »Ich habe ihm meine Botschaft verkündet.«

»Gib uns ein wenig Zeit«, sprach Akuebue zu dem Boten, der sich fügte und nach draußen ging. »Du kannst mit ihm hinausgehen«, sagte er zu dem Begleiter.

Ezeulu nahm nicht an der nun folgenden Beratung teil. Als der Amtsbote mit seinem Begleiter wieder im Haus erschien, sagte ihm Akuebue, Ezeulu habe wegen der Achtung, die er dem weißen Mann entgegenbringe, eingewilligt, ihm seinen Sohn Edogo zu schicken, um die Botschaft für seinen Vater, wie immer sie laute, abzuholen.

»In Umuaro ist es nicht üblich, sich einem Ruf zu verweigern. Wir können uns aber weigern, das zu tun, worum der Rufer bittet. Ezeulu will sich dem Ruf des weißen Mannes nicht verweigern, deshalb sendet er seinen Sohn.«

»Ist das deine Antwort?« fragte der Amtsbote.

»Sie ist es«, erwiderte Akuebue.

»Ich nehme sie nicht an.«

»Dann kannst du in den Busch gehen und Scheiße fressen«, sagte Obika. »Siehst du, wohin mein Finger zeigt? Dort in den Busch.«

»Hier wird keiner Scheiße fressen«, sagte Akuebue und fügte, an den Boten gewandt, hinzu: »Ich habe niemals vernommen, daß ein Bote sich die Botschaft aussuchen kann, die er überbringen soll. Geh und überbringe dem weißen Mann, was Ezeulu gesagt hat. Oder bist du etwa selbst der weiße Mann?«

Ezeulu hatte sich ein wenig von den andern abgewandt und fing an, mit dem Besenstück in seinen Zähnen zu stochern.

# KAPITEL 13

Kaum hatten der Amtsbote und sein Begleiter Ezeulus Haus verlassen, um nach Okperi zurückzukehren, ließ Ezeulu dem Alten, der die riesige *ikolo*-Trommel schlug, sagen, er möge die Ältesten und *ndichie* zu einer dringenden Versammlung bei Sonnenuntergang rufen. Kurz danach begann der *ikolo* zu den sechs Dörfern zu sprechen. Überall hörten die Ältesten und die Männer von Rang das Signal und machten sich für die Zusammenkunft bereit. Drohte vielleicht ein Krieg? Aber jetzt in den Tagen des weißen Mannes sprach keiner mehr von Krieg. Wahrscheinlicher schien, daß die Gottheit von Umuaro mittels Weissagung einen Mißstand aufgedeckt hatte, der eiligst behoben werden mußte, oder etwas anderes ... Jedoch, was es auch sein mochte, ein Aufruf, in den Kampf zu ziehen, oder ein gemeinsames Opfer darzubringen – es war dringend. Denn der *ikolo* wurde außerhalb der dafür bestimmten Zeit nur im äußersten Notfall geschlagen – wenn, wie es im Sprichwort heißt, ein Tier, stärker als *nté*, sich in der Falle für den *nté* gefangen hatte.

Die Versammlung begann, als die Hühner auf die Stange stiegen, und währte bis in die Nacht hinein. Hätte sie tagsüber stattgefunden, so hätten die Kinder, die ihren Vätern die Schemel hintrugen, am Rand des Marktplatzes spielen und auf das Ende des Treffens warten können, um die Schemel wieder heimzutragen. Aber kein Vater nahm sein Kind zu einer Versammlung mit, die nachts abgehalten wurde. Wer in der Nähe des Marktplatzes wohnte, trug seinen Schemel selbst; die andern trugen zusammengerollte Ziegenfelle unter dem Arm.

Ezeulu und Akuebue trafen als erste ein. Aber sie saßen kaum, als auch schon andere Älteste und Männer von Rang aus allen Dörfern

Umuaros in dem Nkwo erschienen. Zuerst begrüßte jeder, der ankam, alle, die bereits da waren, als aber ihre Zahl immer mehr anstieg, grüßte man nur jene, die am nächsten saßen, und schüttelte nur dreien oder vieren die Hand.

Die Versammlung fand unter dem uralten Ogbubaum statt, auf dessen bloßliegendem breiten Wurzelnetz schon Generationen von Umuaro-Ältesten gesessen hatten, um gewichtige Entscheidungen zu treffen. Binnen kurzem waren die meisten, die zur Versammlung erwartet wurden, eingetroffen, und der Zustrom neuer Ankömmlinge wurde zu einem bloßen Tröpfeln. Ezeulu beriet sich kurz mit denen, die um ihn saßen, und sie waren einstimmig der Meinung, daß die Zeit gekommen sei, Umuaro zu berichten, weshalb man die Versammlung einberufen hatte. Der Oberpriester erhob sich, zog seine Toga zurecht und entbot allen den Gruß, der zugleich eine Aufforderung an ganz Umuaro darstellte, mit *einer* Stimme zu sprechen.

»Umuaro kwenu!«

»Hem!!«

»Kwenu!«

»Hem!!«

»Kwezeunu!«

»Hem!!«

»Ich danke euch allen, daß ihr eure Arbeit habt liegen lassen, um meinem Ruf zu folgen. Manchmal kann ein Mann rufen, und keiner antwortet ihm. Solch ein Mann ist wie einer, der einen bösen Traum träumt. Ich danke euch, daß ihr mich nicht vergeblich rufen ließet wie einen, der in einem Alptraum einen Kampf ausfechten muß.« Irgendwo in seiner Nähe sprach jemand in seine Worte hinein. Er blickte sich um und sah, daß es sich um Nwaka von Umunneora handelte. Ezeulu schwieg eine Weile, dann redete er den Mann an.

»Ogbuefi Nwaka, ich grüße dich«, sagte er.

Nwaka räusperte sich und brach den Satz ab, den er gerade zu denen, die in seiner Nähe saßen, gesprochen hatte. Ezeulu fuhr fort: »Ich habe euch gedankt für das, was ihr getan habt. Bei uns sagt man, wenn man einem Mann für das, was er getan hat, dankt, so erhält er die Kraft, mehr zu tun. Aber für eine große Unterlassungssünde muß ich um Vergebung bitten: Ein Mann darf die Leute von Umuaro nicht zusammenrufen, ohne ihnen wenigstens einen Topf Palmwein vorzusetzen. Aber ich wurde von den Ereignissen überrascht, und ihr wißt, das Unerwartete schlägt selbst den tapfersten Mann ...« Dann berichtete er, wie ihn der Amtsbote aufgesucht hatte. »Meine Verwandten«, sagte er abschließend, »das war es, was ich heute morgen beim Erwachen erlebte. Ogbuefi Akuebue war zugegen und erlebte es mit mir. Ich habe lange darüber nachgedacht und entschieden, daß Umuaro mit mir sehen und hören sollte, was ich gesehen und gehört habe. Denn wenn ein Mann ganz allein eine Schlange sieht, mag er sich fragen, ob es eine gewöhnliche Schlange ist oder eine unberührbare Python. Deshalb sagte ich mir: ›Morgen werde ich Umuaro zusammenrufen und alles erzählen.‹ Da sagte eine innere Stimme zu mir: ›Weiß man denn, was in der Nacht oder bei Tagesanbruch geschehen mag?‹ Und deshalb habe ich euch jetzt schon zusammengerufen, obwohl ich euch keinen Palmwein vorsetzen kann. Wenn wir am Leben bleiben, haben wir noch viel Zeit für Palmwein. Wenn der Penis nicht jung stirbt, wird er sicherlich bärtiges Fleisch essen. Wenn der Tag der Jagd kommt, werden wir im Hinterhof des Grasschnitters jagen. Ich grüße euch alle.«

Lange Zeit erhob sich niemand, um zu antworten. Statt dessen erhob sich unter den versammelten Ältesten von Umuaro ein allgemeines Hin- und Herreden – das manchmal wie Gemurmel klang. Ezeulu setzte sich auf seinen Schemel und richtete den Blick zu Boden. Er antwortete nicht einmal, als Akuebue zu ihm meinte, er habe alle die Worte gesprochen, die gesagt werden mußten. Zuletzt stand Nwaka von Umunneora auf.

»Umuaro kwenu!«

»Hem!!«

»Umuaro kwenu!«

»Hem!!«

»Kwekwanu ozo!«

»Hem!!«

Er zog seine Toga zurecht, die ihm fast von der rechten Schulter gerutscht war.

»Wir alle haben gehört, was Ezeulu sagte. Es waren gute Worte, und ich danke ihm dafür, daß er uns zusammengerufen und diese Worte zu uns gesprochen hat. Spreche ich im Sinn von Umuaro?«

»Sprich weiter!« antworteten die Männer.

»Wenn ein Vater seine Kinder zusammenruft, soll er sich nicht grämen, daß er ihnen keinen Palmwein vorsetzen kann. Eher sind sie es, die ihm Palmwein bringen sollten. Wieder sage ich dem Priester des Ulu Dank. Daß er es für notwendig hält, uns zu rufen und uns von diesen Geschehnissen zu berichten, zeugt von der hohen Achtung, die er uns entgegenbringt und für die wir ihm unseren Dank sagen.

Aber eins ist mir nicht klar bei dieser Vorladung; vielleicht ist es den andern klar. Wie Ezeulu uns mitgeteilt hat, fordert der weiße Herrscher ihn auf, nach Okperi zu kommen. Nun ist mir nicht klar, was daran verkehrt für einen Mann ist, wenn er seinen Freund zu einem Besuch auffordert. Wenn wir ein Fest feiern – schicken wir nicht nach unsern Freunden aus anderen Clans, daß sie kommen und mit uns feiern, und laden sie uns nicht auch zu ihren Festen ein? Der weiße Mann ist Ezeulus Freund und hat nach ihm geschickt.

Was ist daran so seltsam? Er hat nicht nach mir geschickt. Er hat nicht nach Udeozo geschickt. Er hat nicht nach dem Priester des Idemili geschickt. Er hat nicht nach dem Priester des Eru geschickt und oder dem Priester des Udo, er hat auch nicht den Priester des Ogwugwu gebeten, zu ihm zu kommen. Er hat Ezeulu gebeten. Warum? Weil sie Freunde sind. Oder denkt Ezeulu, ihre Freundschaft hört auf, ehe der eine das Haus des andern betritt? Wünscht er, daß der weiße Mann nur dem Wort nach sein Freund ist? Haben uns nicht unsere Vorfahren gelehrt, daß ein Aussätziger, sobald wir mit ihm einen Händedruck tauschen, uns wird umarmen wollen? Mir scheint, daß Ezeulu mit einem Mann, der einen weißen Körper hat, einen Händedruck wechselte.« Hier erntete Nwaka leise gemurmelten Beifall und sogar ein wenig Gelächter. Wie so viele mächtige Dinge, vor denen man furchtsam zurückschreckt, nennt man die Lepra meistens mit dem höflicheren und beruhigenderen Namen »weißer Körper«. Durch den Beifall und das Gelächter war zu vernehmen, daß man Nwaka den Gruß »Beherrscher des Wortes« zurief. Er wartete, bis sich die Heiterkeit legte, und sagte: »Wenn ihr unbedingt lachen müßt, dann lacht nur; ich für mein Teil muß nicht lachen.« Ezeulu saß noch genauso da, wie er gesessen hatte, als er seine Rede beendete.

»Ich meine folgendes«, fuhr Nwaka fort: »Ein Mann, der Ameisen auf dem Holzbündel mit nach Haus bringt, muß auf den Besuch der Eidechsen gefaßt sein. Wenn uns Ezeulu aber jetzt erzählt, er sei der Freundschaft des weißen Mannes müde, dann können wir ihm nur einen Rat geben: ›Du hast den Knoten geknüpft, du mußt wissen, wie du ihn lösen kannst. Du hast die stinkende Scheiße hergebracht, nun sieh zu, wie du sie wieder wegträgst.‹ Zum Glück ist der böse Zauber, der auf einem Stockende hereingebracht wurde, nicht allzu schwer wieder hinauszuschaffen.

Ich habe ein oder zwei Stimmen murmeln hören, es sei gegen unser Gesetz, daß der Priester des Ulu sich weit weg begibt von seinem Haus. Ich möchte die Sprecher fragen: Ist dies das erste Mal, das Ezeulu nach Okperi geht? Wer war des weißen Mannes Zeuge in jenem Jahr, als wir um unser Land kämpften – und verloren?« Er wartete, bis das allgemeine Murmeln verstummte. »Meine Rede ist beendet. Ich grüße euch alle.«

Dann sprachen andere. Obwohl keiner so harte Worte gebrauchte wie Nwaka, sprachen sich nur zwei deutlich gegen seine Ansicht aus. Vielleicht dachten andere wie sie, machten aber den Mund nicht auf. Die meisten, die sich äußerten, meinten, es sei tollkühn, die Aufforderung des weißen Mannes nicht zu beachten: Hatte man denn vergessen, was den Clans widerfahren war, die im Streit mit ihm lagen? Nwokeke Nnabenyi versuchte, die harten Worte noch mehr abzumildern. Er schlug vor, sechs Älteste auszuwählen, um mit Ezeulu zu gehen.

»Geh nur selbst mit ihm, wenn es deine Füße nach einer Wanderung gelüstet«, schrie Nwaka.

»Ogbuefi Nwaka, bitte sprich nicht in meine Worte hinein. Du hast hier gestanden und nach Herzenslust geredet, und keiner hat sich eingemischt.« Er wiederholte seinen Vorschlag, daß sechs Alte von Umuaro mit dem Oberpriester nach Okperi gehen sollten.

Dann stand Ezeulu wieder auf. Das große Feuer, das in einiger Entfernung angezündet worden war, schien ihm ins Gesicht. Vollkommenes Schweigen herrschte, während er sprach. Seine Worte verrieten nichts von der Wut in seiner Brust. Sein Zorn war wie immer nicht durch offene Feindschaft geweckt worden, wie sie Nwaka ihm zeigte, sondern durch die süßen Worte solcher Männer wie Nnabenyi. Sie erschienen ihm wie Ratten, die den Boden unter dem Fuß des Schlafenden wegnagten, die bissen und dann Luft auf die Wunde pusteten, um den Schmerz zu lindern und das Opfer wieder in den Schlaf zu lullen.

Er grüßte Umuaro und begann mit beinahe heiterer Stimme zu sprechen. »Als ich euch zusammenrief, geschah es nicht, weil ich nicht mehr weiter weiß oder weil meine Augen meine Ohren gesehen haben. Ich wollte nur sehen, wie ihr auf meine Geschichte reagiert. Nun habe ich es gesehen und bin zufrieden. Wenn wir einem Kind ein Stück Yam geben, bitten wir es zuweilen, uns ein klein wenig davon zu schenken, nicht weil wir es wirklich essen, sondern weil wir unser Kind auf die Probe stellen wollen. Wir möchten wissen, ob es zu den Menschen gehört, die gerne abgeben, oder ob es, wenn es erwachsen ist, alles an sich reißen und festhalten wird.

Ihr wißt selbst, ob Ezeulu der Mann ist, der wegläuft, weil ihm der weiße Mann eine Aufforderung zukommen läßt. Hätte ich seine Ziege gestohlen oder seinen Bruder getötet oder mit seiner Frau geschlafen, dann würde ich vielleicht im Busch untertauchen, wenn ich seine Stimme hörte. Aber ich habe ihn in keiner Weise gekränkt. Nun, in bezug auf das, was ich tun werde, hatte ich meinen Entschluß gefaßt, ehe ich den *ikolo* bat, euch zusammenzurufen. Hätte ich aber etwas getan, ohne zuerst mit euch zu sprechen, so hättet ihr euch umdrehen und sagen können: ›Warum hat er nichts davon erzählt?‹ Nun habe ich zu euch gesprochen, und Zufriedenheit erfüllt mich. Jetzt ist nicht Zeit für viele Worte; wenn die Zeit kommt, werden wir alle reden, bis wir müde sind, und vielleicht finden wir dann heraus, daß es in Umuaro noch andere Redner gibt als Nwaka. Für heute grüße ich euch, weil ihr meinem Ruf gefolgt seid. Umuaro kwenu!«

»Hem!!«

Einer der Männer, die in dieser Nacht mit Ezeulu nach Hause gingen und sich anboten, ihn am Morgen nach Okperi zu begleiten, war sein jüngerer Halbbruder Okeke Onenyi, ein berühmter Heiler. Aber Ezeulu lehnte sein Angebot ebenso ab wie das aller anderen, sogar das seines Freundes Akuebues. Er hatte beschlossen, allein zu gehen, und wollte seine Absicht nicht ändern.

Sobald er seinen Vorschlag geäußert und Ezeulu ihn abgelehnt hatte, brach Okeke Onenyi auf, obwohl die ersten Tropfen eines schweren Regens schon niederfielen.

»Willst du nicht warten und eine Weile das Gesicht des Himmels beobachten?« fragte Edogo.

»Nein, mein Sohn«, erwiderte Okeke Onenyi und fügte mit gespielter Sorglosigkeit hinzu: »Nur solche, die ein übles Zaubermittel auf ihrem Körper tragen, müssen den Regen fürchten.« Er ging hinaus in das nahende Unwetter. Die Dunkelheit wurde in kurzen, unregelmäßigen Abständen von Blitzen erleuchtet; manchmal war es ein helles, festes Licht, manchmal flackerte es, ehe es erlosch, als habe der ungestüme Wind seine Flamme geschüttelt.

Okeke Onenyis Stimme erhob sich machtvoll gegen Wind und Donner, als er ein Lied sang und pfiff, das ihm im Dunkeln Gesellschaft leisten sollte.

Ezeulu hatte nichts gesagt, um ihn davon abzubringen, in den Regen hinauszugehen. Überhaupt hatte er ihm selten etwas zu sagen. Es war schwer zu glauben, daß sie Brüder waren. Aber auch wenn sie einander vertrauter gewesen wären, hätte sich Ezeulu wohl nicht geäußert, weil seine Gedanken nicht bei ihnen im Haus weilten. Er sagte in der ganzen Zeit nichts weiter, als daß dieser Regen der Vorbote eines Neumondes sei. Aber niemand hatte begriffen, was er meinte.

Ezeulu und sein Halbbruder waren nicht verfeindet, aber auch keine Freunde. Man wußte, daß Ezeulu einen Widerwillen gegen alle Heiler hegte, von denen er sagte, die meisten seien gierige Scharlatane. Die echte Heilkunde, meinte er, seit mit der Generation seines Vaters ausgestorben. Die sie heute ausübten, seien bloß Zwerge.

Ezeulus Vater war wirklich ein großer Heiler und Wahrsager gewesen. Er vollbrachte zahllose Wunder, aber das, wovon die Leute am meisten redeten, war seine Fähigkeit, sich unsichtbar zu machen. In einer Zeit, als gerade ein Krieg zwischen Umuaro und Aninta tobte und niemand seinen Fuß in das Gebiet des anderen Clans zu setzen wagte, machte der Oberpriester, wann immer es ihm gefiel, einen Gang durch Aninta. Er ging immer mit seinem Sohn, Okeke Onenyi, der damals ein kleiner Junge war. Er gab dem Kind einen kurzen Besen in die linke Hand und schärfte ihm ein, keine Passanten zu grüßen oder anzusprechen, sondern sich hart am rechten Wegrand zu halten. Der Junge ging voraus, und der Oberpriester folgte in einiger Entfernung. Jeder Passant, der sich ihnen näherte, blieb plötzlich, bevor er sie erreicht hatte, stehen, und begann ins Gebüsch auf der anderen Wegseite zu spähen wie ein Jäger, der das Rascheln eines Wildes gehört hat. Er hielt weiter Ausschau, bis der Junge und sein Vater hinter ihm vorbeigegangen waren, und erst dann drehte er sich um und setzte seinen Weg fort. Manchmal machte jemand auch kehrt, wenn sie sich näherten, und ging den Weg zurück, den er gekommen war.

Okeke Onenyi lernte von seinem Vater viele Kräuter kennen und manchen *anwansi* oder Zauber. Aber diesen besonderen Zauber, dessen Name *Oti-anya afu-uzo* war, erlernte er nie.

In der Geschichte Umuaros gab es nur wenige Priester, in deren Körper sich das Priestertum mit der Medizin und der Kunst des Zauberns derart vereinte wie in dem letzten Ezeulu. Wenn so etwas geschah, war die Macht des Betreffenden grenzenlos.

Okeke Onenyi sagte stets, die Ursache der Entfremdung zwischen ihm und dem jetzigen Ezeulu, seinem Halbbruder, läge in dessen Groll darüber, daß die Begabung ihres Vaters unter ihnen beiden aufgeteilt worden war. »Er vergißt«, sagte Okeke Onenyi oft, »daß die Kenntnis der Heilkräuter und *anwansi* Dinge sind, die in den Handlinien eines Mannes geschrieben stehen. Er denkt, unser Vater nahm sie ihm absichtlich fort und gab sie mir. Hat er mich jemals darüber klagen hören, daß das Priesteramt an ihn gegangen ist?«

Wie nicht anders zu erwarten, erklärten sich alle, die Ezeulu nicht liebten, seine Entfremdung von Okeke Onenyi auf diese Weise. Sie kamen schnell zu dem Schluß, daß Ezeulus Stolz und Eifersucht ihn verächtliche Blicke auf seines Bruders Ruhm als Heiler werfen ließen. Sie wiesen auf das Opfer bei Obikas Hochzeit hin, bei dem Ezeulu, statt seinen Bruder darum zu bitten, einen wertlosen Heiler hatte kommen lassen, dem sein Handwerk nicht einmal drei Mahlzeiten am Tag einbrachte.

Jedoch gab es auch andere wie Akuebue, die Ezeulu besser kannten und erwiderten, daß Okeke seinem Bruder auch etwas angetan habe. Was es war, konnten sie nicht genau sagen. Sie wußten nur: Es handelte sich um etwas Unverzeihliches, das ein Bruder seinem Bruder nicht antun darf. Unglücklicherweise hätte Ezeulu selbst seinen Freunden gegenüber sein Herz nie ausgeschüttet und davon gesprochen. Also konnten seine Verteidiger nichts als Vermutungen vorbringen. Manche behaupteten, Okeke Onenyi habe den Schoß von Ezeulus erster Frau verschlossen, nachdem sie ihm nur drei Kinder geboren hatte.

»Aber das kann nicht sein«, lautete gewöhnlich die Antwort. »Wir kennen alle übelwollenden Heilkundigen in Umuaro, und Okeke Onenyi ist nicht unter ihnen! Er gehört nicht zu den Menschen, die einer Frau einen Fluch anhängen, wenn sie ihnen nichts zuleide getan hat – am allerwenigsten der Frau ihres Bruders.«

»Aber ihr vergeßt, daß Okeke Onenyi einen großen Groll gegen Ezeulu hegt«, entgegneten die andern. »Ihr vergeßt, daß ihr Vater Okeke in dem Glauben aufwachsen ließ, er würde ihm im Priesteramt folgen, und daß Okeke beim Tod des alten Mannes um ein Haar die Entscheidung des Orakels in Frage gestellt hätte.«

»Das mag schon sein«, antwortete dann wohl die andere Seite, »aber wir kennen alle unsere Heilkundigen, und wir sagen nochmals, daß Okeke Onenyi niemals von jemandem beschuldigt worden ist, den Schoß einer Frau verschlossen zu haben. Außerdem: Heilkundige, die solch üble Praktiken anwenden, haben selbst – wie solche, die nach Menschenfleisch lechzen – keine reiche Nachkommenschaft. Und seht nur, wie Okekes Hof von Söhnen und Töchtern überquillt!«

Dieses letzte Argument war unanfechtbar, besonders wenn man bedachte, daß Okeke Onenyis bester Freund in Ezeulus Haushalt Edogo war, der Sohn der Frau, die er verzaubert haben sollte! Tatsächlich wußte man, daß die Freundschaft zwischen Edogo und seinem Onkel ein großes Ärgernis für Ezeulu darstellte. Vielleicht fühlte er sich gekränkt und hatte deswegen gesagt, die Schnitzkunst des einen sei etwa ebenso viel wert wie die Heilkunst des andern.

»Diese beiden?« rief er einmal aus. »Ein morscher Mörser und eine verrottete Palmnuß!«

Schon seit zwei oder drei Tagen fühlte sich Captain Winterbottom unverhältnismäßig müde und niedergeschlagen. Der Regen brachte ihm offenbar nicht die erwartete Entspannung. Sein Gaumen war blasser denn je, und er hatte eiskalte Füße. Eigentlich wäre er eine ganze Weile noch nicht fällig gewesen für einen neuen Fieberanfall, doch nun sprachen alle Anzeichen dafür. Natürlich fürchtete er ihn nicht so wie ein unerfahrener Neuling. Für einen alten Afrikaner stellte Fieber nicht mehr als eine Unbequemlichkeit dar; es legte einen ein paar Tage lahm – das war alles.

Tony Clarke war entsprechend beeindruckt. »Sie sollten zum Arzt gehen!« sagte er, weil er wußte, daß das für einen Neuling die angemessene Reaktion war.

»Zu einem Arzt? Lieber Gott! Wegen eines Fiebers? Nein, mein Junge. Nur beim ersten Mal muß man vorsichtig sein. Der arme Macmillan war es nicht, trotz meiner Warnung. Ich habe seit zehn Jahren jedes Jahr Fieber, und wenn Sie's erst oft genug gehabt haben, hören Sie auf, davon Notiz zu nehmen. Nein, alles, was ich brauche, ist eine Woche Luftveränderung – dann komme ich kerngesund zurück. Die kleine Reise nach Enugu wird genügen.«

Er beabsichtigte, in etwa zwei Tagen das Hauptquartier aufzusuchen. Aus naheliegenden Gründen wollte er die Sache mit dem Chief für Umuaro unter Dach und Fach bringen, bevor er mit den Leuten aus dem Hauptquartier zusammentraf. Er konnte die Angelegenheit unmöglich in zwei Tagen regeln, aber er wollte wenigstens sagen können, daß er erste Schritte eingeleitet hätte. Er war ein großer Anhänger des Prinzips, sein Haus so wohlgeordnet zurückzulassen, wie er es bei seiner Heimkehr vorzufinden wünschte. Also machte er überreichliche Notizen für Tony Clarke und legte seine Vorschläge, den Chief betreffend, schwarz auf weiß nieder. »Ich habe heute Boten nach Umuaro geschickt, um Ezeulu holen zu lassen, zu einer ersten Besprechung. Je nach dem Ergebnis dieses Gesprächs werde ich dann einen Termin festsetzen, an dem das Amt ihm in Gegenwart der Ältesten und *ndichie* seines Clans übergeben wird.« Captain Winterbottom liebte es, andere Europäer mit Worten aus der Igbosprache vor Rätsel zu stellen, die er, wie er behauptete, fließend sprach.

Nachdem er so detaillierte Anordnungen zugunsten Ezeulus getroffen hatte, war Captain Winterbottom verständlicherweise erzürnt, als der Bote mit der beleidigenden Antwort des selbstbewußten Fetischpriesters zurückkehrte. Er unterzeichnete in seiner Eigenschaft als Friedensrichter sofort einen Haftbefehl, um den Priester in Gewahrsam nehmen zu lassen, und gab zwei Polizisten den Befehl, gleich am Morgen als erstes nach Umuaro zu gehen und den Burschen herzubringen.

»Sobald er kommt«, sagte er zu Clarke, »schließen Sie ihn in die Wachstube ein. Ich will ihn erst bei meiner Rückkehr von Enugu sprechen. Bis dahin wird er hoffentlich gute Manieren gelernt haben. Ich wünsche nicht, daß meine Eingeborenen denken, sie könnten der Kolonialverwaltung mit Verachtung begegnen.«

Vielleicht waren Captain Winterbottoms Wut und Raserei daran schuld, vielleicht hatte aber auch sein Diener den wahren Grund vermutet – jedenfalls genau an dem Morgen, als die beiden Polizisten sich aufmachten, um Ezeulu in Umuaro zu verhaften, brach Captain Winterbottom plötzlich zusammen und fiel in Delirien. Das einzig Verständliche, das er noch sagte, war: *»Meine Füße sind kalt! Gebt mir die Wärmflasche!«* Der Diener erhitzte etwas Wasser, goß es in die Gummiflasche und legte sie ihm auf die Füße. Winterbottom schrie, sie sei nicht heiß genug. Der Diener füllte kochendes Wasser hinein, aber auch das genügte nicht. Er wechselte alle paar Minuten das Wasser, und immer noch beklagte sich der Captain. Als Tony Clarke, der selbst nicht Auto fahren konnte, endlich Wade aufgetrieben hatte, um den Captain in seinem alten Ford in das sechs Meilen entfernte Hospital zu bringen, hatte er schwer verbrühte Füße. Aber das entdeckte man erst am folgenden Tag im Hospital.

Clarke und Wade waren erstaunt und nicht wenig verlegen, als sie sahen, daß Dr. Mary Savage, die strenge und unweibliche Missionsärztin, die Fassung verlor und in Tränen und Panik ausbrach, als Captain Winterbottom eingeliefert wurde. Sie rief »Tom, Tom!« und benahm sich, als hätte ihr Fachwissen sie verlassen. Nach kurzer Zeit war sie zwar wieder Herrin ihrer selbst und der Situation; aber sie hatte immerhin doch die Aufmerksamkeit von ein paar einheimischen Pflegerinnen und Wärterinnen auf sich gelenkt, die die Neuigkeit nicht nur im Hospital, sondern in dem ganzen kleinen Dorf Nkisa weiterverbreiteten. Im Hospital wie draußen im Dorf kannte man Dr. Savage als *Omesike* – Eine, die kräftig handelt –, und niemand hätte erwartet, daß sie um einen Patienten weinen würde, nicht einmal, wenn dieser Patient Captain Winterbottom war, den man scherzhaft ihren Ehemann nannte.

Winterbottoms Delirium dauerte drei Tage, und in dieser Zeit wich die Ärztin kaum von seinem Bett. Sie verschob sogar die Operationen, die sie gewöhnlich jeden Mittwoch ausführte, weshalb dieser Tag im ganzen Dorf bekannt war als »der Tag, an dem Eingeweide aufgeschnitten werden«. Es war immer ein trauriger Tag, und der kleine tägliche Markt, der vor dem Eingang des Hospitals gedieh, um die Bedürfnisse ortsfremder Patienten zu befriedigen, zog am Mittwoch stets weniger Marktfrauen an als an jedem anderen Wochentag. Man hatte auch beobachtet, daß der Himmel diesen Tag des Todes kannte und ein düsteres Trauergewand anlegte.

Dr. Savage überprüfte ihre Operationsliste, sah mit Befriedigung, daß kein dringender Fall dabei war, und beschloß, die Operationen auf Freitag zu verlegen. Captain Winterbottoms Zustand hatte sich ein klein wenig gebessert, so daß etwas Hoffnung bestand. Der nächste Tag oder die beiden nächsten Tage würden entscheidend sein, und sehr vieles hing von der richtigen Pflege ab, die ihm über die kritische Schwelle helfen mußte. Er lag in einem Einzelzimmer, und niemand durfte zu ihm, außer der Ärztin und ihrer einzigen europäischen Krankenschwester.

Captain Winterbottoms Diener, John Nwodika, erhielt den Befehl, die beiden Polizisten nach Umuaro zu führen, so wie er den Boten hingeführt hatte. Aber er hatte sich geschworen, keinen Vertreter des Government mehr zu seinem eigenen Clan zu bringen. In diesem Fall wurde sein Entschluß noch bestärkt, als er erfuhr, daß die beiden Polizisten mit einem Haftbefehl und Handschellen für den Oberpriester des Ulu ausgerüstet waren. Da er sich nicht umdrehen und seinem Herrn »Nein, das tue ich nicht« sagen konnte, willigte er ein zu gehen, traf aber seine Vorbereitungen. Folglich fanden ihn die beiden Polizisten, die ihn vor dem ersten Hahnenschrei abholen wollten, krank – zitternd, denn es schüttelte ihn ein heftiger Anfall von *iba.* In eine alte Decke gehüllt, die ihm Captain Winterbottom für das Kind gegeben hatte, das seine Frau vor vier Monaten zur Welt gebracht hatte, gelang es John mit großer Mühe, den Männern ein paar Weisungen zuzuflüstern. Sobald sie einmal in Umuaro wären, sagte er, könnte jeder Säugling ihnen den Weg zu Ezeulus Haus zeigen. Dies erwies sich als buchstäblich wahr.

Die Männer kamen um die Stunde des Morgenmahls nach Umuaro. Bald trafen sie einen Mann, der einen Topf mit Palmwein trug, und hielten ihn an.

»Wo ist Ezeulus Haus?« fragte der Anführer, Korporal Matthew Nweke. Mißtrauisch blickte der Angeredete auf die uniformierten Fremden.

»Ezeulu«, wiederholte er nach einer langen Pause, in der er scheinbar sein Gedächtnis durchforstete. »Welcher Ezeulu?«

»Wieviele Ezeulus kennst du denn?« fragte der Korporal gereizt.

»Wieviele Ezeulus ich kenne?« sprach ihm der Mann nach. »Ich kenne gar keinen Ezeulu.«

»Warum fragst du mich ›welchen Ezeulu‹, wenn du gar keinen kennst?«

»Warum ich dich frage ...«

»Halt den Mund! Verdammter Idiot!« schrie der Polizist auf Englisch.

»Ich wiederhole, ich kenne keinen Ezeulu. Ich bin hier fremd.«

Zwei andere Leute, die sie anhielten, sagten mehr oder weniger dasselbe. Einer von ihnen behauptete sogar, der einzige Ezeulu, den er kenne, sei ein Mann aus Umuofia, eine Tagesreise entfernt, in Richtung des Sonnenaufgangs.

Die beiden Polizisten waren nicht im mindesten erstaunt. Der einzige Weg, die Leute zum Reden zu bringen, bestand darin, sie in Angst zu versetzen. Aber der europäische Beamte hatte sie davor gewarnt,

Gewalt und Drohungen anzuwenden, insbesondere sollten sie die Handschellen nicht gebrauchen, es sei denn, daß der alte Bursche Widerstand leistete. Nur deshalb hatten sie bisher soviel Zurückhaltung bewiesen. Jetzt aber waren sie überzeugt, wenn sie nicht etwas Drastisches unternähmen, könnten sie bis Sonnenuntergang in Umuaro herumlaufen, ohne Ezeulus Haus zu finden. Also verprügelten sie den nächsten, der ihnen auszuweichen suchte, und um den Eindruck zu bestärken, zeigten sie ihm die Handschellen. Dies hatte den gewünschten Erfolg. Der Mann bat sie, ihm zu folgen, führte sie zu den Zugangswegen des Hofes, den sie suchten, und deutete mit dem Finger darauf.

»Es ist bei uns nicht üblich«, erklärte er dem Polizisten, »den Gläubigern unseres Nachbarn den Weg zu seinem Haus zu zeigen. Daher kann ich nicht mit euch dort eintreten.« Das war ein vernünftiges Ansinnen, und die Polizisten ließen ihn frei. Er rannte fort, so schnell er konnte, damit die Bewohner des Hofes möglichst nicht einmal den Schatten seines fliehenden Rückens zu sehen bekämen.

Der Polizist trat in ein Haus und fand eine alte Frau, die auf ihrem zahnlosen Gaumen kaute. Sie blickte sie ängstlich an und schien keine der Fragen zu verstehen, die sie an sie richteten. Anscheinend konnte sie sich nicht einmal an ihren eigenen Namen erinnern.

Zum Glück kam in eben diesem Moment ein Junge mit einer Scherbe herein, der ein paar brennende Kohlen für seine Mutter holen wollte, um damit Feuer zu machen. Dieser Junge führte die Männer um die Wegbiegung zu Ezeulus Hof. Kaum war das Kind mit ihnen hinausgegangen, nahm die Alte ihren Stock und humpelte mit erstaunlicher Geschwindigkeit zum Haus seiner Mutter, um ihr zu berichten, was er angestellt hatte. Dann kehrte sie zurück – viel langsamer, hinter ihren geraden Stock gebückt. Ihr Name war Nwanyeke, eine kinderlose Witwe. Bald nachdem sie zu Hause war, hörte sie den Jungen weinen.

Inzwischen langten die Polizisten bei Ezeulus Haus an. Sie waren nicht mehr zu irgendwelchen Scherzen aufgelegt. Sie sprachen in einem scharfen Ton und zeigten unmißverständlich alle ihre Waffen.

»Wer von euch nennt sich Ezeulu?« fragte der Korporal.

»Welcher Ezeulu?« fragte Edogo.

»Fragt mich nicht noch einmal, welcher Ezeulu, sonst schlage ich Okrasamen aus deinem Mund! Ich sage: Wer heißt hier Ezeulu?«

»Und ich sage: welcher Ezeulu? Oder weißt du nicht, wen du suchst?« Die vier anderen im Haus anwesenden Männer sagten nichts. Frauen und Kinder drängten sich an der Tür, die in den Innenhof führte. Furcht und Neugier standen in ihren Gesichtern.

»Wie ihr wollt«, sagte der Korporal auf Englisch. »Ihr sagt mir sofort, wer hier Ezeulu ist. Gib mir das Ding.« Die letzten Worte waren an seinen Gefährten gerichtet, der sogleich die Handschellen aus der Tasche zog.

In den Augen der Dörfler galten Handschellen oder *iga* als die tödlichste Waffe des weißen Mannes. Der Anblick eines kämpfenden Mannes, durch ein eisernes Schloß zu Ohnmacht und Hilflosigkeit verdammt, war die größte aller Demütigungen, die man nur gewalttätigen Irren zufügte.

Als nun der finster blickende Polizist die Handschellen zeigte und damit auf Edogo zuging, trat Akuebue als Ältester im Hause vor und redete ihm vernünftig zu. Er bat den Polizisten, nicht zornig auf Edogo zu sein. »Er hat nur gesprochen, wie ein junger Mann redet. Wie du weißt, sprechen junge Männer immer von *Niederreißen und Zerstören*; aber ein alter spricht von Versöhnung.« Er erklärte ihnen, daß Ezeulu und sein Sohn schon früh am Morgen nach Okperi aufgebrochen seien, um dem Ruf des weißen Mannes Folge zu leisten. Die Polizisten sahen einander an. Sie hatten tatsächlich zwei Männer getroffen, von denen einer wie der Sohn des anderen aussah. Sie erinnerten sich an die beiden, weil sie die ersten Leute waren, die in die entgegengesetzte Richtung gingen, aber auch, weil der Mann und sein Sohn so vornehm wirkten.

»Wie sieht er aus?« fragte der Korporal.

»Er ist so groß wie ein Irokobaum und seine Haut hell wie die Sonne. In seiner Jugend hieß er Nwa-anyanwu.«

»Und sein Sohn?«

»Wie er. Kein Unterschied.«

Die Polizisten berieten sich in der Sprache des weißen Mannes – unter großer Bewunderung der Dorfbewohner.

»So was ähnliches wie die haben wir auf der Straße gesehen«, meinte der Korporal.

»Aber deswegen rennen wir nicht gleich wieder los. Wir machen den langen Weg doch nicht für nichts und wieder nichts.«

Der Korporal überlegte. Der andere fuhr fort:

»Kann auch sein, daß sie lügen. Jedenfalls sollen sie uns die Mühe, die wir hatten, bezahlen.«

Der Korporal überlegte noch immer. Er war überzeugt, daß die Männer die Wahrheit sprachen; aber es war notwendig, ihnen etwas Angst einzujagen, wenn auch nur, um ihnen eine nicht zu kleine »kola« zu entlocken. Er sprach sie auf Igbo an.

»Vielleicht belügt ihr uns ja auch, deshalb müssen wir uns Gewißheit verschaffen, sonst wird uns der weiße Mann bestrafen. Wir werden also zwei von euch in Handschellen nach Okperi mitnehmen. Finden wir Ezeulu dort vor, so lassen wir euch frei; wenn nicht ...« Er schloß mit einer Seitabwärtsbewegung des Kopfes, die deutlicher sprach als Worte. »Wen sollen wir mitnehmen?«

Die anderen berieten sich ängstlich, und endlich sprach Akuebue wieder: Er bat die Bevollmächtigten des Government, ihnen ihre Aussage zu glauben. »Was hätten wir davon, die Boten des weißen Mannes zu betrügen?« fragte er. »Wohin sollten wir nachher fliehen? Wenn ihr nach Okperi zurückgeht und Ezeulu ist nicht dort, könntet ihr zurückkommen und nicht nur zwei von uns, sondern uns alle abholen.«

Der Korporal dachte darüber nach, dann stimmte er ihm zu. »Aber wir können nicht ganz umsonst kommen und gehen. Wenn ein maskierter Geist euch besucht, müßtet ihr seine Fußspuren mit Geschenken wegwischen. Der weiße Mann ist der maskierte Geist von heute.«

»Sehr wahr«, sagte Akuebue. »Der weiße Mann und seine Boten sind die maskierten Geister unserer Tage.«

Ezeulus Hauptfrau erhielt den Auftrag, für die beiden Männer ein Yamsgericht mit Huhn zu kochen. Als es fertig war, verzehrten sie es und tranken Palmwein dazu. Dann ruhten sie eine Weile und bereiteten sich zum Aufbruch vor. Akuebue dankte ihnen für ihren Besuch und sagte ihnen, daß der Besitzer des Hauses, wenn sie ihn angetroffen hätten, ihnen noch mehr Gastfreundschaft erwiesen hätte. Auf jeden Fall würden sie (sozusagen in seinem Namen) dieses kleine »kola« annehmen? Er legte zwei lebende Hühner vor sie hin, und Edogo stellte einen hölzernen Teller mit zwei Schillingen daneben. Der Korporal dankte ihm, wiederholte aber gleichzeitig seine Warnung: Sollte es sich herausstellen, daß sie sie wegen Ezeulu belogen hätten, dann ließe das Government sie ihre Ohren mit den eigenen Augen sehen.

Der plötzliche Zusammenbruch des Captains genau an dem Tag, an dem er die Polizisten ausgesandt hatte, um den Oberpriester festzunehmen, mußte als ein eindeutiges Zeichen gewertet werden. Als erster wies John Nwodika, der zweite Diener Captain Winterbottoms, auf diesen Zusammenhang hin. Er sagte, genau das, was er befürchtet habe, sei eingetreten: Der Priester hatte den weißen Mann mit einem mächtigen Zauber geschlagen. Was also immer auch geschehen war – die alte Macht war noch da.

»Habe ich's nicht gesagt?« fragte er die anderen Diener, nachdem man ihren Herrn ins Hospital gebracht hatte. »Hätte ich mich sonst geweigert, den Polizisten zu folgen? Ich habe sie darauf hingewiesen, daß der Oberpriester von Umuaro keine Suppe ist, die man eilig herunterschlürft.« In seiner Stimme schwang ein gewisser Stolz mit. »Unser Herr denkt, weil er ein weißer Mann ist, könnte unser Heiler ihm nichts tun.« Er wechselte zugunsten von Clarkes neuem Diener, der gerade hereinkam und kein Igbo verstand, ins Englische über. »Ich habe ihn tausendmal vor dem Zauber des schwarzen Mannes gewarnt. Aber wenn ich davon anfange, lacht er mich aus. Dann ruft er mich, ich antworte: ›Ja, Master‹. ›Du verstehst doch die Sprache hier‹, sagt er zu mir, ›nun erzähl schon, was los ist‹, und ich habe ihm vorhergesagt, daß ihn bald ein Unglück trifft. Also, was sagt ihr nun?«

Die Geschichte von Ezeulus magischen Kräften verbreitete sich durch das ganze Regierungsviertel, zugleich mit der Geschichte von Captain Winterbottoms mysteriösem Zusammenbruch. Als Mr. Clarke vom Hospital zurückkam, fragte sein Diener, wie es dem großen Master gehe. Clarke schüttelte den Kopf: »Ziemlich schlecht, fürchte ich.«

»Traurig, Sir«, sagte der Diener mit sehr bekümmerter Miene. »Die Leute sagen, daß der Juju-Priester da drüben …«

»Geh und mach mir mein Bad fertig, hörst du?« Clarke war so erschöpft, daß er keine Lust hatte, sich das Geschwätz seines Dieners anzuhören. So verpaßte er die Gelegenheit, den Grund für Winterbottoms Erkrankung zu erfahren, der jetzt nicht nur im Regierungsviertel die Runde machte, sondern bald in ganz Okperi bekannt wurde. Erst zwei Tage später erzählte ihm Wright etwas davon.

Andere Diener vom Government Hill warteten in seiner Küche, um von seinem Diener die neuesten Nachrichten zu erfahren. Er ging, um das Bad vorzubereiten, und flüsterte ihnen zu, daß keine Hoffnung bestehe und Clarke ihm gesagt habe, er befürchte Schlimmes.

Später am Abend fuhren Clarke und Wade nochmals zum Hospital. Sie sahen weder den Patienten noch die Ärztin, aber Schwester Warner sagte ihnen, sein Zustand sei unverändert. Tony Clarke fing allmählich an, sich Sorgen zu machen. Schweigend fuhren sie zurück.

Als er nach Hause kam, wartete ein Amtsbote vor seinem Bungalow.

»Guten Abend Sir«, sagte der Mann.

»Guten Abend«, erwiderte Clarke.

»Der Zauberdoktor von Umuaro ist da.« Aus seiner Stimme klang Furcht, als wären die Pocken im Dorf ausgebrochen.

»Wie bitte?«

Der Mann berichtete Einzelheiten, und erst jetzt begriff Clarke, daß er von Ezeulu sprach.

»Sperrt ihn bis zum Morgen in die Wachstube.« Clarke wollte ins Haus.

»Meinen Sie wirklich, ich soll ihn ... ?«

»Jawohl, das habe ich gesagt. Bist du taub?« schrie Clarke.

»Nein, nicht taub, Sir, aber ...«

»Raus!«

Der Bote schickte Leute los, um die Wachstube zu fegen und eine neue Matte darin auszubreiten, damit man sie für ein Gästezimmer halten konnte. Dann ging er zu Ezeulu, der mit Obika seit seiner Ankunft im Hofraum saß, und redete ihn höflich an:

»Der große weiße Mann ist krank, aber der andere heißt dich willkommen«, log er. »Er sagt, jetzt ist es dunkel, und er wird morgen früh mit dir sprechen.«

Ezeulu antwortete ihm nicht. Er folgte ihm in die dunkle Wachstube und setzte sich auf die Matte. Auch Obika setzte sich. Ezeulu zog seine Tabakflasche hervor.

»Wir bringen euch eine Lampe«, sagte der Bote.

Bald darauf kam John Nwodika mit seiner Frau herein; sie hatte eine kleine Traglast auf dem Kopf, die aus einem ganzen Berg von Kassawa und einem Topf mit Bitterblattsauce bestand. John Nwodika formte einen *Fufu*-Kloß, tauchte ihn in die Sauce und aß ihn, um zu zeigen, daß kein Gift darin war. Ezeulu dankte ihm und seiner Frau – es stellte sich heraus, daß sie die Tochter eines seiner Freunde in Umuago war –, wollte aber nichts zu sich nehmen.

»Essen ist jetzt nicht meine Sorge«, sagte er.

»Bitte, iß ein wenig – nur einen kleinen Kloß«, bat ihn der Sohn des Nwodika, aber der alte Mann ließ sich nicht dazu überreden.

»Obika wird für uns beide essen«, sagte er.

»Ein Federvieh ißt nicht in den Bauch einer Geiß«, meinte der andere, aber der alte Mann lehnte ab.

Der Amtsdiener kam mit einer Palmöllampe, und Ezeulu dankte ihm.

Korporal Matthew Nweke, der mit dem anderen Polizisten nach Umuaro gegangen war, fand, als er zurückkam, seine Frau in Tränen und seine Einzimmerwohnung voller Menschen. Er erschrak und dachte sofort an seinen kleinen Sohn, der die Masern hatte. Er eilte zu der Matte, auf der der Junge lag, und berührte ihn – er war hellwach.

»Was ist los?« fragte er.

Niemand sprach. Der Korporal – sie nannten ihn »Koppel« – wandte sich an einen der Polizisten im Zimmer und richtete die Frage direkt an ihn. Der Mann räusperte sich und sagte, sie hätten nicht erwartet, ihn und seinen Begleiter lebendig zurückkommen zu sehen, besonders als der Mann, den er festnehmen sollte, freiwillig hergekommen war. Koppel wollte erklären, daß sie sich unterwegs getroffen hatten, aber der andere ließ ihn nicht zu Worte kommen. Er platzte mit dem vollständigen Bericht all dessen, was sich seit dem Morgen ereignet hatte, heraus und schloß mit den letzten Neuigkeiten aus dem Nkisa-Hospital, daß Captain Winterbottom den Morgen nicht erleben werde.

Bei diesen Worten trat John Nwodika ein.

»Du warst doch heute früh so krank?« fragte »Koppel«.

»Genau deshalb komme ich. Die Krankheit war eine Warnung des Oberpriesters. Ich bin glücklich, daß ich auf sie gehört habe; sonst könnten wir jetzt eine andere Geschichte erzählen.« Dann berichtete ihnen John, daß der Oberpriester alles über Winterbottoms Krankheit gewußt hatte, bevor jemand ihm nur ein Wort davon sagte.

»Was denn?« fragten mehrere Stimmen gleichzeitig.

»Er sagte: Wenn er krank ist, wird er auch gesund sein. Ich weiß nicht, was er meinte, aber es schien mir, als ob er mit einem spöttischen Unterton gesprochen hätte.«

Zuerst machte sich Koppel Matthew Nweke keine großen Sorgen. Er verfügte über einen starken persönlichen Beschützer, den ein großer *dibia* in seinem Dorf während seines letzten Urlaubs für ihn angefertigt hatte. Als er aber immer mehr über Ezeulu erfuhr, wurde der Glaube, daß er vor ihm sicher war, schwächer. Schließlich beriet er sich kurz mit dem Polizisten, der ihn nach Umuaro begleitet hatte, und sie beschlossen, um sich wirksam zu schützen, umgehend einen ortsansässigen *dibia* aufzusuchen. Es war abends nach zehn Uhr, als sie zum Haus dieses Mannes kamen. Er hieß im ganzen Dorf »Der Bogen, der zum Himmel hinaufschießt.«

Sobald sie bei ihm eintraten, erklärten sie ihm, aus welchem Grund sie gekommen waren. »Ihr habt sehr recht getan, geradewegs zu mir zu kommen«, sagte er. »Denn in der Tat – ihr seid direkt in den Rachen des Leoparden gelaufen! Aber es gibt etwas, das mächtiger ist als der Leopard. Darum heiße ich euch willkommen, denn ihr habt die letzte Zuflucht erreicht.« Er sagte ihnen, sie dürften nichts essen, was sie in Umuaro erhalten hätten. Sie müßten die beiden Hähne und das Geld als Opfer auf der Straße niederlegen. Gegen das, was sie bereits gegessen hatten, gab er ihnen ein Präparat zu trinken; etwas davon sollten sie auch in ihr Badewasser mischen.

# KAPITEL 14

Während Obika die gestampfte Kassawa mit der Bitterblattsauce aß, beobachtete er seinen Vater aus den Augenwinkeln und bemerkte eine gewisse Unruhe an ihm. Er wußte, es hatte keinen Zweck, ihn etwas zu fragen, wenn er sich in dieser Stimmung befand. Selbst zur günstigsten Zeit sprach Ezeulu nur, wenn er wollte, und nicht, wenn die Leute ihm Fragen stellten.

Er stand auf und schritt auf die schmale Tür zu, dann schien er seine Absicht zu ändern oder sich an etwas zu erinnern, das er mitnehmen müßte. Er ging zu seiner Ziegenledertasche zurück und suchte darin nach seiner Schnupftabakflasche. Als er sie fand, ging er wieder zur Tür und diesmal auch hinaus; von der Schwelle aus sagte er, er wolle austreten.

Er hatte beschlossen, solange er in Okperi war, kein einziges Mal nach dem Neumond zu sehen. Aber das Auge ist gierig und stiehlt sich manchmal einen Blick auf etwas, das sein Besitzer nicht zu sehen wünscht. Und als Ezeulu draußen vor der Wachstube Wasser ließ, suchten seine Augen nach dem Neumond. Aber der Himmel hatte ein ungewohntes Gesicht. Es war unmöglich, mit dem Finger auf irgendeine Stelle zu zeigen und zu sagen: Dort wird der Mond herauskommen. Ein Schreck durchzuckte Ezeulu, dann aber überlegte er und fand keinen Grund zur Besorgnis. Warum sollte ihm der Himmel in Okperi bekannt vorkommen? Jedes Land hat seinen eigenen Himmel. Alles war, wie es sein sollte.

In dieser Nacht sah Ezeulu im Traum eine große Versammlung der Ältesten von Umuaro, derselben Leute, mit denen er vor einigen Tagen gesprochen hatte. Aber nicht er selbst, sondern sein Großvater stand auf und sprach zu ihnen. Sie weigerten sich, ihn anzuhören und schrien durcheinander: »Er soll nicht sprechen; wir werden ihm nicht zuhören.« Der Oberpriester erhob seine Stimme und bat sie, ihn anzuhören, aber sie lehnten ab und sagten, sie müßten das Wasser ausschöpfen, solange es ihnen nur bis zu den Knöcheln ging. »Warum sind wir auf ihn angewiesen, daß er uns die Jahreszeiten verkündet?« fragte Nwaka. »Ist jemand hier, der nicht auch den Mond vom eigenen Hof aus sehen kann? Und überhaupt – welche Macht hat Ulu denn heute? Er rettete unsere Väter vor den Kriegern Abames, aber er kann uns nicht vor dem weißen Mann erretten. Laßt uns Ulu wegjagen, wie unsere Nachbarn von Aninta den Ogba weggejagt und verbrannt haben, als er nicht tat, was er tun sollte, sondern sich um andere Dinge bekümmerte; als er damit begann, die Leute von Aninta zu töten statt ihrer Feinde.« Dann ergriffen die Ältesten den Oberpriester, der sich jetzt von Ezeulus Großvater in Ezeulu selbst verwandelt hatte, und fingen an, ihn von einer Gruppe zur anderen zu stoßen. Manche spuckten ihm ins Gesicht und nannten ihn den Priester eines toten Gottes.

Ezeulu wachte erschrocken auf, als sei er aus großer Höhe herabgefallen.

»Was hast du?« fragte Obika in der Dunkelheit.

»Nichts. Habe ich im Schlaf gesprochen?«

»Du hast mit jemandem gestritten und gesagt, man würde schon sehen, wer den andern wegjagt.«

»Ich glaube, es sind Spinnen auf den Dachsparren.«

Er saß aufrecht auf seiner Matte. Was er eben gesehen hatte, war kein Traum gewesen, sondern eine Vision. Alles hatte sich nicht im Zwielicht eines Traums abgespielt, sondern in hellem Tageslicht. Sein Großvater, den er als Kind noch gekannt hatte, war ihm ganz deutlich wieder erschienen, nachdem sein Bild im Laufe seines langen Lebens immer verschwommener geworden war.

Ezeulu nahm seinen gemahlenen Tabak und tat ein wenig in jedes Nasenloch, um klarer zu denken. Nun, da Obika wieder schlief, fühlte er sich freier und konnte in Ruhe über alles nachdenken. Ihm fiel wieder sein fruchtloses, wenn auch flüchtiges Suchen nach der Tür des Neumondes ein. Also war er in seiner Mutter Dorf, das er als

Kind und als junger Mann regelmäßig besucht hatte und besser kannte als jedes andere Dorf, ausgenommen Umuaro – also war er auch hier so etwas wie ein Fremder! Das empfand er als einen sowohl schmerzlichen wie angenehmen Verlust. Er hatte seine Würde als Oberpriester für eine gewisse Zeit verloren, und das war schmerzlich; aber nach achtzehn Jahren war es eine Erleichterung, eine Zeitlang von dieser Würde frei zu sein. Von Ulu getrennt fühlte er sich wie ein kleines Kind, dessen strenge Eltern auf eine Reise gegangen sind. Aber das größte Vergnügen bereitete ihm der Gedanke an seinen Racheplan, den er geschmiedet hatte, als er auf dem Marktplatz saß und Nwaka zuhörte.

Solche Überlegungen waren eine bewußte Ablenkung. Als Ezeulu mit ihnen zu Ende kam, hatte er sich von seinem schwindelerregenden Alptraum erholt. Er ließ ihn jetzt nochmals an sich vorüberziehen und kam auf den entscheidenden Punkt: Sein Streit mit dem weißen Mann war nebensächlich im Vergleich zu dem, was er mit seinem eigenen Volk ins reine bringen mußte. Seit Jahren hatte er Umuaro gewarnt, sich nicht von einigen wenigen neidischen Männern in die Irre führen zu lassen. Aber sie hatten sich beide Ohren mit den Fingern zugestopft. Sie hatten weiterhin einen gefährlichen Schritt nach dem andern getan – und nun waren sie zu weit gegangen. Sie hatten zuviel weggenommen, als daß der Besitzer es nicht bemerkt hätte. Nun mußte es zum Kampf kommen, denn ehe ein Mann nicht mit einem von denen kämpft, die sich einen Weg durch sein Gehöft bahnen, werden die übrigen nicht damit aufhören. Ezeulus Muskeln spannten sich vor Kampfeslust. Hoffentlich hielt der weiße Mann ihn nicht nur einen Tag, sondern ein ganzes Jahr hier fest, so daß seine Gottheit, die ihn nicht an seinem Platz fand, gezwungen war, ihre Fragen an Umuaro zu stellen!

Mr. Clarke befolgte Captain Winterbottoms Anordnung, Ezeulu zurechtzuweisen und ihm höfliches Benehmen beizubringen, und weigerte sich, ihn am nächsten Tag vorzulassen, wie der Amtsbote es versprochen hatte. Tatsächlich lehnte er es sogar vier Tage lang ab.

Am zweiten Morgen, als Clarke und Wade wieder zum Hospital nach Nkisa fuhren, stießen sie auf ein Opfer am Straßenrand. Sie fanden häufig solche Straßenopfer und hätten normalerweise nicht angehalten. Dies fiel ihnen aber auf, weil es ungewöhnlich reich war. Wade fuhr an den Rand und stieg aus. Statt des üblichen weißen Hühnchens waren zwei ausgewachsene Hähne da. Die anderen Gegenstände waren nicht weiter ungewöhnlich: junge, gelbliche Palmsprossen, aus dem Wipfel geschnitten, eine Tonschüssel mit zwei Stücken Kolanuß darin und einem Stück weiße Kreide. Was jedoch den Blick sofort auf sich zog, als sie zu dem Opfer traten, war das englische Zweishillingstück.

»Nein, so was!« sagte Wade.

»Wirklich ein äußerst seltsames, aufwendiges Opfer. Ich möchte wissen, wofür es bestimmt ist.«

»Vielleicht für den Stellvertreter des Königs, damit er wieder gesund wird«, sagte Wade leichthin. Dann schien ihm ein Gedanke zu kommen, und er wurde ernst. »Mir gefällt dieser Anblick nicht. Es ist mir egal, ob sie ihre Kauris und Manillas opfern … aber den Kopf Georgs des Fünften?«

Clarke kicherte, hörte aber sofort auf, als Wade die linke Hand in die Schüssel steckte und das Silberstück herausnahm, es erst mit Blättern und dann an seiner wollenen Hose reinigte und in die Tasche steckte.

»Um Himmels willen – was tun Sie da?«

»Ich will nicht, daß der König von England in so einen widerlichen Juju-Zauber hineingezogen wird«, sagte Wade lachend.

Dieser Zwischenfall stürzte Clarke in große Besorgnis. Er hatte sich eingeredet, er bewundere Leute wie Wade und Wright, die offenbar eine wichtige Aufgabe erfüllten, die sie auf die leichte Schulter zu nehmen suchten.

Lag diese Gefühllosigkeit – denn es zeugte von einer enormen Gefühllosigkeit, das Opfer eines anderen Menschen zu entweihen – etwa in ihrer Art, das Leben auf die leichte Schulter zu nehmen? Und wenn, mußte man dann nicht der Seriosität und dem Standesdünkel von Leuten wie Winterbottom den Vorrang geben?

Ohne sich dessen ganz bewußt zu sein, bereitete sich Clarke innerlich darauf vor, die Bürde der Verwaltungsgeschäfte auf sich zu nehmen, falls Winterbottom nicht durchkommen sollte. Ihm fiele es dann zu, seine Schwarzen, wenn nötig, vor den gefühllosen Taten solcher Weißen wie Wade und Wright zu schützen.

Am selben Morgen schickte Ezeulu Obika zurück nach Umuaro; er sollte der Familie berichten, wie die Dinge standen, und Ezeulus jüngere Frau herholen, damit sie seine Mahlzeiten kochen könnte. Aber John Nwodika, sein Verwandter, wollte nichts davon hören.

»Das ist nicht nötig«, sagte er. »Meine Frau ist die Tochter deines alten Freundes, sie wird dir nicht erlauben, eine andere Frau holen zu lassen. Ich weiß, daß wir dir nicht die gleichen Gerichte anbieten können wie zu Hause. Aber wenn wir zwei Palmkerne zu beißen haben, werden wir dir einen abgeben und eine Tasse Wasser dazu, um sie hinunterzuspülen.«

Ezeulu war es unmöglich, einen Vorschlag abzulehnen, wenn er ihm so vorgetragen wurde. Was immer er auch gegen Nwodikas Sohn haben mochte, er konnte keinesfalls die Tochter seines Freundes Egonwanne beleidigen, der vor bald drei Jahren gestorben war. Also sagte er Obika, er solle Ogoye nicht herschicken, dafür aber große Mengen Yams und andere Nahrungsmittel.

Ezeulu hatte guten Grund, den Sohn des Nwodika nicht zu mögen. Er kam ausgerechnet aus jenem Dorf in Umuaro, das immer mit seinen Fingern in Ezeulus Augen stach; außerdem sagte man, er müsse die Teller in des weißen Mannes Küche ablecken, was eine schwere Entwürdigung für einen Mann aus Umuaro darstellte. Das Schlimmste aber war, daß er den unverschämten Boten des weißen Mannes in Ezeulus Haus geführt hatte. Am Ende des ersten Tages in Okperi begann Ezeulu jedoch milder zu denken und einzusehen, daß selbst ein feindlich gesonnener Verwandter in einem fremden Land ein Freund war. Denn Okperi am Government Hill war tatsächlich ein fremdes Land für Ezeulu und nicht das Okperi, das er als Kind gekannt hatte, das Dorf seiner Mutter Nwanyieke. Es mußte noch etwas vom alten Okperi da sein, aber angesichts seiner entwürdigenden Lage konnte Ezeulu unmöglich hinausgehen und es suchen. Wo fände er das Auge, mit dem er auf die alte Umgebung und in alte vertraute Gesichter blicken konnte? Es war ein Glück, daß er so dachte, denn es blieb ihm die Demütigung erspart, sich sagen lassen zu müssen, daß er ein Gefangener sei und nicht gehen dürfe, wohin er wollte.

Als er an diesem Abend sein Mahl einnahm, hörte er die Stimmen der Kinder den Neumond willkommen heißen. *»Onwa atu-o-o-o! onwa atu-o-o-o!«* klang es von allen Seiten des Government Hill. Aber Ezeulus scharfes Ohr hörte ein paar Stimmen heraus, die in einem seltsamen Dialekt sangen. Zweifellos waren sie Kinder jener Leute, die ein sonderbares Igbo sprachen – nämlich durch die Nase.

Als Ezeulu die Kinderstimmen zum ersten Male hörte, schlug sein Herz rascher. Obwohl er auf den Augenblick gewartet hatte, war er nicht darauf vorbereitet, als er kam. Er hatte gerade nicht daran gedacht, aber er faßte sich schnell. Ja, jetzt würde seine Gottheit fragen: Wo ist er? Und bald wird Umuaro es dem Ulu erklären müssen.

In den ersten beiden Tagen seiner Abwesenheit herrschte große Besorgnis auf Ezeulus Hof. Obschon man sich mitten in der Saatzeit befand, ging niemand an die Arbeit. Obikas junge Frau Okuata zog aus ihrem einsamen Haus in das ihrer Schwiegermutter. Edogo verließ seinen eigenen Hof und saß in seines Vaters *obi* und wartete auf Nachricht. Nachbarn und sogar Vorübergehende kamen herein und fragten: »Sind sie noch nicht zurück?« Nach einiger Zeit regte Edogo sich über diese Fragen auf, besonders wenn sie von Leuten kamen, die bloß klatschen wollten.

Am zweiten Tage mittags aber kam Obika wieder. Zuerst wagte niemand, eine Frage zu stellen; einige der Frauen schienen mit den Tränen zu kämpfen. Aber sogar in diesem ernsten und kummervollen Augenblick konnte Obika der Versuchung nicht widerstehen, sie noch mehr zu verängstigen. Er hatte, als er sich dem Haus näherte, ein Gesicht gemacht, das an einen verschmutzten Teich gemahnte; jetzt fiel er zu Boden, als sei er den ganzen Weg von Okperi gerannt. Er bat um kaltes Wasser, das seine Schwester ihm brachte. Als er getrunken hatte und die Kalebasse niedersetzte, richtete Edogo die erste Frage an ihn.

»Wo ist der Mann, mit dem du weggegangen bist?« fragte er, die schreckliche Endgültigkeit eines Namens umgehend. Nach einer solchen Frage konnte selbst Obika keinen Scherz mehr wagen. Er machte nur eine kurze Pause und sagte dann: »Es ging ihm gut, als ich ihn verließ.«

Angst und Anspannung wichen aus den Gesichtern.

»Warum hat der weiße Mann nach ihm geschickt?«

»Wo hast du ihn allein gelassen?«

»Wann kommt er heim?«

»Wem soll ich zuerst antworten?« Obika versuchte, die gespannte Atmosphäre von vorher wiederherzustellen, aber es war zu spät. »Ich habe nur einen Mund. Als ich ihn heute morgen verließ, hatte der weiße Mann uns noch nichts kundgetan. Wir haben ihn nicht einmal gesehen, weil sie sagten, der Tod greife nach ihm.« Diese Neuigkeiten verursachten immerhin etwas Aufregung. Den Geschichten, die über den weißen Mann erzählt wurden, hatte man nicht entnehmen können, daß er krank werden könne wie gewöhnliche Leute. »Ja, er ist bereits halb tot. Aber er hat einen jüngeren Bruder, dem er eine Nachricht für Ezeulu hinterlassen hat. Dieser war aber so bekümmert über seines Bruders Krankheit, daß er vergessen hat, mit uns zu sprechen. Deshalb sagte Ezeulu zu mir: ›Mach dich bereit heimzugehen, sonst denken sie, uns wäre etwas passiert‹. Darum bin ich hier.«

»Wer gibt ihm zu essen?« fragte Ogoye.

»Du erinnerst dich an den Sohn von Nwodika, der den ersten Boten des weißen Mannes hergebracht hat?« erwiderte Obika, aber nicht zu Ogoye, sondern zu den Männern gewandt. »Es stellte sich heraus, daß seine Frau die Tochter von Ezeulus altem Freund in Umuago ist. Sie hat seit gestern für uns gekocht und sagt, solange sie lebt, braucht Ezeulu keine andere Frau von zu Hause kommen zu lassen.«

»Habe ich recht gehört?« fragte Akuebue, der bisher kaum ein Wort gesprochen hatte. »Sagtest du, die Frau eines Mannes von Umunneora gibt Ezeulu zu essen?«

»Ja«.

»Bitte erzähl mir nicht noch einmal eine solche Geschichte. Edogo, mach dich fertig, wir gehen nach Okperi.«

»Ezeulu ist kein kleines Kind«, sagte Anosi, ihr Nachbar. »Man kann ihm nicht vorschreiben, mit wem er essen soll.«

»Hörst du, was ich sage, Edogo? Mach dich fertig; ich gehe und hole meine Sachen.«

»Ich möchte dich nicht davon abhalten«, sagte Obika; »aber sprich nicht so, als hättest nur du allein Verstand! Wir machen nicht einfach den Mund auf und schließen dabei die Augen, Ezeulu und ich. Gestern abend weigerte sich Ezeulu zu essen, obwohl Nwodikas Sohn das Essen für uns vorgekostet hat. Aber bis heute morgen hatte Ezeulu ihn so weit kennengelernt, daß er weiß, er führt nichts Böses im Schilde.«

Auf Akuebue machte das, was die anderen sagten, wenig Eindruck. Er wußte genug über die Männer in Umunneora. Und diejenigen, die da sagten, Ezeulu sei kein Kind, die ahnten nicht, wie verbittert er tatsächlich war. Akuebue kannte Ezeulu besser als seine Kinder oder seine Frauen. Er wußte, er würde notfalls auch in der Fremde sterben, bloß um seine Feinde daheim zu strafen. Möglich, daß die Hände von Nwodikas Sohn rein waren, aber man mußte da ganz sichergehen, auch auf die Gefahr hin, ihn zu beleidigen. Wer würde Schleim schlucken aus Furcht, andere zu beleidigen? Und wer Gift?

Ezeulus Nachbar Anosi, dessen Meinung man vorher bei der Erörterung nicht beachtet und der seitdem geschwiegen hatte, meldete sich nun mit einer entgegengesetzten Ansicht zu Wort.

»Ich denke, Akuebue hat recht mit dem, was er sagt. Laßt ihn mit Edogo hingehen und sich selbst überzeugen, daß alles in Ordnung ist. Aber Ogoye soll auch mitgehen und Yams und andere Dinge hintragen. So wird der Besuch niemanden beleidigen.«

»Was soll die Angst, irgendwer könnte sich beleidigt fühlen?« fragte Akuebue ungeduldig. »Ich bin kein Kind. Ich weiß, wie man schneiden muß, ohne daß es blutet. Aber ich scheue mich nicht, einen Mann von Umunneora zu beleidigen, wenn Ezeulus Leben davon abhängt!«

»Das ist wahr«, stimmte ihm Anosi zu. »Sehr wahr. Mein Vater pflegte zu sagen, die Angst, Anstoß zu erregen, veranlaßt die Menschen, Gift zu schlucken. Du betrittst das Haus eines schlechten Mannes, und er bringt eine Kolanuß. Dir gefällt die Art, wie er sie gebracht hat, nicht, und dein Verstand warnt dich, davon zu essen. Aber du befürchtest, deinen Gastgeber zu beleidigen, und schluckst *ukwalanta* herunter. Ich stimme mit Akuebue überein.«

Vielleicht empfand niemand Ezeulus Abwesenheit so stark wie Nwafo. Und nun ging seine Mutter auch noch fort! Aber dieser zweite Schlag wurde gemildert durch den Gedanken, daß auch Edogo mitging.

Ezeulus Abwesenheit hatte Edogo Gelegenheit gegeben, dem Liebling des alten Mannes seine Abneigung zu zeigen. Als ältester Sohn hatte Edogo zeitweilig seines Vaters Haus in Besitz genommen, um dort dessen Rückkehr zu erwarten. Nwafo, der das Haus selten verließ, fühlte sich nun durch die Feindseligkeit seines Bruders hinausgestoßen. Obwohl er nur ein Kind war, hatte er den Verstand eines Erwachsenen. Er konnte beurteilen, ob ihn jemand mit einem guten oder einem schlechten Auge ansah. Auch wenn Edogo nichts gesagt hätte, so hätte Nwafo doch gemerkt, daß er unerwünscht war. Aber Edogo hatte ihm gestern wirklich befohlen, er solle hinüber in das Haus seiner Mutter gehen und nicht im *obi* herumsitzen und Leuten in die Augen sehen, die älter waren als er. Nwafo ging hinaus und weinte. Zum ersten Male in seinem Leben hatte ihm jemand gesagt, daß er in seines Vaters Haus nicht willkommen sei.

Den ganzen nächsten Tag hatte er sich ferngehalten, bis zu Obikas Rückkehr, als alle Bewohner des Gehöfts und sogar die Nachbarn herbeigekommen waren, um die Neuigkeiten zu erfahren. Trotzig nahm er wieder seinen alten Platz ein. Edogo sagte nichts zu ihm – offensichtlich bemerkte er ihn nicht einmal.

Nwafos Schwester Obiageli weinte lange, nachdem ihre Mutter und die andern nach Okperi aufgebrochen waren. Oduches Versprechen, ihr *icheku* und *udala* zu bringen, tröstete sie nicht. Schließlich drohte ihr Obika, den furchterregenden maskierten Geist Ichele zu rufen. Das zeigte sofort Erfolg. Obiageli setzte sich in eine Ecke des *obi* und schluchzte nur noch leise vor sich hin.

Als es Nacht wurde, kehrten Nwafos Gedanken zu der Frage zurück, die ihn seit gestern quälte: Was war mit dem Neumond? Er wußte, sein Vater hatte ihn, ehe er fortging, erwartet. Würde er ihm nach Okperi folgen oder auf seine Rückkehr warten? Wenn er in Okperi erschien, mit welchem Gong empfing sein Vater ihn? Nwafo schaute auf die *ogene*, die an der Wand lag, auf den Stock, mit dem sie geschlagen wurde, damit ihr Mund Laut gab. Das beste, was der

Neumond tun konnte, wäre, auf Ezeulus Rückkehr morgen zu warten.

Jedoch, als die Dunkelheit kam, nahm Nwafo den Platz ein, auf dem sein Vater immer saß. Er brauchte nicht lange zu warten, bis er den jungen Mond erblickte. Er sah sehr dünn aus und schien zu zögern. Nwafo griff nach der *ogene* und hätte sie gern geschlagen, aber Angst hielt seine Hand zurück.

Ezeulu hörte im Geist noch die Kinderstimmen vom Government Hill, als Nowidkas Sohn und seine Frau ihm das Abendessen brachten. Wie gewöhnlich nahm Nwodikas Sohn einen *Fufu*-Kloß, tauchte ihn in die Sauce und aß ihn. Ezeulu aß mit gutem Appetit. Obwohl er, wenn er die Wahl hatte, nicht gern *egusi*-Sauce aß, war diese so gut zubereitet, daß man kaum merkte, daß es *egusi* war. Der Fisch darin, entweder *asa* oder etwas ähnlich Wohlschmeckendes, war halbtrocken geräuchert, was dieser Art Fisch das Aroma gab. Das *Fufu* war gerade richtig, weder zu leicht noch zu schwer; die Kassawa war zweifellos mit grünen Bananen verfeinert.

Er hatte seine Mahlzeit halbwegs beendet, als sein Sohn, seine Frau und sein Freund ankamen. Sie wurden von dem Amtsboten hereingeführt, zu dessen Pflicht es auch gehörte, nach den Gefangenen in der Wache zu sehen. Zuerst fürchtete Ezeulu, daß zu Hause etwas passiert war. Als er aber die Yams sah, faßte er sich rasch.

»Warum habt ihr nicht bis morgen gewartet?«

»Wir wußten nicht, ob du morgen den Heimweg antrittst«, sagte Akuebue.

»Den Heimweg?« Ezeulu lachte. Es war das Lachen eines Menschen, der nicht weinen will. »Wer spricht vom Heimweg? Ich habe den weißen Mann, der mich herbestellt hat, überhaupt noch nicht gesehen. Sie sagen, er ringt mit dem Tode. Vielleicht braucht er einen Oberpriester, der bei seinem Begräbnis geopfert wird.«

»Das verhüte die Erde von Umuaro«, sagte Akuebue, und die andern stimmten ein.

»Sind wir denn in Umuaro?« fragte Ezeulu.

»Wenn der Mann krank ist und keine Nachricht für dich zurückgelassen hat, solltest du heimgehen und wiederkommen, wenn er gesund ist«, sagte Edogo, der fand, daß hier nicht der Ort für seinen Vater und dessen Freund sei, sich ein Wortgefecht zu liefern.

»Die Reise möchte ich nicht zweimal machen. Nein, ich bleibe hier sitzen, bis ich Hand und Kopf dieser Angelegenheit gesehen habe!«

»Weißt du, wie lange seine Krankheit dauert? Du könntest hier bleiben, bis ...«

»Und wenn seine Krankheit bis zu dem Tag dauert, an dem die Palmfrüchte an den Blattspitzen reifen – ich werde warten ... Wie geht es allen zu Hause, Ogoye?«

»Als wir sie verließen, ging es ihnen gut.« Ihr Hals sah kürzer aus vom Tragen der Last.

»Die Kinder, Obikas Frau und alle andern?«

»Sie waren alle wohl.«

»Und die Leute in deinem Haushalt?« fragte er Akuebue.

»Sie waren ganz wohl, als ich wegging. Keine Krankheit, nur Hunger.«

»Das ist eine geringe Sorge«, sagte Nwodikas Sohn. »Hunger ist besser als Krankheit.« Bei diesen Worten ging er hinaus und schneuzte sich die Nase. Als er wiederkam, rieb er sie mit dem Handrücken.

»Nwego, du brauchst nicht zu warten, um das Geschirr einzusammeln. Ich nehme es mit nach Hause. Geh und mach für diese Leute etwas zu essen.«

Nwego nahm Ogoye die Traglast vom Kopf, und die beiden Frauen gingen hinaus, um eine zweite Mahlzeit zu kochen.

Es war keine Zeit zu verschwenden, und sobald die Frauen gegangen waren, ergriff Akuebue das Wort.

»Obika hat uns berichtet, wie Nwodikas Sohn und seine Frau für euch sorgen.«

»Ihr habt es mit eigenen Augen gesehen.« Ezeulu hatte den Mund noch voll Fisch.

»Wir danken euch«, sagte Akuebue zu Nwodikas Sohn.

»Wir danken euch«, sagte auch Edogo.

»Wir haben nichts getan, was Dank verdient. Was können ein armer Mann und seine Frau schon tun? Wir wissen, daß Ezeulu bei sich zu Hause über Fisch und Fleisch verfügt, aber solange er hier ist, teilen wir gern mit ihm die Palmfrucht, die wir essen. Eine Frau kann nicht mehr als die Länge ihres Beins auf ihren Gatten legen.«

»Als uns Obika davon erzählte, sagte ich mir, es geht nichts über das Reisen.«

»Wahr«, sagte Ezeulu. »Das sprach der junge Geißbock, aber für einen Aufenthalt beim Clan seiner Mutter hätte er keine dicke Lippe riskiert.« Er lachte ein wenig. »Ich hätte öfter in das Land meiner Mutter reisen sollen!«

»Nun, sicherlich ist die schlechte Laune von gestern aus deinem Gesicht verschwunden«, sagte Akuebue. »Als sie mir erzählten, daß ein Mann von Umunneora dich so gut versorgt, antwortete ich ihnen, das sei eine Lüge. Wie konnte ich's glauben angesichts des Feldzuges, den wir zu Hause führen?«

»Der ist etwas für Leute, die zu Hause sitzen«, sagte Nwodikas Sohn. »Ich trage ihn nicht bei mir, wenn ich reise. Unsere weisen Männer haben uns überliefert, daß einer, der in die Fremde reist, sich keine Feinde machen soll. Daran halte ich mich.«

»Sehr wahr«, pflichtete ihm Akuebue bei und überlegte, wie er auf den Zweck seines Kommens zu sprechen kommen könne. Nach kurzer Pause entschied er sich, das Thema mit einem Machetenhieb anzuschneiden, so wie die Leute von Nsugbe angeblich ihre Kokosnüsse anschneiden. »Unsere Reise erfolgte aus zwei Gründen. Wir haben Ogoye mitgebracht, um Nwodikas Frau zu entlasten, und wir möchten Nwodika danken und ihm sagen, daß er ab sofort, was auch immer seine Verwandten zu Hause anstellen mögen, ein Bruder von Ezeulu und seiner Familie ist.« Akuebue wühlte bereits beim Sprechen tief in seiner Ledertasche und holte ein kleines Rasiermesser und eine Kolanuß heraus. In dem kurzen Schweigen, das auf Akuebues Worte folgte, knüpften sie das Band der Blutsbrüderschaft zwischen Edogo und John Nwodika. Ezeulu und Akuebue sahen stumm zu, wie die jungen Männer jeder ein Stück Kolanuß aßen, das mit dem Blut des andern versehen war.

»Warum arbeitest du für den weißen Mann?«, fragte Akuebue, als sie wieder ein alltägliches Gespräch aufnahmen. Nwodikas Sohn räusperte sich:

»Ja, warum? Ich meine, daß mein *chi* es so bestimmt hat. Damals wußte ich nichts über den weißen Mann. Ich kannte weder seine Sprache noch seine Sitten. In der nächsten Trockenzeit ist es drei Jahre her. Meine Altersgenossen und ich, wir gingen von Umunneora nach Okperi, um einen neuen Tanz zu lernen, wie wir das viele Jahre lang in der Trockenzeit nach der Ernte getan hatten. Ich staunte nicht schlecht, als ich merkte, daß mein Freund Ekemezie, in dessen Haus ich bei unseren Besuchen immer wohnte und der auch bei mir wohnte, wenn unser Dorf Gastgeber seines Dorfes war – daß dieser Freund nicht mehr zu den Tänzern von Okperi gehörte. Ich suchte ihn vergeblich in der Menge, die gekommen war, um uns zu begrüßen. Ein anderer Freund namens Ofodile nahm mich mit in sein Haus, und von ihm hörte ich, daß Ekemezie für den weißen Mann arbeitete. Ich weiß nicht, wie mir zumute war, als ich die Neuigkeit erfuhr. Es war fast, als habe man mir eröffnet, mein Freund sei gestorben. Ich versuchte, von Ofodile mehr über die Arbeit des weißen Mannes in Erfahrung zu bringen, aber Ofodile ist nicht der Mann, der sich hinsetzen und eine Geschichte von Anfang bis Ende erzählen kann. Aber am nächsten Tag besuchte mich Ekemezie und nahm mich mit zu diesem Government Hill. Er rief mich beim Namen, und ich antwortete. Er sagte, daß alles gut sei zu seiner Zeit – auch das Tanzen in der Zeit des Tanzens. Aber, sagte er weiter, ein kluger Mann geht nicht zur Jagd auf kleine Nagetiere, wenn seine Altersgenossen auf Großwildjagd sind. Er riet mir, ich solle das Tanzen sein lassen und mich der Jagd auf des weißen Mannes Geld widmen. Ich machte große Augen. Ekemezie sagte zu mir Nwabueze, und ich antwortete ja, das ist mein Name. Er sagte, die Jagd auf des weißen Mannes Geld dulde keinen Aufschub, weder bis morgen noch, bis wir bereit wären mitzumachen; wenn die Ratte nicht schnell genug laufen kann, muß sie der Schildkröte weichen. Er sagte, selbst die Leute aus kleinen Clans – die wir normalerweise verachteten – stünden jetzt alle in hoher Gunst, während unsere Leute noch nicht einmal wüßten, daß es Tag werde.«

Die drei Männer lauschten schweigend seinen Worten. Im Geist schnippte Akuebue mit den Fingern und sagte sich: ›Jetzt verstehe ich, warum Ezeulu so eine Zuneigung zu ihm gefaßt hat. Ihre Gedanken sind Brüder. Aber Ezeulu hörte in Wirklichkeit Nwodikas Meinung über den weißen Mann zum ersten Mal und war stolz, richtig geurteilt zu haben. Nur verbarg er seine Befriedigung, denn wenn er einmal etwas behauptet hatte, wollte er nicht den Eindruck erwekken, als hungere er nach der Unterstützung anderer. Das war nicht seine Art, eher ihre.

»Und so, meine Brüder«, fuhr Nwodikas Sohn fort, »so kam euer Bruder dazu, für den weißen Mann zu arbeiten. Zuerst ließ er mich das Unkraut in seinem Hof jäten, aber nach einem Jahr rief er mich, sagte, daß er mit mir zufrieden sei, und nahm mich in sein Haus, um dort zu arbeiten. Er fragte mich nach meinem Namen, und ich antwortete ihm, ich hieße Nwabueze; das konnte er aber nicht aussprechen und nannte mich deshalb John.« Die Erinnerung ließ ihn lächeln, aber nur für einen kurzen Augenblick. »Ich weiß, daß manche Leute die Nachricht verbreitet haben, ich kochte für den weißen Mann. Euer Bruder hat nicht einmal den Rauch von seinem Herdfeuer gesehen! Ich halte nur die Dinge in seinem Haus in Ordnung. Der weiße Mann ist nicht wie wir. Stellt er diesen Teller hierher, so wird er zornig, wenn du ihn dorthin stellst. Also gehe ich jeden Tag herum und sehe nach, ob alles am rechten Platz ist. Aber ich kann euch sagen: Ich beabsichtige nicht, als Diener zu sterben! Ich habe vor, sobald ich genug Geld gespart habe, einen kleinen Tabakhandel anzufangen. Leute von anderswoher erwerben in diesem Handel und im Tuchhandel großen Reichtum. Leute aus Elumelu, Aninta, Umuofia, Mbaino – die beherrschen den großen neuen Markt. Sie bestimmen, was dort geschieht. Ist auch nur ein einziger Umuaro unter den reichen Männer hier? Nicht einer. Manchmal schäme ich mich, wenn mich andere fragen, woher ich komme. Wir sind nicht am Markt beteiligt, wir sind nicht an den Stellen in der Verwaltung des weißen Mannes beteiligt; wir sind nirgendwo an etwas beteiligt. Deshalb war ich froh, als mich der weiße Mann neulich rufen ließ und mit mir darüber sprach, ob es in meinem Dorf einen Weisen mit Namen Ezeulu gebe. Ich sagte ja, und er fragte mich, ob er noch lebt, und ich sagte wieder ja. Er forderte mich auf: ›Geh mit dem Amtsboten und sage ihm, daß ich einige Fragen zu den Gesetzen seines Volkes an ihn habe, weil ich weiß, daß er ein weiser Mann ist.‹

Ich sagte mir: ›Das ist die Gelegenheit, unseren Clan vor den weißen Mann zu bringen.‹ Ich wußte nicht, daß es so ausgehen würde.« Er senkte den Kopf und blickte bekümmert zu Boden.

»Es ist nicht deine Schuld«, sagte Akuebue. »So sind die Dinge oft. Unser Auge sieht etwas; wir nehmen einen Stein und zielen danach. Aber der Stein trifft selten so erfolgreich auf sein Ziel wie das Auge.«

»Ich mache mir Vorwürfe«, sagte Nwodikas Sohn traurig.

»Du bist ja sehr mißtrauisch!« meinte Ezeulu. Die andern waren gegangen, um die Nacht bei Nwodikas Sohn zu verbringen; Ezeulu und Akuebue blieben allein in der kleinen Wachstube zurück.

»Ich bin der Meinung, ein Mann soll sterben, wenn sein *chi* es bestimmt.«

»Aber dieser Mann ist kein Giftmischer, auch wenn er aus Umunneora stammt!«

»Ich weiß nicht.« Akuebue schüttelte den Kopf. »Jede Eidechse liegt auf dem Bauch, also kann man nicht sagen, welche von ihnen Bauchschmerzen hat.«

»Nein. Ich versichere dir, daß Nwodikas Sohn aufrichtig zu mir ist. Ich kann einen Giftmischer genauso wie einen Aussätzigen klar erkennen.«

Akuebue schüttelte wieder den Kopf. Ezeulu konnte es im matten Licht der Palmöllampe gerade noch sehen.

»Hast du ihn beobachtet, als du die Frage der Blutsbrüderschaft vorgebracht hast?« fuhr Ezeulu fort. »Hätte er einen bösen Gedanken gehabt, so hätte ich es mitten auf seiner Stirn stehen sehen. Nein, er ist nicht gefährlich. Er handelt eher wie ein Mann aus alten Zeiten, als die Menschen sich noch liebten. Heute gibt es zu viele weise Männer, aber sie haben keine wahre Weisheit, sondern eine von der Art, die die Nase schwärzt.«

»Wie kann ein Mensch bei den vielen Moskitos schlafen?«, fragte Akuebue, mit seinem Fliegenwedel wild um sich schlagend.

»Du hast sie ja noch gar nicht gesehen; warte, bis wir die Lampe ausgeblasen haben. Ich wollte Nwodikas Sohn bitten, mir ein Bündel Arigeblätter zu besorgen, und versuchen, sie auszuräuchern. Aber über dein Kommen habe ich alles vergessen. Letzte Nacht haben sie uns beinahe aufgefressen.« Auch er wedelte mit einem Pferdeschwanz. »Sagtest du nicht, deinen Leuten geht es allen gut?« fragte er dann, um die Unterhaltung von sich abzulenken.

»Sie sind alle friedlich«, antwortete Akuebue; er gähnte, wobei er den Kopf zurückwarf.

»Was ist das für eine Geschichte mit Udenkwo? Du weißt doch, du hattest noch keine Gelegenheit, sie mir vollständig zu erzählen.«

»Das ist so«, sagte Akuebue mit wiedererwachtem Interesse. »Als ich dir erzählte, ich sei mit Udenkwo zufrieden, machte ich mir selbst etwas vor. Sie ist meine Tochter, aber ich kann dir sagen, sie schlägt ganz und gar nach ihrer Mutter. Ich habe ihr viele Male gesagt, eine Frau, die ihren Kopf, wenn ein Topf mit Wasser darauf steht, auf einem steifen Nacken trägt, wird niemals lange mit einem Ehemann leben. Ich kenne die Version meines Schwiegersohnes nicht, aber nach dem, was mir Udenkwo erzählte, glaube ich, daß ihr Streit keinen schwerwiegenden Grund hatte. Mein Schwiegersohn sollte einen Hahn opfern. Als er heimkam, zeigte er auf einen Hahn und sagte den Kindern, sie sollten ihn für ihn fangen und binden. Es stellte sich heraus, daß der Hahn Udenkwo gehörte, die Streit anfing. So hat sie es mir erzählt. Ich fragte sie, ob sie etwa will, daß ihr Mann auf den Markt geht, um einen Hahn zu kaufen, wenn die Frau Geflügel hält. Sie antwortete: ›Warum soll es immer mein Hahn sein? Was ist mit den andern Frauen? Oder hatten die Geister ihm erklärt, daß sie nur Udenkwos Hähne äßen?‹ Ich sagte zu ihr: ›Wie oft hat dein Mann denn deinen Hahn genommen, und wie soll ein Mann wissen, welcher Hahn wem gehört?‹ Sie gab mir keine Antwort. Sie meinte nur, wann immer mein Schwiegersohn einen Hahn für ein Opfer haben wollte, hätte er sich an sie erinnert.«

»War das alles?«

»Das war alles.«

Ezeulu lächelte. »Man sollte meinen, unsere Schwiegersöhne bringen jeden Markttag ein Opfer.«

»Genau das habe ich ihr gesagt. Aber Udenkwo ist, wie ich schon sagte, wie ihre Mutter. In Wirklichkeit hat sie sich geärgert, daß mein Schwiegersohn nicht seine Stirn beugte, um sie darum zu bitten!«

Ezeulu sprach nicht gleich. Er schien über das Gehörte nachzudenken.

»Jeder Mann hat seine eigene Art, den Haushalt zu führen«, sagte er endlich. »Ich selbst habe mir angewöhnt, daß ich, wenn ich etwas brauche, eine meiner Frauen rufe und zu ihr sage: Ich brauche dies und das für ein Opfer, geh und hol es mir. Ich weiß, daß ich es mir einfach nehmen kann, aber ich bitte sie, es selbst zu bringen. Ich vergesse nie, was mein Vater zu einem seiner Freunde sagte, als ich ein Kind war. Er sagte: Unsere Sitten zwingen keinen Mann, daß er auf die Knie fällt und die Stirn auf den Boden schlägt, um seine Frau um Verzeihung oder um eine Gefälligkeit zu bitten. Aber, so sagte mein Vater, ein kluger Mann weiß auch, daß es zwischen ihm und seiner Frau einmal nötig sein kann, heimlich zu ihr zu sagen: Ich bitte dich darum. Davon darf niemand anderer wissen, und wenn die Frau ein wenig Verstand im Kopf hat, wird sie sich nie damit brüsten oder auch nur den Mund auftun, um davon zu sprechen. Wenn sie es dennoch tut, wird die Erde, auf der sich ihr Mann erniedrigt hat, sie völlig zerstören. Das war es, was mein Vater seinem Freund sagte, der die Ansicht vertrat, ein Mann könne in seinem eigenen Haus nicht unrecht haben. Ich habe diese Worte meines Vaters nie vergessen. Der Hahn meiner Frau gehört mir, weil der Besitzer einer Person auch der Besitzer aller Dinge ist, die dieser Person gehören. Aber es gibt mehr als einen Weg, um einen Hund zu töten.«

»Das ist wahr«, gab Akuebue zu. »Aber wenn solche Worte meinem Schwiegersohn zu Ohren kämen! Und meine Tochter – nun, ich möchte nicht, daß sie denkt, jedesmal, wenn ihr Mann ›Yah!‹ zu ihr sagt, müßte sie sich ihr Kleines auf den Rücken binden, den Älteren bei der Hand nehmen und zu mir zurückkommen. So hat sich meine Mutter nicht betragen. Udenkwo hat das von ihrer Mutter – meiner Frau – gelernt, und sie wird es an ihre Kinder weitergeben, denn wenn die Mutterkuh das hohe Gras abweidet, sehen ihr ihre Kälber aufs Maul.«

An seinem vierten Tag in Okperi bekam Ezeulu plötzlich den Befehl, vor Mr. Clarke zu erscheinen. Er folgte dem Boten, der ihm die Aufforderung überbrachte, in den Gang vor dem Büro des weißen Mannes zu gehen. Da waren noch viele andere Leute, manche von ihnen saßen auf einer langen Bank und die übrigen auf dem Zementfußboden. Der Bote ließ Ezeulu im Gang stehen und ging in den daran anschließenden Raum, wo viele Leute an Tischen für den weißen Mann arbeiteten. Ezeulu sah den Boten durch ein Fenster mit einem Mann sprechen, der anscheinend der Anführer aller dieser Arbeiter war. Der Bote deutete in seine Richtung, und der andere Mann folgte ihm mit dem Auge und erblickte Ezeulu. Aber er nickte nur und schrieb weiter in seinem großen Buch. Als er mit dem fertig war, was er schrieb, öffnete er eine Verbindungstür und verschwand in einen anderen Raum. Er blieb nicht lange dort; als er herauskam, winkte er Ezeulu und führte ihn vor das Angesicht des weißen Mannes. Auch dieser schrieb, aber mit seiner linken Hand. Der erste Gedanke, der Ezeulu bei diesem Anblick kam, war die Frage, ob irgendein schwarzer Mann jemals so eine Meisterschaft über ein Buch erlangen würde, daß er es mit seiner linken Hand schreiben könnte.

»Dein Name ist Ezeulu?« fragte der Dolmetscher, nachdem der weiße Mann gesprochen hatte.

Diese wiederholte Beleidigung war fast zuviel für Ezeulu, aber er beherrschte sich und blieb ruhig.

»Hast du mich nicht gehört? Der weiße Mann wünscht zu wissen, ob dein Name Ezeulu ist.«

»Sag dem weißen Mann, er soll hingehen und seinen Vater und seine Mutter nach ihren Namen fragen.«

Es folgte ein kurzer Wortwechsel zwischen dem weißen Mann und dem Dolmetscher. Der weiße Mann verzog die Stirn, lächelte dann aber und erklärte dem Dolmetscher etwas, der nun an Ezeulu weitergab, die Frage sei nicht beleidigend. »Es ist die Art, wie der weiße Mann seine Dinge tut.« Der weiße Mann beobachtete Ezeulu, und es lag etwas wie Belustigung in seinem Gesicht. Als der Dolmetscher geendet hatte, legte er sein Gesicht in strenge Falten und begann nochmals. Er machte Ezeulu Vorwürfe, daß er den Befehl der Regierung mißachtet habe, und warnte ihn: Wenn er je wieder einen solchen Mangel an Achtung zeigte, würde er streng bestraft.

»Sag ihm«, erwiderte Ezeulu, »daß ich noch immer hier bin, um seine Botschaft zu hören.« Aber das wurde nicht übersetzt. Der weiße Mann machte eine ärgerliche Handbewegung und hob die

Stimme. Ezeulu brauchte keine Übersetzung, um zu verstehen, daß der weiße Mann gesagt hatte, er wünsche nicht wieder unterbrochen zu werden. Dann beruhigte er sich und sprach von den Wohltaten der britischen Verwaltung. Clarke hatte nicht beabsichtigt, diese Rede zu halten, die er selbstgefällig genannt hätte, wenn sie von einem anderen in dieser Weise vorgetragen worden wäre. Aber er konnte sich nicht anders helfen. Angesicht zu Angesicht mit der stolzen Unaufmerksamkeit dieses Fetischpriesters, den man außergewöhnlich begünstigen und über seine Landsleute erheben wollte und der ihm statt Dankbarkeit nur Verachtung entgegenbrachte, wußte Clarke nichts anderes zu sagen. Je mehr er sprach, desto wütender wurde er.

Endlich gelang es Clarke – dank einer beträchtlichen Selbstdisziplin und der Atempausen, die durch das Hin und Her des Dolmetschers entstanden –, sich zu bremsen und wiederzufinden. Dann machte er Ezeulu den Vorschlag.

Der Ausdruck auf dem Gesicht des Priesters veränderte sich nicht, als er die Neuigkeit vernahm. Er schwieg weiter. Clarke war sich bewußt, daß es seine Zeit dauern würde, bis er die Mitteilung in ihrer vollen Tragweite erfaßt hätte.

»Also – nimmst du den Vorschlag an oder nicht?« Clarke war getragen von dem Gefühl, dem andern eine überwältigende Wohltat erwiesen zu haben.

»Sag dem weißen Mann, daß Ezeulu niemandes Chief sein will – mit Ausnahme Ulus.«

»Was?« schrie Clarke. »Ist der Kerl verrückt?«

»Ich glaube ja, Sir«, sagte der Dolmetscher.

»In diesem Fall wandert er wieder ins Gefängnis.« Jetzt war Clarke wirklich wütend. Was für eine Unverschämtheit! Ein Hexenmeister, der die britische Verwaltung öffentlich lächerlich machte.

## KAPITEL 15

Ezeulus Ansehen hatte am Government Hill stark gelitten, als der erste und der zweite und der dritte Tag vorübergingen und keine Nachricht kam, daß Captain Winterbottom gestorben sei. Nun stieg sein Ruhm wieder an – diesmal aber, weil er sich geweigert hatte, ein vom weißen Mann eingesetzter Chief zu werden. Solch eine Tat hatte in ganz Igboland nicht ihresgleichen. Man mag einen Mann für verrückt halten, wenn er einen Bissen ausspuckt, den das Glück selbst ihm in den Mund geschoben hat – aber unter gewissen Umständen gebührte ihm Hochachtung!

Ezeulu selbst war tief befriedigt über den Verlauf, den die Dinge nahmen. Er hatte seine kleine Rechnung mit dem weißen Mann beglichen und konnte ihn für eine Weile vergessen. Aber das Vergessen fiel ihm nicht leicht, und als er die Ereignisse der letzten paar Tage überdachte, war er beinahe überzeugt, daß der weiße Mann Wintabota gute Absichten gehegt hatte, die aber durch all die Zwischenhändler wie den Amtsboten und diesen ungehobelten jungen weißen Burschen auf halbem Weg vereitelt worden waren. Schließlich, so rief er sich ins Bewußtsein, hatte Wintabota und niemand anders ihn vor einigen Jahren den einzigen aufrichtigen Mann unter all den Zeugen von Okperi und Umuaro genannt. Er hatte ihm später geraten, einen seiner Söhne die Weisheit der Weißen lernen zu lassen. Aus alledem mußte man schließen, daß der weiße Mann Ezeulu günstig gesonnen war. Doch was nützte ihm das ganze Wohlwollen, wenn es ihm diese Schande und Demütigungen eintrug? Eine Frau, die die Sinnlosigkeit des Daseins erkannt hat, ruft: Mag mein Mann mich hassen, wenn er mich nur jeden Nachmittag mit Yams versorgt!

Jedenfalls, sagte sich Ezeulu, hatte Wintabota die Verantwortung dafür zu übernehmen, was seine Boten taten. Ein Mann kann sich noch so vorsichtig seinen Weg über einen vollen Marktplatz suchen und doch mit dem Saum seiner Kleidung die Waren eines anderen umwerfen und zerbrechen; in solchem Fall ist der Mann, nicht seine Kleidung, verpflichtet, den Schaden gutzumachen.

Trotzdem wurde Ezeulu von dem Gefühl beherrscht, daß er jetzt mit dem weißen Mann mehr oder weniger abgerechnet hatte. Zwar hatte er das letzte Wort noch nicht gesprochen, aber im Augenblick war sein Kampf mit seinen eigenen Leuten viel wichtiger, und der weiße Mann dabei, ohne es zu wissen, sein Verbündeter. Je länger man ihn in Okperi festhielt, um so mehr wuchsen sein Unmut und sein Kampfeswille.

Zuerst glaubten nur wenige Leute in Umuaro, daß Ezeulu den Vorschlag des weißen Mannes, Chief zu werden, wirklich abgelehnt hatte. Wie konnte er gerade das ablehnen, was er so viele Jahre geplant und eingefädelt hatte? fragten seine Feinde. Aber Akuebue und andere gingen daran, die Geschichte in jeder Ecke von Umuaro zu verbreiten, und bald war sie auch in sämtlichen Nachbardörfern bekannt.

Nwaka von Umunneora strafte das, was er von Ezeulu hörte, mit Verachtung. Als er die Geschichte nicht länger in Zweifel ziehen konnte, versuchte er, sie durch Erklärungen zu entwerten.

»Der Mann ist so stolz wie ein Wahnsinniger«, sagte er. »Damit ist endlich bewiesen, was ich den Leuten immer gesagt habe: Er hat den Wahnsinn seiner Mutter geerbt.«

Wie alles, was Nwaka aus Bosheit äußerte, enthielten auch diese Worte einen wahren Kern. Ezeulus Mutter Nwanyieke hatte an heftigen schubweisen Wahnsinnsanfällen gelitten. Man sagte, wenn ihr Mann nicht so ein mächtiger Heilkundiger gewesen wäre, so hätte sie unaufhörlich getobt.

Aber trotz Nwaka und einigen anderen unversöhnlichen Feinden Ezeulus wuchs von Tag zu Tag die Zahl der Leute in Umuaro, die allmählich zu der Überzeugung kamen, daß man Ezeulu übel mitgespielt hatte. Immer mehr Leute fingen an, ihm einen Besuch in Okperi abzustatten. An nur einem Tag empfing er neun Gäste, und manche von ihnen brachten ihm Yams und andere Geschenke.

Zwei Wochen, nachdem Captain Winterbottom in das Missionshospital von Nkisa eingeliefert worden war, hatte er sich soweit erholt, daß Tony Clarke die Erlaubnis erhielt, ihn zu besuchen. Aber nur fünf Minuten lang. Die Ärztin stand mit einer Taschenuhr an der Tür.

Er war unglaublich weiß, fast ein lächelnder Leichnam.

»Wie geht's, wie steht's bei euch?« fragte er.

Clarke konnte es kaum erwarten zu antworten. Er stürzte sich in den Bericht von Ezeulus Weigerung, Chief zu werden, als wollte er eine Antwort aus Winterbottom herausholen, ehe dessen Mund sich auf immer schloß.

»Laßt ihn drin, bis er lernt, mit der Verwaltung zusammenzuarbeiten.«

»Ich sagte ausdrücklich, daß Sie nicht sprechen dürfen«, sagte die Ärztin und trat rasch mit gequältem Lächeln dazwischen. Captain Winterbottom hatte die Augen geschlossen und sah schon wieder schlechter aus. Tony Clarke fühlte sich schuldig und ging sofort hinaus, aber es war ihm eine große Last von der Seele genommen. Auf dem Rückweg zum Government Hill dachte er voll Bewunderung, wie mühelos Captain Winterbottom, selbst wenn er krank war, das richtige Wort fand. Die Zusammenarbeit mit der Verwaltung verweigern ...

Nach Ezeulus Weigerung, Chief zu werden, hatte Clarke noch einmal durch seinen Amtsschreiber den Versuch gemacht, ihn zu überreden, war aber gescheitert. Dadurch war die Lage vollends untragbar geworden. Sollte er den Mann im Gefängnis behalten oder ihn freilassen? Ließe er ihn frei, so sänke das Ansehen der Verwaltung in Grund und Boden, besonders in Umuaro, wo sich die Dinge nach einer langen Periode der Feindseligkeit gegen Verwaltung und christliche Religion nun ganz allmählich aufzulockern begannen. Nach allem, was Clarke gelesen hatte, hatten sich die Umuaro jeder Veränderung stärker widersetzt als irgendein anderer Clan in der ganzen Provinz. Ihre Schule war erst etwa ein Jahr alt, und nach einer Reihe von Fehlschlägen war eine christliche Mission errichtet worden, die auf sehr unsicheren Füßen stand. Welche Wirkung hätte auf einen solchen Bezirk die triumphale Rückkehr eines Zauberdoktors, der der Verwaltung Widerstand geleistet hatte?

Aber Clarke war nicht der Mann, jemanden einzusperren, ohne zuvor sein Gewissen ganz und gar dahingehend beruhigt zu haben, daß nicht nur Recht geschehe, sondern dieses auch nach außen hin deutlich würde. Nun, nachdem er auf seine anfänglichen Skrupel eine Antwort bekommen hatte, kamen sie ihm etwas töricht vor; aber sie waren sehr real gewesen. Was ihm besondere Sorgen bereitete, war: Wenn er den Mann im Gefängnis behielt, was sollte er als sein Verbrechen angeben? Was sollte er in seine Liste eintragen? Daß er die Verwaltung auf den Arm genommen hatte? Daß er sich weigerte, Chief zu werden? Diese scheinbar unwichtige Frage plagte Clarke wie eine Fliege während der Siesta. Ihm war bewußt, daß sie unwichtig war, aber damit war ihm nicht geholfen, und wenn, dann wurde alles eher noch schlimmer. Er konnte nicht einfach einen alten Mann – ja, sogar einen sehr alten Mann – ohne einen vernünftigen Grund ins Gefängnis werfen. Wirklich völlig albern, dachte er nun, da Winterbottom ihm eine Antwort gegeben hatte. Er zog daraus folgende Lehre: Wenn die alten Hasen wie Winterbottom schon nicht klüger waren als die jüngeren, so hatten sie doch wenigstens Routine, und das sollte man nicht unterschätzen!

Captain Winterbottoms Genesung hatte einen Rückschlag erlitten, und vierzehn Tage lang durfte ihn niemand besuchen. Unter den Dienern und dem afrikanischen Personal von Government Hill verbreitete sich zuerst das Gerücht, er habe den Verstand verloren, und später, er sei gelähmt. Mit diesen Gerüchten stieg Ezeulus Ansehen. Nun, da jeder die Ursache seiner Verhaftung kannte, war es unmöglich, nicht auf seiner Seite zu stehen. Er hatte dem weißen Mann nichts zuleide getan und konnte mit vollem Recht sein *ofo* gegen ihn aufrechterhalten. In dieser Lage war alles, was Ezeulu als Vergeltung unternahm, nicht nur gerechtfertigt, sondern aus eben diesem Grunde auch zum Erfolg verurteilt. John Nwodika erklärte, daß Ezeulu wie eine Puffotter sei, die niemals zubiß, bevor sie ihre sieben tödlichen Giftzähne einen nach dem andern geöffnet hatte. Wenn der von ihr Verfolgte nicht, während sie damit beschäftigt war, Verstand genug besaß, um sein Leben zu rennen, so hatte er selbst schuld. Ezeulu hatte dem weißen Mann während der vier Märkte, die er im

Gefängnis saß, genug Warnungen zukommen lassen. Da durfte man ihm jetzt nicht vorwerfen, daß er zurückschlug und den Verstand seines Feindes vernichtete oder eine Seite seines Körpers tötete und sich in Zuckungen windend einem halben Leben überließ, das schlimmer war als ein ganzer Tod.

Man hielt Ezeulu jetzt 32 Tage fest. Der weiße Mann hatte Unterhändler geschickt mit dem Auftrag, seinen Sinn zu ändern, aber nicht den Mut gehabt, selbst vor sein Angesicht zu treten – so wenigstens erzählte man sich's in Okperi. Dann eines Morgens, am achten Eke-Markttag nach seiner Verhaftung, erklärte man ihm plötzlich, er sei frei und könne heimgehen. Zum Erstaunen des Boten und des Amtsschreibers, die ihm die Nachricht überbrachten, brach er in sein seltenes, tief aus dem Innern kommendes Lachen aus.

»Also ist der weiße Mann müde geworden?«

Die beiden Männer grinsten zustimmend.

»Ich hatte gedacht, er besäße mehr Kampfgeist«, sagte Ezeulu.

»So ist der weiße Mann eben«, sagte der Amtsschreiber.

»Mir ist der Gegner lieber, der einen Stein wirft und dann selbst den Kopf hinhält, als derjenige, der Kampfgeschrei ausstößt, und wenn es dazu kommt, zittert und Dünnschiß kriegt.«

Nach ihren Mienen zu urteilen, stimmten die beiden Männer auch damit überein.

»Wißt ihr, wie mich zu Hause meine Feinde nennen?« fragte Ezeulu. Eben trat John Nwodika ein, um seiner Freude über das Ausdruck zu geben, was geschehen war.

»Fragt ihn – er wird's euch sagen. Sie nennen mich den Freund des weißen Mannes. Sie meinen, daß Ezeulu den weißen Mann nach Umuaro gebracht hat. Ist es nicht so, Sohn des Nwodika?«

»Es ist wahr«, entgegnete der andere, ein wenig verwirrt, daß er das Ende einer Geschichte bestätigen sollte, deren Anfang er nicht gehört hatte.

Ezeulu schlug eine Fliege tot, die auf seinem Schienbein saß. Sie fiel zu Boden, und er betrachtete die Handfläche, mit der er sie getötet hatte. Dann rieb er sie, um den Fleck zu entfernen, an der Matte ab, und betrachtete sie wieder.

»Sie sagen, daß ich sie an den weißen Mann verriet.« Er betrachtete noch immer seine Handfläche. Dann schien er sich zu fragen: Warum erzähle ich Fremden solche Dinge? Er brach ab.

»Du solltest nicht zuviel darüber nachdenken«, sagte John Nwodika. »Wie viele von denen, die dich verspotten, können mit dem weißen Mann ringen, wie du es getan hast, und seinen Rücken auf die Erde drücken?«

Ezeulu lachte. »Das nennst du ringen? Nein, mein Bruder. Wir haben nicht gerungen; wir haben nur einer des andern Hand geprüft. Ich komme wieder, aber vorher werde ich mit meinem eigenen Volk ringen, dessen Hand ich kenne und das meine Hand kennt. Ich gehe heim, um alle die zum Kampf herauszufordern, die ihre Finger in mein Gesicht gebohrt haben – sie sollen nur vor ihre Türen treten und sich mit mir im Kampf messen –, und wer den andern wirft, der wird ihm seine Fußringe abstreifen.«

»Eneku Ntulukpa sagt Mensch, Vogel und Tier den Kampf an!« rief John Nwodika in kindlicher Begeisterung.

»Das kennst du?« fragte Ezeulu erfreut.

John Nwodika fing an, das Spottlied zu singen, mit dem der Vogel Eneku einmal die ganze Welt herausforderte. Die beiden Fremden lachten; das sah Nwodika ähnlich!

»Wer auch den andern wirft«, sagte Ezeulu, als das Lied zu Ende war, »soll ihm den Fußring abstreifen.«

Ezeulus plötzliche Entlassung war die erste größere Entscheidung, die Clarke eigenmächtig getroffen hatte. Seit seinem Besuch in Nkisa, bei dem Winterbottom dem Verbrechen des Mannes den richtigen Namen gegeben hatte, war genau eine Woche vergangen und sein Selbstvertrauen in dieser Zeit beträchtlich gewachsen. Er hatte in Briefen an seinen Vater und seine Verlobte über den Vorfall berichtet und über seinen früheren Dilettantismus gespöttelt – ein sicheres Zeichen seiner neuen Selbstsicherheit. Ohne Zweifel hatte dazu der Brief des Residenten beigetragen, der ihm Vollmacht gab, die täglichen Entscheidungen zu treffen und vertrauliche Briefe zu öffnen, soweit sie nicht persönlich an Winterbottom adressiert waren.

Der Postbote brachte zwei Briefe herein. Einer beeindruckte durch ein Siegel und roten Wachs – der typische Nachwuchs-Kolonialbeamte nannte solche Briefe »Streng geheim: Vor dem Lesen zu verbrennen!« Er betrachtete ihn genau und sah, daß er nicht an Winterbottom persönlich gerichtet war. Er fühlte sich wie einer, der gerade die Weihen einer wichtigen Geheimgesellschaft erhalten hat. Er legte den gewichtigen Brief für den Augenblick beiseite, um zuerst den kleineren zu lesen, der nur Reuters wöchentlichen Telegrammbericht enthielt, den das nächste Postamt, das 50 Meilen entfernt lag, als normalen Brief geschickt hatte. Darin stand, daß russische Bauern als Protest gegen das neue Regime die Feldarbeit verweigert hatten. »Geschieht ihnen recht«, sagte er und legte den Bericht beiseite; er wollte ihn abends auf dem Anschlagbrett des Kasinos anbringen. Er richtete sich auf und nahm den gewichtigen Umschlag.

Dieser enthielt den Bericht des Sekretärs für Eingeborenenangelegenheiten über die Einführung der indirekten Herrschaft in Ostnigeria. Die begleitende Note des stellvertretenden Gouverneurs besagte, daß dieser Bericht bei der letzten Sitzung der leitenden politischen Beamten in Enugu ausführlich besprochen worden sei – leider war Captain Winterbottom zu krank gewesen, um daran teilzunehmen. Der stellvertretende Gouverneur führte weiter aus, daß er trotz des beigefügten ungünstigen Berichts keine Direktiven erhalten habe, die bisherige Politik zu ändern. Das war Sache des Gouverneurs. Da aber bald – so oder so – eine Entscheidung getroffen werden mußte, empfahl es sich zur Zeit nicht, die Ernennung von neuen Chiefs weiterzubetreiben. Es war bezeichnend, daß der Chief für Okperi in dem Bericht kritisch erwähnt wurde. Das Schreiben schloß mit der Bitte an Winterbottom, die Angelegenheit taktvoll zu behandeln, damit die Verwaltung nicht die Einheimischen verwirrte oder den Eindruck mangelnder politischer Entschlossenheit hinterließe, denn das könne unermeßlichen Schaden anrichten.

Als Clarke nach Tagen Winterbottom von dem Bericht und dem Brief des stellvertretenden Gouverneurs erzählen konnte, stieß er auf einen erstaunlichen Mangel an Interesse – fraglos eine Folge des Fiebers. Winterbottom flüsterte nur etwas wie: »Scheiß auf den stellvertretenden Gouverneur ...«

# KAPITEL 16

Obwohl es mitten in der Regenzeit war, traten Ezeulu und sein Gefährte an einem trockenes Wetter versprechenden Morgen den Heimweg an. Der Gefährte war John Nwodika, der nichts von seiner Absicht wissen wollte, den langen Weg allein zu gehen. Ezeulu bat ihn, sich nicht zu bemühen, doch das war vergeblich.

»Es ist keine Reise, die ein Mann deines Standes allein unternehmen kann«, sagte Nwodika. »Wenn du entschlossen bist, heute heimzukehren, muß ich mit dir gehen. Sonst solltest du bis morgen warten, wenn Obika ohnehin zu Besuch kommt.«

»Ich kann keinen Tag länger bleiben«, sagte Ezeulu. »Ich bin die Schildkröte, die in eine Latrine gefallen ist und dort zwei Märkte lang gefangen war; als aber die Helfer kamen, um sie am achten Tag herauszuholen, schrie sie: Schnell, schnell! ich kann den Gestank nicht ertragen!«

Also brachen sie auf. Ezeulu trug sein glänzendes gelbes Hüfttuch und eine dicke, rauhgewebte weiße Toga darüber; dieses Obergewand war unter die rechte Achselhöhle gezogen und die beiden Enden über die linke Schulter geworfen. Über derselben Schulter trug er seine Ziegenledertasche. In der rechten Hand hielt er seinen *alo* – einen langen eisernen Wanderstab mit einer scharfen, speerartigen Spitze, den jeder Mann von Rang bei wichtigen Anlässen trug. Auf dem Kopf hatte er eine rote *ozo*-Kappe, von einem Lederband umschlossen, an dem eine Adlerfeder ein wenig nach hinten wies.

John Nwodika trug ein dickes braunes Hemd über der Khakihose.

Das Wetter hielt sich, bis sie auf halben Weg zwischen Okperi und Umuaro waren. Dann schien der Regen zu sagen: »Jetzt ist es

Zeit! Jetzt sind keine Häuser am Weg, wo sie Schutz suchen können.« Er bot seine ganze Kraft auf und stürzte mit ungeheurer, erstickender Gewalt nieder.

John Nwodika sagte: »Laß uns eine Weile unter einem Baum Schutz suchen und warten, ob der Regen nachläßt.«

»Es ist gefährlich, bei einem solchen Unwetter unter einem Baum zu stehen. Laß uns weitergehen. Wir sind nicht aus Salz und tragen keine üblen Zaubermittel am Leibe. Ich wenigstens nicht.«

Also eilten sie weiter, ihre Kleider klebten wie erschrocken an ihrem Körper. Ezeulus Ledertasche stand voller Wasser, und er wußte, daß sein Schnupftabak verdorben war. Aber das machte ihm nichts aus. Wenn er überhaupt etwas fühlte, dann eine Hochstimmung, in die man manchmal bei sintflutartigem Regen versetzt wird – das berauschende Gefühl, das die Kinder nackt in den Regen hinaustreibt und sie singen läßt:

Mili zobe ezobe!
Ka megbaba ogwogwo!

Aber in Ezeulus Begeisterung war ein Wermutstropfen. Den Regen sah er an als Teil der Leiden, denen er preisgegeben war und für die ein Mann volle Genugtuung verlangen muß. Je mehr er litt, um so mehr Freude würde ihm seine Rache bereiten. Seine Gedanken waren auf der Suche nach neuen Anklagen, die er auf all die andern türmen konnte.

Er krümmte den Zeigefinger der linken Hand und strich damit über Stirn und Augen, um das Wasser wegzuwischen, das ihn blind machte. Die breite Straße verwandelte sich in einen aufgewühlten roten Sumpf. Ezeulus Stab schlug nicht mehr mit hartem Geräusch auf den Boden; das spitze Ende sank gurgelnd um Fingerlänge ein, ehe es auf festen Grund stieß. Ab und zu hörte der Regen plötzlich auf, als wolle er lauschen. Nur dann war es möglich, die einzelnen Riesenbäume und das Unterholz mit dem hängenden, triefenden Laub zu unterscheiden. Aber solche Atempausen dauerten nur kurze Zeit; sie wurden gleich wieder von neuen dichten Regenwänden überrannt.

Regen war gut für den Körper, aber nur, wenn er eine Weile dauerte und dann ganz aufhörte. Wenn er länger anhielt, begann der

Körper auszukühlen. Dieser Regen kannte keine Grenze. Es regnete und regnete weiter, bis sich Ezeulus Finger wie eiserne Klauen um seinen Stab schlossen.

»Das hast du nun von deiner Hilfsbereitschaft«, sagte er zu John Nwodika. Seine Stimme war ein wenig belegt, er räusperte sich.

»Du bist es, um den ich mir Sorgen mache.«

»Ich? Warum sollte sich jemand um einen alten Mann sorgen, dessen Augen schon all ihren Schlaf hinter sich haben? Nein, mein Sohn. Die vor mir liegende Reise ist kurz gegen die, die ich hinter mir habe. Wo immer die Flamme jetzt erlischt, werde ich die Fackel weglegen.«

Ein neuer Regenschwall setzte ein und erstickte John Nwodikas Antwort.

Ezeulus Leute waren sehr besorgt, als er steif und zitternd hereinkam. Sie entzündeten ein großes Feuer für ihn, während Ogoye, seine Frau, schnell eine Rotholzsalbe zubereitete. Vor allem andern brauchte er Wasser, um seine Füße zu waschen, die bis hinauf zu der *ozo*-Fußspange mit rotem Schlamm bedeckt waren. Dann nahm er die Rotholzsalbe aus der Kokosnuß und rieb sich die Brust ein, während Edogo sie auf seinem Rücken verrieb. Matefi, die an diesem Abend an der Reihe war, für Ezeulu zu kochen – sie hatten auch während seiner Abwesenheit streng nachgezählt –, hatte schon angefangen, die Utazisuppe zu bereiten. Ezeulu trank sie heiß, und allmählich kehrte sein Körper zu ihm zurück.

Der Regen war schon schwächer geworden, als Ezeulu nach Hause kam, und bald hörte er ganz auf. Nachdem er die Utazisuppe getrunken hatte, schickte Ezeulu Nwafo sofort zu Akuebue, um ihn von seiner Ankunft zu benachrichtigen.

Akuebue stampfte gerade Schnupftabak, als Nwafo ihm die Neuigkeit mitteilte. Er hört sofort damit auf und schüttete den halbgemahlenen Tabak mit Hilfe einer besonders dünnen Messerklinge in eine kleine Flasche. Dann fegte er mit einer Feder die feineren Teilchen in die Mitte des Mahlsteins und füllte sie ebenfalls in die Flasche. Er fegte auch den großen Stein und den kleinen Stein, bis sich alles Pulver in der Flasche befand, legte dann die beiden

Steine weg und rief eine seiner Frauen, um ihr mitzuteilen, wo er hinginge.

»Wenn Osenigwe kommt, um sich die Steine auszuleihen«, sagte er, während er sein Tuch über die Schulter warf, »dann richte ihm aus, daß ich noch nicht fertig bin.«

In Ezeulus Haus hatten sich schon ein paar Leute eingefunden, als Akuebue eintraf. Alle Nachbarn und auch ein paar Vorübergehende, die von seiner Heimkehr gehört hatten und ihren Weg unterbrachen, kamen herein, um ihn zu begrüßen. Ezeulu sprach sehr wenig, er nahm die Begrüßung meist nur mit einem Blick und einem Nicken entgegen. Die Zeit zu sprechen und zu handeln war noch nicht gekommen. Er mußte erst das Äußerste erleiden, weil der Mann, dessen Tun man fürchtet, erst das Äußerste erlitten haben muß. Das war das Furchtbare an der Puffotter; sie ließ sich jede Herausforderung gefallen, sie ließ sich sogar von ihrem Feind auf den Körper treten – sie wartete und öffnete ihre sieben Giftzähne einen nach dem andern. Dann sprach sie zu ihrem Peiniger: Hier bin ich!

Alle Bemühungen, Ezeulu in ein Gespräch zu verwickeln, schlugen fehl oder hatten nur geringen Erfolg. Wenn die Gäste von seiner Weigerung sprachen, des weißen Mannes Chief zu werden, lächelte er nur. Nicht, daß ihm die Leute um ihn herum mißfielen oder das Thema, über das sie sprachen. Er genoß das alles und wollte sogar, daß Nwodikas Sohn dableibe, um ihnen zu erzählen, was geschehen war. John aber war nach einer kurzen Weile weitergegangen zu seinem Dorf, um dort die Nacht zu verbringen, ehe er am nächsten Morgen nach Okperi zurückkehrte. Er hatte es sogar abgelehnt, sich den Schlamm von den Füßen zu waschen.

»Ich gehe wieder hinaus in den Regen«, hatte er gesagt. »Wenn ich mir jetzt die Füße wasche, so wäre das, als wenn ich mir den Hintern reinigte, ehe die Exkremente draußen sind.«

Als wisse er, was Ezeulu in diesem Augenblick dachte, sagte einer seiner Besucher: »Der weiße Mann hat in dir einen ebenbürtigen Gegner gefunden. Aber etwas an dieser Geschichte verstehe ich nicht – die Rolle, die der Sohn des Nwodika in Umunneora spielt. Wenn das Eisen nicht mehr so heiß ist, muß er mir die eine oder andere Frage beantworten.«

»Ich bin deiner Meinung«, sagte Anosi.

»Nwodikas Sohn hat uns alles erklärt«, bemerkte Akuebue, der Ezeulus Sprecher geworden war. »Was er getan hat, tat er in dem Glauben, Ezeulu damit zu helfen.«

Der andere Mann lachte. »Wirklich? Was für ein unschuldiger Bursche! Ich glaube, er steckt seinen *Fufu*-Kloß ins Nasenloch. Erzähl mir ein anderes Märchen!«

»Trau niemals einem Mann aus Umunneora. Das ist meine Meinung.« Jetzt sprach Ezeulus Nachbar Anosi. »Wenn mich ein Mann aus Ummuneora auffordert: Bleib stehen! – dann laufe ich, was ich kann, und wenn er mich auffordert: Lauf! – dann bleibe ich stehen, wo ich bin.«

»Dieser ist anders«, sagte Akuebue. »Er ist herumgekommen, und das hat ihn verändert.«

»Hihihi!« lachte Ifeme. »Er wird nur neue Tricks hinzugelernt haben außer denen, die ihm seine Mutter beibrachte. Du sprichst wie ein kleiner Junge, Akuebue.«

»Weißt du, warum es heute den ganzen Nachmittag geregnet hat?« fragte Anosi. »Weil Udenkwos Tochter auf *uri* geht. Deshalb haben die Regenmacher von Umunneora ihr das Fest ihrer Verwandtschaft verdorben. Sie hassen nicht nur die andern, noch mehr hassen sie sich gegenseitig. Ihre Bosheit trägt einen Hut!«

»Wahr. Es ist Schwangersein und einen Säugling nähren zu gleicher Zeit.«

»Sehr wahr. Sie gehören zum Volk meiner Mutter, aber ich blicke nur mit Furcht auf sie.«

Ifeme erhob sich, um zu gehen. Er war ein kleiner, gedrungener Mann, der immer mit lautester Stimme sprach, als sei jedes Gespräch ein Streit.

»Ich muß gehen, Ezeulu«, schrie er so laut, daß man ihn in den Häusern der Frauen hören könnte. »Wir danken dem großen Gott und wir danken Ulu, daß deine Reise ohne schlimme Vorkommnisse zu Ende ging. Vielleicht hast du dir dort gesagt: Ifeme ist nicht gekommen, um mich zu besuchen. Haben wir uns denn gestritten? Nein, es gibt keinen Streit zwischen Ezeulu und Ifeme. Ich dachte die ganze Zeit: Ich muß Ezeulu einen Besuch abstatten. Meine Augen liefen voran, aber meine Füße hinkten hinterher. Ich sagte mir immer: Morgen gehe ich zu ihm! Aber jeder Tag brachte mir eine neue Aufgabe. Wie ich schon vorhin sagte: *Nno.*«

»Genauso ging es mir«, sagte Anosi. »Immer sagte ich mir: Morgen gehe ich, morgen gehe ich, wie die Kröte, die die Möglichkeit verspielte, sich einen Schwanz wachsen zu lassen, weil sie immer sagte: Ich komme schon, ich komme schon.«

Ezeulu rückte ein Stück von der Wand, an der er ausgeruht hatte, und schien all seine Aufmerksamkeit auf seinen Enkel zu richten, auf den kleinen Amechi, der vergebens versuchte, die geballte Faust des alten Mannes zu öffnen. Aber seine Gedanken kreisten um die Gespräche um ihn herum. Bisweilen äußerte er, wenn es nötig war, ein Wort oder ein paar Worte. Jetzt schaute er auf und dankte Ifeme für seinen Besuch.

Amechi wurde immer unruhiger, und bald fing er an zu weinen, obwohl ihm Ezeulu inzwischen erlaubt hatte, seine Faust zu öffnen.

»Nwafo, komm her und bring ihn zu seiner Mutter; ich glaube, er ist müde.«

Nwafo kam, kniete sich hin und bot Amechi seinen Rücken. Aber statt hinaufzuklettern, hörte das Kind zu weinen auf, ballte die kleine Faust und schlug Nwafo mitten auf den Rücken; das verursachte allgemeines Gelächter, und er sah sich stolz im Kreise um, die Tränenspuren noch unter den Augen.

»Geh lieber weg, Nwafo, er mag dich nicht. Du bist kein gutes Kind. Er will Obiageli haben.«

Und wirklich, Amechi kletterte ohne jedes Zögern auf Obiagelis Rücken.

»Da sieht man's!« sagten einige Stimmen zugleich.

Obiageli stand mühsam auf, bog sich ein wenig vor, machte mit der Hüfte einen plötzlichen Ruck, der das Kind weiter hinaufschob und ging mit ihm fort.

»Sachte!« rief Ezeulu.

»Mach dir keine Sorgen«, sagte Anosi. »Sie weiß, was zu tun ist.«

Obiageli ging hinaus in Richtung von Edogos Hof. Sie sang dabei:

Sag der Mutter, ihr Kindchen weint,
Sag der Mutter, ihr Kindchen weint,
Koch ein Breichen aus Uziza,
Noch ein Breichen aus Uziza,
Mach ein wäßrig Pfeffersüppchen.
Trinkt davon ein kleiner Vogel,
Muß er bald am Schlucken sterben.
Mutters Ziege ist im Stall
Und die Yams sind gar nicht sicher,
Vaters Ziege in der Scheune
Frißt alle Yams uns auf.
Siehst du dort das Rehchen kommen?
Schau, es taucht den Fuß ins Wasser,
Weil die Schlange es gebissen!
Jetzt läuft's weg!
Ja-ja-ja-kulo kulo
Großer Habicht, großer Wandrer
Sei willkommen uns zu Hause,
Ja-ja-ja-kulo kulo!
Aber sag, wo sind die Längen
Tuch, die du uns mitgebracht?
Ja-ja-ja-kulo kulo!

In der Verbannung war es Ezeulu leicht gefallen, an Umuaro als ein feindliches Ganzes zu denken. Aber wieder zu Hause konnte er die Sache nicht mehr so einfach sehen. Diese Leute, die alles, was und wo es auch war, liegen ließen, um ihn willkommen zu heißen, konnte er nicht seine Feinde nennen. Manche von ihnen – wie Anosi – mochten unwichtig, erfolglos, vielleicht klatschsüchtig und manchmal boshaft sein; aber sie glichen nicht dem Feind, den er in Okperi im Traum gesehen hatte.

Im Laufe des zweiten Tages zählte er 75 Besucher, die Frauen nicht inbegriffen. Sechs von ihnen hatten Palmwein mitgebracht; Ibe, sein Schwiegersohn, und seine Leute brachten zwei Töpfe mit besonders gutem Wein und einen Hahn. Den ganzen Tag lang sah Ezeulus Haus wie eine Festhalle aus. Sogar aus Umunneora, dem feindlichen Dorf, waren zwei oder drei Leute gekommen. Und wieder teilte Ezeulu, als der Tag zu Ende war, im stillen die Bewohner von Umuaro in gewöhnliche Leute ein, die nichts als Wohlwollen für ihn hegten, und in jene anderen, die mit ihrem Ehrgeiz die Einheit der sechs Dörfer zu zerstören suchten. Von dem Augenblick an, als er diese Sichtung vornahm, begannen sich, wenn auch schüchtern, versöhnliche Gedanken in ihm einzunisten. Ihm war zwar klar, daß er mit Recht sagen konnte: Wenn Öl an einem Finger ist, werden alle andern mit fettig. Aber war es recht, die Hand gegen alle Leute zu erheben, die ihm in der Gefangenschaft und seit seiner Rückkehr soviel Anteilnahme gezeigt hatten?

Der Zwiespalt in seinen Gedanken wurde am dritten Tage auf eine gänzlich unerwartete Weise aufgehoben. An diesem Tag war sein letzter Besucher Ogbuefi Ofoka gewesen, einer der angesehensten Männer in Umuaro, aber ein seltener Gast in Ezeulus Haus. Ofoka war dafür bekannt, daß er offen seine Meinung kundtat. Er gehörte nicht zu den Leuten, die einen Mann preisen, weil er ihnen Palmwein angeboten hat. Statt sich vom Palmwein blenden zu lassen, goß Ofoka ihn weg, steckte sein Horn in die Ledertasche und sagte, was er dachte.

»Ich bin gekommen, um dich mit *Nno* zu begrüßen und Ulu und Chukwu zu danken, weil sie Sorge trugen, daß du deinen Fuß nicht an einem Stein gestoßen hast«, sprach er. »Ich möchte dir sagen, daß ganz Umuaro erleichtert aufgeatmet hat an dem Tag, als du den Fuß wieder in dein Haus setztest. Niemand hat mich gesandt, dir diese Botschaft zu bringen, aber ich meine, du solltest sie wissen. Warum ich dir das sage? Nun, weil ich weiß, in welcher Stimmung du weggegangen bist.« Er hielt kurz inne, dann streckte er den Kopf fast herausfordernd Ezeulu entgegen. »Ich bin einer von denen, die hinter Nwaka von Umunneora standen, als er dich aufforderte, mit dem weißen Mann zu sprechen.«

Ezeulu verzog keine Miene.

»Hast du mich verstanden?« fuhr Ofoka fort. »Ich gehöre zu denen, die gesagt haben, wir wollen nicht zwischen dir und dem weißen Mann stehen. Wenn du willst, kannst du mir dein Haus verbieten, sobald ich mein Anliegen vorgetragen habe. Du sollst erfahren – wenn es dir nicht bereits bekannt ist –, daß sich die Ältesten von Umuaro nicht hinter Nwaka und gegen dich gestellt haben. Wir kennen ihn alle und auch den Mann, der hinter ihm steht; wir lassen uns nicht täuschen. Warum haben wir ihm dann zugestimmt? Weil wir verunsichert waren. Verstehst du mich? Die Ältesten von Umuaro wissen nicht, woran sie sind. Du darfst ruhig sagen, daß du es von Ofoka weißt. Wir sind verunsichert, wir sind wie der junge Hund im Sprichwort, der zwei Befehlen zugleich gehorchen will und sich dabei den Kiefer brach. Zuerst hast du, Ezeulu, uns vor fünf Jahren gesagt, es wäre unvernünftig, dem weißen Mann zu trotzen. Wir haben nicht auf dich gehört. Wir sind ihm entgegengetreten, er nahm uns unser Gewehr ab und zerbrach es über seinem Knie. Da wußten wir, daß du recht hattest. Aber gerade jetzt, da wir anfangen, unsere Lektion zu lernen, da kommst du, verkehrst deine Meinung ins Gegenteil und sagst uns, wir sollen denselben weißen Mann herausfordern. Was sollten wir denn tun?« Er machte eine erwartungsvolle Pause, aber Ezeulu antwortete nicht.

»Wenn mein Feind die Wahrheit spricht, dann sage ich nicht: Weil mein Feind sie ausspricht, will ich nicht hinhören. Was Nwaka gesagt hat, war die Wahrheit. Er sagte: ›Geh und sprich mit dem weißen Mann, denn er kennt dich.‹ Stimmte das nicht? Wer sonst hätte zu ihm gehen und mit ihm ringen können? Noch einmal: *Nno.* Wenn dir das, was ich sage, nicht paßt, laß mir mitteilen, daß ich nicht wieder in dein Haus kommen soll. Jetzt gehe ich.«

Seine Worte enthielten alle Gründe und Gegengründe, die Ezeulu die letzten drei Tage lang immer wieder erwogen hatte. Hätte Akuebue diese Worte gesprochen, so hätten sie vielleicht nicht dieselbe Wirkung gehabt. Da sie aber von einem Mann kamen, der weder sein Freund noch sein Feind war, trafen sie Ezeulu unvorbereitet und mitten ins Herz.

Ja, es war richtig, daß der Oberpriester vorangehen und sich der Gefahr entgegenstellen sollte, ehe sie sein Volk erreichte. Diese Verantwortung war ihm als Priester auferlegt vom ersten Tag an, als die sechs bedrohten Dörfer sich zusammentaten und zu Ezeulus Vorfahr sagten: »Du wirst diesen Gott für uns tragen.« Zuerst hatte er sich gefürchtet. Welche Kraft verbarg sich in seinem Körper, die ihn befähigte, eine solch furchtbare Gefahr auf sich zu nehmen? Aber sein Volk sang hinter ihm, um ihn zu stützen, und der Flötenspieler wandte den Kopf um. Also fiel er auf beide Knie, und sie legten die Gottheit auf seinen Kopf. Er stand auf und fand sich in einen Geist verwandelt. Sein Volk hinter ihm sang weiter, und er trat vor zu seiner ersten und entscheidenden Reise, und er zwang sogar die vier Tage im Himmel, ihm Raum zu geben.

Der Gedanke daran überwältigte Ezeulu. Er schob ihn beiseite, um sich zu beruhigen, und rief seinen Sohn Oduche.

»Was tust du?«

»Ich flechte einen Korb.«

»Setz dich.«

Oduche setzte sich auf die Lehmbank und sah seinen Vater an.

Nach einer kurzen Pause sprach Ezeulu ohne Umschweife und gleich zur Sache. Er erinnerte Oduche daran, wie wichtig es war, zu wissen, was der weiße Mann wußte. »Ich habe dich zu ihnen gesandt, damit du mir dort als mein Auge dienst. Hör nicht auf das, was die Leute sagen – Leute, die nicht rechts und links unterscheiden können. Kein Mann sagt seinem Sohn eine Lüge, das habe ich dir schon vorher erklärt. Wenn dich jemand fragt, warum du all das Neue lernen sollst, so antworte ihm, daß ein Mann den Tanz beherrschen muß, der zu seiner Zeit in Mode ist.« Er kratzte sich den Kopf und fuhr mit weniger angespannter Stimme fort: »Als ich in Okperi war, sah ich einen jungen Mann, der sein Buch mit der linken Hand schreiben konnte. Aus dem, was er tat, ersah ich, daß er nicht viel Verstand hatte. Aber er hatte Macht; er durfte mir ins Gesicht schreien; er durfte tun, was er wollte. Warum? Weil er mit der linken Hand schreiben konnte. Deshalb habe ich dich zu mir gerufen. Ich wünsche, daß du die Fähigkeiten und Kenntnisse dieses Mannes so lernst und beherrschst, daß du, wenn du plötzlich nachts aus dem Schlaf geweckt und danach gefragt wirst, auf die Fragen antworten kannst. Du mußt sie erlernen, bis du sie mit der linken Hand niederschreiben kannst. Das ist alles, was ich dir zu sagen hatte.«

Als sich die Aufregung über Ezeulus Rückkehr gelegt hatte, ging das Leben auf seinem Gehöft allmählich wieder den gewohnten Gang.

Besonders die Kinder freuten sich darüber, nach der halben Trauer, in der sie länger als einen Monat verbracht hatten. »Erzähl uns eine Geschichte«, bat Obiageli ihre Mutter Ogoye. Eigentlich hatte Nwafo sie zu der Bitte gedrängt.

»Ich soll euch eine Geschichte erzählen, solange all diese Utensilien hier ungewaschen herumliegen?«

Nwafo und Obiageli gingen unverzüglich an die Arbeit. Sie räumten den kleinen Mörser zum Pfefferstampfen weg, drehten ihn um und stellten die kleineren Geräte auf das Bambusbord. Ogoye tauschte einen fast ausgebrannten Docht auf dem Dreifuß gegen einen neuen aus, den sie aus dem Topf mit dem palmölgetränkten Dochtbündel nahm.

Ezeulu hatte bis auf den letzten Krümel die Speisen verzehrt, die ihm Ogoye bereitet hatten. Das hätte eigentlich jede Frau sehr glücklich machen müssen. Aber in einem so großen Haushalt gab es immer etwas, das einem die Freude verdarb. Für Ogoye war es die ältere Frau ihres Ehemannes, Matefi. Egal was Ogoye tat, Matefis Eifersucht ließ ihr keine Ruhe. Kochte sie in ihrem Haus ein bescheidenes Mahl, so sagte Matefi, sie lasse ihre Kinder hungern, damit sie sich Armringe aus Elfenbein kaufen könne: schlachtete sie wie diesen Abend einen Hahn, sagte Matefi, sie wolle sich nur bei ihrem Mann einschmeicheln. Natürlich sagte sie solche Dinge niemals Ogoye ins Gesicht, aber ihr Klatsch fand immer den Weg zurück zu Ogoye. An diesem Abend, als sie ihren Hahn auf offenem Feuer briet, war Matefi auf und ab gegangen und hatte sich wiederholt geräuspert.

Nachdem sie das Zimmer aufgeräumt hatten, breiteten Nwafo und Obiageli eine Matte aus und setzten sich vor den niedrigen Schemel ihrer Mutter.

»Welche Geschichte möchtet ihr hören?«

»Onwuero«, sagte Obiageli.

»Nein«, sagte Nwafo, »die haben wir schon zu oft gehört. Erzähl uns lieber von …«

»Gut«, fiel ihm Obiageli ins Wort, »erzähl uns von Eneke Ntulukpa.«

Ogoye kramte eine Weile in ihrer Erinnerung, bis sie fand, was sie suchte.

»Es war einmal ein Mann, der hatte zwei Frauen. Die ältere Frau hatte viele Kinder, aber die jüngere nur einen Sohn. Dennoch war die ältere böse und neidisch. Eines Tages gingen der Mann und seine Familie auf das Feld. Dieses Feld lag an der Grenze zwischen dem Land der Menschen und dem Land der Geister ...«

Ogoye, Nwafo und Obiageli saßen eng aneinandergedrängt vor der Feuerstelle. Oduche saß allein neben dem Eingang zum Schlafraum und hielt sein neues Buch *Azu Ndu* in das gelbe Licht der Öllampe. Seine Lippen bewegten sich stumm, als er buchstabierte und die ersten Worte des Lesebuchs nachsprach:

| | |
|---|---|
| a b a | aba |
| e g o | ego |
| i r o | iro |
| a z u | azu |
| o m u | omu |

Inzwischen hatte Ezeulu seine Gedanken wieder auf den bevorstehenden Kampf gerichtet und begann mit der Feinfühligkeit eines Schneckenhorns die Möglichkeiten einer Versöhnung abzutasten oder, wenn das zuviel verlangt war, den Konfliktstoff einzugrenzen. Hinter seinen Überlegungen stand natürlich die Erkenntnis, daß die Auseinandersetzung nicht vor der Zeit der Ernte beginnen konnte, und bis dahin waren es noch drei Monde. Er hatte also viel Zeit. Vielleicht lenkte die Gewißheit, daß er nicht unter Zeitdruck stand, sein Denken auf mögliche Alternativen – er könnte ja seinen Entschluß rückgängig machen und ihn zur rechten Zeit wieder neu fassen. Warum sollte ein Mann es eilig haben, seine Finger abzulecken? Wollte er sie denn auf den Dachsparren legen? Oder vielleicht kamen die Gedanken an eine Aussöhnung aus einer echten Quelle? Nun, wie dem auch sei: Es war Ezeulu nicht vergönnt, die beiden Möglichkeiten länger zu erwägen.

»Ta! Nwanu!« schrie ihm Ulu ins Ohr, wie ein Geist etwas ins Ohr eines frechen Menschenkindes schreit. »Wer hat dir gesagt, daß dies dein eigener Kampf ist?«

Ezeulu zitterte, die Augen auf den Boden gerichtet. Er antwortete nicht.

»Ich wiederhole meine Frage: Wer hat dir gesagt, dies sei dein eigener Kampf, den du nach deinem Gutdünken führen kannst? Du willst deine Freunde retten, die dir Palmwein brachten. He–he–hehehe!« Nur ein Wahnsinniger könnte es manchmal ertragen, wenn die Gottheiten ihn auslachen. Drohungen und Spott liegen in ihrem trockenen und gespenstischem Gelächter. »Sieh dich vor, daß du nicht zwischen mich und meine Opfer gerätst, sonst könntest du Schläge in Empfang nehmen, die nicht für dich bestimmt waren! Weißt du nicht, was passiert, wenn zwei Elefanten kämpfen? Geh heim und schlaf und laß mich meinen Streit mit Idemili ausfechten, der mich vernichten will, damit seine Python zur Macht kommt. Nun erzähl mir, was es dich angeht! Ich sage dir: Geh heim und schlaf! Ich und Idemili, wir ringen bis zum bitteren Ende. Und wer von uns den andern wirft, der wird ihm die Fußspangen abnehmen!«

Darauf war nichts mehr zu erwidern. Wer war Ezeulu, daß er seiner Gottheit sagen durfte, wie er den neidischen Gott der heiligen Python bekämpfen müsse? Es war ein Kampf der Götter untereinander. Er war nicht mehr als ein Pfeil auf dem Bogen seines Gottes. Dieser Gedanke berauschte Ezeulu wie Palmwein. Neue Überlegungen brachen sich Bahn, und vergangene Geschehnisse gewannen neue, überraschende Bedeutung. Warum hatte Oduche eine Python in seinen Kasten gesperrt? Man hatte es auf die Religion des weißen Mannes geschoben. Aber was war die wirkliche Ursache? War auch dieser Knabe ein Pfeil in der Hand Ulus?

Und wie war es mit des weißen Mannes Religion? Und mit dem weißen Mann selbst? Diese Überlegung kam einer Gotteslästerung nah, aber Ezeulu war jetzt entschlossen, den Dingen auf den Grund zu gehen. Ja, wie stand es mit dem weißen Mann selbst? Schließlich hatte er einmal auf Ezeulus Seite gestanden, und in gewisser Weise hatte er sich wieder hinter ihn gestellt, als er ihn gefangen hielt und ihm dadurch eine Waffe gegen seine Feinde in die Hand gab.

Wenn Ulu von Anbeginn den weißen Mann als einen Verbündeten erkannt hatte, so würde das viele Dinge erklären! Es erklärte, warum Ezeulu seinen Sohn Oduche ausgeschickt hatte, um die Gewohnheiten des weißen Mannes kennenzulernen. Freilich, Ezeulu hatte diesen Entschluß damals anders begründet, aber damals waren ihm andere Gedanken durch den Kopf gegangen. Er war zur Hälfte ein Mensch und zur anderen Hälfte *mmo* – und wurde bei großen religiösen Anlässen mit weißer Kreide bemalt. Und die Hälfte von allem, was er tat, ging auf das Konto der Geister.

## KAPITEL 17

Die Leute von Umuaro pflegten zu sagen, daß der Lärm selbst der lautesten Ereignisse sich in der zweiten Marktwoche allmählich legt. So war es mit Ezeulus Gefangenschaft und Rückkehr. Eine Zeitlang sprach man über nichts anderes, nach und nach aber wurden sie zu einer der vielen Geschichten im Leben der sechs Dörfer, zumindest bildeten sich die Leute das ein.

Sogar in Ezeulus Gehöft kehrte der Alltag zurück. Obikas neue Frau wurde schwanger; Ogoye und Matefi benahmen sich weiterhin wie zwei eifersüchtige Frauen; Edogo nahm sein Schnitzhandwerk wieder auf, was er seit dem Höhepunkt der Saatzeit nicht getan hatte; Oduche machte Fortschritte in seinem neuen Glauben und im Lesen und Schreiben; Obika kehrte nach einer kurzen Unterbrechung wieder zum Palmwein zurück. Seine zeitweilige Enthaltsamkeit war größtenteils in der Erkenntnis begründet, daß zu viel Palmwein sich schädlich auswirkt, wenn ein Mann mit einer Frau schläft – er keuchte, wenn er auf ihr lag, wie eine Eidechse, die von einem Irokobaum gefallen ist, und das setzte ihn in ihren Augen herab. Jetzt aber, da Okuata schwanger geworden war, schlief er nicht mehr mit ihr.

Sogar Ezeulu hatte anscheinend all seinen Mißmut vergessen. Keine Spur davon machte sich bemerkbar, wenn er seinen Vorfahren täglich Kolanuß und Palmwein als Opfer darbrachte, oder in dem einfachen Ritual, das er bei jedem Neumond vollführte. Auch war es für seine jüngere Frau wieder an der Zeit, schwanger zu werden, nachdem sie sich über ein Jahr nach dem Tod ihres letzten Kindes erholt hatte. Also folgte sie seinem Ruf und schlief einige Nächte in seinem Haus. Dadurch wurde ihr Verhältnis zu Matefi nicht besser, die die Jahre des Kindergebärens hinter sich hatte.

Die kleinen Feiern und Feste des Jahres fanden zur dafür vorgesehenen Zeit statt. Manche von ihnen wurden von allen sechs Dörfern gemeinsam begangen, manche nur in einem einzelnen Dorf gefeiert. Umuago feierte sein Mgba Agbogho, die Ringkämpfe der Mädchen; Umunneora hatte sein Jahresfest zu Ehren Idemilis, des Herrn der Python. Gemeinsam feierten die sechs Dörfer in einem stillen Umzug Oso Nwanadi, um die zürnenden Geister der Verwandten zu versöhnen, die im Krieg gefallen oder auf andere Art für die Sache Umuaros gestorben waren.

Die schweren Regenfälle hörten für einige Tage auf, und das trokkene Wetter setzte ein, ohne das die Yamspflanzen keine großen Knollen hervorbringen können, auch wenn sie noch so üppige Blätter haben. Kurzum, das Leben verlief wie gewöhnlich, als sei nichts Besonderes geschehen und als würde auch künftig nichts Besonderes geschehen.

Ezeulus Dorf Umuachala feierte gegen Ende der Regenzeit und vor den großen Jahresfeierlichkeiten, dem Fest des Neuen Yam, ein kleines Fest, das Akwu Nro hieß. Dazu gehörten wenige Riten, es war nicht mehr als ein Gedenkopfer, das die Witwen ihren verstorbenen Männern darbrachten. Jede Witwe in Umuachala bereitete am Abend von Akwu Nro *Fufu* und Palmnußsauce und stellte beides vor ihr Haus. Am Morgen waren die Schalen leer, weil ihr Mann von *Ani-Mmo* heraufgestiegen war und die Speisen verzehrt hatte.

In diesem Jahr zog Akwu Nro außergewöhnliches Interesse auf sich, weil Obikas Altersgruppe dem Dorf eine neue Maske der Vorfahren schenkte. Die öffentliche Vorstellung einer neuen Maske war immer ein wichtiges Ereignis, besonders wenn es sich , wie dieses Mal, um eine Maske von hohem Rang handelte. In den letzten Tagen hatte es bei den Mitgliedern der Otakagu-Altersgruppe viel Kommen und Gehen gegeben. Diejenigen, die bei der Zeremonie wichtige Rollen zu spielen hatten, zogen natürlich Bosheit und Neid auf sich und mußten, um ihre Abwehrkräfte zu stärken, mit einem schützenden Zaubermittel versehen werden. Aber auch die anderen bedurften schützender Maßnahmen, die in flach auf ihren Armen eingeritzten Kerben bestanden.

Alle diese Vorbereitungen wurden heimlich getroffen im Einklang mit dem Mysterium der Geister der Vorfahren. In den letzten Jahren war – entgegen aller Gewohnheiten – der Gedanke aufgetaucht, daß es notwendig werden könnte, den Schutz dieses Mysteriums zu verstärken. Es war den Ältesten klar geworden, daß es einer Frau nicht schwer fallen konnte, den Mann hinter der Maske zu erkennen, auch wenn sie bei deren Anblick nicht sprechen durfte. Schließlich gehörte nicht mehr dazu, als sich die Leute, die die Maske begleiteten, anzusehen und festzustellen, wer fehlte. Um dieses Problem aus der Welt zu schaffen, hatten die Ältesten kürzlich bestimmt, daß jede Gruppe oder jedes Dorf, das eine neue Maske herausbringen wollte, sich ihren Mann außerhalb der Gruppe oder des Dorfes suchen mußte. Deshalb hatte die Otakagu-Altersgruppe den weiten Weg nach Umuogwugwu nicht gescheut, um einen Maskenträger auszuwählen. Der Mann, auf den die Wahl fiel, hieß Amumegbu; er war während aller Vorbereitungen in Umuachala, aber seine Anwesenheit wurde streng geheim gehalten.

Sowohl Edogo wie Obika standen in enger Beziehung zu der künftigen Maske. Obika gehörte nicht nur zu der direkt beteiligten Altersgruppe, sondern war zu einem der beiden Männer bestimmt worden, die in Gegenwart einer Maske einen Widder zu töten hatten. Edogo war wichtig, weil er die Maske geschnitzt hatte.

Es war kurz nach Mittag. Obika saß auf dem Boden seines Hauses, die Füße rechts und links von dem Stein, an dem er seine Machete schärfte. Schweißtropfen rannen ihm über das Gesicht, und er biß sich beim Arbeiten mit den Zähnen auf die Unterlippe. Er hatte bereits ein ganzes Maß Salz verbraucht, um den Stein zu härten, und dann und wann drückte er noch ein wenig Zitronensaft auf die Klinge. Zwei trockene Früchte und drei oder vier Zitronen, die noch nicht aufgeschnitten waren, lagen neben dem Stein. Obika hatte mit Unterbrechungen drei Tage lang an seiner neuen Machete gearbeitet, jetzt war sie scharf genug, ein Haar zu spalten. Er stand auf und ging hinaus, um sie bei Licht zu betrachten. Er hielt sie vor sich hin und bewegte das Handgelenk, wobei sie aufblitzte wie ein Spiegel in der Sonne. Offenbar war er zufrieden, denn er ging zurück ins Haus und legte sie beiseite. Dann begab er sich in den Innenhof zu seiner Frau, die Wasser aus dem großen Topf in eine Schale schöpfte. Sie erhob sich müde und spuckte aus, was sie neuerdings ständig tat.

»Alte Frau!« neckte sie Obika.

»Ich habe dir schon gesagt: Wenn du weißt, was du mit mir getan hast, dann komm nur und mach es rückgängig!« sagte sie lachend.

Nicht lange danach hörte man im Dorf die ersten Geräusche des beginnenden Festes. Ein halbes Dutzend junger Männer rannte hierhin und dorthin und suchte, ihre *ogene* schlagend, die Maske. Keiner wußte, durch welches der Millionen Ameisenlöcher in Umuachala sie herkommen würde. Sie suchten lange Zeit, und der Klang ihres eisernen Gongs und das Geräusch ihrer Füße, wenn sie nahten, hielten das Dorf in heller Aufregung. Sobald die Sonnenhitze nachzulassen begann, strömte die Menge dem *ilo* zu.

Der *ilo* von Umuachala gehörte zu den größten und gepflegtesten von Umuaro. Manchmal nannte man ihn Ilo Agbasiuso, weil seine Länge selbst die besten Läufer entmutigte. In einer seiner vier Ecken stand das *okwolo*-Haus, von dem aus alle, die in das Mysterium der Geister der Vorfahren initiiert waren, die Vorführung auf dem *ilo* ansahen. Der *okwolo* war ein hohes, ungewöhnlich angelegtes Haus, das nur zwei Seitenwände und eine Rückwand hatte. Wenn man von der offenen Seite hineinsah, fiel der Blick auf eine Reihe von Stufen, die durch die ganze Breite des Hauses liefen und vom Boden bis fast zum Dach anstiegen. Die Ältesten des Dorfes saßen auf den untersten Rängen, wo man den besten Ausblick hatte, die anderen auf den höheren Stufen weiter hinten. An der Rückwand des *okwolo* stand ein großer Udalabaum, der wie alle Udalabäume in Umuaro den Geistern der Vorfahren geweiht war. Sogar jetzt spielten viele Kinder in seinem Schatten und warteten, daß irgendwann eine reife, hellbraune Frucht herunterfiele – der Preis für den schnellsten Läufer oder das glückliche Kind, in dessen Nähe sie landete. Der Baum trug schwer an seinen verlockenden Früchten, aber weder jung noch alt durfte sie pflücken. Wenn jemand das Gesetz brach, würden alle maskierten Geister von Umuaro ihn heimsuchen, und er müßte ihre Fußspuren mit schweren Strafen und großen Opfern glätten.

Obwohl Ezeulu und Akuebue früh kamen, waren bei ihrem Eintreffen schon ungeheure Menschenmengen auf dem *ilo* versammelt;

jedermann in Umuachala war entweder dort oder unterwegs dorthin, und viele Leute kamen aus den übrigen Dörfern von Umuaro. Frauen und Mädchen, junge Männer und Jungen hatten bereits auf dem *ilo* einen großen Ring gebildet; als von allen Seiten mehr und mehr Leute herbeiströmten, wurde der Ring immer dichter und der Lärm stärker. Diesmal hielten keine jungen Männer die Menge mit Peitschen von der Mitte des Platzes fern, denn das würde sich von selbst ergeben, sobald die Maske erschien.

An einer Stelle des Rings entstand Unruhe und Verwirrung und verbreitete sich im Umkreis. Die Leute fragten die neben ihnen Stehenden, was es gäbe, und diese zeigten auf etwas hin. Bald wiesen Tausende von Fingern in dieselbe Richtung, wo in einer verhältnismäßig ruhigen Ecke des *ilo* Otakekpeli saß. Ganz Umuaro kannte ihn als Heilkundigen üblen Rufs. Mehr als zweimal hatte er eine Kolanuß aus der Hand eines Toten reißen und schwören müssen, daß er an dessen Tod nicht schuld sei. Natürlich hatte er jeden Eid überlebt, was bedeuten konnte, daß er unschuldig war. Aber die Leute glaubten es nicht; sie sagten, er sei sofort nach dem Eid nach Hause geeilt und habe wirksame Gegenmittel getrunken.

Nach allem, was man von ihm wußte, und aufgrund der Tatsache, daß er abseits von allen andern saß, bestand kein Zweifel: Er war nicht nur gekommen, um eine neue Maske zu betrachten. Böse Menschen suchten oft eine Gelegenheit wie diese, um die Macht ihres Zaubers zu erproben oder ihre Kräfte mit denen der andern zu messen. Es gab Geschichten von Masken, die sich völlig überraschend zeigten und dann tagelang auf einen Fleck festgebannt oder sogar zu Boden geworfen waren.

Vielleicht war das Verdächtigste an Otakekpeli seine Haltung. Er saß wie ein Lahmer auf seinen gekreuzten Beinen. Er sah aus wie ein Eber, der, wenn ein Leopard in der Nähe ist, ein flaches Loch in die Erde gräbt und, die Geschlechtsteile geschützt, darin abwartet, die Borsten auf seinem eisernen Kopf gesträubt. Gewöhnlich geht der Leopard dann seines Wegs und sucht sich lieber Ziegen und Schafe.

Mißbilligend musterte die Menge Otakekpeli, aber niemand forderte ihn heraus, weil er gefährlich war, mehr aber noch, weil die meisten insgeheim begierig auf das Schauspiel waren, zwei mächtige

Kräfte miteinander ringen zu sehen. Wenn die Otakagu-Altersgruppe eine neue Maske herausbrachte, ohne sich zuvor im Kampf erprobt zu haben, so war es ihr Fehler. Tatsächlich brachten die meisten solcher Zusammenstöße überhaupt kein sichtbares Ergebnis, weil die Gegner gleich stark waren oder weil das Ziel stärker war als der Angreifer.

Das Kommen der Maske löste eine Panik aus. Frauen und Kinder flohen in alle Himmelsrichtungen, sie kreischten dabei vor Angst und Freude an der Gefahr. Bald kamen sie alle wieder zurück, weil die Maske sich noch nicht einmal hatte sehen lassen; nur die *ogene* und der Gesang ihres Gefolges waren zu vernehmen. Der eiserne Gong und die Stimmen wurden immer lauter, und die Menge sah sich um – sie wollte sich versichern, daß der Weg zur Flucht frei war.

Dann folgte die zweite Panik, als die Vorläufer der Maske, wie man es erwartet hatte, von dem schmalen Fußweg her in den *ilo* stürmten. Diese jungen Männer trugen Raphia, und ihre Macheten bündelten das Licht, wenn sie sie hochschleuderten oder, einander grüßend, von der linken in die rechte und von der rechten in die linke Hand warfen. Sie rannten hierhin und dorthin, und manchmal lief einer, so schnell er konnte, auf eine bestimmte Stelle zu. Dann stoben die Menschen dort auseinander, und der Mann hielt plötzlich an und blieb mit zitternden Gliedern stehen.

Der Gong und die Stimmen waren jetzt ganz nahe, aber sie verloren sich fast in der tosenden Menge. Vermutlich war die Maske irgendwo angehalten worden, denn sonst hätte sie längst da sein müssen. Die Gefolgsleute sangen weiter.

Das erste Ereignis des Tages stellte die Ankunft von Obika mit einem Flötenspieler dar, der ihm auf den Fersen folgte und seine Heldentaten besang. Die Zuschauer jubelten ihm zu, insbesondere die Frauen, denn Obika war der schönste junge Mann in Umuachala und vielleicht in ganz Umuaro. Sie nannten ihn *Ugona Chonma.*

Kaum war Obika im *ilo*, als sein Blick auch schon auf Otakekpeli fiel, der im Schneidersitz hockte. Ohne zu überlegen, stürmte er auf ihn zu, blieb aber plötzlich wie angewurzelt stehen. Er schrie dem Heiler zu, er solle sofort aufstehen und heimgehen. Der andere lächelte gnädig. Die Menge vergaß die Maske. Okuata hatte sich wegen ihrer Schwangerschaft einen Platz außerhalb des dichtesten Menschenknäuels gesucht. Ihr Herz war vor Stolz geschwollen, als die Leute ihrem Mann zujubelten; jetzt aber schloß sie die Augen, und der Boden schien ihr unter den Füßen zu schwanken.

Obika deutete auf Otakekpeli und dann auf seine eigene Brust. Er bedeutete dem Mann, wenn ihm sein Leben lieb sei, solle er aufstehen. Der andere lachte nur. Obika wiederholte sein Ansinnen, aber mit weniger Eile. Er umschlich ihn wie ein Leopard, die Machete in der rechten Hand und ein Lederband mit Amuletten um den linken Arm. Ezeulu biß sich auf die Lippen. Das war echt Obika, dachte er, der vorschnelle, törichte Obika. Hatten nicht alle andern jungen Männer Otakekpeli erblickt – und weggesehen? Aber sein Sohn konnte niemals wegsehen. Obika –

Ezeulus Überlegungen rissen ab. In Blitzesschnelle hatte Obika seine Machete weggeworfen, war vorwärtsgestürzt und hatte mit einer einzigen Bewegung Otakekpeli vom Boden gehoben und mit solcher Wucht in das nächste Gebüsch geworfen, daß der Sand aufspritze. Die Menge brach in einen himmelstürmenden Jubel aus, als Otakekpeli kraftlos versuchte, auf die Füße zu kommen, und mit einem machtlosen Finger auf Obika wies, der ihm bereits den Rücken gekehrt hatte. Okuata öffnete wieder die Augen und seufzte vor Erleichterung.

Die Maske erschien genau im Augenblick der größten Erregung. Die Menge stob in echtem und halbechtem Entsetzen auseinander. Die Maske kam Schritt für Schritt näher, jedesmal vom Klang der Glocken und Rasseln an ihrer Taille und an ihren Füßen begleitet. Ihr Körper war mit hellem neuen Tuch in gelben und roten Farben bedeckt. Das furchterregende Gesicht drückte ihre Macht deutlich aus. Jeder der entblößten Zähne war so groß wie der Daumen eines Mannes, die Augen waren faustgroße Höhlen, zwei knorrige Hörner über dem Kopf wiesen aufwärts und einwärts, so daß sich die Spitzen fast berührten. Sie trug einen Schild aus Leder in der Linken und eine riesige Machete in der Rechten.

»Ko-ko-ko-ko-ko-ko-oh!« sang sie. Es klang wie gesprungenes Metall, und ihr Gefolge antwortete mit tiefem, eintönigem, ächzendem: »Hum-hum-hum …«

»Ko-ko-ko-ko-ko-ko-oh.«

»Oh-oyoyo-oyoyo-oyoyo-oh: oh-oyoyo-oh. Hum-hum.«

Das klang nicht sehr melodiös. Aber schließlich war eine Agaba keine Maske für Gesang und Tanz, sondern stellte die Kraft und Aggressivität der Jugend dar. Sie setzte ihren Weg und ihren Gesang in immer gleicher Weise fort. Als sie sich dem Mittelpunkt des *ilo* näherte, wechselte sie über in das Lied *Onye ebuna uzo cho ayi okwu.* Es war die Warnung an jedermann, nicht damit zu beginnen, die Maske der Vorfahren herauszufordern, und es schilderte mit genauen Einzelheiten, was dem widerfahren würde, der diese Warnung mißachtete. Er wäre ein Ausgestoßener, ohne Finger und Zehen, einsam in einem verlassenen Haus lebend, mit einem Bettelsack an der Schulter, mit andern Worten: ein Aussätziger.

Wann immer die Maske versuchte, zu schnell oder zu gewagt vorwärts zu gehen, zogen zwei schwitzende Begleiter heftig an dem starken Seil, das sie um die Taille trug. Das war eine notwendige, wenn auch gefährliche Aufgabe. Bei einer Gelegenheit geriet die Maske dadurch so in Wut, daß sie sich mit erhobenem Messer nach den beiden Begleitern umdrehte, die sofort das Seil losließen und um ihr Leben rannten. Diesmal schrie die auseinanderstiebende Menge in panischer Angst. Aber die Begleiter ließen die Maske nur einen kurzen Augenblick frei und widmeten sich sogleich, sobald sie aufhörte, sie zu verfolgen, wieder ihren Aufgaben.

Dann ereignete sich ein winziger Zwischenfall, an den sich niemand erinnert hätte, wäre ihm nicht ein gewichtigerer gefolgt. Einer der jungen Männer hatte seine Machete hochgeworfen, und es gelang ihm nicht, sie in der Luft aufzufangen. Die Menge, die immer auf solche Mißerfolge wartete, schrie laut: »Buh buh.« Der Mann – es war Obikwelu – hob seine Machete auf und versuchte, die Scharte durch besonderen Einsatz wieder auszuwetzen. Aber das rief nur neues Gelächter hervor.

Inzwischen hatte sich die Maske dem *okwolo* genähert, um einige der Ältesten zu grüßen.

»Ezeulu de-de-de-de-dei«, sagte sie.

»Unser Vater, meine Hand ist auf der Erde«, erwiderte der Oberpriester.

»Ezeulu, kennst du mich?«

»Wie kann ein Mensch dich kennen, die du jenseits aller menschlichen Erkenntnis bist?«

»Ezeulu – unsere Maske grüßt dich«, sang sie.

»Eje-ya-mma-mma-mma-mma-mma-mma-eje-ya-mma!« sang das Gefolge.

»Eje-ya-mma-mma-mma-mma-mma-mma-eje-ya-mma!«

»Hast du den Gesang der Spinne gehört?«

»Eje-ya-mma-mma-mma-mma-mma-mma-eje-ya-mma!«

Der Gesang brach plötzlich ab, die Maske drehte sich um und rannte in die entgegengesetzte Richtung. Die dort wartende Menge stob auseinander.

Obwohl Edogo eigentlich Anspruch auf einen der hinteren Sitze im *okwolo* hatte, stand er bei den Leuten, um die Maske von dort aus besser sehen zu können. Als er das fertig geschnitzte Gesicht und den Kopf gesehen hatte, war er ein wenig enttäuscht gewesen. Irgend etwas an der Nase gefiel ihm nicht – eine gewisse Feinheit, die nicht zu einem Agaba, sondern zu einem Jungfrauengeist gepaßt hätte. Aber die Auftraggeber hatten sich nicht beklagt, im Gegenteil, sie hatten seine Arbeit hoch gelobt. Edogo jedoch wußte, daß er die Maske in Bewegung sehen mußte, um zu entscheiden, ob sie gut oder schlecht war. Deshalb stand er zwischen den Zuschauern.

Wenn er sie jetzt, da sie lebendig geworden war, ansah, fiel ihm der Fehler nicht unangenehm auf. Im Gegenteil, er ließ das Gesicht sogar noch wilder erscheinen. Edogo ging von einer Zuschauergruppe zur andern, immer in der Hoffnung, daß jemand den Vergleich anstellte, den er gern hören wollte; aber niemand kam auf diese Idee. Viele Leute priesen die neue Maske, aber kein Gedanke daran, sie mit dem berühmten Agaba von Umuaro zu vergleichen, und wäre es nur gewesen, um zu sagen, daß sie nicht so gut wie jene sei. Hätte Edogo wenigstens das gehört, so wäre er glücklich gewesen. Er hatte den berühmtesten Holzschnitzer in Umuaro nicht gerade ausstechen wollen, aber doch gehofft, jemand würde ihre beiden Namen zusammen nennen. Er begann sich darüber zu ärgern, daß er nicht im *okwolo* Platz genommen hatte. Dort unter den Ältesten bot sich vielleicht eher die Möglichkeit, die ersehnten Worte zu vernehmen. Aber jetzt war es zu spät.

Der Höhepunkt des Abends bestand im Töten der Widder. Als ein Schemel in die Mitte des *ilo* gestellt wurde und die Maske sich setzte, trat eine gewisse Ruhe ein. Zwei Begleiter standen zur Seite der sitzenden Maske und fächelten ihr Luft zu. Der erste Widder wurde herangeführt, und die Maske berührte seinen Hals mit ihrer Machete. Dann brachte man ihn ein Stück weiter fort, aber noch immer in Sicht des Geistes, der den Vorsitz innehatte. Nun herrschte vollkommenes Schweigen, bis auf den Klang der Flöte, die statt ihrer gewohnten dünnen, zarten Töne schwere gebrochene Laute von sich gab. Obika trat heran, warf seine Machete wirbelnd in die Luft, so daß sie sich um sich selbst drehte und das Abendlicht auf der Klinge blitzte. Er tat es zweimal, und jedesmal fing er sie sauber in der Mitte auf. Dann trat er vor und schlug den Kopf des Widders mit einem zielsicheren Hieb ab. Die Menge jubelte lärmend, als einer der Begleiter den Kopf aufhob, der in den Sand gerollt war, und ihn hochhielt. Die Maske sah mit unbeweglicher Miene zu.

Als die laute Erregung sich legte, wurde der zweite Widder gebracht, und wieder berührte die Maske seinen Hals. Obikwelu trat heran. Er war unsicher, weil er vorhin seine Machete hatte fallen lassen. Jetzt warf er sie dreimal hoch und fing sie dreimal auf. Dann kam er heran, hob die Machete und schlug zu. Es war, als habe er auf einen Stein geschlagen; der Widder wehrte sich und versuchte zu entkommen. Die Menge schrie »Buh« und lachte. Obikwelu hatte an diesem Tag großes Pech. Der Widder hatte im letzten Augenblick den Kopf gedreht, und er hatte das Horn getroffen. Die Maske sah unbeweglich zu. Obikwelu versuchte es nochmals, diesmal mit Erfolg, aber es war zu spät; das Gelächter der Menge ertränkte die paar verspäteten Beifallsrufe.

# KAPITEL 18

Nach langer Zeit schweigender Vorbereitung ließ Ezeulu endlich erkennen, daß er Umuaro an seinem verletzlichsten Punkt schlagen wollte – am Fest des Neuen Yam.

Dieses Fest stellte das Ende des alten Jahres dar und den Beginn des neuen. Vorher mochte ein Mann wohl einmal ein paar Yams nahe dem Haus ausgraben, um den Hunger in seiner Familie abzuwenden, aber auf den großen Äckern würde niemand mit dem Ernten anfangen. Und auf keinen Fall durfte ein Mann von Rang den neuen Yam vor dem Fest kosten, egal, woher er stammte. Das erinnerte die sechs Dörfer an ihren Zusammenschluß in alter Zeit und an ihre fortwährende Schuld gegenüber Ulu, der sie vor den Verwüstungen Abames gerettet hatte. Bei jedem Fest des Neuen Yam spielte man den Zusammenschluß der Dörfer nach, und jeder erwachsene Mann brachte eine besonders gutgewachsene Yamsknolle zum Altar des Ulu und legte sie auf den Yamshaufen seines Dorfes, nachdem er sie rund um seinen Kopf geschwungen hatte. Dann nahm er das Stück Kreide, das neben dem Haufen lag, und bemalte sein Gesicht damit. Aus diesen Yamshaufen errechneten die Ältesten die Zahl der Männer in jedem Dorf. Wenn sie seit dem letzten Jahr zugenommen hatte, wurde Ulu ein Dankopfer gebracht; hatte sie abgenommen, so ließ man Wahrsager nach dem Grund forschen und ordnete Versöhnungsopfer an. Von diesen Yams wählte Ezeulu dreizehn aus, nach denen er das neue Jahr berechnete.

Auch wenn sich das Fest darauf beschränkt hätte, so wäre es noch immer die wichtigste Zeremonie in Umuaro gewesen. Jedoch war es zugleich der Tag all der kleineren Gottheiten aus den sechs Dörfern, die kein eigenes, nur ihnen gewidmetes Fest hatten. An diesem Tag wurde jede dieser Gottheiten von ihrem Bewahrer herbeigebracht und in einer Reihe mit den andern vor dem Altar des Ulu aufgestellt, so daß jeder Mann und jede Frau, die von ihr eine Gunst empfangen hatten, ihr in Form eines kleinen Geschenkes ihren Dank abstatten konnten. Dies war die einzige Gelegenheit für die kleineren Gottheiten, öffentlich in Erscheinung zu treten. Sie kamen auf den Köpfen oder Schultern ihrer Bewahrer auf den Marktplatz, tanzten einmal rundum und standen dann Seite an Seite am Eingang zum Altar des Ulu. Manche von ihnen waren sicher sehr alt und näherten sich der Zeit, da sie ihre Macht in neue Schnitzereien übertragen und sie selbst beseite geworfen würden; andere waren vielleicht gestern erst geschaffen worden. Die ganz alten trugen Narben im Gesicht wie die Menschen, die sie in jenen Tagen, bevor Ezeulus Großvater diesen Brauch abschaffte, geschnitzt hatten. Beim letzten Jahresfest waren nur noch drei von diesen altertümlichen Gottheiten zugegen gewesen. Vielleicht würde in diesem Jahr noch die eine oder andere verschwinden, so wie die Männer, die sie nach ihrem Bild gemacht hatten und längst gestorben waren.

So führte dieses Fest Gottheiten und Menschen zusammen. Es war die einzige Versammlung in Umuaro, in der ein Mann nach rechts blickend einen Nachbarn und nach links blickend einen Gott neben sich stehen sehen konnte – vielleicht Agwu, dessen Mutter auch den Wahnsinn geboren hatte, oder Ngene, den Herrn eines Flusses.

Ezeulu war ausgegangen, um Akuebue zu besuchen, als seine sechs Helfer ihn sprechen wollten. Matefi sagte ihnen, wohin er gegangen war, und sie entschlossen sich, in seinem *obi* zu warten. Es wurde schon Abend, als er zurückkam. Obwohl er wußte, was sie hergeführt hatte, heuchelte er Überraschung.

»Geht es gut?« fragte er nach der ersten Begrüßung.

»Es geht gut.«

Ein peinliches Schweigen folgte. Dann sprach Nwosisi, der für das Dorf Umuogwugwu hergekommen war. Es war nicht seine Art, unnütze Worte zu machen.

»Du hast gefragt, ob es gut geht, und wir sagten ja; aber eine Kröte läuft nicht bei Tageslicht herum, außer sie wird verfolgt. Es gibt da eine kleine Sache, die wir dir vorlegen wollen. Es ist jetzt vier Tage her, seit der Neumond am Himmel erschien; er ist schon groß geworden. Und dennoch hast du uns nicht zusammengerufen, um uns den Tag für das Fest des Neuen Yam bekanntzugegeben.«

»Nach unserer Rechnung«, sprach Obiesili, »muß der derzeitige Mond der zwölfte seit dem letzten Fest sein.«

Alle schwiegen. Obiesili war schon immer taktlos gewesen, und keiner hatte ihn gebeten, seine Nase in eine so heikle Angelegenheit zu stecken. Ezeulu räusperte sich und hieß sie nochmals willkommen – um ihnen zu zeigen, daß er weder in Eile noch aufgeregt sei.

»Ihr habt getan, was euch gebührt«, sagte er. »Wenn euch jemand vorwirft, ihr hättet eure Pflicht versäumt, so lügt er. Ein Mann, der Fragen stellt, verliert seinen Wert nicht, das haben uns unsere Väter gelehrt. Ihr habt gut daran getan, herzukommen und mich nach dem zu fragen, was euch beunruhigt. Aber eins verstehe ich nicht ganz. Du sagtest, Obiesili, daß ich nach eurer Rechnung gerade jetzt das nächste Fest des Neuen Yam beim letzten Neumond hätte ankündigen sollen.«

»Das sagte ich.«

»Ich verstehe. Ich dachte, vielleicht hätte ich nicht recht gehört. Seit wann beschäftigt ihr euch damit, das Jahr für Umuaro auszurechnen?«

»Obiesili hat seine Worte nicht gut gesetzt«, antwortete Chukwolobe. »Wir berechnen nicht das Jahr für Umuaro, wir sind nicht der Oberpriester. Aber wir dachten, vielleicht hättest du dich durch deine kürzliche Abwesenheit verzählt und ...«

»Was? Bist du von Sinnen, junger Mann?« schrie ihn Ezeulu heftig an. »Unglaublich, was sich ein Mann heutzutage nicht alles anhören muß! Mich verzählt haben! Hat dich dein Vater gelehrt, daß der Oberpriester des Ulu die Zahl der Monde vergißt? Nein, mein Sohn«, fuhr er überraschend milde fort, »Ezeulu wird sich niemals verrechnen. Eher machst du, der du an deinen Fingern abzählst, einen Fehler, wenn du vergißt, welchen Finger du für den letzten Mond genommen hast. Aber wie ich schon anfangs sagte, ihr habt recht getan, daß ihr gekommen seid und gefragt habt. Geht zurück in eure Dörfer und erwartet meine Botschaft. Man hat mich noch niemals an die Pflichten meines Priesteramtes erinnern müssen!«

Wäre jemand in Ezeulus Haus getreten, nachdem die Männer gegangen waren, so hätte er gestaunt. Das Gesicht des alten Priesters strahlte vor Glück, und ein wenig seiner Jugend und Schönheit kam über die vielen Jahre hinweg für ein Weilchen zu ihm zurück. Seine Lippen bewegten sich, ab und zu flüsterte er leise. Bald aber brach die Außenwelt wieder über ihn herein. Er hörte auf zu flüstern und horchte angespannt. Nwafo und Obiageli sagten genau vor seinem *obi* ein paar Verse auf.

»*Eke nekwo onye uka!*« wiederholten sie mehrmals. Ezeulu horchte schärfer hin. Nein, er hatte sich nicht geirrt.

»Eke nekwo onye uka! Eke nekwo onye uka! Eke nekwo onye uka!«

»Siehst du, jetzt läuft sie weg!« rief Obiageli, und beide brachen in aufgeregtes Gelächter aus.

»Eke nekwo onye uka! Nekwo onye uka! Nekwo onye uka!«

»Nwafo!« rief Ezeulu.

»Nna«, antwortete das Kind ängstlich.

»Komm her!«

Nwafo kam mit so vorsichtigen Schritten herein, daß er nicht einmal eine Ameise totgetreten hätte. Der Schweiß lief ihm über Kopf und Gesicht. Obiageli war im Augenblick, als Ezeulu rief, wie vom Erdboden verschwunden.

»Was habt ihr gesagt?«

Nwafo antwortete nicht. Er blinzelte fast hörbar mit den Augenlidern.

»Bist du taub? Ich fragte dich, was du gesagt hast?«

»Sie sagen, daß man so eine Python wegscheucht.«

»Ich habe nicht gefragt, was die Leute sagen. Ich fragte, was du gesagt hast. Oder soll ich mich erst von meinem Platz erheben, ehe du antwortest?«

»Wir haben gesagt: ›Python, lauf weg! Hier ist ein Christ!‹«

»Und was bedeutet das?«

»Akwuba hat uns erzählt, daß eine Python verschwindet, wenn sie das hört.«

Ezeulu brach in ein langes, lautes Gelächter aus. Nwafo strahlte vor Erleichterung über sein ganzes kleines schmutziges Gesicht.

»Und ist sie weggelaufen, als ihr es gesagt habt?«

»Sie rannte – *fiam*! – wie 'ne ganz gewöhnliche Schlange.«

Die Nachricht, daß Ezeulu sich weigerte, das Fest des Neuen Yam anzukündigen, lief so schnell durch Umuaro, als sei sie durch die *ikolo*-Trommel verbreitet worden. Zuerst waren die Leute vollkommen verblüfft; die wahre Bedeutung begriffen sie erst langsam, weil so etwas noch niemals zuvor geschehen war.

Zwei Tage später kamen zehn Männer von hohem Rang zu Ezeulu. Keiner der zehn hatte weniger als drei Titel, und einer – Ezekwesili Ezukanma – den vierten und höchsten. Nur zwei andere Männer in allen sechs Dörfern waren von höherem Rang, und der eine war zu alt, um mitzukommen, und der andere war Nwaka von Umunneora. Daß er nicht zu dieser Abordnung gehörte, zeigte, welch verzweifelte Mühe sie sich gaben, Ezeulu zu besänftigen.

Sie kamen zusammen herein – man hatte den Eindruck, daß sie sich schon vorher getroffen hatten. Bevor sie in Ezeulus Haus traten, steckte jeder seinen eisernen Stab draußen in den Boden und hängte seine rote Kappe darauf.

Während ihrer Beratung kam keiner in Hörweite des Hauses. Anosi, der gern diesen und jenen Klatsch Ezeulu zugetragen oder bei ihm aufgelesen hätte, was es über die Krise Neues gab, trat aus seinem Haus; er trug Schnupftabak in der linken Hand – aber dann erblickte er all die rotbemützten *alo*-Stäbe vor seines Nachbarn Tür. Er kehrte um und besuchte einen andern Bekannten.

Ezeulu bot seinen Gästen ein Stück Kreide, und jeder von ihnen machte sein Zeichen aus senkrechten und waagerechten Linien auf dem Fußboden. Einige bemalten ihre großen Zehen, andere ihre Gesichter. Dann brachte er ihnen drei Kolanüsse in einer hölzernen Schale. Ein kurzer symbolischer Schlagabtausch endete ebenso schnell, wie er begonnen hatte. Ezeulu nahm eine Kolanuß. Ezekwesili die zweite, Onenyi Nnanyelugo die dritte. Jeder von ihnen sprach ein kurzes Gebet und brach dann die Nuß. Nwafo brachte ihnen nacheinander die Schale, und sie legten alle Stücke hinein. Dann reichte Nwafo die Schale herum, und jeder nahm ein Stück.

Nachdem sie ihre Kolanuß gekaut und heruntergeschluckt hatten, ergriff Ezekwesili das Wort:

»Ezeulu, die hier versammelten Führer von Umuaro haben mich beauftragt, dir zu sagen, daß sie dir danken für die Kolanuß, die du ihnen gegeben hast. Dank sei dir nochmals und nochmals, und möge dein Vorrat wieder aufgefüllt werden!«

Die anderen stimmten ein mit den Worten: »Dank sei dir, und möge dein Vorrat wieder aufgefüllt werden.«

»Vielleicht errätst du den Grund unseres Kommens. Es ist wegen gewisser Gerüchte, die an unser Ohr gedrungen sind. Und wir dachten, es wäre am besten, von dem einzigen Mann, der dazu fähig ist, zu erfahren, was daran wahr und was unwahr ist. Die Geschichte, die uns zu Ohren kam, ist die, daß es eine kleine Meinungsverschiedenheit wegen des Neuen Yamsfestes gibt. Wie gesagt, wir wissen nicht, ob das wahr ist oder nicht, aber wir wissen, daß sich Besorgnis in Umuaro ausbreitet, und wenn wir dem nicht wehren, könnte viel zerstört werden. Darauf wollen wir nicht warten; ein Erwachsener bleibt nicht sitzen und sieht zu, während die Geiß an einen Pfahl angebunden die Geburtswehen erleiden muß. Führer von Umuaro – habe ich so gesprochen, wie es eurem Wunsch entsprach?«

»Du hast unsere Botschaft ausgerichtet.«

»Ezekwesili!« rief Ezeulu.

»Eei«, antwortete der Mann, der gerade gesprochen hatte. »Ich heiße dich willkommen. Deine Worte haben mein Ohr erreicht. Egonwanne!«

»Eei!«

»Nnanyelugo!«

»Eei!«

Ezeulu rief jeden von ihnen bei seinem Grußnamen.

»Ich heiße euch alle willkommen. Eure Mission ist gut, und ich danke euch. Aber ich weiß nichts von einer Meinungsverschiedenheit über das Fest des Neuen Yam. Meine Helfer suchten mich vor zwei Tagen auf und sagten, es sei Zeit, den Tag des nächsten Festes zu verkünden. Ich wies sie darauf hin, daß es ihnen nicht zusteht, mich zu mahnen.«

Ezekwesili neigte leicht den Kopf und rieb sich den kahlen Schädel. Ofoka hatte die kleine Schnupftabakflasche aus seiner weißen Ziegenledertasche genommen und schüttete ein wenig Tabak in seine linke Handfläche. Nnanyelugo, der ihm am nächsten saß, rieb die Hände aneinander, um sie zu reinigen, dann hielt er, ohne ein Wort zu sagen, Ofoka die Linke hin. Ofoka ließ den Tabak aus seiner in Nnanyelugos Hand wandern und schüttete ein wenig mehr für sich selbst aus.

»Aber mit euch«, fuhr Ezeulu fort, »brauche ich nicht in Rätseln zu sprechen. Ihr alle kennt unsere Gesetze. Ich rufe ein neues Fest erst dann aus, wenn vom letzten nur noch ein Yam übrig ist. Ich habe aber noch drei Yams, und deshalb weiß ich, daß die Zeit noch nicht gekommen ist.«

Drei oder vier der Gäste wollten gleichzeitig etwas sagen, aber die andern gaben Onenyi Nnanyelugo das Wort. Er grüßte jeden beim Namen, ehe er begann:

»Ich meine, daß Ezeulu gut gesprochen hat. Alles, was er sagte, hat mein Ohr erreicht. Wir alle kennen das Gesetz, und niemand kann sagen, daß Ezeulu dagegen verstoßen hat. Aber die Yams in der Erde sind reif und müssen jetzt geerntet werden, sonst werden sie von der Sonne und den Würmern weggefressen. Ezeulu sagt uns aber auch, daß er noch drei geweihte Yams vom letzten Jahr zu essen hat. Was sollen wir also tun? Wie kann man mit gebrochenem Rückgrat einen Mann tragen? Wir wissen, warum die geweihten Yams noch nicht verzehrt sind. Das war das Werk des weißen Mannes. Aber er ist nicht hier, um mit uns die Luft zu atmen, die er verpestet hat. Wir können nicht nach Okperi gehen und ihm sagen, er soll herkommen und die Yams essen, die zwischen uns und der Ernte stehen. Sollen wir also stillsitzen und warten, bis unsere Ernte verdirbt und unsere Kinder und Frauen Hungers sterben? Nein! Obwohl ich nicht der Priester des Ulu bin, kann ich doch sagen, die Gottheit wünscht nicht, daß Umuaoro zugrunde geht. Wir nennen ihn den Retter. Deshalb mußt du einen Ausweg finden, Ezeulu. Wenn ich könnte, würde ich jetzt sofort die übriggebliebenen Yams essen.

Aber ich bin nicht der Priester des Ulu. Es ist deine Sache, Ezeulu, unsere Ernte zu retten.«

Murmelnd stimmten die andern zu.

»Nnanyelugo.«

»Eei.«

»Du hast gut gesprochen. Aber was du von mir verlangst, ist unmöglich. Diese Yams sind keine normale Nahrung, und man ißt sie nicht, weil man Hunger hat. Du verlangst von mir, daß ich den Tod esse.«

»Ezeulu«, sagte Anichebe Udeozo. »Wir wissen, daß so etwas noch nie zuvor verlangt wurde, aber uns hat auch noch niemals der weiße Mann unseren Priester weggenommen. Es herrschen nicht mehr die Zeiten, die wir gekannt haben, damit müssen wir uns abfinden, oder wir werden in den Staub gestoßen. Ich bitte dich, sieh dich in diesem Raum um und sag mir, was du siehst. Meinst du, es gibt außerhalb dieses Hauses noch ein anderes Umuaro?«

»Nein – ihr seid Umuaro«, sagte Ezeulu.

»Ja, wir sind Umuaro. Deshalb höre, was ich dir erkläre. Umuaro bittet dich jetzt, noch heute, diese übriggebliebenen Yams zu essen und den Tag der neuen Ernte bekanntzugeben. Verstehst du mich richtig? Ich sage: Geh und iß diese Yams heute, nicht morgen. Und wenn Ulu sagt, wir haben uns einer Gotteslästerung schuldig gemacht, so laß die Folgen über unsere zehn Häuser kommen! Du gehst frei dabei aus, weil wir es von dir verlangt haben, und ein Mensch, der ein Kind ausschickt, um eine Spitzmaus zu fangen, der wird auch Wasser finden, mit dem das Kind seine Hand von dem Geruch reinwaschen kann. Wir werden das Wasser für dich finden. Umuaro, habe ich gut gesprochen?«

»Du hast alles gesagt. Wir werden die Strafe auf uns nehmen.«

»Führer von Umuaro, sagt nicht, daß ich euren Worten keine Bedeutung zumesse; das ist nicht der Fall. Aber ihr könnt nicht sagen: ›Tu, was verboten ist, und wir nehmen die Strafe auf uns.‹ Ich bin der Oberpriester des Ulu, und was ich euch mitgeteilt habe, ist sein Wille und nicht der meine. Vergeßt nicht, daß auch ich Yamsfelder und Kinder besitze und daß meine Kinder, meine Verwandten und meine Freunde – ich zähle euch dazu – ebenfalls Yams gepflanzt haben. Es kann nicht mein Wunsch sein, den kleinsten Mann in Umuaro leiden zu lassen. Aber das ist nicht meine Entscheidung. Die Gottheiten benutzen uns manchmal als Peitsche.«

»Hat dir Ulu gesagt, was ihm Verdruß bereitet hat? Gibt es kein Opfer, das ihn besänftigen könnte?«

»Ich will vor euch nichts verbergen. Ulu hat gesagt, daß zwei Neumonde gekommen und gegangen sind und niemand da war, der eine Kolanuß für ihn gebrochen hätte – und Umuaro schwieg dazu.«

»Was hätten wir denn sagen sollen?« fragte Ofoka etwas hitzig.

»Ich weiß nicht, welche Worte angebracht gewesen wären, Ofoka. Nnanyelugo stellte mir eine Frage und erhielt eine Antwort von mir.«

»Aber wenn Ulu ...«

»Wir wollen darüber nicht streiten, Ofoka. Wir haben Ezeulu gefragt, was Ulu uns übelgenommen hat. Jetzt ist es unsere Aufgabe, ihn zu besänftigen. Laßt uns Ezeulu bitten, daß er zu Ulu geht und dem Gott erzählt, wir hätten die Ursache seines Zorns erfahren und seien bereit, unseren Fehler wiedergutzumachen. Für jede Beleidigung gibt es eine Sühne, von ein paar Kauris bis zu einer Kuh oder einem Menschenopfer. Laß uns hier auf Antwort warten.«

»Wenn ihr verlangt, daß ich zu Ulu gehen soll, so werde ich es tun. Aber ich warne euch: Ein Gott, der das Opfer eines Huhns fordert, kann es vergrößern, wenn man ihn ein zweites Mal anspricht, und eine Ziege verlangen.«

»Sag nicht, daß ich zu gern und zu viel frage«, sprach Ofoka. »Aber ich möchte wissen, auf wessen Seite du stehst, Ezeulu. Ich glaube, du hast eben gesagt, daß du zur Peitsche geworden bist, mit der Ulu Umuaro züchtigt.«

»Höre bitte auf mich, Ofoka, und laß uns nicht darüber streiten«, sagte Ezekwesili. »Wir haben unseren Auftrag ausgeführt. Jetzt ist es unsere Pflicht, auf Ezeulus Mund zu achten, daß er uns Ulus Antwort bringt. Wir haben unsere Yams in den Acker von *Anaba-nti* gepflanzt.«

Die andern stimmten zu, und Nnanyelugo lenkte das Gespräch geschickt auf andere Themen. Er gab zahlreiche Beispiele alten Brauchtums, das in der Vergangenheit geändert worden war, wenn es zu einer unzumutbaren Belastung für das Volk wurde. Nun sprachen alle ausführlich über diese Bräuche, die entweder in voller Blüte gestorben oder gleich totgeboren waren. Nnanyelugo erinnerte daran, daß sich sogar der Brauch, Titel anzunehmen, gewandelt hatte. Vor langer, langer Zeit hatte es noch einen fünften Titel in Umuaro gegeben – den Titel »König«. Aber um ihn zu erlangen, waren so strenge Bedingungen zu erfüllen, daß kein Mann jemals diesen Titel angenommen hatte; eine davon war die, daß derjenige, der König werden wollte, zuerst die Schulden eines jeden Mannes und einer jeden Frau in Umuaro zahlen mußte. Ezeulu äußerte sich während des ganzen Gesprächs nicht.

Wie er den Führern von Umuaro versprochen hatte, kehrte Ezeulu noch an diesem Morgen zum Altar des Ulu zurück. Er trat in den kahlen Vorraum und sah sich unsicher um. Dann lehnte er den Rükken gegen die Tür des Innenraums, den nicht einmal seine Helfer betreten durften. Die Tür gab unter dem Gewicht seines Körpers nach, und er ging rückwärts hinein. Die linke Hand an der Seitenwand, tastete er sich langsam vor. Dann machte er einige Schritte nach rechts und stand unmittelbar vor dem Erdhügel, der den Ulu darstellte. Von den Dachsparren rings um den Raum blickten die Schädel der verstorbenen Priester auf den Hügel und auf ihren Abkömmling und Nachfolger herab. Sogar an den heißesten Tagen umgab feuchte Kälte den Altar, einmal weil die riesigen Bäume draußen ihre Kronen zusammensteckten, um die Sonne auszusperren, zum zweiten und vor allem aber wegen des großen, kalten unterirdischen Flusses unter dem Erdhügel. Selbst der Zugang zum Altar war kalt, und während des ganzen Jahres ließ ein *ntu-nanya-mili* Tränen aus den Wipfeln der alten Bäume herabtropfen.

Als Ezeulu seine Kaurischnur warf, begann die Glocke von Oduches Leuten zu läuten. Einen kurzen Augenblick ließ sich Ezeulu durch ihre traurige, gemessene Eintönigkeit ablenken, und ihm kam der Gedanke, wie seltsam es doch war, daß sie hier so nah klang – viel näher als auf seinem Gehöft.

Ezeulus Verkündigung, daß sein Zwiegespräch mit dem Gott zu keinem Ergebnis geführt hatte und die sechs Dörfer noch zwei Monde länger im alten Jahr leben müßten, verbreitete eine Unruhe, wie man sie seit Menschengedenken nicht in Umuaro erlebt hatte.

Inzwischen ließ der Regen nach. Ein letzter schwerer Wolkenbruch leitete einen neuen Monat in den Harmattan über; jeder Tag machte den Boden härter, so daß die Aufgabe, das, was von der Ernte noch übrig war, aus der Erde zu holen, immer schwerer wurde.

Meinungsverschiedenheiten waren in Umuaro nichts Neues. Die Herrscher über die Clans stritten oft über dieses und jenes. Es hatte lang ausgedehnte Wortgefechte gegeben, ehe man die Schmucknarben endgültig aufgab, und auch vorher und nachher waren Unstimmigkeiten von mehr oder weniger Gewicht vorgekommen. Aber kein Streit war jemals so tief – bis zu den Frauen und Kindern – gegangen wie die gegenwärtige Krise. Es war kein abgehobener Streit, der so oder so enden und irgendwie im Sand verlaufen würde. Bei dieser Auseinandersetzung ergriffen sogar die Kinder im Mutterleib Partei.

Gestern hatte Nwafo mit seinem Freund Obielue ringen müssen. Der Streit begann, als sie zusammen nach den Vogelschlingen sehen wollten, die sie mit Harz an den Kronen von zwei Ichekubäumen befestigt hatten. In Obielus Schlinge hing ein sehr kleiner *nza*, während Nwafos Schlinge leer war. Das war schon öfters so gewesen, und Obielue fing an, sich seiner Künste zu rühmen. Aus Ärger darüber nannte ihn Nwafo »den, in dessen Nase immer Regenzeit ist«. Das hörte Obielue nicht gern, denn seine Nase lief ständig, weswegen die Ränder seiner Nasenflügel immer rot und entzündet waren. Im Gegenzug nannte er Nwafo »Ameisenhaufennase«, aber dieser Name war längst nicht so passend wie der andere und konnte nicht so leicht zu einem Spottlied gemacht werden. Also fügte er Ezeulus Namen mit in das Lied ein, das die Kinder sangen, wenn sie einen Udo-Widder sahen, eines dieser wilden Geschöpfe, die zum Altar des Udo gehörten und kommen und gehen konnten, wann sie wollten. Es machte den Kindern Spaß, sie aus großer Entfernung zu reizen. Das Lied – es wurde von Händeklatschen begleitet – beschwor den Widder, die häßlichen Klumpen aus seinem Hodensack zu entfernen. Darauf antworteten die Sänger (für den Widder): »Wie entfernt man Yamsknollen?«. Frage und Antwort wurden im Takt der schwingenden Knollen gesungen. Nun sang Obielue *Ezeulu* statt *ebunu*. Das konnte Nwafo nicht ertragen. Er schlug Obielue so heftig auf den Mund, daß dessen Vorderzähne blutig wurden.

Fast über Nacht war Ezeulu in aller Augen so etwas wie ein öffentlicher Feind geworden, und seine Familie teilte, wie man es nicht anders erwarten konnte, seine Schuld. Die Feindschaft begegnete seinen Kindern auf ihrem Weg zum Fluß, und seine Frauen wurden auf dem Markt beleidigt. Gestern war Matefi gegangen, um einen kleinen Korb zubereiteter Kassawa von Ojinika, der Frau des Ndulue, zu kaufen. Sie kannte Ojinika recht gut und hatte unzählige Male mit ihr gehandelt. Aber nun hatte Ojinika zu ihr wie zu einer aus einem anderen Clan kommenden Fremden gesprochen.

»Ich zahle dir *ego-nato*«, sagte Matefi.

»Ich sagte dir, der Preis ist *ego-nese*.«

»Ich finde, *ego-nato* genügt – es ist nur ein kleiner Korb.« Matefi hob den Korb hoch, um zu zeigen, wie klein er war. Ojinika schien sie völlig vergessen zu haben und beschäftigte sich damit, ihr Okra in kleinen Mengen auf der Matte zu ordnen.

»Was sagst du?«

»Stell den Korb sofort hin.« Dann änderte sie ihren Ton und sagte höhnisch: »Du willst am liebsten alles umsonst. Ihr wartet, bis die Yams verdorben sind, und dann kommt ihr und kauft einen Korb Kassawa für 18 Kauris.«

Matefi war nicht die Frau, die sich von einer anderen in die Schürze wickeln und wegtragen ließ. Sie gab es Ojinika mit reichlich Zinsen zurück – sie verriet ihr den Brautpreis, der für ihre Mutter bezahlt worden war. Aber als sie heimkam, fing sie an, über die Feindseligkeiten nachzudenken, die die Mitglieder von Ezeulus Haushalt umgaben. Eine innere Stimme sagte ihr, daß jemand dafür einen hohen Preis zahlen müßte, und sie bekam Angst.

»Geh und ruf mir Obika«, bat sie ihre Tochter Ojiugo. Sie bereitete gerade ein paar Cocoyams für die Sauce zu, als Obika hereinkam und sich auf den nackten Boden setzte, den Rücken gegen den Holzpfosten gelehnt, der in der Mitte des Eingangs stand. Er trug einen sehr dünnen Streifen Tuch, den er zwischen den Beinen und den Gesäßteilen durchgezogen und um die Taille gewunden hatte.

Schwerfällig wie ein müder Mann setzte er sich nieder. Die Mutter beschäftigte sich weiter mit den Cocoyams.

»Ojiugo sagt, du hast mich rufen lassen.«

»Ja.« Sie arbeitete weiter.

»Um zuzusehen, wie du Cocoyams zubereitest?«

Sie schwieg und arbeitete weiter.

»Was gibt es?«

»Ich möchte, daß du zu deinem Vater gehst und mit ihm redest.«

»Worüber?«

»Worüber? Über sein ... Bist du ein Fremder in Umuaro? Siehst du das Unheil nicht kommen?«

»Was soll er tun? Soll er gegen Ulus Befehl handeln?«

»Ich wußte, daß du nicht auf mich hören würdest.« Sie legte all ihre Sorgen und Enttäuschungen in diese Worte.

»Wie kann ich auf dich hören, wenn du dich mit Außenstehenden zusammentust und deinen Mann drängst, seinen Kopf in einen kochenden Topf zu stecken?«

»Manchmal möchte ich denen zustimmen, die sagen, daß der Mann den Wahnsinn seiner Mutter geerbt hat«, sagte Ogbuefi Ofoka. »Als er von Okperi zurückkam, ging ich zu seinem Haus, und er sprach wie ein vernünftiger Mensch. Ich erinnerte ihn daran, daß er selbst gesagt hatte, ein Mann müsse den Tanz tanzen, der gerade Mode ist, und sagte ihm auch, wir würden – freilich zu spät – seine Weisheit nun anerkennen. Aber heute sieht er lieber die sechs Dörfer zugrunde gehen, als daß er zwei Yams ißt!«

»Das habe ich auch schon gedacht«, sagte Akuebue, der bei seinem Schwiegersohn zu Besuch weilte. »Ich kenne Ezeulu besser als die meisten Leute. Er ist ein stolzer Mann, und selbst der, der am starrköpfigsten von allen ist, die du kennst, könnte ihm nicht das Wasser reichen. Aber er würde niemals Ulus Entscheidungen ändern. Wenn er es täte, so rächte sich Ulu sofort an ihm. Also – ich kann es mir nicht denken.«

»Ich habe nicht gesagt, daß Ezeulu im Namen Ulus lügt oder daß er nicht lügt. Wir haben ihn nur gebeten, die Yams zu verzehren – die Folgen nehmen wir auf uns. Aber er wollte nicht. Warum? Weil die sechs Dörfer den weißen Mann nicht daran gehindert haben, ihn mitzunehmen. Das ist der Grund. Er hat überlegt, wie er Umuaro strafen könnte – und jetzt hat er die Gelegenheit dazu! Das Haus, das er einreißen wollte, hat Feuer gefangen und ihm die Arbeit erspart.«

»Ich bezweifle nicht, daß er schon lange einen Groll hegt, aber ich glaube doch nicht, daß er so weit geht. Vergiß nicht, er hat selbst Yamsfelder wie wir andern auch ...«

»Das hat er uns auch gesagt. Aber, mein Freund, wenn ein so stolzer Mann wie Ezeulu den Kampf will, dann fragt er nicht, ob dabei sein eigener Kopf rollt oder nicht. Und außerdem vergaß er zu erwähnen, daß wir, ob unsere Ernte vernichtet ist oder nicht, jeder einen Yam zu Ulu tragen müssen.«

»Ich weiß nicht –.«

»Laß dir eins von mir gesagt sein: Ein Priester wie Ezeulu bringt einen Gott dazu, sich selbst zu zerstören. Das ist schon früher vorgekommen.«

»Oder vielleicht bringt ein Gott wie Ulu den Priester dazu, sich selbst zu vernichten.«

Nur ein einziger Mensch in Umuaro sah die sich zuspitzende Krise als einen Segen und eine von Gott gesandte Gelegenheit an. Sein Name war John Jaja Goodcountry, Katechet der C.M.S.–St. Markus-Kirche von Umuaro. Seine Heimat lag im Nigerdelta, das seit Hunderten von Jahren Kontakt zu Europa und der Welt gehabt hatte. Obwohl erst seit einem Jahr in Umuaro, konnte er in seiner Kirche und Schule doch schon Fortschritte nachweisen, wovon manch andere Lehrer und Prediger noch nach fünf und mehr Jahren mit großem Stolz berichtet hätten. Seine Katechumenenklasse war von 14 auf 30 Schüler angestiegen – meist junge Männer und Jungen, die auch noch zur Schule gingen. In der St. Markus-Kirche hatte bereits eine Taufe stattgefunden, sowie drei weitere in der Gemeindekirche von Okperi. Insgesamt hatte Mr. Goodcountrys junge Kirche neun Kandidaten zu dieser Art Feiern beigesteuert. Für die Konfirmation hatte er keine Anwärter finden können, aber das war kaum überraschend in einer so neuen Kirche bei einem der schwierigsten Völker im ganzen Igboland.

Der Fortschritt der St. Markus-Kirche kam auf etwas ungewöhnliche Art zustande. Mr. Goodcountry, der aus einer Gegend im Nigerdelta kam, die schon Märtyrer wie Joshua Hart hervorgebracht hatte, war nicht darauf vorbereitet, mit den Heiden über heilige Tiere und dergleichen Kompromisse zu schließen. Schon nach wenigen Wochen in Umuaro war er zu einem kleinen Krieg gegen die Königspython bereit – mit dem gleichen Elan, mit dem sein eigenes Volk den geheiligten Leguan bekämpft und besiegt hatte. Zu seinem Unglück stieß er vor Ort in der Person des Moses Unachukwu, des namhaftesten Christen in Umuaro, auf einen Bremsklotz.

Von Anfang an hatte Mr. Goodcountry Einwendungen gehabt gegen das besserwisserische Gehabe dieses Mannes, den der letzte Katechet, Mr. Molokwu, niemals in seine Schranken gewiesen hatte. Goodcountry hatte andernorts gesehen, wie leicht es für einen halbgebildeten und halbbekehrten Christen war, eine ganze Gemeinde in die Irre zu führen, wenn der Prediger und der Katechet schwach waren. Also wollte er über seinen eigenen Führungsanspruch von vornherein keinen Zweifel aufkommen lassen. Er hatte ursprünglich vorgehabt, nur soviel gegen Unachukwu zu unternehmen, als zur Erreichung seines Zieles dienlich war; denn schließlich war er ein starker Pfeiler dieser Kirche und nicht leicht zu ersetzen. Aber Unachukwu ließ Mr. Goodcountry keine Wahl; er forderte ihn bezüglich der Python öffentlich heraus und hatte sich damit die Zurechtweisung und Demütigung, die ihm vor aller Augen zuteil wurde, selbst zuzuschreiben.

Nachdem Mr. Goodcountry seiner Pflicht nachgekommen war, hätte er gern die ganze Angelegenheit vergessen; aber er ahnte nicht, mit wem er es zu tun hatte. Unachukwu ließ sich von einem Schreiber in Okperi ein im Namen des Priesters des Idemili abgefaßtes Bittgesuch aufsetzen und schickte es an den Bischof am Niger. Obwohl als Gesuch abgefaßt, handelte es sich eher um eine Drohung. Er warnte den Bischof: Wenn seine Gefolgsleute in Umuaro die Königspython nicht in Frieden ließen, hätten sie den Tag, an dem sie ihren Fuß auf den Boden dieses Clans gesetzt hatten, noch bitter zu bereuen. Da die Eingabe das Werk eines geübten Schreibers vom Government Hill war, standen so starke Worte darin wie Gesetz und Ordnung und Landfrieden, für den ein König die Garantie übernähme.

Der Bischof hatte gerade mit einer sehr ernsten Lage in einem anderen Teil seiner Diözese zu kämpfen – es ging auch hier um die Python. Ein junger, energischer Geistlicher hatte die dortige Gemeinde zur Verbrennung eines Schreins verleitet und bei diesem Abenteuer eine Python getötet, woraufhin die Dorfbewohner alle Christen aus dem Dorf gejagt und ihre Häuser verbrannt hatten. Hätte die Regierung nicht, um ihre Macht zu demonstrieren, Truppen hingeschickt, so wäre die Lage leicht außer Kontrolle geraten. Nach diesem Zwischenfall hatte der stellvertretende Gouverneur einen scharfen Brief an den Bischof geschrieben, er möge seinen Jüngern Zügel anlegen.

Aus diesem Grund – aber auch, weil er solchen Übereifer mißbilligte – schrieb der Bischof einen sehr ernsten Brief an Goodcountry. Er beantwortete auch das Gesuch Ezidemilis und sicherte ihm zu, daß der Katechet sich nicht mehr in die Angelegenheiten der Pythonfrage einmischen werde. Das Schreiben schloß mit dem Gebet, daß der Tag nicht mehr fern sein möge, an dem der Priester und sein ganzes Volk von der Anbetung der Schlangen und Götzen ablassen und sich der neuen Religion zuwenden würden.

Dieser Brief des großen weißen, so weit entfernt wohnenden Priesters verstärkte die bereits an Boden gewinnende Ansicht, die beste Art, mit dem weißen Mann fertig zu werden, sei die, daß man ein paar Leute wie Moses Unachukwu bei der Hand hätte, die das wußten, was der weiße Mann wußte. Demzufolge schickten viele Leute – und darunter waren sehr wichtige – ihre Kinder zur Schule. Sogar Nwaka schickte seinen Sohn hin – denjenigen, der von allen seinen Söhnen die geringsten Aussichten hatte, ein guter Bauer zu werden.

Mr. Goodcountry kannte nicht die ganze Geschichte von den verschlungenen Gedankengängen der Heiden, die hinter dem Anwachsen seiner Schule und Kirche steckte, und führte alles auf die Wirksamkeit seiner Bekehrungsmethode zurück, was in gewisser Weise ja auch den Tatsachen entsprach – eine Rechtfertigung seiner Anstrengungen gegen die Befriedungspolitik seines Bischofs. Er verfaßte einen Bericht über den erstaunlichen Erfolg des Evangeliums in Umuaro für das *Westafrikanische Kirchenblatt*, wobei er, wie in solchen Berichten üblich, das Verdienst dem Heiligen Geist zuschrieb.

Nun sah Mr. Goodcountry in der gegenwärtigen Krise anläßlich des Festes des Neuen Yam eine Gelegenheit zu fruchtbarer Einmischung. Er hatte sein kirchliches Erntedankfest für den zweiten Sonntag im November geplant; die Erträge sollten in den Fond zum Bau eines neuen Gotteshauses fließen, das Gottes und Umuaros würdiger wäre als das jetzige. Sein Plan war ganz einfach. Das Fest des Neuen Yam war der Versuch mißgeleiteter Heiden, Gott, dem Spender aller guten Gaben, ihre Dankbarkeit zu erweisen. Nun war die von Gott bestimmte Stunde gekommen, sie aus ihrem Irrglauben, der sie jetzt zu vernichten drohte, zu retten. Man mußte ihnen sagen, daß jeder, der Gott sein Dankopfer darbrachte, seine Yams ohne Furcht vor Ulu ernten konnte.

»Wir können also unseren heidnischen Brüdern sagen, daß sie ihren Opfer-Yam zur Kirche statt zu Ulu bringen sollen?« fragte ein neues Mitglied von Goodcountrys Kirchenkomitee.

»Genau das. Aber nicht nur *einen Yam*. Sie können so viele bringen, wie sie wollen, den Segnungen entsprechend, die der allmächtige Gott ihnen in diesem Jahr hat zukommen lassen. Und nicht nur Yams – jede Feldfrucht, jedes Haustier oder Geld.«

Der Mann, der die Frage gestellt hatte, schien nicht befriedigt. Er kratzte sich weiter den Kopf.

»Verstehst du mich noch nicht?«

»Ich verstehe dich – aber ich dachte darüber nach, wie wir ihnen beibringen sollen, mehr als einen Yam zu bringen. Siehst du, unser Brauch – oder vielmehr ihr Brauch – ist, Ulu gerade *einen* Yam darzubringen.«

Moses Unachukwu, der jetzt bei Goodcountry in voller Gunst stand, rettete den Tag. »Wenn Ulu, der ein falscher Gott ist, einen Yam essen kann, dann kann der lebendige Gott, dem die ganze Welt gehört, wohl mehr als einen verzehren!«

So verbreitete sich die Nachricht, daß jeder, der nicht warten und seine Ernte vernichtet sehen wollte, sein Opfer dem Christengott darbringen könne, der behauptete, er hätte die Macht, ihn vor Ulus Zorn zu schützen. Zu andern Zeiten hätte man über solch ein Gerede gespottet. Jetzt aber lachte niemand mehr.

# KAPITEL 19

Die ersten, die ernstlich unter der Verzögerung der Ernte litten, war die Familie des Ogbuefi Amalu, der in der Regenzeit an *arummo* gestorben war. Amalu war ein begüterter Mann, und in normalen Zeiten hätten zwei oder drei Tage nach seinem Tod die Riten für das zweite Begräbnis und das Bestattungsfest stattgefunden. Aber es ist ein schlechter Tod, der einen Mann zu Zeiten einer Hungersnot tötet. Das hatte Amalu selbst gewußt und sich darauf vorbereitet. Ehe er starb, hatte er Aneto, seinen ältesten Sohn, gerufen und ihm Anweisungen erteilt, wie sein Bestattungsfest vor sich gehen sollte.

»Ich würde normalerweise sagen: Halte es ab einen oder zwei Tage, nachdem ich in die Erde gelegt worden bin. Aber wir haben *ugani.* Ich kann nicht von dir verlangen, daß du meine Bestattungsfeier mit deinem Speichel ausrichtest. Ich muß warten, bis es wieder Yams gibt.« Er sprach mit großer Mühe und rang bei jedem Wort nach Luft. Aneto lag auf den Knien neben dem Bambusbett und strengte sich an, die gehauchten Worte zu verstehen, die bei dem lauten Röcheln aus der Brusthöhle des Kranken kaum hörbar waren. Die vielen Packungen Rotholzsalbe, die man daraufgerieben hatte, waren vertrocknet und rissig wie die Erde in der Zeit der Dürre. »Aber du darfst die Feier nicht mehr als vier Monate nach meinem Tod hinausschieben. Und vergiß nicht – ich möchte, daß du einen Stier schlachtest!«

Es gab eine Geschichte über einen jungen Mann aus einem anderen Clan, der so vom Unglück verfolgt wurde, daß er sich entschloß, ein Orakel zu befragen. Es teilte ihm mit, der Grund seines Unglücks bestände in dem Wunsch seines toten Vaters, ihm eine

Ziege zu opfern. Der junge Mann sagte zu dem Orakel: »Frag meinen Vater, ob er mir auch nur ein einziges Huhn hinterlassen hat.« Ogbuefi Amalu war nicht wie dieser Mann. Jeder wußte, daß er vierhundert Stiere wert war und von seinem Sohn nicht zuviel verlangt hatte.

In Erwartung des Neuen Yamsfestes hatten Aneto und seine Brüder und Verwandten schon den Tag für Amalus zweites Begräbnis ausgewählt und ganz Umuaro und alle ihre Verwandten und ihre Bekannten bei den benachbarten Clans davon unterrichtet.

Was sollten sie also jetzt tun? Sollten sie an ihren Plänen festhalten und für Amalu das Bestattungsfest eines armen Mannes ohne Yams ausrichten, auf die Gefahr hin, daß sein Zorn über ihre Häupter kam, oder sollten sie es für einen längeren Zeitraum, als Amalu ihnen angegeben hatte, verschieben und gleichfalls seinen Zorn herausfordern? Das zweite schien besser und weniger gefährlich als das erste. Um aber ganz sicher zu sein, begab sich Aneto zum *afa*, um seinem toten Vater die Möglichkeiten darzulegen.

Als er zum Orakel kam, wurde ihm klar, daß es nicht mehr zwei Möglichkeiten, sondern nur eine gab. Er wagte seinen Vater nicht zu fragen, ob er mit dem Begräbnis eines armen Mannes einverstanden sei; lieber fragte er, ob er die Riten aufschieben dürfe, bis es wieder Yams in Umuaro gab. Amalu sagte nein. Er hatte schon zu lange in Regen und Sonne gestanden und konnte es nicht einen Tag länger ertragen. Ein armer Mann konnte jahrelang draußen umherwandern, während seine Verwandten ihre mageren Mittel zusammenkratzten; das war die Strafe für seinen mangelnden Erfolg im Leben. Aber ein Mann von Bedeutung, der sich über zwei Ränge hinaufgearbeitet hatte, mußte hereingerufen werden von jenen, für die er sich geplagt und denen er seine Reichtümer hinterlassen hatte.

Aneto rief die Verwandten zusammen und berichtete ihnen, was sein Vater gesagt hatte. Niemand war überrascht. »Wer könnte Amalu tadeln?« fragten sie. »Hat er nicht lange genug draußen gestanden?« Nein, die Schuld lag bei Ezeulu. Seinetwegen hatten Amalus Verwandte ihre Mittel verschwenden und bei den Nachbarclans Yams kaufen müssen, während ihre eigene Ernte in der Erde verschlossen lag. Manche dieser Clans wurden schon fett durch Umuaros Unglück. An jedem Nkwo brachten sie neue Yams nach Umuaro und verkauften sie wie Fußspangen aus Elfenbein. Anfangs aßen nur Männer ohne Titel, Frauen und Kinder diese fremden Yams. Aber als der Hunger größer und schärfer wurde, bewies jemand, daß es nirgends in den Gesetzen von Umuaro ein Verbot gab, neue Yams zu essen, die auf fremdem Boden gewachsen waren. Und überhaupt – wer war dabeigewesen, als sie ausgegraben wurden, um zu beschwören, daß es neue Yams waren? Darüber lachten die Leute, wenn auch halbherzig. Und wenn ein Mann von Rang diesem Hinweis folgte und Yams aß, so legte er Wert darauf, nicht gesehen zu werden. Viele von ihnen halfen sich, indem sie die Yams rund um ihre Höfe ernteten, um ihre Frauen und Kinder damit zu ernähren. Von altersher war gestattet gewesen, während einer schweren Hungersnot am Rande seines Hofes einige Yams vorzeitig zu ernten, um seine Familie nicht verhungern zu lassen. Aber heute handelte es sich nicht um »einige Yams«, und, was schlimmer war, das Gebiet um den Hof rückte weiter und weiter in Richtung Feld, je mehr Tage vergingen.

Die Not von Umuaro lastete schwerer auf Ezeulu und seiner Familie, als sich die andern vorstellten. Im Haushalt des Oberpriesters durfte keiner daran denken, einen der Auswege zu benützen, die es anderen erlaubten, gelegentlich einen neuen Yam zu essen, gleichviel ob einen bei ihnen gewachsenen oder einen fremden. Da sie reicher waren als die meisten Familien, besaßen sie einen größeren Vorrat an alten Yams, die aber inzwischen zu faden und zähen Klumpen zusammengeschrumpft waren. Ehe man sie kochte, mußte man sie mit einem schweren Schlegel klopfen, um das zähe Gewebe mürbe zu machen. Bald aber waren auch diese verbraucht.

Die schwerste Bürde drückte Ezeulus Seele. Er war an Einsamkeit gewöhnt. Als Oberpriester war er oft allein an der Spitze von Umuaro geschritten. Aber auch ohne daß er zurückblickte, hatte er stets hinter sich die Melodie und den Takt gehört, der die Erde erschütterte, denn beides kam von einer Unmenge Stimmen und dem Stampfen zahlloser Füße. Es hatte Augenblicke gegeben, in denen sich die Stimmen teilten, wie bei der Auseinandersetzung mit Okperi um das Land. Nie aber hatte er es erlebt, daß die Stimmen ganz und gar wegblieben. Jetzt besuchten ihn nur wenige Leute in seinem Haus, und diese wenigen erzählten nichts. Ezeulu wollte wissen, was Umuaro sagte, aber niemand bot sich an, ihm darüber zu berichten, und er wollte bei niemandem den Eindruck erwecken, er sei neugierig. So wurde Umuaro für ihn mit jedem Tag, der vorbeiging, mehr und mehr ein feindseliges Schweigen – ein Schweigen, das einen Mann innerlich verbrennt wie die blaue, ruhige, messerscharfe Flamme brennender Palmnußschalen. Ezeulu wand sich in immer stärkeren Schmerzen, bis er den Wunsch verspürte, sich außerhalb seines Gehöftes zu begeben - vielleicht sogar auf den Nkwo-Marktplatz, und Umuaro anzuschreien.

Da niemand in Ezeulus Nähe kam und seine Qual sehen konnte – und hätte sie einer gesehen, hätte er sie nicht verstanden –, nahmen die Leute an, er sitze in seinem Haus und weide sich an ihrem Unglück. Aber obwohl er um nichts in der Welt den derzeitigen Lauf der Dinge hätte umkehren mögen, so ertrug er doch mehr Strafen und Qual als alle seine Gefährten. Am meisten bedrückte ihn – und er allein schien sich dessen bewußt zu sein –, daß die Strafe nicht nur jetzt, sondern für alle Zeiten galt. Sie würde Umuaro heimsuchen wie eine *ogulu-aro*-Krankheit, die ein Jahr vorübergehen läßt und dann ihr Opfer von neuem überfällt. Bei aller Wut fühlte er in seinem Herzen tiefes Mitleid mit Umuaro, dem Clan, der vor langer, langer Zeit, als die Eidechsen noch allein oder zu zweit waren, seinen Vorfahren dazu auserwählt hatte, ihre Gottheit zu tragen und ihnen voranzugehen, um ihretwillen jedes Hindernis zu überwinden und jeder Gefahr die Stirn zu bieten.

Wäre das Schweigen, in dem Ezeulu gefangen war, vollkommen gewesen, so hätte er sich vielleicht mit der Zeit daran gewöhnt. Aber es wies Lücken auf, durch die dann und wann ein unvollständiges Bruchstück einer Neuigkeit zu ihm drang; das ließ ihn das Schweigen noch tiefer empfinden, wie etwa erst ein fallender Kiesel die Stille in einer Höhle bewußt macht.

Heute war Akuebue ein solcher Kiesel. Er war der einzige von Ezeulus Verwandten und Freunden, der ihm noch ab und zu einen Besuch abstattete. Aber wenn er kam, saß er schweigend da oder sprach über Nebensächlichkeiten. Heute konnte er jedoch nicht umhin, ein neues Entwicklungsstadium der Krise zu erwähnen, das ihm zu schaffen machte. Vielleicht wußte Akuebue als einziger in Umuaro, daß Ezeulu die sechs Dörfer nicht willkürlich bestrafte, wie viele Leute meinten. Er wußte, daß der Oberpriester nicht anders konnte, daß etwas Größeres als ein *nté* sich in der *nté*-Falle gefangen hatte. Wann immer er also kam, um Ezeulu zu besuchen, vermied er sorgsam das, was ihre Gedanken am meisten beschäftigte, weil diese Dinge unaussprechbar waren. Heute aber konnte er nicht schweigen über den Schachzug der Christen, sich die Ernte von Umuaro zu sichern.

»Es ärgert mich«, sagte er, »weil es auf das Sprichwort unserer Vorfahren hinausläuft: Wenn Brüder sich einen tödlichen Kampf liefern, erbt ein Dritter ihres Vaters Hab und Gut.«

»Was soll ich deiner Meinung nach tun?« Ezeulu streckte dem Freund die offenen Handflächen entgegen. »Wenn sich ein Mann in Umuaro so weit vergißt, daß er sich ihnen anschließt – dann soll er ruhig weitermachen.«

Verzweifelt schüttelte Akuebue den Kopf.

Kaum hatte er Ezeulu verlassen, als dieser Oduche zu sich rief und ihn fragte, ob es der Wahrheit entspräche, daß seine Leute allen denen Zuflucht anboten, die der Rache Ulus entgehen wollten. Oduche antwortete, er verstehe ihn nicht.

»Du verstehst mich nicht? Sagen deine Leute: Wenn jemand sein Opfer zu ihrem Altar bringt, kann er ungefährdet seinen Yam ernten? Verstehst du jetzt?«

»Ja. Das hat ihnen unser Lehrer gesagt.«

»Das hat euer Lehrer gesagt? Und du hast es mir nicht berichtet?«

»Nein.«

»Warum nicht?«

Schweigen.

»Ich frage, warum du es mir nicht berichtet hast?«

Lange Zeit musterten sich Vater und Sohn schweigend. Als Ezeulu wieder sprach, klang seine Stimme ruhig und voller Trauer.

»Erinnerst du dich daran, Oduche, was ich dir einschärfte, als ich dich zu diesen Leuten schickte?«

Oduche senkte den Blick auf die große Zehe seines rechten Fußes, den er ein wenig vorwärtsschob.

»Da du offenbar stumm geworden bist, will ich dich daran erinnern. Ich rief dich, wie ein Vater seinen Sohn ruft, und befahl dir, unter diesen Leuten mein Ohr und mein Auge zu sein. Ich schickte nicht Obika oder Edogo hin. Ich habe nicht Nwafo, den Sohn deiner Mutter, hingeschickt. Ich rief dich beim Namen, und du kamst – hier in dieses *obi* –, ich sandte dich aus, um für mich zu sehen und zu hören. Ich wußte damals nicht, daß ich einen Ziegenschädel aussandte. Geh fort – geh zum Haus deiner Mutter. Ich bin nicht in der Stimmung, mit dir zu sprechen. Wenn ich dazu bereit bin, werde ich dir sagen, was ich denke. Geh hinweg und freue dich an dem Gedanken, daß dein Vater nicht auf dich zählen kann! Ich sage, geh hinweg von hier, du Eidechse, die das Begräbnis ihrer Mutter zunichte macht!«

Mit den Tränen kämpfend, ging Oduche hinaus. Ezeulu fühlte sich fast ein wenig getröstet.

Endlich erschien wieder ein Neumond, und Ezeulu aß den zwölften Yam. Am nächsten Morgen sandte er seinen Helfern eine Botschaft. Sie sollten verkünden, daß das Fest des Neuen Yam in achtundzwanzig Tagen stattfände.

Den ganzen Tag hindurch schlugen in Amalus Gehöft die Trommeln, weil morgen die Begräbnisfeier sein sollte. Der Klang drang in jedes Dorf von Umuaro, um sie daran zu erinnern; nicht, daß irgend jemand daran hätte erinnert werden müssen – zu einer Zeit, da die Menschen hungrig waren wie die Heuschrecken.

In der Nacht hatte Ezeulu einen jener sonderbaren Träume, die mehr als Träume sind. Als er erwachte, stand alles in jeder Einzelheit und klar wie der helle Tag vor ihm – wie jener Traum, den er in Okperi geträumt hatte.

Er saß in seinem *obi.* Nach dem Klang der Stimmen zu schließen, zogen Trauernde hinter seinem Gehöft vorbei, jenseits der hohen roten Mauern. Das beunruhigte ihn sehr, weil dort gar kein Weg war. Wer also waren die Leute, die sich einen Weg hinter seinem Hof gebahnt hatten? Er sagte sich, er müsse hinausgehen und sie zur Rede stellen, weil das Sprichwort lautete: Wenn ein Mann nicht mit denen kämpft, die hinter seinem Hof vorbeigehen, wird der Weg nie wieder verschwinden. Aber es fehlte ihm die Entschlußkraft – er blieb stehen. Inzwischen wurden die Stimmen und die Trommeln und die Flöten lauter. Sie sangen das Lied, mit dem ein Mann zum Begräbnis im Busch getragen wurde:

»Seht, eine Python!
Seht, eine Python,
Ja, sie liegt quer über dem Weg!«

Wie gewöhnlich klang das Lied in mehreren Wellen herüber, wie die Windstöße in einem Sturm dicht aufeinanderfolgen. Die Trauernden vorn im Zug sangen ein wenig früher als die, die in der Mitte bei der Leiche gingen, und diese wiederum sangen etwas eher als die am Schluß Gehenden. Die Trommeln kamen mit der letzten Welle.

Ezeulu rief laut nach seiner Familie, sie solle ihm helfen, die Unbefugten zurechtzuweisen, aber sein ganzer Hof war verlassen. Seine Unentschlossenheit schlug in Besorgnis um. Er lief in Matefis Haus, fand dort aber nichts als die Asche eines längst erloschenen Feuers. Er stürzte hinaus und eilte zu Ogoyes Haus, rief sie und ihre Kinder – aber ihr Haus fiel bereits ein, und ein paar grüne Grashalme sprossen aus dem Dach. Als er zu Obikas Haus rannte, ließ ihn eine unbekannte Stimme, die von der Rückseite des Gehöfts kam, plötzlich stehenbleiben. Die Gesänge des Begräbniszuges waren in der Ferne verhallt. Wäre nicht die Trauer in der einsamen Stimme gewesen, die nun hinter ihnen hersang, sie hätten mit einer Braut zurückkommen können. Das sanfte Lied des einsamen Sängers senkte sich wie Tau auf dem Kopf:

Geboren bin ich, als die Echsen noch allein waren
oder zu zweit.
Ein Kind Idemilis. Die Tränentropfen, die schweren,
Vom ersten Weinen des Himmels malten mir Flecken.
Himmelgeboren wandelte ich mit königlichem Gang
auf der Erde.
Und Trauernde sahen mich rundgerollt auf ihrem Pfad.
Seit kurzem aber
Hat eine seltsame Glocke
Ein Lied der Verheerung gesungen:

Laßt eure Yams und Kokosnüsse
Und kommt zur Schule.
Nun muß in aller Eile weg ich huschen
Wenn die Kinder im Spiel oder im Ernst gar rufen:
Seht! Ein Christ ist auf dem Weg.
Ha-ha-ha-ha-ha-ha-ha-ha!

Das wahnsinnige, plötzliche Gelächter des Sängers schallte durch Ezeulus Gehöft, und er erwachte. Trotz des kalten Harmattan war er schweißgebadet. Aber er fühlte sich unendlich erleichtert, wach zu sein und zu wissen, es war nur ein Traum. Die blinde Besorgnis und die Eindringlichkeit, mit der es um Tod und Leben gegangen war, traten nicht über die Schwelle seines Bewußtseins. Nur eine unbestimmte Furcht blieb, weil die Stimme der Python zuletzt wie die Stimme von Ezeulus Mutter bei ihren Wahnsinnsanfällen geklungen hatte. Nwanyi Okperi, wie man sie in Umuaro genannt hatte, war in ihrer Jugend eine große Sängerin gewesen und hatte Lieder für ihr Dorf mit der Leichtigkeit komponiert, mit der manche Leute reden. In späteren Jahren, als ihr Wahnsinn fortschritt, brachen diese alten Lieder und andere, die sie vielleicht neu erdacht hatte, wie exzentrische Strahlen durch die Risse ihres Geistes aus ihr heraus. In seiner Kindheit hatte Ezeulu in ständiger Angst vor den Augenblicken gelebt, wenn die Füße seiner Mutter bei Neumond in den Stock gelegt wurden.

Gerade in diesem Augenblick flog Ogbazulobodo vorbei, und das half Ezeulu zurück in die Gegenwart. Vielleicht war es die Wirkung des Traums, aber in seinem ganzen Leben hatte er den Nachtgeist nicht mit solcher Wut vorüberstürmen hören. Es kam ihm vor, als raste eine Legion Läufer vorbei, alle von Kopf bis Fuß mit Schnüren rasselnder *ekpilis* bedeckt. Er kam aus der Richtung des *ilo* und verschwand zum Nkwo hin. Sicherlich hatte er in einem Gehöft Licht gesehen, denn er hielt offensichtlich an und rief »*Ewo okuo! Ewo okuo!*« Der Missetäter, wer es auch war, löschte daraufhin wohl schnell das Licht, und der versöhnte Geist flog weiter und verschwand in der Nacht.

Ezeulu fragte sich, warum er ihn nicht gegrüßt hatte, als er so nahe an seinem Hof vorbeiflog. Nun, vielleicht hatte er es getan, ehe Ezeulu erwacht war.

Nach dem Traum und der Aufregung über Ogbazulobodos Vorbeiflug versuchte er vergeblich, wieder einzuschlafen. Dann fingen sie an, die Schüsse in Amalus Hof abzufeuern. Ezeulu zählte neun, durch das Dröhnen des *ekwe* getrennt. Nun hatte sich der Schlaf endgültig von seinen Lidern gestohlen. Er stand auf, tastete nach der Klinke der geschnitzten Tür und öffnete sie. Dann nahm er seine Machete und seine Schnupftabakflasche vom Kopfende des Bettes und tastete sich in das Vorzimmer. Dort spürte er die trockene Kälte des Harmattan. Zum Glück war das Feuer noch nicht erloschen, zwei große Klötze Ukwaholz glimmten noch. Er fachte die Glut an, und bald brannte eine kleine Flamme.

Kein anderer im Dorf konnte den Ogbazulobodo so gut darstellen wie Obika. Wann immer es ein anderer versuchte, war der Unterschied groß – entweder war er zu langsam, oder die Worte blieben ihm im Halse stecken. Denn die Macht *ike-agwu-anis* – so groß sie sein mochte – konnte einen kriechenden Tausendfüßler nicht in eine Antilope und einen Stummen nicht in einen Redner verwandeln. Deshalb kam bei allem Groll, den Amalus Familie gegen Ezeulu und die Seinen hegte, Aneto dennoch, um Obika zu bitten, in der Nacht vor dem zweiten Begräbnis seines Vaters den Ogbazulobodo darzustellen.

»Ich möchte nicht nein zu dir sagen«, entgegnete Obika, nachdem Aneto seine Bitte vorgetragen hatte, »aber das kann ein Mann nicht übernehmen, wenn ihm sein Körper nicht ganz gehört. Ich habe seit gestern ein wenig Fieber.«

»Ich weiß nicht warum«, sagte Aneto, »aber jeder, den man heutzutage fragt, antwortet wie ein gesprungener Topf.«

»Warum fragst du nicht Nweke Ukpaka?«

»Ich habe an ihn gedacht, als ich hierherkam. Ich bin sogar an seinem Haus vorbeigegangen.«

Obika dachte nach.

»Viele Leute würden es tun«, sagte Aneto. »Aber der, dessen Name immer wieder genannt wird von denen, die vergeblich versuchen, einen wilden Stier zu fangen – der hat etwas, das nur er allein dem Stier antun kann.«

»Sehr wahr!« meinte Obika. »Ich willige ein – aber ich willige aus Feigheit ein.«

›Wenn ich nein sage‹, dachte er bei sich, ›dann sagen die Leute, Ezeulu und seine Familie hätten zum zweiten Mal ihre Entschlossenheit bewiesen, in ihrem Dorf das Begräbnis eines Mannes zunichte zu machen, der ihnen nichts zuleide tat.‹

Er sagte seiner Frau nichts davon, daß er noch spätabends fortgehen wollte – bis er sein Abendessen zu sich genommen hatte. Obika ging zum Essen immer in das Haus seiner Frau. Seine Freunde neckten ihn damit und sagten, die Frau habe ihm den Kopf verdreht. Okuata nahm gerade den letzten Rest Suppe aus der Schale, als Obika ihr davon erzählte. Sie krümmte noch einmal den Finger, fuhr damit durch die Schale, streckte ihn wieder aus und leckte ihn ab.

»Mit diesem Fieber willst du weggehen?« fragte sie. »Obika, nimm Rücksicht auf dich selbst! Das Begräbnis ist morgen. Bis morgen früh gibt es sicher nichts, was sie nicht auch ohne dich tun könnten.«

»Ich bleibe nicht lange. Aneto ist mein Altersgenosse, und ich muß zu ihm und sehen, wie er alles vorbereitet.«

Okuata schwieg beleidigt.

»Riegle die Tür gut zu. Dann trägt dich niemand weg. Ich bleibe nicht lange fort.«

Der *ekwe-ogbazulobodo* rief *kome kome kokome kome kokome* und warnte eine Weile jeden, der noch wach war, er solle schnell zu Bett gehen und sämtliches Licht löschen, weil das Licht und Ogbazulobodo tödliche Feinde waren. Als er solange geschlagen hatte, daß ihn alle gehört haben mußten, verstummte er. Schweigen und der schrille Ruf der Insekten beherrschten wieder die Nacht. Obika und die andern, die den *ayaka* tragen sollten, saßen auf der niedrigsten Stufe des *okwolo* und redeten und lachten. Der Mann, der den *ekwe* geschlagen hatte, gesellte sich zu ihnen; er ließ seine Trommel im Zwielicht einer Palmölfackel zurück.

Als der *ekwe* die zweite und letzte Warnung geschlagen hatte, sprach Obika noch mit den anderen, als ginge ihn alles nichts an. Ozumba, der alte Mann, der die Herrscherinsignien des Nachtgeistes verwahrte, nahm seinen Platz neben dem Trommler ein. Dann erhob er seine brüchige Stimme, und, als wolle er die Spinnweben von ihr entfernen, rief er einige Male *ugoli*. Endlich fragte er, wo Obika sei. Obika blickte auf und sah den Alten undeutlich im matten Licht. Langsam und bedächtig stand er auf, ging zu Ozumba und blieb vor ihm stehen. Ozumba beugte sich nieder und hob ein Gewand auf, das aus miteinander verflochtenen Schnüren gemacht war und schwer mit klirrenden *ekpilis* verziert war. Obika hob beide Arme über den Kopf, so daß Ozumba ihm das Gewand ohne weiteres um die Taille binden konnte. Dann schlug Ozumba wie ein Blinder mit den Armen um sich, bis er den eisernen Stab berührte. Er zog ihn aus dem Boden und gab ihn Obika in die rechte Hand. Der *ekwe* schlug weiter im Licht der Palmölfackel. Obika schloß die Hand fest um den Stab und biß die Zähne zusammen. Ozumba gab ihm ein wenig Zeit, sich ganz bereitzumachen. Dann hob er sehr langsam das *ike-agwu-ani*-Halsband auf. Der *ekwe* schlug schneller und schneller. Obika beugte den Kopf, und Ozumba legte ihm das *ike-agwu-ani* um den Hals. Dabei sprach er:

»Tun-tun-gem-gem
Oso mgbada bu nugwu.
Des Hirsches Schnelligkeit
Tut sich kund auf dem Berge.«

Kaum hatte er die Worte ausgesprochen, als Ogbazulobodo herumwirbelte und »Ewo okuo! Ewo okuo!« rief. Der Trommler warf seinen Stab nieder und blies hastig das Licht aus. Der Geist pflanzte den Stab in die Erde, daß er hin- und herschnellte. Er zog ihn wieder heraus und verschwand wie der Wind in Richtung des Nkwo, kräftige Zauberworte in der Luft hinter sich lassend.

»Die Fliege, die auf einem Haufen von Exkrementen stolziert, verschwendet ihre Zeit. Der Haufen wird immer größer als die Fliege bleiben. Das Ding, das die Trommel für *nhwesi* schlägt, ist unter der Erde. Die Dunkelheit ist so groß, daß sie dem Hund Hörner verleiht. Derjenige, der sich ein Gehöft baute, kann sich mehr zerbrochener Töpfe rühmen. *Ofo* gibt dem Regenwasser Kraft, die trockene Erde aufzuschneiden. Der Mann, der seinen Gefährten vorangeht, erblickt die Geister auf dem Weg. Die Fledermaus sagte, sie weiß, daß sie häßlich ist, deshalb fliegt sie des Nachts. Wenn ein Mann auf der Spitze einer Palme die Luft verpestet, wird die Fliege in die Irre geführt. Ein Mann, der vom Pech verfolgt wird, trinkt Wasser, und es bleibt ihm in den Zähnen hängen ...«

Obika war blind und hellsichtig zugleich. Er sah keine Wegweiser wie Bäume und Häuser, aber seine Füße kannten ihren Weg; er ließ nicht den kleinsten Pfad der gewohnten Bahn aus. Er kannte ihn, ohne seine Augen zu gebrauchen. Er hielt nur inne, wenn er Licht roch ... »Selbst wenn die Leute noch von dem Mann sprechen, den die Ratte totbiß, nimmt die Eidechse Geld, um sich die Zähne feilen zu lassen. Wer eine alte Hexe hocken sieht, soll sie in Ruhe lassen; weiß er, was sie ausatmet? Die weiße Ameise kaut den *igbegulu*, wenn er auf dem Boden liegt; laßt sie auf den Palmbaum klimmen und weiterkauen. Wer Udalasamen verspeisen will, soll vorher die Größe seines Afters überprüfen. Die Fliege, die keinen hat, der sie berät, folgt dem Leichnam in die Erde ...«

Ein Feuer begann in seiner Brust zu wüten; es trieb ihm einen bitteren Geschmack in den Mund, den er wie aus der Ferne, wie mit einem zweiten Mund in seinem Mund wahrnahm. Er fühlte sich wie zwei völlig voneinander getrennte Menschen, das eine Ich über dem andern.

»... Wenn ein Händeschütteln weiter geht als bis zum Ellbogen, wird es etwas anderes. Der Schlaf, der von einem Markttag zum andern dauert, ist zum Tod geworden. Der Mann, der das Fleisch des Widders liebt, der beim Begräbnis geopfert werden soll – warum wird er gesund, wenn ihn Krankheit heimsucht? Der mächtige Baum fällt, und die kleinen Vögel flattern ins Gebüsch ... Der kleine Vogel, der vom Boden auf einen Ameisenhügel hüpft, weiß vielleicht nicht, daß er noch immer auf dem Boden steht ... Eine gewöhnliche Schlange, die ein Mann sieht, der ganz allein ist, kann in seinen Augen eine Python werden ... Was der Rattenmutter den Tod gebracht hat, bleibt da, um sicherzugehen, daß die Jungen niemals die Augen auftun ... Der Junge, der beharrlich fragt, was seinem Vater zustieß, ehe er Kraft genug hat, ihn zu rächen, zieht seines Vaters Schicksal auf sein Haupt ... Der Mann, der die Krankheit geringschätzt, die der Affe erlitten hat, soll die Augen ansehen, die die Pflegerin vom Anblasen eines Siechenfeuers bekam ... Wenn der Tod einen kleinen Hund wegraffen will, hindert er ihn sogar, an den Exkrementen zu riechen ...«

Die acht Männer, die die *ayaka* darstellen sollten, unterhielten sich noch immer dort, wo sie Obika verlassen hatten. Ozumba hatte sich zu ihnen gesellt, um auf Obikas Rückkehr zu warten. Sie sprachen eben noch über den großen Stier, den Amalus Kinder zu seinem Begräbnis gekauft hatten, als sie die Stimme schon zurückkommen hörten. Die *ayaka*-Männer sprangen auf und bereiteten sich vor, sobald Ogbazulobodo den *ilo* wieder betrat, die Gesänge anzustimmen. Alle waren erstaunt, daß er schon zurückkehrte. Hatte er einen der Wege ausgelassen?

»Obika nicht!« sagte Ozumba stolz. »Er ist ein Hundertprozentiger. Ich lobe mir einen solchen Jungen, auch wenn er in seiner Eile Geräte zerbricht.«

Das Wort hing noch an seinen Lippen, als Ogbazulobodo hereinstürmte und am Fuß des *okwolo* zu Boden stürzte. Ozumba nahm ihm das Halsband ab und rief ihn beim Namen. Aber Obika antwortete nicht. Er rief ihn nochmals und berührte seine Brust.

Sie gossen kaltes Wasser, das sie immer bereit hielten, über sein Gesicht und seinen Körper. Der Gesang der *ayaka* riß so plötzlich ab, wie er begonnen hatte. Alle standen da, keines Wortes mächtig.

Der erste Hahn hatte noch nicht gekräht. Ezeulu hielt sich in seinem *obi* auf. Die großen Holzscheite glühten noch immer, aber die Flamme war längst erloschen. Hörte er da Schritte? Er horchte gespannt. Ja. Sie wurden lauter. Er griff nach seiner Machete. Was konnte da los sein?

»Wer da?« rief er. Die Schritte hielten an, die Stimmen verstummten. Einen Augenblick herrschte Stille, auf der die Gegenwart Fremder draußen im Dunkeln lastete.

»Leute«, sagte eine Stimme.

»Wer heißt hier ›Leute‹? Mein Gewehr ist geladen, laßt euch warnen, ›Leute‹!«

»Ezeulu ... ich bin es. Ozumba.«

»Ozumba.«

»Eh.«

»Was führt dich um diese Zeit her?«

»Eine gräßliche Geschichte ist über uns hereingebrochen. Die Geiß hat Palmblätter von meinem Haupt gefressen.«

Ezeulu räusperte sich nur und begann langsam, in seinem Feuer zu stochern. »Laß mich das Feuer schüren, damit ich eure Gesichter sehen kann.« Einer der Brennholzscheite war zu lang, und er brach ihn über dem Knie entzwei. Dann blies er ein paarmal ins Feuer, und eine Flamme brannte lichterloh.

»Komm herein und laß mich hören, was du zu sagen hast.«

Als er jedoch sah, wie Obikas Leiche unter den niedrigen Dachsparren hereingetragen wurde, sprang er auf und griff nach der Machete.

»Was ist ihm geschehen? Wer hat das getan? Wer, frage ich?«

Ozumba begann es ihm zu erklären, aber Ezeulu hörte ihn nicht. Die Machete fiel aus seiner Hand, und er sank neben dem Toten in die Knie. »Mein Sohn!« rief er. »Ulu, wo warst du, als mir das angetan wurde?« Er verbarg sein Gesicht an Obikas Brust.

Als das erste Morgenlicht kam, waren fast alle Vorkehrungen zur Verkündung seines Todes getroffen. Die Totentrommel des Dorfes lehnte an einer Mauer. Eine Flasche Schießpulver wurde hervorgeholt und beiseite gestellt. Ezeulu ging unter den geschäftigen Leuten unruhig hin und her und versuchte zu helfen. Einmal stieß er auf einen langen Besen, den man wie ein Paddel handhabte, um den Hof zu säubern, nahm ihn zur Hand und begann zu fegen. Aber jemand nahm ihm den Besen ab und führte ihn an der Hand zurück ins Haus.

»Die Leute werden bald hier sein«, sagte er mit matter Stimme, »und der Hof ist noch nicht gefegt.«

»Überlaß das mir. Ich finde jemanden, der es tut.«

Obikas Tod erschütterte Umuaro bis in die Wurzeln; ein Mann wie er wurde nicht häufig geboren. Für Ezeulu war es, als sei er selbst gestorben.

Manche Leute hatten erwartet, Ezidemili werde triumphieren. Aber das waren solche, die ihn nicht kannten. Zu dieser Art Menschen gehörte er nicht, und außerdem kannte er die Gefahren eines solchen Triumphes nur zu gut. Die einzige Bemerkung, die er öffentlich darüber machte, war: »Das sollte ihn lehren, wie weit er nächstes Mal gehen darf.«

Aber für Ezeulu gab es kein nächstes Mal. Man stelle sich einen Mann vor, der, anders als andere Männer, immer offen in einen Kampf geht, weil er weiß, daß Kugeln und Macheten von seiner durch einen Zauber geschützten Haut abprallen, und der dann mitten im Kampf plötzlich entdeckt, daß der Schutz nicht mehr wirkt, daß er ihn ohne jede Vorwarnung eingebüßt hat. Was für ein »nächstes Mal« sollte es für ihn geben? Wird er zu den Gewehren und Pfeilen und Macheten sagen: »Halt! Ich will schnell zu meiner Werkstatt laufen und den Topf umrühren und prüfen, was falsch war; vielleicht hat jemand aus meinem Haushalt – ein Kind zum Beispiel? – unwissentlich das Tabu meiner Medizin verletzt?« Doch wohl nicht.

Ezeulu sank in fassungslosem Entsetzen zu Boden. Nicht nur wegen des Schlags von Obikas Tod, so hart er ihn traf. Manche Menschen hatten schon schwerere Schläge hingenommen; sie machten einen Mann zum Manne. Man sagt, ein Mann ist wie ein beim Begräbnis geopferter Widder, der alle Schläge hinnehmen muß, die ihn treffen, ohne einen Laut von sich zu geben; nur das stumme Zittern der Qual, das seinen Körper durchläuft, zeugt von seinen Leiden.

Zu jeder anderen Zeit hätte Ezeulu seinem Unglück die Stirn geboten. Er wäre jedem Schmerz gewachsen gewesen, der nicht zugleich eine Demütigung enthielt. Aber nun fragte er sich immer wieder, warum nur hatte es Ulu gefallen, so mit ihm zu verfahren – ihn niederzuschlagen und dann mit Schmutz zu überhäufen? Was hatte er verbrochen? Hatte er nicht des Gottes Willen erforscht und ihm gehorcht? Wann hatte man je gehört, daß ein Kind sich an einem Stück Yam verbrannte, das ihm die eigene Mutter in die Hand legte? Welcher Mann würde seinen Sohn mit einer Scherbe zum Nachbarhaus um Feuer schicken und dann eine Regenflut auf ihn niederstürzen lassen? Wer hat je einen Sohn auf die Palme geschickt, um die Nüsse zu pflücken, und dann eine Axt genommen und den Baum gefällt? Aber eben dies war heute geschehen, vor aller Leute

Augen. Was anders konnte das bedeuten als Zusammenbruch und Vernichtung aller Dinge? Dann freilich war es möglich, daß ein Gott, der sich seiner Macht beraubt sah, die Flucht ergriff und mit einem letzten Zurückschauen auf seine verlassenen Gläubigen ausrief:

Wenn die Ratte nicht schnell genug fliehen kann,
Muß sie der Schildkröte weichen!

Vielleicht war es das unaufhörliche, fruchtlose Bohren dieser Gedanken, das schließlich den Riß in Ezeulus Verstand zurückließ. Oder hatte vielleicht sein unversöhnlicher Gegner, der eine Weile über ihm gestanden hatte, nun zugetreten und ihn wie ein Insekt im Staub zermalmt? Aber dieser letzte Tiefschlag erwies sich als barmherzig. Er erlaubte es Ezeulu, seine Tage in der stolzen Pracht eines wahnsinnigen Oberpriesters zu beschließen, und ersparte ihm das Wissen um den letzten Akt der Geschichte.

Inzwischen war Winterbottom von seinem Erholungsurlaub in England zurückgekehrt und hatte die Ärztin geheiratet. Er hörte niemals mehr von Ezeulu. Der einzige, der am Government Hill von seinem Schicksal hätte berichten können, war John Nwodika, der Diener. Aber John hatte inzwischen Winterbottoms Dienst verlassen und einen kleinen Tabakhandel angefangen. Es sah aus, als hätten die Götter und Schicksalsmächte Winterbottom nur als Mittel zum Zweck benutzt und ihn nun wieder in den Zustand zurückversetzt, in dem sie ihn vorgefunden hatten.

So kam es, daß letztlich nur Umuaro und seine Führer mit ansahen, was bei der ganzen Geschichte herauskam. Ihnen erschien die Sache ganz einfach. Gott hatte für sie Partei ergriffen gegen seinen starrköpfigen und ehrgeizigen Priester und damit die althergebrachte Weisheit bestätigt, daß kein Mann, wie groß er auch sei, größer ist als sein Volk – daß kein Mann jemals den Sieg über seinen Clan davontragen konnte.

Wenn dem so war, dann hatte Ulu zur Verteidigung dieser Weisheit freilich eine gefährliche Zeit gewählt. Denn indem er seinen Priester vernichtete, hatte er Unheil über sich selbst gebracht, wie die Eidechse in der Fabel, die das Begräbnis ihrer Mutter mit eigener

Hand zunichte machte. Denn eine Gottheit, die einen solchen Zeitpunkt wählte, um ihren Priester zu strafen oder ihn seinen Feinden zu überlassen, forderte die Leute geradezu dazu auf, sich Freiheiten herauszunehmen – und Umuaro war reif dafür. Das christliche Erntedankfest, das wenige Tage nach Obikas Tod stattfand, zog mehr Leute an, als es sich selbst Goodcountry hatte träumen lassen. In der bedrängten Lage hatten viele Männer von Umuaro ihren Sohn mit einem oder zwei Yams losgeschickt, auf daß sie der neuen Religion opferten und die versprochene Straflosigkeit heimbrächten. Danach erntete man jeden Yam, der auf dem Feld dieser Männer wuchs, im Namen des Sohnes.

# DIE FAMILIE EZEULUS

*Ezeulu*, Oberpriester des Ulu in Umuaro*), hat drei Frauen:

## 1. OKUATA †

- *Edogo* (Holzschnitzer) ⚭ *Amoge*
  - *Amechi* (Sohn)
- *Adeze* (Tochter) ⚭ Mann aus Umuzeani
- *Akueke* (Tochter) ⚭ *Ibe* aus Umuogwugwu
  - *Nkechi* (Tochter)

## 2. MATEFI

- *Obika* (Sohn) ⚭ *Okuata* aus Umuezeani
- *Ojiugo* (Tochter)

## 3. OGOYE

- *Oduche* (Sohn)
- *Nwafa* (Sohn)
- *Obiageli* (Tochter)

*) Umuaro besteht aus sechs Dörfern: Umunneora, Umuago, Umuezeani, Umuogwugwu, Umuisiuzo, Umuachala; Ezeulu wohnt in Umuachala

# Igbo-Wörter und -Ausdrücke

*Zusammengestellt unter freundlicher Mitarbeit von Elizabeth Iwobi*

| | |
|---|---|
| *afa* | Wahrsager (afa-Ulu = Wahrsager des Ulu) |
| *Afo* | Markttag, siehe auch Eke, Nkwo Oye |
| *Agaba* | Name einer rituellen Maske, etwa: scharfe Messerschneide |
| *agbasiuso* | sehr lang |
| *ajo mmo* | böser Geist |
| *akakanma* | wie es besser gefällt, nach Belieben |
| *alo* | Geißel |
| *alusi* | Gottheit |
| *Anaba-nti* | Eigenname, etwa: der nicht alles hören muß, wenn er ein Ziel erreichen will |
| *ani-mmo* | Reich der Toten |
| *anwansi* | alles Dazugehörige |
| *aru-mmo* | Nervenkrankheit |
| *asa* | spitzmäuliger Fisch, sehr teuer, für Festlichkeiten, auch Trauerfeiern, unerläßlich |
| *Ayaka* | Name einer rituellen Maske |
| *chi* | Abkürzung von Gott |
| *dibia* | Arzt |
| *dimkpolo* | Kindersprache, etwa: bum bum, peng |
| *ebenu* | Zuchtschafbock |
| *eei* | Jawohl |
| *E-emoaka* | Eigenname |
| *ego-nato* | Geldbetrag, nicht ganz 1 Penny (nach alter Kauriwährung) |
| *ego-neli* | Geldbetrag, knapp 2 Pennies (nach alter Kauriwährung) |

| | |
|---|---|
| *ego-nese* | Geldbetrag, knapp 1 Penny (nach alter Kauriwährung) |
| *egusi* | Melone |
| *eje-ya-mma* | alles in Ordnung |
| *Eke* | Markttag, siehe auch Afo, Nkwo, Oye |
| *Eke nekwo onye uka* | etwa: Python, schau, da ist ein Christ |
| *ekpili* | eine Art kleiner Holz- oder Metallinstrumente (Glocken), kettenförmig getragen |
| *ekwe* | Musikinstrument |
| *Ekwensu* | Name des Teufels |
| *ewo okuo* | Feuer, Licht |
| *Ezekwesili* | Ehrwürdiger |
| *fiam* | pfeifend, Geschwindigkeitsgeräusch, etwa: hui! |
| *fim* | ganz leise, fast geräuschlos |
| *Fufu (foo-foo)* | von den Engländern als Wort für Püree eingeführt |
| *gome gome* | Klanglaut des Gongs |
| *hem hem* | Zustimmung |
| *iba* | Malaria |
| *icheku* | Obstart |
| *ichi* | ins Gesicht tätowierte Schmucknarben |
| *Ifeoma* | weibl. Vorname, bedeutet etwa: gute Sache |
| *igbegulu* | Holzpfahl |
| *igu* | alte Palmblätter, Ziegenfutter (wem die Ziege igu vom Kopf frißt, der ist von einer Katastrophe getroffen) |
| *iguana* | Leguan |
| *Ike-agwu-ani* | Name eines Gottes, etwa: der Nimmermüde |
| *ikenga* | Tabernakel |
| *ikolo* | große Trommel |
| *ilo* | Festwiese |
| *iru-ezi* | Vorgarten |
| *jigida* | Ketten, in großer Zahl als eine Art Rock von der Taille abwärts getragen |
| *ko ko ko, und oh oyoyo* | unheimliche Nachtgeräusche |

| | |
|---|---|
| *kulo kulo* | Laut aus der Kindersprache |
| *kweno, kwenu* oder *kwenn* | einverstanden, z.B.: Umuaro kweno = Ist Umuaro einverstanden, daß ich spreche? Umuaro obodonesi kwenn = ganz Umuaro ist einverstanden mit dem Gesagten |
| *kwezeuenu* | wir stimmen zu |
| *kwo! kwo!* | Beifallsruf |
| *lebula toro toro* | (nach dem engl. labour, spöttisch) Arbeiten für 3 Pennies am Tag |
| *mili zobe ezobe ka megbaba ogwogwo* | laß es regnen, und ich werde tanzen |
| *mmo* | Geist |
| *ndichie* | erkaufter Rang, der, in Abstufungen, zum Sprechen in der Versammlung berechtigt |
| *neoule* | Mittelsmann |
| *Nhwesi* oder *Ngwesi* | Name eines Gottes |
| *Nkwo* | Markttag, siehe auch Afo, Eke, Oye |
| *nkwu* | Palme |
| *Nnanyelugo* | durch Weihe empfangener Titel |
| *nno* | willkommen |
| *nté* | Heimchen, Grille |
| *ntu-nanya-mili* | (eine Art) Aschenregen |
| *Nwanku* | Hundename |
| *nza* | Vogelart (ein ganz kleiner Vogel) |
| *nzu* | weiße Kreide |
| *obi* | Haus des Familienoberhauptes, von ihm allein bewohnt. Frauen dürfen es nur betreten, um Mahlzeiten und dgl. zu bringen; Kinder dürfen den Familienvorstand dort besuchen, auch gelegentlich dort schlafen |
| *ofo* | Stab des Sprechers in Versammlungen. Auch wörtliche Bekräftigung, etwa: laßt euch gesagt sein. |
| *ogalanja ajo mmo* | reicher Mann |
| *ogali* | s. uli |
| *Ogbazulobodo* | Nachtläufer |

| | |
|---|---|
| *ogene* | Gong |
| *ogulu-aro* | die Krankheit, die ihr Opfer ein Jahr verschont und dann wiederkehrt |
| *okeakpa* | Palmbesen |
| *okposi* | holzgeschnitzte Statue |
| *okwe* | Holz |
| *okwolo* | Haus der Initiierten |
| *okwulu* | Gemüseart |
| *omu* | junge Palmblätter |
| *Omumawa* | Bemühte, aber Erfolglose (männliche Altersgruppe) |
| *onwa atuo* | der Mond ist erschienen |
| *Onwuero* | Eigenname |
| *onye ebuna uzo cho ayi okwu* | niemand soll uns zuerst reizen |
| *ora obodo* | das ganze Dorf |
| *Otakago* | Tapfere Löwen (männliche Altersgruppe) |
| *Oti-anya afu-uzo* | der mit seinen eigenen Augen sieht |
| *otimili* | weibliche Frisur, zahlreiche an der Stirn angeflochtene, nach hinten gelegte Zöpfe |
| *Oye* | Markttag, siehe auch Afo, Eke, Nkwo |
| *ozo* | Titel (ozo-Kappe = Kappe, die einen Titelinhaber, einen Würdenträger bezeichnet) |
| *ta! nwanu!* | (scheltend) »Hör auf, Kind!«, »Schweig!« oder dgl. |
| *tufia!* | Pfui |
| *udala* | apfelartige Frucht |
| *udo* | Wald (Udo-Widder = ein Widder, der im Wald geopfert wird) |
| *ugani* | Zeit des großen Hungers |
| *ugoli* | symbolische Rede mit lauter, hoher Stimme |
| *ugona chonma* | weißer Vogel, der so schön ist, daß er sich nicht putzen oder schmücken muß; bildlich für »sehr schönc Frau«, spöttisch für »besonders schöner Mann« |
| *ukwa* | Name eines Baumes |

| | |
|---|---|
| *ukwalanta* | Tuberkulose |
| *uli* | Saft einer Baumfrucht, von den Mädchen zur Bemalung des Körpers mit Ornamenten benutzt |
| *una doh* | Vater, bitte |
| *uri* | Brautbesuch für 1–2 Wochen bei der Familie des Bräutigams zur Erprobung häuslicher Tüchtigkeit |
| *usa bulu okpili* | Leckermaul |
| *utazi* | Gewürzblätter in einer Suppe, besonders bei Erkältung und im Kindbett heilsam |
| *uziza* | Gewürzart |

12. Februar 1990, 9.30 Uhr

Langsam beginnt sich der Festsaal der University of Nigeria in Nsukka zu füllen. Draußen bringt die verhangene Sonne Trommler und Masken zum Schwitzen. Auch drinnen ist es nicht kühler. Schwerbewaffnete Soldaten ziehen Kabel, spannen Drähte, bringen zusätzliche Lautsprecher in Stellung wie Geschütze vor dem Gefecht. In Nigeria herrscht das Militär. Füße wirbeln Staub vom Zementboden. Die Ventilatoren drehen sich schwerfällig. Es dauert. Schaulustige an den Fenstern. Dann Stille.

Beifall. Er gilt einem kleinen, energiegeladenen und doch würdevoll ruhig wirkenden Mann. Er wird sechzig Jahre alt in jenem Jahr. Gekleidet in das traditionelle Gewand der Igbo, eine schwarze Filzkappe auf dem Kopf über den runden, klugen, nachdenklich blickenden Augen, die von einer großen Brille umrandet werden: Chinua Achebe. *The Eagle on Iroko* – der Adler auf dem Iroko. Afrikanische Gesellschaften sind reich an bildhaften Preisnamen: Der Adler der Literatur, der hoch oben im Wipfel des Iroko seinen einsamen Horst hat. So etwas muß ansteckend wirken, bezeichnete ihn doch einmal ein irischer Literaturkritiker als den »Mann, der die afrikanische Literatur erfand!«

Chinua Achebe korrigierte ihn. Bescheiden. Den Ausgleich suchend, das Verständnis. Auch mit dem Bild vom Adler im Iroko, das ihm gilt, geht er so um, antwortet mit einem Rückgriff auf die Spruchweisheiten seines Volkes: »Wo immer etwas besteht, so besteht etwas anderes daneben. Nichts ist vollkommen. (...) Die Aufgabe des Dichters besteht darin, die Halbwahrheiten des Lebens zu korrigieren. Der Adler ist König der Vögel. Der mächtige Iroko ist König der Bäume. ... Der riesige Baum ist die Gemeinschaft. Sitzt der Adler auf der Erde, übersieht man ihn. Die herausragende Leistung eines einzelnen kann nur dann entstehen, wenn er auf dem Baum der Gemeinschaft ruht, von den Schultern der anderen getragen wird. Nichts kann allein bestehen, ein Ding zeigt sich immer in Begleitung eines anderen.«

Die rote Erde Nigerias hat so manchen Iroko wachsen lassen. Und auf jedem hat ein Adler seinen Horst: Wole Soyinka etwa, der als erster Schriftsteller des afrikanischen Kontinents mit dem Nobelpreis für Literatur der Stockholmer Akademie geehrt wurde und der, in ähnlicher Zurücknahme der eigenen Person, den Preis »stellvertretend für Afrika« entgegennahm. Oder Christopher Okigbo, der bis zu seinem frühen Tode in den traumatischen Wirren des Biafra-Krieges die Schwingen seiner Lyrik über dem Land ausbreitete. Femi Osofisan wäre zu nennen, der Dramatiker. Kole Omotoso, der die Kolumne in den Rang der Literatur erhoben hat. Ken Saro-Wiwa und Aig Imoghuede mit ihren Romanen, Erzählungen und Gedichten, in denen die nigerianische Variante der westafrikanischen *lingua franca*, des Pidgin English, ihre literarischen Weihen erhält. Nicht zu vergessen auch Cyprian Ekwensi, der die moderne Großstadt zum Schauplatz seiner Werke werden ließ. Die große Anzahl der schreibenden Frauen: Buchi Emecheta zum Beispiel, Flora Nwapa, Zulu Sofola oder Zaynab Alkali. Die Aufzählung der Namen ist fast beliebig und ließe sich fortsetzen bis hin zu Ben Okri, einem Autor der nunmehr bereits dritten Generation nigerianischer Schriftsteller, der 1991 mit dem prestigeträchtigen Booker Price Großbritanniens geehrt wurde. Oder zu Amos Tutuola, dem unvergleichlichen Geschichtenerzähler, dessen Märchen vom *Palmweintrinker*, ähnlich wie die Werke seines Landsmannes Daniel Olorunfemi Fagunwa, tief in der mythologischen Tradition mündlicher Dichtung der Yoruba ruht und, als es der britische Verlag Faber & Faber in London 1952 herausbrachte, den afrikanischen Literaturen im europäischen Raum den Weg bereitete. Auch den Romanen Chinua Achebes. Sie haben heute weltweit eine Gesamtauflage von weit über einer Million Exemplaren erreicht. Chinua Achebe ist der meistgelesene Autor des subsaharischen Afrika, ein moderner Klassiker der Weltliteratur. Seine Werke zählen zum Kanon, sind Pflichtlektüre, nicht nur in afrikanischen Schulen und Universitäten. Weit über zwanzig Universitäten in der ganzen Welt haben ihn mit der Würde eines Ehrendoktors bedacht.

»Wir lebten am Scheideweg der Kulturen«, schreibt er rückblickend in einem Essay. »Das ist noch heute so, doch in der Zeit, als ich ein kleiner Junge war, konnte man diese eigentümliche Atmosphäre deutlicher sehen und fühlen. Auf der einen Seite des Scheidewegs sangen wir Choräle und lasen Tag und Nacht die Bibel. Auf der anderen Seite brachte der Bruder meines Vaters mit seiner Familie, geblendet vom Heidentum, den Götzen Nahrung dar. So schien es irgendwie sein zu müssen. Doch ohne es zu wissen, spürte ich, daß das zu einfach war, um zu beschreiben, was da vor sich ging. Jene Götzen und diese Nahrung zogen mich seltsam an, obwohl ich ein so gewissenhafter kleiner Christ war, daß ich manchmal während des sonntäglichen Gottesdienstes, auf dem erhabensten Gipfel des ›Te Deum Laudamus‹, von einem goldenen Mantel träumte, der sich auf mich senkte, und während der Engelschor unseren sterblichen Gesang erstickte, donnerte Gottes ureigene Stimme: Dies ist mein geliebter Sohn, der mir wohl gefällt. Dennoch hinderten mich solche Gaukelbilder göttlichen Schicksals nicht daran, meine jüngere Schwester, wenn unsere Eltern einmal nicht aufpaßten, mit ins Haus unserer Nachbarn zu nehmen und mich an heidnischen Festmahlen zu beteiligen. Niemals schmeckte ich in ihrem Reis und ihrem Stew das Aroma der Götzendienerei. Ich war damals ungefähr zehn. Wenn irgend jemand glauben will, daß ich von geistigen Agonien zerrissen oder auf der Folterbank meiner eigenen Ambivalenz gestreckt worden bin, dann mag er das tun. Ich jedenfalls erinnere mich keiner unangebrachten Bedrängnis. Was ich erinnere, ist die Faszination, die das Ritual wie das Leben auf der anderen Seite des Scheidewegs auf mich ausübten. Und ich glaube, zwei Dinge waren auf meiner Seite – jene Neugier und der geringe Abstand, den es aufgrund des Zufalls meiner Geburt zwischen mir und ihm gab. Dieser Abstand wird nicht zur Trennung, sondern zur Versöhnung, wie der notwendige Schritt zurück, den ein kluger Betrachter macht, um eine Leinwand voll und umfassend betrachten zu können.«

Vor allem in seinem ersten Roman *Things Fall Apart* aus dem Jahre 1958 (dt. Okonkno oder Das Alte stürzt) und dem hier vorliegenden *Arrow of God*, der erstmals 1964 veröffentlicht wurde, beschreibt Chinua Achebe, wie sich das Leben an diesem Scheideweg der Kulturen gestaltete. *Things Fall Apart* und *Arrow of God* beschreiben das traditionelle Leben der Igbo-Dorfgemeinschaft, seine Werte und Gesetze, die Bräuche und Gepflogenheiten, die religiösen wie philosophischen Anschauungen, auf denen es sich gründet. Eine Gemeinschaft mit ihren eigenen Werten und Gesetzen entsteht durch die Hand des Schriftstellers vor unseren Augen wieder, voll Schönheit und Würde und gleichzeitig unvollkommen wie alle anderen menschlichen Gesellschaften auch.

Ein solcher Ansatz hatte am Ende der fünfziger und in der ersten Hälfte der sechziger Jahre besondere Bedeutung und Berechtigung. Chinua Achebe versicherte sich seiner selbst, seiner Menschlichkeit. Ausgebildet an den Schulen britischer Missionare, der britischen Kolonialverwaltung und schließlich am University College in Ibadan, das damals eine »Zweigstelle« der University of London war, kam er frühzeitig mit dem kolonialen Mythos von der Geschichts- und Kulturlosigkeit afrikanischer Völker in Berührung. Es war die englische Sprache, die erlernt und gesprochen werden mußte, nicht das vertraute Igbo, das seit den vierziger Jahren des neunzehnten Jahrhunderts ebenfalls über eine Schrift verfügte. Es war die englische Geschichte, die unter afrikanischer Sonne vermittelt wurde. Es war die englische Literatur, die gelesen werden mußte. Alles Afrikanische galt als heidnisch, als barbarisch, als »bush«.

Dem stand die gelebte Erfahrung der Kulturen des Scheideweges entgegen. Und eines Tages begriff er, daß er sich nicht etwa an Bord eines Schiffes befand, das in Joseph Conrads *Heart of Darkness* den Kongo hinaufdampft, sondern zu jener Horde affenähnlicher, wilder, kulturloser Gesellen gehört, die vom Ufer her das Schiff mit unartikulierten Schreien, wilden Gesten und drohenden Gebärden begrüßt: »Zu Anfang sah ich mich überhaupt nicht als Afrikaner. Ich ergriff Partei für die Weißen gegen die Wilden. Mit anderen Worten, in meinen ersten Schuljahren dachte ich, daß ich bei den haarsträubenden Abenteuern mit knappem Ausgang zu den Weißen gehörte. Der Weiße war gut und vernünftig und intelligent und mutig. Die Wilden, die sich ihm entgegenstellten, böse und dumm oder zumindest hinterlistig. Ich haßte sie bis aufs Blut.

Doch kam ein Zeitpunkt, an dem ich alt genug war und erkannte, daß diese Schriftsteller mich übertölpelt hatten! Ich war ja überhaupt nicht auf Marlowes Boot, das in *Heart of Darkness* den Kongo hinaufdampfte. Ich war eines jener seltsamen Wesen, die am Flußufer, greuliche Gesichter schneidend, umherhüpften. Oder, wenn ich darauf bestand, an Bord des Schiffes zu sein, dann mußte ich mich wahrscheinlich mit der Rolle jenes ›verbesserten Exemplars‹, wie Conrad ihn sarkastisch bezeichnet, zufriedengeben, das da lächerlicher als ein behoster Hund versucht, hinter die Hexerei im Heizkessel des Schiffes zu kommen.

Damals sagte ich ›nein‹ und begriff, daß Geschichten nicht unschuldig sind; daß man sie dazu ausnutzen kann, dich in die falsche Gruppe einzuordnen, in die Partei der Menschen, die sich anschikken, dich zu berauben.«

Es ist eine tiefgreifende Erfahrung, die nahezu alle jungen Intellektuellen in den damaligen afrikanischen Kolonien machen und der viele von ihnen schreibend zu begegnen suchen. Und es geht zugleich darum, dem Europäer zu sagen, daß sein Bild vom afrikanischen Kontinent falsch ist. Es ist ein erzieherischer Ansatz, der sich aus der Funktion erklärt, die die »Meister des Wortes«, die Barden, Sänger und Geschichtenerzähler der alten afrikanischen Gesellschaften innehatten. Sie waren die Lehrer ihrer Völker und Gemeinschaften, berichteten über Vergangenes, werteten es mit dem Wissen um die genutzten und die verpaßten Möglichkeiten, begleiteten kritisch kommentierend die Gegenwart und richteten den Blick auf Zukünftiges, indem sie warnend, mahnend, Beispiele aufgreifend, Wunsch- und Leitbilder entwerfend auf Möglichkeiten verwiesen. Hier versucht Chinua Achebe anzusetzen, seinen Platz in seiner sich zur Moderne wandelnden Gesellschaft zu bestimmen. Neben diesem erzieherischen Ansatz, der für eine Vielzahl afrikanischer Autoren seiner, der ersten, Generation kennzeichnend war, ist es die auf Ausgleich, auf Verständigung zwischen den Völkern drängende Grundhaltung, das Ethos der Wahrhaftigkeit, die ihm internationale Anerkennung eingetragen haben, nicht nur auf dem Gebiet der Literatur.

Chinua Achebe verklärt nichts. Aus der »langen Sicht« des Wissenden beschreibt er die inneren Selbstauflösungskräfte, die den Zerfall der traditionellen afrikanischen Gemeinschaften unter dem Druck der europäischen Kolonialexpansion noch beschleunigten. So wird deutlich, daß zwar einerseits der Untergang dieser Gesellschaften, von der Dorfgemeinschaft bis hin zu den großen afrikanischen Reichen, unvermeidlich war, daß aber andererseits diesen Gesellschaften enorme Kräfte zum eigenen, sozialen Wandel innewohnten, daß sie alles andere als statisch waren, in der Unveränderlichkeit verrottet und unfähig zu jeglicher Entwicklung.

Wo immer etwas besteht, so besteht etwas anderes daneben.

Neben Ezeulu, dem Priester der Gottheit Ulu, steht Captain Winterbottom, der District Commissioner der britischen Kolonialmacht. Seine Unkenntnis der kulturellen und geschichtlichen Besonderheiten der Igbo werden zum Auslöser des tragischen Untergangs Ezeulus und des nachfolgenden Zerfalls der Igbo-Dorfgemeinschaft. Das soziale Gefüge der traditionellen Dorfgemeinschaft fußte in wesentlichem Maße auf egalitären und demokratischen Prinzipien, nach denen es den Rang und die Stellung eines Oberhauptes, eines Königs oder Priesterkönigs nicht gab, denen zufolge der Titel eines Chiefs lediglich so etwas wie den Rang eines elder statesman beinhaltete. Eines Mannes also, der im Rat der Ältesten aufgrund dessen, was er im Leben erreicht hatte, zwar besonderes Mitspracherecht, jedoch wie alle anderen auch nur eine gleichberechtigte Stimme besaß, auf dessen Rat, Hinweis, Einwand oder Vorschlag man sorgsam achtete, allein schon seiner Lebenserfahrung wegen, der aber dennoch nicht die Befugnis zu alleiniger oder endgültiger Entscheidung hatte. So mußte Winterbottoms Entscheidung, den Priester Ezeulu zum Chief, zum »Herrscher« über diejenigen zu machen, denen er trotz seines religiösen Amtes gesellschaftlich nur gleichgestellt war, zum Konflikt führen. Und zwar in doppelter Hinsicht: zum einen zum Konflikt zwischen Ezeulu und der Dorfgemeinschaft, zum anderen zwischen Ezeulu und der Dorfgemeinschaft auf der einen und der kolonialen Macht mit Captain Winterbottom als Repräsentanten auf der anderen Seite. Ein Konflikt auch, an dem der einzelne zerbrechen mußte, denn in einer Gesellschaft, die das Überleben der Gemeinschaft über das Schicksal des Individuums stellt, ist der einzelne auch nur im Rahmen der Sicherheit, die eben diese Gemeinschaft ihm bietet, in der Lage, Konflikte auszutragen. Fällt diese Sicherheit aus Gründen weg, die in der Gemeinschaft selbst liegen, oder bricht sie äußerer Ursachen wegen zusammen, fällt mit ihr auch das Individuum.

Wo immer etwas besteht, so besteht etwas anderes daneben.

Auch Achebes in doppeltem Sinn erzieherischer Ansatz ist – zumindest teilweise – hierüber zu erklären. Die Vermittlung von Wissen über die eigene Geschichte, das Sich selbst vergewissern der eigenen Ursprünge, das Bewußtmachen der eigenen Befindlichkeit gewinnen nur dann Substanz, wenn sich ihr die Aufklärung über den Verursacher der kulturellen Überfremdung und Entwurzelung als ergänzendes Moment und Ziel beifügt. Nur über diese zweifache Wirkungsstrategie scheint die Harmonisierung des Lebens am Scheideweg der Kulturen und damit ein künftiges Miteinander unterschiedlicher Kulturen möglich.

Eigentlich ist das Zustandekommen von *Arrow of God* einem Zufall zu verdanken. Ursprünglich hatte Chinua Achebe beabsichtigt, *Things Fall Apart* und *No Longer at Ease* mit einem dritten Roman zu einer Trilogie zu vervollständigen, die die Entwicklung von den ersten Anzeichen des Eindringens der europäischen Kolonisatoren über die Jahre des Zerfalls und der teilweisen Versteinerung der traditionellen afrikanischen Gesellschaften bis hin zur Entstehung einer »modernen« afrikanischen Mittelklasse, der Obi, der Held von *No Longer at Ease*, angehört, künstlerisch beschreiben sollte. Den mittleren Teil dieser Trilogie hat er nie geschrieben, weil ihm »irgendwo unterwegs ein Teil der Geschichte und der handelnden Personen verloren gegangen« sei. So habe er sich entschlossen, in *Arrow of God* noch einmal das Thema von *Things Fall Apart* aufzugreifen, weil ihm zudem klar geworden sei, daß er diesem Thema noch etwas hinzuzufügen habe, um seinen Lesern den Zusammenbruch der traditionellen Dorfgemeinschaften seines Volkes einsichtiger und nachvollziehbarer vor Augen zu führen.

Wo immer etwas besteht, so besteht etwas anderes daneben.

Chinua Achebe hat in seinen historischen Romanen und auch in seinem umfangreichen essayistischen Werk auf ein tieferes Verstehen afrikanischer Völker und Gesellschaften hingeschrieben. Hier mag eine wachsende Diskrepanz eine wichtige Rolle spielen: das Auseinanderfallen von Wirkungsabsicht und tatsächlich erzielter Wirkung, das sich ihm schließlich zum krassen Gegensatz steigert. In Nigeria selbst stand die Wirklichkeit seiner Vorstellung von der eingreifenden und veränderten Kraft der Literatur und der Kunst gegenüber. Der Roman *Things Fall Apart*, dessen Manuskript er im Alter von sechsundzwanzig Jahren abschloß, hatte ihm weltweit Achtung und Anerkennung als Autor von Rang eingetragen, die durch die nachfolgenden Werke *No Longer at Ease* (1960, dt. Obi), *Arrow of God* und *A Man of the People* (1966, dt. Ein Mann des Volkes) Bestätigung erfuhren, doch widersprach dem zugleich die gelebte Erfahrung, daß sich mit seinen Romanen an der grundsätzlichen Haltung dem afrikanischen Kontinent und seinen Menschen und Kulturen gegenüber nur allzu wenig verändert hatte. Noch 1974, da war er bereits vierundvierzig, sah er sich folgender Situation ausgesetzt: »Eines Tages im Herbst 1974 ging ich vom English Department der University of Massachusetts zum Parkplatz. Es war ein schöner Herbstmorgen, ein Tag, der einen zu vorbeigehenden Fremden freundlich sein läßt. Lebhaft eilten Jugendliche in die verschiedensten Richtungen, die meisten offensichtlich *freshmen* im ersten Anflug von Enthusiasmus. Ein älterer Mann, der in die gleiche Richtung ging wie ich, drehte sich um und bemerkte, wie jung sie doch in diesen Tagen zur Universität kämen. Ich stimmte ihm zu. Dann fragte er mich, ob ich auch Student wäre. Ich sagte nein, ich sei Lehrer. Was ich unterrichtete? Afrikanische Literatur. Das wär schon lustig, sagte er, weil er da jemanden kenne, der das gleiche Zeug unterrichte – oder war es afrikanische *Geschichte*? – in einem College nicht weit von hier. Es überraschte ihn immer wieder, fuhr er fort, weil er nie daran gedacht habe, daß es in Afrika so etwas überhaupt gäbe, ob ich das verstünde?«

Diesen alltäglichen Rassismus hat der südafrikanische Kabarettist Pieter Dirk Uys in einem seiner Sketche einmal treffend und zugespitzt auf den Punkt gebracht: »Es gibt zwei Dinge, die ich hasse wie die Pest ... Apartheid und Schwarze!« Chinua Achebe mußte am Fortbestehen dieses Rassismus den Zusammenbruch seiner Poetik erfahren.

Einundzwanzig Jahre liegen zwischen dem Roman *A Man of the People* und dem nachfolgenden *Anthills of the Savannah* (dt. Termitenhügel in der Savanne), der 1987 erschien. Einundzwanzig Jahre, in denen Nigeria einen blutigen Bürgerkrieg durchleidet, in denen das Land von der Euphorie des Ölbooms fast über Nacht in eine tiefe und anhaltende Wirtschaftskrise absackt, in denen das Land nach einem kurzen Zwischenspiel ziviler Demokratie erneut in der Agonie einer Militärdiktatur versinkt. Achebe verstummt. Zumindest als Romancier. Der Zusammenbruch seiner Poetik mag hier ebenso eine Rolle spielen wie die akademischen Verpflichtungen einer Professur an der University of Nigeria in Nsukka, seine Arbeit als Herausgeber der wichtigen *African Writers' Series* beim Verlag William Heinemann in London oder kleinerer nigerianischer Kulturzeitschriften sowie die zahlreichen Aktivitäten, die ihn ins Ausland führen, vor allem und immer wieder an die University of Massachusetts in Amherst in den USA, die ihm fast zum Exil werden. Doch immer wieder sucht er in dieser Zeit über das Medium Essay den Zugriff auf die nigerianische Wirklichkeit und die Wirklichkeit des alltäglichen Rassismus, wie sie ihm im Ausland entgegentritt. Man hat ihn nach den Ursachen der Dominanz des Essays in diesen einundzwanzig Jahren gefragt. Auch deshalb, weil er bereits 1969 in einem Interview davon sprach, daß er an einem neuen Roman arbeite und hoffe, ihn spätestens im Jahre 1970 abzuschließen. Seine Antwort war präzis und zurückhaltend wie immer: »Mir ist bewußt, daß jeder afrikanische Schriftsteller, der den großen sozialen und politischen Problemen im heutigen Afrika auszuweichen sucht, in völliger Belanglosigkeit enden wird. Nun ist der Roman eine ziemlich langsame und luxuriöse Art literarischer Gestaltung. Manchmal möchte ich Dinge aussprechen und kann nicht warten, bis ich 340 Seiten Prosa geschrieben habe. Der Roman kann eine Art direkter Meinungsäußerung sein, doch glaube ich, daß es besser ist, sich ihr im Essay zu widmen.«

Sein Publikum hingegen mußte weitere siebzehn Jahre warten.

Wo immer etwas besteht, so besteht etwas anderes daneben.

Der auch in den Essays immer wieder hervortretende Bezug auf ein außerafrikanisches Publikum hat ihn häufig der Kritik nigerianischer Schriftstellerkollegen ausgesetzt. An seiner Poetik des zweifach erzieherischen Ansatzes schieden sich die Gemüter. Zum einen hat seine Schreibweise eine Vielzahl von Nachahmern gefunden. Vor allem für jüngere Autoren seines Volkes, der Igbo, ist seine Art, Geschichte und Kultur literarisch aufzuarbeiten, für lange Jahre Muster und Leitbild gewesen, an dem sie sich mit ihrer eigenen Schreibweise orientierten. Zu nennen wären etwa Elechi Amadi, Vincent Chukwuemeka Ike oder John Munonye. Andere hingegen kritisierten, daß Chinua Achebe vorzugsweise für ein europäisches und amerikanisches Publikum schreibe, daß seine Werke von *Things Fall Apart* bis *A Man of the People* dem zuzurechnen seien, was der kenianische Schriftsteller Ngugi wa Thiong'o einmal als »afro-europäische Literatur« bezeichnete. Neben den Dramatikern Bode Sowande und Femi Osofisan, dem Lyriker Niyi Osundare, dem Romancier Festus Iyayi und dem Literaturwissenschaftler Biodun Jeyifo gehört Kole Omotoso zu den bekanntesten Kritikern der Autoren der sogenannten »ersten Generation«, zu denen neben Chinua Achebe auch Wole Soyinka oder der Dramatiker John Pepper Clark zählen. Kole Omotoso begründete die Kritik mit folgenden Worten: »Die erste Generation afrikanischer Schriftsteller versuchte, Afrika Außenstehenden zu erklären, anstatt nach Symbolen zu suchen für das, was uns alle in Afrika verbindet. Das ist, historisch gesehen, kein Fehler, ist doch so unsäglich viel Nonsens über Afrika geschrieben und gesagt worden, und das mußte bekämpft werden. Leider begann der Kampf, der damit hätte beginnen müssen, den Afrikanern etwas über sich selbst mitzuteilen, nicht in dieser Weise. Und das ist der Punkt, an dem wir nicht mit ihnen übereinstimmen, da nämlich diejenigen, an die sie sich in erster Linie hätten wenden müssen, die Afrikaner selbst sind und nicht die Europäer oder Nordamerikaner.«

Mit anderen Worten: Achebes Schreibweise sei nicht afrikanisch genug, orientierte sich vielmehr am europäischen Roman, vor allem seiner englischen Variante.

Natürlich hat Chinua Achebe vor allem die englische Romantradition in sich aufgenommen. Er selbst spricht von Charles Dickens, Graham Greene und Joseph Conrad, von John Buchan, Rider Haggard und Joyce Cary, aber auch von Richard Wright und James Baldwin. Natürlich verfügte das Genre des Romans in Afrika vor der

Landnahme durch die europäischen Kolonisatoren über keine Tradition, haben sich die afrikanischen Autoren diese erst erarbeiten und aneignen müssen, bevor sie dazu übergehen konnten, eine eigenständige, afrikanische Traditionslinie herauszuarbeiten. Doch schon ein erster Blick auf die frühen Romane Chinua Achebes beweist, wie sehr sich dieses Genre unter seinem Zugriff zu verändern beginnt, Elemente aus der afrikanischen Tradition des Geschichtenerzählens hinzutreten. Die wesentlich lineare Handlungsführung, der erklärende und zum Teil belehrende Autorenkommentar, die Afrikanisierung der englischen Sprache (die natürlich in einer deutschen Übersetzung nur bedingt nachvollziehbar ist) und vor allem der im vorliegenden Roman geradezu unerschöpflich anmutende Einsatz von Sprichwörtern der Igbo zur Kennzeichnung und Erläuterung von Personen, Handlungen und Situationen erweisen sich als der Tradition mündlicher Dichtung entstammend. In *Things Fall Apart* findet sich dazu ein Schlüsselsatz: »Sprichwörter sind das Palmöl, mit dem die Wörter gegessen werden.« In *Arrow of God* bietet Chinua Achebe seinem Leser reichlich einhundert Mal dieses sprichwörtliche Palmöl. Als kleine, zutiefst kunstvolle Vignetten stehen sie im Roman neben ihrer Funktion im Text auch für sich selbst. Bei vielen Völkern Westafrikas gehört das rote Palmöl zu den unverzichtbaren Zutaten der Gerichte. Ohne den Zusatz von Palmöl würden viele Speisen nur halb so gut schmecken. Gleiches trifft auf die Sprichwörter zu. Was wäre ein Palaver – und dieses in der deutschen Sprache so negativ besetzte Wort beinhaltet ja dem Wesen nach nichts anderes als das, was wir unter einem Meinungsaustausch, einer öffentlich geführten Debatte verstehen – ohne die geschmackgebende Zugabe von Sprichwörtern und Weisheiten, die Gesagtes zusammenfassend auf den Punkt bringen, ästhetischen Genuß vermitteln, die eigene soziale Stellung, das eigene Wissen um die Dinge der Welt unter Beweis stellen, die Rede aus dem alltäglichen Gebrauch von Sprache herausheben, Weisheit in kunstvolle Sprache gerinnen lassen, Raum zum Weiterdenken öffnen.

Wo immer etwas besteht, so besteht etwas anderes daneben.

28. Februar 1990.
Ein Auto auf der Straße von Enugu im Osten Nigerias über Benin City nach Lagos. Schlaglöcher wie auf allen Überlandstraßen Nigerias, wo die dünne Asphaltschicht nur schlecht auf dem roten Laterit haftet. Plötzlich Bremsenquietschen. Das Fahrzeug überschlägt sich im roten Staub, bleibt auf dem Dach liegen. Menschen nach einiger Zeit, Hilfe kommt. Fast zu spät.

Chinua Achebe befand sich auf dem Weg zum Flughafen nach Lagos, von wo ihn eine Maschine zurück in die USA, nach Amherst, bringen sollte, wo er eine Gastprofessur angenommen hatte. Ärzte in Nigeria und Großbritannien können sein Leben retten, doch er bleibt gelähmt, an den Rollstuhl gefesselt. Im November dann wird er sechzig Jahre alt. »Vielleicht«, so schreibt mir ein englischer Kollege, »sind wir mitschuldig, weil wir Chinua Achebes Geburtstag neun Monate zu zeitig gefeiert haben. In einer Gesellschaft, die am ›bösen Blick‹ leidet, sollte man seinen Geburtstag immer erst einen Tag später feiern.«

Andere reagierten heftiger. Wole Soyinka, der ebenfalls zu der Tagung eingeladen worden war, aber absagen mußte, weil er sich zur gleichen Zeit auf Einladung des Staatspräsidenten in Jamaica befand, hatte einen weißen Hammel zu Ehren Chinua Achebes geschickt. Böse Zungen behaupteten nun, dieser Hammel sei verhext gewesen, weil Soyinka in Achebe immer einen Rivalen gesehen habe, einen, der weitaus mehr gelesen wurde und der bekannter war als er selbst, der Nobelpreisträger. So geht das Gegacker der Hühner, die unter den Irokos ihrer jeweiligen Adler im Sand scharren und weder sehen noch hören können, was oben in den Wipfeln der Irokos geschieht.

Wo immer etwas besteht, so besteht etwas anderes daneben.

Und noch eins zum Schluß: Aus Werken wie den historischen Romanen Chinua Achebes oder etwa Aniceti Kiterezas *Die Kinder der Regenmacher* und Amadou Hampaté Bâs *Jäger des Wortes* ist über das wirkliche Leben alter afrikanischer Gesellschaften oft mehr zu erfahren als aus den meisten Büchern der Historiker und Ethnologen.

Doch darf man dabei nicht vergessen: Es hat sich seither vieles in Afrika verändert. Das Leben afrikanischer Gesellschaften sieht heute ganz anders aus, sehr verschieden von dem, was sich abendländischer Exotismus manchmal zu konservieren sucht und was dann zur Touristenattraktion degeneriert.

Leipzig, im Dezember 1993 Thomas Brückner

***Der berühmteste und erfolgreichste Roman des Nobelpreisträgers V. S. Naipaul***

»So ist die Welt; wer nichts ist, wer es geschehen lässt, dass aus ihm nichts wird, hat keinen Platz darin.« Salim, einen indischen Kaufmannssohn, verschlägt es von der Ostküste Afrikas in einen kürzlich unabhängig gewordenen zentralafrikanischen Staat. An der Biegung des großen Flusses baut er sich eine Existenz auf. Doch in der fast völlig zerstörten Stadt, in der alte Ängste und alte Vorurteile mit den Absolutheitsansprüchen des neuen Regimes kollidieren, muss der Einzelne mit seinen Schwächen, seinen Bindungen, seiner Normalität ohne jegliche Sicherheiten auskommen. Mit großer Konsequenz und Virtuosität zeichnet der Nobelpreisträger V. S. Naipaul ein Bild des postkolonialen Afrika, das so unerbittlich wie einfühlsam ist, so düster wie nuanciert.

»Naipaul schafft großartige Romanwelten.«
*John Updike*

V. S. Naipaul
**An der Biegung des großen Flusses**
Roman

List Taschenbuch

***Das Testament einer mutigen und sensiblen Frau***

Nach dreißig scheinbar glücklichen Ehejahren wird eine Frau von ihrem Mann verlassen. Aber nicht wegen einer Geliebten: Er heiratet ein zweites Mal; ein Schulmädchen, das dieselben Rechte haben wird wie sie. Dieser preisgekrönte Briefroman ist ein erschütternder Aufruf zum Kampf gegen die Tradition der Polygamie und die Selbstaufgabe der Frau.

»Mariama Bâ gelang es, in einer Geschichte festzuhalten, was viele bewegt und was viele ändern wollen.«
*Die Welt*

Mariama Bâ
**Ein so langer Brief**

List Taschenbuch

**»City of God** ***ist die Ruine des Abendlandes«***
***Die Zeit***

»Wie grandios ist dieser Roman geschrieben! Dieser permanente, Schwindel erregende Wechsel der Erzählperspektiven, diese Stimmenvielfalt! Dieser Sound! Dieser Lärm! Diese Stille! New York! Manhattan! Doctorow-Sound! Mal ist der Roman ein Märchen, mal Predigt, mal Vorlesung, Strafgericht, mal reines Boulevard, ein Abenteuer der Taten, ein Abenteuer des Geistes. Eine grosse Fiktion allemal, getragen von moralischem Ernst, erzählerischem Furor und einzigartigem intellektuellem Engagement.«
*Tagesanzeiger Zürich*

E. L. Doctorow
**City of God**
Roman

List Taschenbuch

# Literatur aus Afrika

Patrice Nganang
**Hundezeiten**
*Roman aus Kamerun*
294 Seiten, gebunden
ISBN 3-87294-940-3

In ganz neuem Ton, lebensvoll und deftig, intelligent und differenziert, entwirft Patrice Nganang ein vitales Bild des heutigen Kamerun. Aus der Perspektive eines denkenden Hundes entdeckt er gleichzeitig so manches zu der Frage: Was ist der Mensch?

Peter Ripken/Véronique Tadjo
**Antilopenmond**
188 Seiten, gebunden, Halbleinen
mit Illustrationen von Juliane Steinbach
ISBN 3-87294-915-2

In einer Vielfalt von Stilen und Tendenzen sprechen bekannte Poeten wie Chinua Achebe, Chenjerai Hove und Wole Soyinka, aber auch bemerkenswerte AutorInnen, die noch zu entdecken sind, über die Liebe in allen ihren Facetten.

PETER HAMMER VERLAG
www.peter-hammer-verlag.de